CAREER
OF EVIL

Career of Evil by Robert Galbraith

First published in Great Britain in 2015 by Sphere
Korean translation copyright © 2017 by Moonhak Soochup Publishing Co., Ltd.

Copyright © 2015 J.K. Rowling

The moral right of the author has been asserted.

All rights reserved.

See pages 339-341 for credits.
Selected Blue Öyster Cult lyrics 1967-1994 by kind permission
of Sony/ATV Music Publishing (UK) Ltd.
www.blueoystercult.com
'Don't Fear the Reaper: The Best of Blue Öyster Cult'
from Sony Music entertainment Inc available now
via iTunes and all usual musical retail outlets.

커리어 오브 이블

2

로버트 갤브레이스 지음 | **고정아** 옮김

문학수첩

선과 매슈 해리스에게

이 헌사를 가지고 무슨 일이든 하시게.
하지만 제발—
제발—
이걸 눈썹에 쓰지는 말기를.

I choose to steal what you choose to show
And you know I will not apologize —
You're mine for the taking.

I'm making a career of evil...

Blue Öyster Cult, 'Career of Evil'
Lyrics by Patti Smith*

---

* '네가 보여주면 나는 훔쳐./너도 알지만 나는 사과하지 않아—/잡히기만 하면 너는 내 거야.// 내 인생은 죄악의 삶……'. 블루 오이스터 컬트, 〈커리어 오브 이블〉, 패티 스미스 작사.

30

I am gripped, by what I cannot tell...
Blue Öyster Cult, 'Lips in the Hills'*

스트라이크는 수사를 위해 정신없이 바쁘게 뛰어다니다가 불가피하게 수동적인 상태가 되는 일에 이골이 난 사람이었다. 그렇지만 배로, 마켓 하버러, 코비를 다녀오고 난 뒤의 주말에는 낯선 긴장감이 돌았다.

그가 2년이 넘도록 민간인 생활에 서서히 적응하는 동안 사람들은 그에게 군 시절에는 요구하지 않던 것들을 요구하기 시작했다. 형제 가운데 유일하게 스트라이크와 함께 자란 이부동생 루시가 토요일 아침 일찍 전화를 해서 왜 둘째 조카의 생일 파티 초대에 답장이 없냐고 물었다. 그는 런던에 없었고 업무용 메일을 열어보지 않았다고 설명했지만, 루시는 듣지 않았다.

"잭이 오빠를 얼마나 좋아하는데. 오빠가 오기만을 손꼽아 기다리고 있어." 그녀가 말했다.

"미안해, 루시." 스트라이크가 말했다. "갈 수가 없어. 선물을 보

---

* '나는 꽉 잡혔어, 무엇에 잡혔는지는 나도 몰라……', 블루 오이스터 컬트, 〈언덕 위의 입술〉.

낼게."

스트라이크가 아직도 특수수사대에 있었다면, 루시는 그런 강요를 하지 않았을 것이다. 해외에 파견되어 있을 때는 가족의 의무를 피하기가 쉬웠다. 그때 루시는 그를 군대라는 거대하고 엄혹한 기관의 불가결한 부품으로 보았다. 여덟 살짜리 아들이 코모란 외삼촌을 얼마나 기다리는지 아무리 설명해도 그가 굴하지 않자 그녀는 체념하고 그 대신 다리를 보낸 남자에 대한 수사는 잘되고 있는지 물었다. 그 목소리에는 다리를 받는 것은 부끄러운 일이라는 뉘앙스가 담겨 있었다. 스트라이크는 얼른 전화를 끊고 싶어서 모든 걸 경찰에 맡겨놓았다고 거짓말을 했다.

스트라이크는 동생을 사랑했지만 이제 그들의 관계는 안타깝게도 트라우마 가득한 어린 시절을 공유하고 있다는 것밖에는 남은 게 없었다. 그는 불가피한 경우가 아니면 루시에게 솔직히 말하는 일이 별로 없었는데, 그 내용이 대개 충격과 불안을 안겨주는 것이기 때문이었다. 루시는 그가 서른일곱의 나이에 행복의 필수 요건들—출퇴근이 규칙적인 직업, 돈, 아내와 아이들—없이 버티는 것을 늘 안쓰러워했다.

스트라이크는 루시와의 전화를 기쁘게 끊고, 그날 아침의 세 번째 차를 끓인 뒤 신문 한 무더기를 들고 침대에 느긋하게 걸터앉았다. 몇몇 신문에 청색 교복을 입은 '피살자 켈시 플랫'의 사진이 실렸다. 그녀는 예쁠 것 없는 여드름투성이 얼굴로 웃고 있었다.

그는 트렁크 팬티만 입고, 지난 2주일 동안 패스트푸드와 초콜릿 바로 더욱 부풀어 오른 털북숭이 배를 드러낸 채 리치 티 비스킷을 씹으며 기사들을 훑었지만, 모르는 사실은 하나도 없었다. 그래서 내일의 아스널 대 리버풀 전의 경기 전망 기사로 관심을 돌렸다.

스트라이크가 기사를 읽는데 휴대전화가 울렸다. 그는 자신이 그렇게 긴장하고 있는 줄은 미처 몰랐다. 그가 너무 빨리 전화를 받아서 워들도 놀랐다.

"어이쿠, 번개네. 뭘 하고 있었지? 전화기를 깔고 앉아 있었어?"

"무슨 일이야?"

"켈시의 언니 집에 다녀왔어. 언니 이름은 헤이즐이고 직업은 간호사야. 켈시의 주변 인물들을 다 탐문하고 있어. 켈시의 방에서 노트북을 가져왔어. 신체 부위를 잘라내고 싶어 하는 사람들의 게시판에 자네에 대해 묻는 글을 썼더군."

스트라이크는 천장을 바라보며 뻣뻣한 곱슬머리를 긁었다.

"켈시가 그 게시판에서 접촉한 사람들의 개인 정보를 알아냈어. 월요일이면 사진도 받을 것 같아. 그때 어디 있을 거지?"

"여기, 사무실에."

"언니의 남자 친구인 전직 소방관은, 켈시가 불난 건물이나 사고 난 자동차에 갇힌 사람들 일을 자주 물었다고 하더군. 정말로 자기 다리를 없애고 싶었던 모양이야."

"맙소사." 스트라이크가 말했다.

워들이 전화를 끊은 뒤로 스트라이크는 아스널 축구 팀 재정비 기사에 집중할 수가 없었다. 아르센 벵거 사단의 운명에 대한 기사를 읽으려고 했지만 몇 분 만에 포기하고, 다시 천장의 금들을 바라보면서 멍하니 휴대전화를 돌리고 또 돌렸다.

다리가 브리트니 브록뱅크의 것이 아니라는 데 안도한 나머지, 그는 진짜 희생자에게 평소와 같은 관심을 기울이지 못했다. 이제 그는 처음으로 켈시와 그녀가 보낸, 하지만 그가 읽지 않았던 편지에 대해 생각해보았다.

자기 신체 일부를 절단하고 싶어 하는 건 스트라이크가 보기에 혐오스러운 일이었다. 그는 계속 휴대전화를 돌리면서 켈시에 대해 알고 있는 모든 것을 종합해서—동정심과 혐오감을 빼고—인물을 파악해보려고 했다. 켈시는 열여섯 살이었다. 언니와 사이가 좋지 않았다. 보육 교사 과정을 밟고 있었다……. 스트라이크는 수첩에 메모를 하면서 생각했다. '직업학교의 남자 친구? 선생?' 켈시는 인터넷 게시판에서 스트라이크에 대해 물었다. 왜? 도대체 어쩌다 스트라이크가 스스로 자기 다리를 잘랐다는 생각을 하게 된 걸까? 아니면 그에 대한 신문 기사를 읽고 환상을 키웠나?

'정신 질환? 몽상가?' 그는 적었다.

워들은 이미 그녀가 인터넷으로 접촉한 사람들을 조사하고 있었다. 스트라이크는 글을 쓰다 말고 냉장고에 들어 있던 그녀의 머리, 포동포동한 뺨과 성에가 엉겨 붙은 동그랗게 뜬 눈을 떠올렸다. 젖살. 처음부터 그 얼굴은 도저히 스물네 살로 보이지 않았다. 사실 열여섯치고도 어려 보였다.

그는 연필을 떨어뜨리고 왼손으로 휴대전화를 계속 돌리며 생각했다…….

브록뱅크는 '진성' 소아성애자인가? 스트라이크가 또 다른 군내 강간 사건을 조사할 때 만난 심리학자가 어린 소녀에게만 성적 매혹을 느끼는 사람을 그렇게 불렀다. 아니면 어린 소녀들을 표적으로 삼는 건 그들이 손에 넣기도 쉽고 입 다물게 하기도 쉬워서일 뿐, 가능하기만 하다면 폭넓은 성적 취향을 보이는, 다른 종류의 학대자인가? 동안의 열여섯 소녀는 브록뱅크가 성적 매력을 느끼기에는 너무 나이가 많았나? 아니면 그는 쉽게 침묵시킬 수만 있다면 누구라도 강간할 사람인가? 스트라이크는 전에 예순일곱 살의 할머니를 강간하려고 한 열아홉 살짜리 군인을 조사한 적이 있었다. 어떤 남자들의 폭력적인 성적 본능은 그저 기회만 필요할 뿐이다.

스트라이크는 잉그리드에게서 받은 브록뱅크의 번호에 아직 전화를 하지 않았다. 그는 시선을 돌려 해가 희미하게 비쳐드는 작은 유리창을 바라보았다. 이 번호를 워들에게 넘겨주는 건 어떨까. 아니면 지금 걸어보는 건…….

하지만 통화 목록을 훑다가 스트라이크는 생각을 바꾸었다. 그가 지금껏 워들에게 의심나는 점들을 이야기해서 소득이 있었나? 전혀 없었다. 워들은 지금 작전실에서 여러 가지 단서를 검토하고, 자신이 생각하는 방향으로 수사하느라 바쁠 것이다. 그리고 스트라이크의 추리에 대해서는—그가 아는 한—직감만 있을 뿐 증거는 없는 무수한 추리들보다 약간 더 신뢰하는 정도일 것이다. 워들이 경찰의 정보력과 인력을 등에 업고도 브록뱅크와 랭, 휘태커의 거주지를 밝혀내지 못했다는 건 그들을 우선 수사 대상으로 생각하지 않는다는 뜻이었다.

스트라이크가 브록뱅크를 찾고 싶다면, 로빈이 만들어낸 상황을 이용해야 했다. 그러니까 변호사가 전직 소령에게 배상금을 타게끔 도와주려고 한다는 상황을. 그들이 배로의 누이에게 한 꾸며낸 이야기가 값진 역할을 할 수도 있었다. 사실 지금 로빈에게 전화해 브록뱅크의 전화번호를 알려주는 것도 한 가지 방법이 될 수 있다고 스트라이크는 침대에 앉아서 생각했다. 매튜가 고향에 갔으니 그녀는 지금 일링의 아파트에 혼자 있을 것이다. 지금 전화를 해서―

'아냐, 그만둬.'

토트넘 펍에서 로빈과 함께 있었던 모습이 머릿속에 떠올랐다. 전화 한 통이면 그들은 다시 그렇게 될 수 있었다. 그들은 둘 다 자유로운 몸이었다. 사건을 논하며 술을 마시다 보면…….

'토요일 밤에? 말도 안 돼.'

스트라이크는 침대가 누워 있기 고통스러운 듯 벌떡 일어나서 옷을 입고 슈퍼마켓에 갔다.

불룩한 비닐봉지를 양손 가득 들고 덴마크 스트리트로 돌아오다 보니 워들이 보낸 사복 경찰 같은 사람들이 보였다. 비니 모자를 쓴 덩치 큰 남자를 감시하려는 것이었다. 작업복 재킷을 입은 젊은이의 시선이, 장 본 물건을 흔들며 지나가는 스트라이크에게 살짝 머물렀다.

집에서 혼자 저녁을 먹고 나자 엘린에게서 전화가 왔다. 늘 그렇듯이 토요일 저녁은 만날 수 없었다. 통화를 하는데 그녀의 딸이 뒤에서 노는 소리가 들렸다. 그들은 일요일 저녁에 만나기로 약속했는데, 그녀가 약속을 당길 수 있느냐고 물었다. 남편이 클래런스 테라스의 고급 아파트를 팔기로 해서 새집을 알아봐야 한다고 했다.

"나랑 같이 집 보러 갈래?" 그녀가 물었다. "2시에 전시용 아파트에 가기로 했어."

엘린이 이런 부탁을 하는 이유가 언젠가 거기에서 그와 함께 살고 싶어서가 아니라―그들은 사귄 지 석 달밖에 되지 않았다―모든 일에 누군가 동행해주길 바라는 여자여서란 걸 그는 알고 있었다. 어쨌건 그는 그렇다고 생각했다. 그녀는 겉보기만큼 독립적이지 않앗다. 그녀가 몇 시간을 혼자 보내는 대신 모르는 사람이 가득한 오빠 친구의 파티에 참석하지 않았다면 그들은 만나지 않았을 것이다. 물론 사교적인 게 나쁜 건 아니었다. 다만 이제 스트라이크는 1년 동안 자신에게 맞게 생활을 개조했고, 그 버릇을 깨기 힘들었다.

"안 돼. 미안해. 3시까지 일해야 돼." 그가 말했다.

설득력 있는 거짓말이었다. 그녀는 잘 받아들였다. 그녀와는 일요일 저녁에 약속한 식당에서 만나기로 했으니 이는 곧 그가 아스널 대 리버풀 전을 평화롭게 볼 수 있다는 뜻이었다.

전화를 끊고 그는 매튜와 함께 사는 집에 혼자 있는 로빈을 다시 떠올렸다. 그는 담배를 입에 물고 TV를 켠 뒤 어둠 속에서 베개에 머리를 뉘었다.

로빈은 이상한 주말을 보내고 있었다. 그녀는 이렇게 혼자 있는데 스트라이크가 엘린을 만나러 갔다는 사실만으로 우울해하지 않기로 결심하고(도대체 그런 생각은 어디서 나온 걸까? 물론 그는 엘린에게 갔을 것이다. 주말이지 않은가. 그리고 그가 주말을 어디서 보낼지는 그녀가 상관할 바가 아니었다) 노트북 앞에 앉아 시간을 보내며, 기존의 조사 방향 하나와 새로운 조사 방향 하나를 끈질기게 추적했다.

토요일 밤 늦게, 그녀는 인터넷에서 한 가지 사실을 발견하고서 좁은 거실을 세 바퀴 돌며 승리의 춤을 추었다. 당장 스트라이크에게 전화하고 싶었지만, 몇 분 동안 쿵쿵 뛰는 심장과 헐떡이는 숨을 달랜 다음 월요일에 전하기로 결심했다. 직접 말하는 편이 훨씬 좋을 것이다.

로빈이 혼자 있다는 것을 안 어머니가 주말에 두 번이나 전화를 했고, 그때마다 자신이 언제 런던에 가면 좋을지 날짜를 정하라고 했다.

"몰라요, 엄마. 어쨌건 지금은 아니에요." 일요일 아침에 로빈은 한숨을 쉬었다. 그녀는 소파에 잠옷 차림으로 앉아서 무릎에 노트북을 올려놓고 <<Δēvōŧėė>>라는 이름의 BIID 게시판 회원과 온라인 대화를 시도하고 있었다. 그녀는 어머니의 전화를 받았다. 안 그러면 어머니가 예고 없이 찾아올 것 같았다.

> <<Δēvōŧėė>>: 어디를 자르고 싶어요?
> TransHopeful: 허벅지 중간
> <<Δēvōŧėė>>: 두 다리 다?

"내일은 어떠니?" 린다가 물었다.

"안 돼요." 로빈이 바로 말했다. 그녀도 스트라이크처럼 능숙하게 거짓말을 했다. "지금 일이 바빠요. 그다음 주가 좋아요."

> TransHopeful: 네, 둘 다요. 그런 사람을 아나요?
> <<Δēvōŧėė>>: 게시판에서는 말 못 해요. 어디 살아요?

"그 애는 못 만났어. 로빈, 너 지금 타이핑하고 있니?" 린다가 말했다.

"아뇨." 로빈이 다시 거짓말을 하고, 키보드에서 손을 뗐다. "누구를 못 만났다는 거예요?"

"당연히 매튜지!"

"아, 네. 아무래도 이번 주말에는 전화하지 않을 것 같아요."
그녀는 좀 더 조용히 타이핑하려고 노력했다.

TransHopeful: 런던요.

<<Δēvōtéé>>: 나도요. 사진 있어요?

"매튜 아버지네 생일 파티에 가셨어요?" 타이핑 소리가 들리지 않게 하려고 그녀가 물었다.

"당연히 안 갔지!" 린다가 말했다. "다다음 주 언제가 좋을지 말해 줘. 표를 끊을 테니. 부활절이라서 붐빌 거야."

로빈은 그러겠다고 하고 린다의 애정 어린 작별 인사에 응답한 뒤 모든 관심을 <<Δēvōtéé>>에 쏟았다. 하지만 로빈이 그 남자 혹은 그 여자에게 (로빈은 그가 남자일 거라고 확신했다) 사진을 보내주지 않자 <<Δēvōtéé>>는 게시판 대화에 흥미를 잃고 조용해졌다.

그녀는 생일 모임을 마친 매튜가 일요일 저녁에 돌아올 거라고 생각했지만, 그는 오지 않았다. 8시에 달력을 보고서 그가 전부터 월요일에 휴가를 내겠다고 했던 것이 떠올랐다. 이번 주말을 계획할 때는 그녀도 좋아하면서 휴가를 내겠다고 했을 것이다. 둘이 헤어진 건 정말 잘된 일이라고 생각하며 그녀는 마음을 추슬렀다. 왜 집에서도 일하느냐는 또 한 번의 잔소리를 피할 수 있었기 때문이다.

하지만 얼마 후 그녀는 울었다. 침실에는 그와 함께한 과거의 흔적이 너무나 많았다. 둘이 만나고 나서 맞은 첫 밸런타인데이 때 그가 사준 코끼리 헝겊 인형—그 시절에 그는 그렇게 부드러운 성격이 아니었다. 그가 인형을 내밀면서 얼굴이 빨개졌던 기억이 떠올랐다―그리고 그녀의 스물한 번째 생일에 그가 준 보석함. 그리스와 스페인을 여행하는 동안 밝게 웃으며 찍은 많은 사진. 매튜의 누나 결혼식에 참석한 모습. 그중에서도 가장 큰 사진은 매튜의 졸업식에서 그들이 서로 안고 있는 사진이었다. 그는 졸업 가운을 입었고, 그 옆에 여름 원피스를 입고 선 로빈은 자기는 고릴라 가면을 쓴 남자 때문에 포기한 것을 성취한 그를 축하해주고 있었다.

31

Nighttime flowers, evening roses,
Bless this garden that never closes.
Blue Öyster Cult, 'Tenderloin'*

다음 날 현관을 나서던 로빈은 봄날의 아름다운 아침 풍경에 기분이 한껏 들떴다. 지하철을 타고 토트넘코트 로드 역까지 가는 동안 경계를 늦추지 않았지만 비니 모자를 쓴 덩치 큰 사내는 보이지 않았다. 출근길에 눈에 띈 것은 왕실 결혼으로 호들갑을 떠는 신문들이었다. 승객들이 손에 든 거의 모든 신문의 1면을 케이트 미들턴이 장식하고 있었다. 그 모습을 보자 로빈은 다시 한 번 1년 동안 약혼반지를 끼고 있던 약지가 예민하게 느껴졌다. 하지만 자신이 찾아낸 내용을 스트라이크에게 전할 생각에 들떠서 우울함을 떨쳐냈다.

그녀가 토트넘코트 로드 역을 나서는데 그녀의 이름을 부르는 남자 목소리가 들렸다. 그녀는 혹시 매튜가 잠복해 있었나 싶어 순간 겁이 났지만, 곧 배낭을 맨 스트라이크가 사람들을 비집고 나타났다. 엘린의 집에서 밤을 보낸 것 같았다.

"주말 잘 보냈어요?" 그가 묻더니 그녀가 대답할 겨를도 없이 말

---

* '밤에 피는 꽃, 저녁에 피는 장미,/그침이 없는 이 정원에 축복을.' 블루 오이스터 컬트, 〈홍등가〉.

했다. "미안해요. 그럴 리 없는데."

"아주 나쁘지는 않았어요." 로빈이 말했고, 그들은 평소처럼 장애물과 구덩이 들을 피해 길을 걸었다.

"뭘 알아냈나요?" 스트라이크가 끊임없이 울려 퍼지는 드릴 소리를 뚫고 소리쳤다.

"네?" 그녀가 소리쳤다.

"뭘. 알. 아. 냈. 느. 냐. 고. 요?"

"제가 뭘 알아낸 걸 어떻게 아세요?"

"표정을 보면 알아요. 나한테 알려줄 게 있다는 표정이에요." 그가 말했다.

그녀는 웃었다.

"컴퓨터가 있어야 보여드릴 수 있어요."

그들은 모퉁이를 돌아 덴마크 스트리트로 들어섰다. 사무실 건물 앞에 검은 옷의 남자가 커다란 붉은 장미 꽃다발을 들고 서 있었다.

"오, 제발." 로빈이 나직이 말했다.

하지만 공포의 경련은 물러갔다. 그녀의 눈은 순간적으로 꽃다발이 아닌 검은 옷의 남자만 봤다. 그러나 남자는 그 택배 배달원이 아니었다. 가까이 가보니 머리가 긴 젊은이로, 헬멧을 쓰지 않은 데다 꽃 배달 업체의 배달원이었다. 스트라이크는 쉰 송이도 넘는 붉은 장미를 이렇게 심드렁하게 받는 사람이 또 있을까 하고 생각했다.

"그 사람 아버지가 시켰을 거예요." 스트라이크가 문을 열어주어 안으로 들어가며 로빈이 음울하게 말했다. 그녀는 꽃다발도 별로 조심스럽게 다루지 않았다. "여자는 다 장미를 좋아한다고 그분이 말했을 거예요. 꽃다발이면 된다고요."

스트라이크는 그녀를 따라 철제 계단을 올라갔다. 흥미로웠지만 내색은 하지 않았다. 그가 사무실 문을 열자 로빈은 책상으로 가서 그 위에 장미를 떨구어놓았다. 비닐 주머니에 푸르스름한 물을 채워 리본으로 함께 묶은 장미가 흔들렸다. 카드가 들어 있었지만, 그녀는 스트라이크 앞에서 꺼내 보고 싶지 않았다.

"그래, 뭘 알아냈어요?" 그가 문 옆의 못에 배낭을 걸며 물었다.

로빈이 말을 꺼내기도 전에 누군가 문을 두드렸다. 반투명 유리 밖으로 워들의 실루엣 ― 구불구불한 머리카락, 가죽 재킷 ― 이 보였다.

"근처에 나와 있었어. 너무 이른 건 아니지? 아래층 친구가 들여보내 주길래."

워들의 눈이 로빈의 책상에 놓인 장미꽃에 가 닿았다.

"생일이신가요?"

"아뇨." 그녀가 대답하고 물었다. "커피 드실 분?"

"내가 하죠." 스트라이크가 주전자 쪽으로 몸을 움직이며 로빈에게 계속 말했다. "워들이 우리한테 보여줄 게 있대요."

로빈은 낙심했다. 워들이 선수를 치려는 것인가? 이럴 줄 알았으면 그냥 토요일 밤에 스트라이크에게 전화하는 건데.

워들은 체중이 어느 정도를 넘는 사람이 앉으면 요란하게 방귀 소리가 나는 인조가죽 소파에 앉았다. 그는 소리에 깜짝 놀라 자세를 조심스레 바로잡은 다음 서류철을 열었다.

"켈시는 신체 일부를 자르고 싶어 하는 사람들의 웹사이트에 글을 쓰고 있었어요." 워들이 로빈에게 말했다.

로빈은 책상 앞 의자에 앉았다. 장미가 경찰관을 가렸다. 그녀는 장미를 번쩍 들어 바닥에 내려놓았다.

"켈시가 스트라이크를 언급하면서, 그에 대해 아는 사람 없냐고 물었더군요." 워들이 말을 이었다.

"대화명이 '노웨어투턴(Nowheretoturn)' 아니에요?" 로빈이 차분한 목소리를 유지하려고 애쓰면서 말했다. 워들이 놀라서 고개를 들었고 스트라이크가 커피 스푼을 공중에 든 채 돌아보았다.

"네, 맞아요. 어떻게 아셨어요?" 경찰이 그녀를 보며 말했다.

"지난 주말에 그 게시판을 찾았어요." 로빈이 말했다. "노웨어투턴이 편지를 보낸 소녀일지도 모른다고 생각했어요."

"이런." 워들이 로빈과 스트라이크를 번갈아 보면서 말했다. "경찰에 특채해야겠네요."

"로빈은 백수가 아냐." 스트라이크가 말했다. "계속해봐. 켈시가 게시판에서……."

"게시판에서 여기 두 명하고 이메일 주소를 주고받았어. 특별히 도움되진 않지만 두 사람이 정말로 켈시를 만났는지 확인해보려고. 그러니까 현실에서." 워들이 말했다.

스트라이크는 그 말이 이상했다. 어린 시절에 놀이라는 환상세계와 사실들로 이루어진 어른들의 지루한 세계를 구별하기 위해 썼던 현실이라는 말이 인터넷 바깥세상을 가리키게 되다니. 그는 워들과 로빈에게 커피를 갖다 주었고, 의자를 가지러 안쪽 사무실로 갔다. 방귀 뀌는 소파에 워들과 나란히 앉고 싶지 않았다.

그가 돌아왔을 때 워들은 로빈에게 두 사람의 페이스북 스크린숏 출력물을 보여주고 있었다.

로빈은 그것을 꼼꼼히 들여다본 다음 스트라이크에게 건네주었다. 한 명은 뚱뚱한 체격에 검은 단발머리를 한 젊은 여자로, 둥글고 하얀 얼굴에 안경을 썼다. 다른 한 사람은 금발에 눈이 사시인 20대 남자였다.

"여자는 트랜스에이블이라는 주제로—이게 무슨 헛소린지는 몰라도—블로그를 하고 있어. 남자는 게시판에서 자기 몸을 잘라야 한다고 말하고 있고. 둘 다 정신에 문제가 있는 게 분명해. 어디, 아는 얼굴들이야?"

스트라이크는 고개를 저었고, 로빈도 마찬가지였다. 워들은 한숨을 쉬고 사진을 거둬들였다.

"어차피 별로 가능성은 없다고 생각했어."

"켈시가 어울린 남자들은 어때? 직업학교 학생이라든가 거기 교사라든가?" 스트라이크가 토요일에 떠오른 질문들을 생각하며 물었다.

"언니 말로는 켈시가 남자 친구가 있다고 했지만 직접 본 적은 없다더군. 거짓말이었을 거라는 거야. 켈시의 직업학교 친구를 몇 명 만났는데, 아무도 남자 친구를 보지 못했다고 말했어. 그래도 계속 알아보고는 있어."

워들이 커피를 조금 마신 뒤 말을 이었다. "헤이즐 하니까 말인데, 내가 말을 전해주겠다고 했어. 헤이즐이 자네를 만나고 싶어 해."

"나를? 왜?" 스트라이크가 놀라서 물었다.

"모르지." 워들이 말했다. "모든 사람한테 자신의 정당성을 구하려는 것 같아. 지금 상태가 아주 불안하거든."

"정당성을 구한다고?"

"켈시가 다리 이야기를 할 때마다 관심 끌려는 짓이라며 무시했다고 죄책감에 시달리고 있어. 그래서 켈시가 다른 사람에게 도움을 청한 거라고."

"내가 답장을 하지 않았다는 건 모르는 거야? 내가 켈시와 전혀 접촉하지 않았다는 건?"

"알아. 내가 말했어. 그래도 자네와 이야기하고 싶어 해. 나도 모르지." 워들이 약간 짜증 섞인 목소리로 말했다. "어쨌건 자네가 켈시의 다리를 받았으니까. 충격받은 사람에게 이성적인 행동을 기대하긴 힘드니까. 게다가 자네잖아." 워들의 목소리에 살짝 날이 서 있었다. "헤매는 경찰 대신 초능력을 가진 탐정이 모든 걸 해결해주기를 바라는 것 같아."

로빈과 스트라이크는 서로 시선을 피했고, 워들은 불만스럽게 덧붙였다.

"우리가 잘못한 것도 있어. 조금 공격적으로 질문한 게 마음에 안 들었나 봐. 그래서 방어적인 태도가 되었어. 그냥 자네를 끼어들게 하고 싶은 건지도 모르지. 자네는 이미 무고한 한 사람을 구해주었으니까."

스트라이크는 그의 방어적인 어조를 무시하기로 했다.

"우리는 당연히 헤이즐과 함께 사는 남자를 조사해야 했지." 그러고서 그는 로빈에게 덧붙여 말했다. "그건 기본 절차예요."

"그럼요. 당연하죠." 로빈이 말했다.

"그럼 켈시 주변에는 언니의 남자 친구하고 그 확실치 않은 남자 친구 말고 다른 남자는 없었어?" 스트라이크가 물었다.

"남자 상담원에게 상담을 받고 있었어. 50대의 여윈 흑인 남자인데, 켈시가 죽던 주말에 그는 브리스틀에서 가족을 만나고 있었지."

워들이 말했다. "그리고 대럴이라는 교회 청소년부 지도자가 있는데, 작업복을 입고 다니는 뚱뚱한 남자더라고. 심문을 하는데 엄청나게 울더군. 일요일에는 내내 교회에 있었다는 걸 확인했고, 또 다른 건 몰라도 도끼를 휘두를 사람 같지는 않았어. 이게 우리가 아는 전부야. 보육 교사 과정에는 전부 여학생뿐이고."

"교회 청소년부에 남자는 없어?"

"거기도 대부분 여자야. 가장 나이 많은 남자애가 열네 살이더라고."

"내가 헤이즐을 만나는 걸 경찰은 어떻게 생각해?" 스트라이크가 물었다.

"말릴 수는 없지." 워들이 어깨를 으쓱하며 말했다. "나는 찬성이야. 유용한 정보를 알아낸다면 자네는 경찰에 알릴 테니까. 하지만 특별히 알아낼 게 있을지는 의문이야. 우리가 모든 사람을 조사했고, 켈시의 방도 샅샅이 훑었고, 컴퓨터도 뒤졌으니까. 개인적으로 나는 우리가 조사한 사람들은 아무것도 몰랐을 거라고 생각해. 모두들 켈시가 실습 갔다고 생각했거든."

워들은 커피 고맙다고 인사하면서 특히 로빈에게 따뜻한 미소를 전했지만 로빈은 대꾸를 하는 둥 마는 둥했다. 워들이 떠났다.

"브록뱅크나 랭, 휘태커 이야기는 하나도 없어요." 워들의 발소리가 멀어지자 스트라이크가 말한 뒤 로빈을 보며 덧붙였다. "그리고 로빈은 나한테 인터넷을 뒤진다는 말은 안 했잖아요."

"그 여자가 편지를 보낸 소녀하고 동일인이라는 증거가 없었어요." 로빈이 말했다. "하지만 켈시가 인터넷에서 도움을 구했을지도 모른다는 생각은 했어요."

커리어 오브 이블 **25**

스트라이크가 일어나 책상 위에 놓인 그녀의 컵을 들고 나가려 하
는데 로빈이 화를 내며 말했다.

"제가 드리려던 말씀에는 관심 없으신 거예요?"

그가 놀라서 돌아보았다.

"다른 내용이에요?"

"네!"

"뭔가요?"

"도널드 랭을 찾은 것 같아요."

스트라이크는 아무 말도 하지 않고 양손에 각각의 머그잔을 든 채
멍하니 서 있었다.

"뭐라고요? 어떻게?"

로빈은 컴퓨터를 켜고 스트라이크를 손짓해 부른 뒤 글자를 입력
했다. 그는 그녀의 등 뒤에 가 섰다.

"건선성 관절염을 찾아봤거든요. 그랬더니…… 이걸 봐요."

그녀가 자선 단체 저스트기빙 홈페이지에 접속했다. 맨 위에 눈을
부릅뜬 한 남자의 작은 사진이 있었다.

"이런, 랭 맞잖아!" 스트라이크가 너무도 크게 소리쳐서 로빈은
깜짝 놀랐다. 그는 머그잔을 내려놓고는 모니터를 보려고 의자를
책상 옆으로 가져왔다. 그러다가 로빈의 장미를 쓰러뜨렸다.

"아이고, 미안해요—"

"상관없어요. 여기 앉으세요. 제가 치울게요." 로빈이 말했다.

그녀가 자리를 비키자 스트라이크가 그녀의 회전의자에 앉았다.

스트라이크는 작은 사진을 클릭해서 확대했다. 랭은 난간에 두꺼
운 녹색 유리를 두른 비좁은 발코니 같은 곳에 서 있었고 오른쪽 겨

드랑이에는 목발이 보였다. 뻣뻣한 머리칼은 여전히 짧았지만, 머리털 색은 수년 동안 더 짙어져서 이제 더는 여우 털처럼 붉지 않았다. 면도를 깨끗이 했지만 피부가 우둘투둘했다. 얼굴은 로렌이 준 사진보다는 덜 부었지만, 아틀라스 대리석상 같은 근육이 있고 링에서 그의 얼굴을 물었던 때보다는 체중이 불어 있었다. 노란 티셔츠를 입었고 오른팔 위쪽에 장미 문신이 보였는데, 단검이 장미를 찔러서 핏방울이 떨어지는 모습으로 바뀌어 있었다. 발코니에 선 랭의 저 뒤쪽으로 불규칙한 검은색과 은색 패턴의 유리창들이 흐릿하게 보였다.

그는 본명을 썼다.

도널드 랭의 호소
저는 건선성 관절염을 앓는 퇴역 군인입니다. 관절염 연구를 위해 모금을 하고 있습니다. 여러분의 도움을 기다립니다.

랭의 페이지는 1,000파운드를 목표로 석 달 전에 만들어졌지만 달성률은 0퍼센트였다.

"모금을 위해 뭘 하겠다는 말은 없네요. 그냥 '돈 줘요'예요." 스트라이크가 말했다.

"자신에게 달라는 게 아니에요." 로빈이 꽃다발에서 바닥으로 흘러나온 물을 키친타월로 닦으며 말했다. "자선단체에 주겠대요."

"말이야 그렇죠."

스트라이크는 랭이 서 있는 발코니 뒤쪽의 삐죽삐죽한 무늬를 눈을 가늘게 뜨고서 유심히 들여다보았다.

"저거 보고 뭐 생각나는 거 없어요? 랭 뒤쪽의 유리창 말이에요."

"처음에는 거킨 빌딩인가 했어요." 로빈이 젖은 타월을 휴지통에 던져 넣고 일어서면서 말했다. "하지만 무늬가 달라요."

"어디에 사는지는 안 나와 있네요." 스트라이크가 정보를 더 얻을 수 있을까 싶어 페이지 여기저기를 클릭하면서 말했다. "저스트기빙에는 랭에 대한 정보가 있을 거예요."

"나쁜 사람들은 왠지 병에 안 걸릴 것 같은데 말이에요."

그녀가 시계를 보았다.

"저는 15분 뒤에 플래티넘을 감시해야 돼요. 지금 나가야겠어요."

"그래요." 스트라이크가 랭의 사진을 계속 들여다보며 말했다. "계속 연락하고요— 아, 로빈에게 부탁할 게 있어요."

그는 주머니에서 전화를 꺼냈다.

"브록뱅크예요."

"아직도 그 사람이라고 생각하세요?" 로빈이 재킷을 입다 말고 물었다.

"그럴 수도 있어요. 브록뱅크에게 전화해서 베니샤 홀 행세를 해 봐요. 상해 소송 건으로."

"아, 네." 로빈은 휴대전화를 꺼내서 사무적인 태도로 그가 보여 준 전화번호를 입력했지만 속으로는 기분이 우쭐해졌다. 베니샤는 그녀가 만들어낸 아이디어, 그녀의 창조물이었고, 이제 스트라이크는 수사 방향 하나를 완전히 그녀에게 맡겼다.

로빈은 햇빛이 비치는 덴마크 스트리트를 걷다가 망가져버린 장미꽃 사이에 카드가 있었다는 것, 하지만 자신이 읽지 않고 나왔다는 사실을 깨달았다.

32

What's that in the corner?
It's too dark to see.

Blue Öyster Cult, 'After Dark'*

하루 종일 자동차 소음과 사람들의 시끄러운 목소리에 둘러싸여 있어서 로빈은 오후 5시가 되어서야 노엘 브록뱅크에게 전화할 기회가 생겼다. 그녀는 플래티넘이 평소처럼 일하는 것을 보고는 랩댄싱 클럽 옆의 일식집에 들어가서 조용한 구석 자리에 녹차를 놓고 앉았다. 5분 동안 기다리며 이곳의 잡음이 대로변으로 난 사무실의 소음으로 여겨질 수 있음을 확인한 다음 쿵쿵 뛰는 심장을 달래가며 번호를 눌렀다.

아직 쓰는 번호였다. 신호 가는 소리가 20초나 이어져서 아무도 받지 않나 보다 생각한 순간, 누군가가 전화를 받았다.

전화선을 타고 가쁜 숨소리가 들렸다. 로빈은 휴대전화를 귀에 바짝 대고 가만히 있었다. 그러다가 말을 갓 배운 아기의 날카로운 목소리에 깜짝 놀라고 말았다.

"여보세요!"

---

* '모퉁이에 있는 저게 뭐지?/어두워서 보이지 않아.', 블루 오이스터 컬트, 〈어둠이 내린 뒤〉.

"여보세요?" 로빈이 조심스럽게 말했다.

멀리서 여자 목소리가 작게 들렸다.

"너, 뭘 갖고 있니, 자하라?"

부스럭거리는 소리가 나더니 목소리가 훨씬 커졌다.

"노엘 전화기잖아, 그 사람이 찾는 것 같—"

그러더니 전화가 끊겼다. 로빈은 천천히 전화기를 내렸다. 아직도 심장이 쿵쾅거렸다. 실수로 전화를 끊은 아기의 끈끈한 손가락이 느껴질 지경이었다.

그녀의 손에서 전화기가 다시 진동했다. 브록뱅크의 번호였다. 로빈은 숨을 가라앉히고 전화를 받았다.

"네, 베니샤 홀입니다."

"네, 뭐라고요?" 여자 목소리가 말했다.

"베니샤 홀, 하데이커 앤드 홀 법률 사무소입니다."

"뭐라고요? 방금 이 번호로 전화하지 않았나요?" 여자가 다시 물었다.

런던 말투였다. 로빈의 입안이 말랐다.

"네, 맞습니다." 베니샤가 된 로빈이 말했다. "노엘 브록뱅크 씨를 찾고 있습니다."

"왜요?"

감지할 수 없을 만큼 짧은 침묵 후에 로빈이 말했다.

"말씀하는 분은 누구신지 여쭤봐도 될까요?"

"왜요? 당신 누구시죠?" 여자의 목소리에 공격성이 더해졌다.

"제 이름은 베니샤 홀이고요, 상해보상 전문 변호사입니다." 로빈이 말했다.

그녀 앞에 한 커플이 앉아서 이탈리아어로 떠들기 시작했다.

"뭐라고요?" 전화선 저 끝에서 여자가 다시 말했다.

속으로 앞자리의 손님들을 욕하면서 로빈은 목소리를 높여 배로에서 할리에게 한 이야기를 다시 반복해 말했다.

"그 사람한테 돈을 준다고요?" 여자의 목소리에서 공격성이 약간 줄어들었다.

"네, 일이 잘되면요. 그러니까—" 로빈이 말했다.

"그 사람 일을 어떻게 알았나요?"

"다른 분들의 사례를 조사하다 브록뱅크 씨의 기록을 봤습니다."

"얼마나 줘요?"

"그건 경우에 따라 달라요. 브록뱅크 씨는 어디 계신가요?" 로빈은 숨을 깊게 들이쉬었다.

"출근했어요."

"어디인지 여쭤봐도—"

"오면 전화하라고 할게요. 이 번호로 하면 되죠?"

"네, 내일은 9시부터 사무실에 있을 겁니다." 로빈이 말했다.

"베니, 베, 이름이 뭐라고요?"

로빈은 베니샤의 철자를 불러주었다.

"네, 전화하라고 할게요. 그럼 이만."

로빈은 지하철을 타러 가면서 상황을 보고하려고 스트라이크에게 전화했지만 그는 통화 중이었다.

지하철역을 내려가는데 그녀의 기분이 가라앉았다. 매튜는 이제집에 돌아와 있을 것이다. 매튜를 본 지 아주 오래된 것 같았고, 다시 만날 일이 두려웠다. 지하철을 타니 기분이 더욱 가라앉았다. 집에 들어가지 않을 핑계가 간절했지만, 어둠이 내린 뒤에 밖에 있지 않기로 한 약속을 지키기로 했다.

40분 뒤 그녀는 웨스트 일링 역에 도착했다. 두려운 마음으로 집을 향해 걸으면서 다시 스트라이크에게 전화를 걸자 이번에는 전화를 받았다.

"끝내주게 잘했어요!" 그녀가 브록뱅크의 전화번호로 통화한 일을 전하자 그가 말했다. "여자가 런던 말투를 썼다고요?"

"그런 것 같아요." 로빈이 말했다. 하지만 스트라이크가 더 중요한 점을 놓치고 있는 듯했다. "그리고 어린 딸이 있는 것 같았어요."

"그러니까 브록뱅크가 거기 있는 거겠죠."

그녀는 스트라이크가 아동 강간범 곁에 아이가 있다는 점에 더 신경 쓸 거라고 생각했지만 그는 얼른 화제를 바꾸었다.

"방금 헤이즐 펄리와 통화했어요."

"누구요?"

"켈시의 언니요. 기억하죠? 나를 만나고 싶어 했잖아요. 토요일에 만나기로 했어요."

"아." 로빈이 말했다.

"그 전에는 시간이 안 돼요. 스토커 아빠가 시카고에서 돌아왔거든요. 다행이죠. 의심남이 언제까지나 우리를 먹여살려 주지는 않을 테니까."

로빈은 반응하지 않았다. 그녀는 아직도 전화를 받은 아기를 생각하고 있었다. 스트라이크가 그 소식에 보인 반응은 실망스러웠다.

"괜찮아요?" 스트라이크가 물었다.

"네." 로빈이 말했다.

그녀는 헤이스팅스 로드 끝에 이르렀다.

"내일 봬요." 그녀가 말했다.

그들은 전화를 끊었다. 스트라이크와 통화하고 나서 더 기분이 나빠져버린 예상치 못한 상황 속에, 그녀는 두려운 마음을 끌어안고서 집으로 갔다.

하지만 걱정할 필요가 없었다. 매섬에서 돌아온 매튜는 이제 이야기 좀 하자고 보채는 남자가 아니었다. 그는 소파에서 잤다. 그 후 사흘 동안 그들은 서로를 피해 움직였다. 로빈은 차분히 예의를 갖췄고, 매튜는 가끔 패러디처럼 보일 만큼 성실히 노력했다. 그녀가 쓴 컵을 서둘러 씻었고, 목요일 아침에는 일이 어떻게 되고 있는지 정중하게 물었다.

"아, 그러지 마." 로빈은 그렇게만 말하고 현관으로 갔다.

아마 고향의 가족들이 그에게 한 발 물러나서 로빈에게 시간을 주라고 말한 것 같았다. 그들은 아직 결혼이 취소되었다는 사실을 사람들에게 어떻게 알릴지 의논하지 않았다. 그리고 매튜는 그 사실을 의논하려고 하지도 않았다. 로빈은 날마다 그 이야기를 꺼내려다가 말았다. 때로는 자신의 이런 비겁함이 그 반지를 다시 끼고 싶다는 은근한 바람에서 비롯된 것은 아닌가 싶기도 했다. 또 때로는 이런 망설임이 탈진 혹은 가장 어렵고 고통스러울 대면을 피하고 싶은 마음 때문에, 완전히 헤어지기에 앞서 힘을 더 쌓아야 하기 때문에 생기는 것 같기도 했다. 로빈은 어머니에게 와달라고 부탁하진 않았지만, 어쨌건 린다가 오면 할 일을 해낼 용기와 위안을 얻길 바랐다.

책상 위의 장미는 천천히 시들었다. 아무도 물을 갈아주지 않아서 포장 그대로 조용히 생명을 잃어갔지만 로빈은 그것을 버리지 않았고, 물건을 가지러 간간이 사무실에 들르는 스트라이크도 자신이 그것을—꽃다발도 그렇고 아직 개봉하지 않은 카드도—버려선 안 된다고 느꼈다.

지난주에 그토록 많은 시간을 함께했던 로빈과 스트라이크는 평소의 업무 형태로 돌아가자 서로 볼 일이 드물어졌다. 번갈아가며 플래티넘을 관찰하고 미국에서 돌아와 두 아들을 스토킹하는 스토커 아빠를 살펴야 했기 때문이다. 목요일 오후에 그들은 로빈이 노엘 브록뱅크에게 다시 전화해야 할지를 전화로 의논했다. 노엘이 로빈에게 전화하지 않았기 때문이다. 스트라이크는 생각을 해본 뒤 베니샤 홀은 바쁜 변호사여서 그 일에만 매달릴 만큼 한가하지 않다고 결론을 내렸다.

"내일까지 연락이 없으면 다시 한 번 전화해봐요. 그러면 근무일 기준으로 일주일이 지나는 거니까. 그리고 그 여자분이 번호를 잊었을지도 몰라요."

스트라이크가 전화를 끊자, 로빈은 스토커 아빠의 가족이 사는 켄징턴의 에지 스트리트를 배회하기 시작했다. 그곳은 로빈의 기분에 전혀 긍정적인 영향을 주지 않았다. 그녀는 인터넷으로 집을 알아보고 있었지만, 그녀의 봉급으로 구할 수 있는 집은 걱정했던 것보다도 훨씬 열악했다. 공유 주택에서 방 한 칸 정도 빌리는 것이 최대였다.

고풍스럽고 아름다운 빅토리아시대풍 저택들의 매끈한 현관, 담쟁이덩굴, 창가의 화단과 깨끗한 창문 들은 그 안에 안락하고 유복

한 생활이 있음을 말해주었다. 그것은 로빈이 수입 높은 직장에 취직될 것처럼 보이던 시절, 매튜가 꿈꾸던 삶이었다. 그녀는 처음부터 매튜에게 자신은 돈이 중요하지 않다고, 적어도 매튜가 중요시하는 만큼 중요하지는 않다고 말했다. 그것은 아직도 사실이었지만 이 예쁘고 조용한 집들 사이에 서 있다 보니 '휴대전화는 화장실에서만' 사용할 것을 조건으로 하는 '엄격한 채식주의 가정의 작은 방' 또는 해크니의 작은 방—'가족적인 분위기에서 함께 즐겁게 살아요!'—밖에 구할 수 없는 자신의 처지를 떠올리지 않기가 힘들었다.

휴대전화가 다시 울렸다. 스트라이크일 거라 예상하고 전화기를 꺼냈더니 브록뱅크였다. 심장이 덜컹 내려앉았다. 그녀는 심호흡을 하고 전화를 받았다.

"네, 베니샤 홀입니다."

"그 변호산가요?"

그녀는 자신이 어떤 말투를 기대했는지 알지 못했다. 아동 강간범, 깨진 유리병을 휘두르고 기억상실을 연기한 이 턱이 긴 악당은 그녀의 머릿속에서 괴물이 되어 있었다. 그의 목소리는 굵었고, 억양은 누이 할리보다는 덜했지만 배로의 억양이 강했다.

"네, 맞습니다. 브록뱅크 씨인가요?" 로빈이 말했다.

"맞아요."

그의 침묵은 왠지 무시무시했다. 로빈은 그가 자신을 만나준다면 배상금을 받을 수 있을지도 모른다는 거짓 이야기를 서둘러 늘어놓았다. 그녀가 이야기를 마치자 그는 아무 말도 하지 않았다. 로빈은 침착함을 유지했다. 베니샤 홀은 침묵을 견딜 만큼 자신감이 있어야 했다. 하지만 침묵 속에 울리는 지지직 소리는 그녀를 불안하게 했다.

"우리 일은 어떻게 알게 된 거요?"

"조사하다가 브록뱅크 씨의 사례를 보게 되었습니다."

"무슨 조사?"

왜 이렇게 움츠러드는 걸까? 브록뱅크는 멀리 있는데도 로빈은 자신도 모르게 주변을 둘러보았다. 햇빛이 내리비치는 우아한 거리에는 인적이 없었다.

"군인들이 겪는 비슷한 유형의 비전투 관련 상해에 대한 조사예요." 그녀는 말했고, 자신의 목소리가 그토록 높이 치솟는 게 마음에 들지 않았다.

다시 침묵. 자동차 한 대가 모퉁이를 돌아 로빈 쪽으로 다가왔다.

'이런 젠장.' 그 차의 운전자가 감시 대상인 스토커 아빠라는 것을 깨닫자 그녀의 머릿속이 바빠졌다. 로빈이 차를 향해 돌아설 때 스토커 아빠가 그녀의 얼굴을 정면으로 보았다. 그녀는 고개를 숙이고 학교 반대쪽으로 천천히 걸어갔다.

"그럼 내가 뭘 해야 되는 거요?" 노엘 브록뱅크가 그녀의 귀에 대고 말했다.

"만나서 직접 이야기를 들을 수 있을까요?" 로빈이 물었다. 심장이 너무 빠르게 뛰어서 가슴이 아플 지경이었다.

"내 이력을 읽었을 것 같은데." 그가 말하자 로빈의 목덜미 털이 곤두섰다. "캐머런 스트라이크라는 개새끼가 내 뇌에 손상을 입혔어요."

"네, 그 사실은 서류에서 봤어요." 로빈이 숨 가쁘게 말했다. "하지만 진술을 확보해야—"

"진술을 확보해?"

갑자기 위험한 침묵이 흘렀다.

"혹시 호니야?"

북부 출신인 로빈 엘라코트는 그 말을 알아들었다. 하지만 런던 사람인 베니샤 홀은 그럴 리 없었다. '호니'는 경찰을 가리키는 컴브리아 사투리였다.

"네? 뭐라고요?" 그녀는 최선을 다해 못 알아들은 척했다.

스토커 아빠가 별거 중인 아내의 집 앞에 차를 세웠다. 금방이라도 그의 아들들이 유모와 함께 나와 친구 집으로 놀러 갈 것 같았다. 로빈은 그가 그들에게 다가가는 모습을 사진으로 남겨야 했다. 이건 돈 버는 일이었다. 그녀는 스토커 아빠의 움직임을 사진으로 찍어야 했다.

"경찰 말이야." 브록뱅크가 공격적으로 말했다.

"경찰요? 당연히 아니죠." 그녀가 놀랍고 흥미로워하는 어조를 유지하려 애쓰며 말했다.

"정말이지?"

스토커 아빠의 아내 집 현관문이 열렸다. 로빈은 유모의 붉은 머리를 보았고 자동차 문이 열리는 소리를 들었다. 그녀는 불쾌하고 혼란스러워하는 듯이 보이려 했다.

"그런 걸 물으시다니요. 브록뱅크 씨, 관심이 없으시다면—"

전화기를 잡은 손이 축축해졌다. 그때 놀랍게도 그가 말했다.

"좋아. 한번 만나죠."

"네, 좋네요." 로빈이 말했고, 유모가 두 소년을 데리고 나왔다. "지금 계신 곳이 어딘가요?"

"쇼어디치." 브록뱅크가 말했다.

로빈은 온몸의 신경이 곤두섰다. 그는 런던에 있었다.

"그러면 언제가 가장 편하실―?"

"그 소리는 뭐지?"

유모가 아이들에게 다가오는 스토커 아빠를 향해 소리 지르고 있었다. 아이 한 명이 울음을 터뜨렸다.

"아, 사실― 제가 지금 아들을 하교시키러 학교 앞에 나와 있어요." 로빈이 비명과 고함보다 더 큰 소리로 말했다.

전화 저쪽에서 다시 침묵이 흘렀다. 냉정한 베니샤 홀은 당황하지 않겠지만, 로빈은 어이없는 공포에 마비되었다.

그런 뒤 로빈은 평생 가장 위협적인 목소리를 들었다. 그 목소리는 나직해서 더 섬뜩했고, 너무 가까워서 마치 귀에 직접 대고 말하는 것 같았다.

"너 내가 아는 애냐, 가시내야?"

로빈은 뭐라고 말하려 했지만 아무 말도 나오지 않았다. 전화가 끊겼다.

33

Then the door was open and the wind appeared...
Blue Öyster Cult, '(Don't Fear) The Reaper'*

"브록뱅크 일을 망쳤어요." 로빈이 말했다. "미안해요. 하지만 어떻게 망쳤는지도 모르겠어요! 게다가 스토커 아빠의 사진도 못 찍었어요. 거리가 너무 가까웠거든요."

금요일 오전 9시였고 스트라이크가 왔다. 위층에서 내려오는 게 아니라 역시 배낭을 맨 완벽한 외출복 차림으로 길에서 들어왔다. 로빈은 그가 계단을 올라오면서 흥얼거리는 콧노래 소리를 들었다. 엘린의 집에서 오는 길이다. 로빈은 어제저녁에 스트라이크에게 전화를 했지만 그가 오래 통화할 수 있는 상태가 아니라서 오늘 만나 이야기하기로 했다.

"스토커 아빠는 신경 쓸 거 없어요. 다른 기회가 있을 테니까." 스트라이크가 바삐 주전자 쪽으로 가며 말했다. "그리고 브록뱅크 일은 잘했어요. 그자가 쇼어디치에 있다는 걸 알게 됐잖아요. 그리고 계속 내 생각을 하고 있다는 것, 로빈을 경찰이라고 의심했다는 것

* '그때 문이 열리고 바람이 나타났지…….', 블루 오이스터 컬트, 〈죽음(을 두려워하지 마)〉.

도 알았어요. 하지만 그게 여기저기에서 어린 소녀들을 괴롭혔기 때문인지 최근에 10대 여학생을 토막 냈기 때문인지는 모르죠."

브록뱅크에게 그 마지막 말을 들은 뒤로 로빈은 심리적으로 약간 불안해졌다. 그녀와 매튜는 어제저녁에 거의 대화를 하지 않았고, 그런 이해할 수 없는 불안감을 털어낼 방법이 없었기 때문에 그녀는 스트라이크를 만나서 그 불길한 말의 의미를 의논하고 싶은 마음이 간절했다. '너 내가 아는 애냐, 가시내야?' 오늘 그녀가 원하는 스트라이크는 다리 사건을 심각한 위협으로 보고 그녀에게 해 진 뒤에 돌아다니지 말라고 경고한, 진지하고 조심스러운 스트라이크였다. 이렇게 유쾌하게 커피를 준비하면서 아동 학대와 살인에 대해 사무적으로 말하는 스트라이크는 아무런 위안이 되지 않았다. 그는 그녀의 귀에 속삭인 브록뱅크의 목소리에 대해서도 전혀 모를 것이다.

"브록뱅크에 대해 우리가 알고 있는 게 또 하나 있어요." 그녀가 긴장된 목소리로 말했다. "어린 소녀와 함께 살고 있다는 거예요."

"꼭 같이 사는 건 아닐 수도 있어요. 전화기를 어디 두고 온 건지도 모르니까요."

"아, 그렇긴 하죠." 더욱 깊이 상처받은 로빈이 말했다. "정확한 표현을 원하신다면, 그 사람은 어린 소녀와 가까운 거리에 있어요."

그녀는 출근하면서 가지고 들어온 우편물을 처리한다는 구실로 고개를 돌렸다. 그가 콧노래를 부르며 출근했다는 사실이 기분 나빴다. 아마도 그는 엘린과 밤을 함께 보내며 휴식을 취하고 원기를 회복했을 것이다. 로빈도 긴장했던 낮과 냉랭했던 밤을 잊고 싶었다. 자신의 감정이 이성적이지 않다는 것을 알면서도 분노가 달래지지 않았다. 그녀는 책상 위에서 물이 마른 비닐 주머니에 든 시든 장미를 집어 쓰레기통에 쑤셔 넣었다.

"그 아이에 대해서는 우리가 할 수 있는 게 없어요." 스트라이크가 말했다.

짜릿한 분노가 로빈을 훑고 지나갔다.

"그러면 그 아이 걱정은 안 할게요." 그녀가 차갑게 말했다.

그녀는 봉투에서 청구서를 꺼내려다가 실수로 봉투째 북 찢었다.

"아동 강간범 때문에 위험에 처한 아이가 그 아이뿐일까요? 지금 당장, 런던에만도 수백 명일 텐데."

자신이 그토록 화가 났다는 걸 보여주었으니 그가 좀 미안해하지 않을까 하는 기대를 품고 로빈은 그를 돌아보았다. 그는 눈을 살짝 찌푸리기는 했지만, 거기에 연민의 빛은 없었다.

"걱정하는 건 자유지만, 그건 에너지 낭비예요. 그 아이에 대해서는 로빈도 나도 할 수 있는 게 없어요. 브록뱅크는 아무 기록도 남지 않았어요. 유죄판결을 받은 적도 없고요. 우리는 그 아이가 어디 있는지 또ㅡ"

"아이 이름은 자하라예요." 로빈이 말했다.

놀랍게도 그녀의 목소리는 비명으로 바뀌어 있었다. 그녀의 얼굴이 새빨개지고 눈에 눈물이 고였다. 그녀는 얼른 고개를 돌렸지만 그렇게 빠르지는 못했다.

"로빈." 스트라이크가 다정하게 말했지만, 로빈은 거친 손동작으로 그의 말을 막았다. 무너지고 싶지 않았다. 그녀를 유지해주는 것은 앞으로 밀고 나가는 힘, 자기 일을 계속하는 힘이었다.

"저는 괜찮아요." 그녀가 이를 앙다물고서 말했다. "신경 쓰지 마세요."

그녀는 이제 브록뱅크의 마지막 말이 얼마나 위협적이었는지 고백할 수 없었다. "가시내야" 하고 그가 말했다. 그녀는 가시내라고 불릴 나이가 아니었다. 그녀는 망가지지도 않았고—이제는—아이 같지도 않았다. 하지만 자하라는…….

스트라이크가 밖으로 나가는 소리가 들리더니 잠시 후 그녀의 눈물 어린 눈앞에 두루마리 화장지 뭉치가 나타났다.

"고마워요." 그녀가 스트라이크의 손에서 화장지를 받아들고 코를 풀며 잠긴 목소리로 말했다.

로빈은 몇 분 동안 스트라이크의 시선을 외면한 채 눈을 훔치고 코를 풀었는데, 그는 이상하게도 안쪽 사무실로 들어가지 않고 바깥 사무실에 계속 남아 있었다.

"뭐예요?" 로빈이 마침내 말했다. 그가 거기 서서 자신을 보고 있다는 사실에 다시 화가 났다.

스트라이크가 빙긋이 웃었다. 그녀는 이런 상황에서도 갑자기 웃고 싶어졌다.

"하루 종일 거기 서 계실 거예요?" 그녀가 화난 목소리를 내려고 애쓰며 물었다.

"아뇨. 그냥 로빈에게 보여주고 싶은 게 있어요." 스트라이크가 여전히 웃으며 말했다.

그는 배낭에서 번쩍이는 부동산 안내 책자를 꺼냈다.

"엘린 거예요." 그가 말했다. "어제 같이 보러 갔는데, 엘린은 거기 아파트를 살까 생각하고 있어요."

웃고 싶은 생각이 싹 달아났다. 스트라이크는 어떻게 자기 여자친구가 비싼 아파트를 사려고 한다는 사실이 로빈의 기분을 풀어줄 거라고 생각할 수 있단 말인가? 아니면 이제 (로빈의 연약한 정신이 무너지기 시작했다) 엘린의 집에 들어가 살겠다고 말하려는 건가? 빠르게 감기는 필름처럼 그녀의 눈앞에 텅 빈 다락방이 지나가고 호화 아파트에 사는 스트라이크의 모습, 런던 외곽의 작은 방 한 칸에서 채식주의자 집주인의 눈치를 보며 작은 목소리로 전화 통화를 하는 자신의 모습이 지나갔다.

스트라이크는 그녀의 책상에 책자를 내려놓았다. 표지에 인쇄된 현대적인 고층 건물은 꼭대기에 방패 같은 구조물이 있었고, 그 구조물 안에 눈알처럼 생긴 풍력 터빈 세 대가 박혀 있었다. 그리고 '스트라타 SE1, 런던 최고의 가치'라는 문구가 적혀 있었다.

"봐요." 스트라이크가 말했다.

그의 당당한 태도는 로빈의 분노를 한없이 증폭시켰다. 호사스러운 삶의 전망에 이렇게 기뻐하는 것은 너무도 스트라이크답지 않았다. 하지만 그녀가 뭐라고 답할 겨를도 없이 누가 사무실 문을 두드렸다.

"이런." 그가 문을 열더니 섕커를 보고 놀라서 말했다. 섕커는 손가락을 튕기면서 들어왔고, 평소처럼 담배 냄새, 대마초 냄새, 체취가 뒤엉킨 냄새를 진하게 풍겼다.

"근처를 지나다 들렀어." 섕커가 자기도 모르게 워들을 흉내 내며 말했다. "그리고 그놈을 찾았어, 번슨."

섕커는 인조가죽 의자에 털썩 주저앉아 두 다리를 벌리고 담배를 꺼냈다.

"휘태커를 찾았다고?" 스트라이크가 물었다. 그는 무엇보다 섕커가 이렇게 이른 시간에 깨어 있다는 사실이 놀라웠다.

"내가 찾을 사람이 또 누가 있겠어?" 생커가 담배를 깊이 빨아들이고서 자신의 말이 일으킨 효과를 즐기며 말했다. "캣퍼드 브로드웨이에서 피시 앤드 칩스 가게 위층에 살아. 그 새끼 각시랑 같이."

스트라이크는 손을 내밀어 생커의 손을 잡았다. 금니와 윗입술의 큰 상처에도 불구하고 생커의 미소는 이상하게 소년 같았다.

"커피 줄까?" 스트라이크가 물었다.

"응, 좋아." 생커가 말했다. 그는 자신의 성취를 만끽하고 싶은 것 같았다. "잘 지내요?" 그가 로빈에게 유쾌하게 물었다.

"네, 잘 지내요." 그녀가 희미하게 미소를 지으며 말하고는 개봉하지 않은 우편물로 돌아갔다.

"행운이 이어지네요." 스트라이크가 주전자 끓는 소리 너머로 로빈에게 조용히 말했고, 아무것도 모르는 생커는 담배를 피우며 전화기의 문자메시지를 확인했다. "셋 다 런던에 있어요. 휘태커는 캣퍼드에, 브록뱅크는 쇼어디치에, 그리고 랭은 엘리펀트 앤드 캐슬에. 어쨌건 석 달 전에는 거기 있었어요."

그녀는 가만히 듣다가 깜짝 놀랐다.

"랭이 엘리펀트 앤드 캐슬에 있다는 걸 어떻게 알아요?"

스트라이크가 로빈의 책상 위에 놓인 스트라타의 반짝이는 안내 책자를 두드렸다.

"내가 이걸 왜 보여줬을 것 같아요?"

로빈은 그게 무슨 뜻인지 몰랐다. 그녀는 몇 초 동안 안내 책자를 멍하니 바라보다가 불현듯 그 의미를 깨달았다. 은색 유리창 사이사이에 길쭉길쭉하게 박힌 검은 유리창들. 랭이 콘크리트 발코니에서 있었을 때 뒤편으로 보이던 모습이었다.

"아." 그녀가 힘없이 말했다.

스트라이크는 엘린의 집으로 들어가는 것이 아니었다. 로빈은 자기가 왜 얼굴이 빨개지는지 알 수 없었다. 감정이 완전히 멋대로 날뛰었다. 도대체 내가 왜 이러는 걸까? 그녀는 회전의자를 빙글 돌려두 남자 모두에게서 얼굴을 감추고 다시 우편물에 집중했다.

"지금 너한테 줄 돈이 충분한지 모르겠다, 섕커." 스트라이크가지갑을 살펴보며 말했다. "현금인출기까지 같이 가야겠네."

"좋아, 번슨." 섕커가 몸을 숙여 로빈의 쓰레기통에 담뱃재를 떨어뜨리며 말했다. "휘태커 일에 도움이 필요하면 말만 해."

"그래, 고마워. 하지만 내가 처리할 수 있을 것 같아."

로빈은 우편물 더미의 마지막 봉투를 집어 들었다. 봉투는 뻣뻣했고, 신기한 장치를 한 카드라도 든 것처럼 한쪽이 불룩했다. 봉투를열려다가 로빈은 수취인이 스트라이크가 아니라 자신이라는 것을깨달았다. 그녀의 이름과 주소가 타이핑되어 있었다. 소인은 런던중앙 우체국이었고 어제 발송한 것이었다.

스트라이크와 섕커의 목소리가 오르내렸지만, 그녀는 그들의 말이 들리지 않았다.

'아무것도 아니야. 괜히 긴장한 거야. 그런 일이 다시 일어날 리는없지.'

그녀는 침을 꿀꺽 삼키고서 봉투를 열어 조심스레 카드를 꺼냈다.

카드에는 금발 여자가 천을 씌운 의자에 앉아 있는 잭 베트리아노의 그림이 실려 있었다. 금발 여자는 찻잔을 들고 있었으며, 검은스타킹과 뾰족구두를 신은 우아한 다리를 스툴에 얹어놓았다. 카드앞면에는 아무것도 없었다. 봉투를 만졌을 때 느껴졌던 두툼한 물체는 카드 안쪽에 테이프로 붙어 있었다.

스트라이크와 생커는 아직도 대화 중이었다. 썩은 냄새가 생커의 체취를 뚫고 그녀의 콧속으로 들어왔다.

"오 하느님." 로빈이 조용히 말했지만 두 남자 모두 그녀의 말을 듣지 못했다. 그녀는 베트리아노 그림을 열었다.

카드 안쪽 한구석에 썩은 발가락이 셀로판테이프로 붙어 있었다. 그리고 대문자로 이런 글이 적혀 있었다.

그녀는 발처럼 아름다워 (She's As Beautiful As A Foot)

그녀는 그것을 떨어뜨리고 자리에서 일어섰다. 그러곤 천천히, 스트라이크 쪽으로 돌아섰다. 그는 그녀의 놀란 얼굴을 쳐다봤다가 책상 위에 떨어진 역겨운 물체로 시선을 돌렸다.

"비켜요."

얼굴이 하얘진 그녀는 덜덜 떨며 그 말에 따랐다. 생커가 거기 없다면 얼마나 좋았을까.

"뭐야, 그게? 뭐야? 그게 뭐야?" 생커가 말했다.

"누가 나한테 잘린 발가락을 보냈어요." 로빈이 자기 목소리 같지 않은 침착한 목소리로 말했다.

"무슨 그런 헛소리를." 생커가 호기심 가득한 표정으로 책상으로 다가가며 말했다.

스트라이크는 생커가 카드를 집어 들지 못하게 막았다. 카드는 로빈의 손에서 떨어진 자리에 그대로 있었다. 스트라이크는 '그녀는 발처럼 아름다워'라는 구절이 어디서 왔는지 알았다. 그것도 블루 오이스터 컬트의 노래 제목이었다.

"워들에게 전화해야겠어." 스트라이크가 말했지만, 휴대전화를 꺼내는 대신 포스트잇에 네 자릿수 숫자를 적고 지갑에서 신용카드를 꺼냈다. "로빈, 가서 섕커에게 줄 돈을 뽑아 와요."

그녀는 메모와 신용카드를 받아들었다. 깨끗한 공기 속으로 나갈 수 있다는 것이 반갑기 그지없었다.

"그리고 섕커," 스트라이크가 로빈과 함께 유리문 앞으로 가서 말했다. "너는 로빈을 여기까지 다시 데려다줘야 해, 알겠지? 로빈이 사무실에 무사히 돌아오게 해줘."

"알았어, 번슨." 섕커가 기운이 나서 말했다. 이상한 일, 긴박한 행동, 위험의 기미가 보이면 그는 언제나 그랬다.

34

The lies don't count, the whispers do.
                    Blue Öyster Cult, 'The Vigil'*

그날 밤 스트라이크는 다락방의 식탁에 혼자 앉아 있었다. 의자는 불편했고, 스토커 아빠를 몇 시간 동안 미행한 터라 잘린 다리의 무릎이 몹시 쑤셨다. 스토커 아빠는 그날 아예 일을 가지 않고 자연사박물관 나들이를 가는 작은아들의 뒤를 밟았다. 그 사람이 사장이 아니었다면 근무시간에 자기 아이들을 협박하고 다닌 일로 해고되었을 것이다. 하지만 플래티넘에 대해서는 관찰도 사진 촬영도 하지 못했다. 그날 저녁에 로빈의 어머니가 오기로 되어 있어서 스트라이크는 로빈의 반대에도 불구하고 사흘 휴가를 주고 지하철역까지 바래다주었으며 집에 무사히 들어가면 문자를 하라고 지시했다.

스트라이크는 자고 싶었지만, 너무 피곤한 나머지 몸을 일으켜 잠자리에 들 기력도 없었다. 로빈 앞에서는 그런 모습을 보이지 않았지만, 살인자의 두 번째 통신에 그는 엄청난 충격을 받았다. 다리를 받은 것도 충격이었지만, 그때는 어쨌건 소포의 수신자가 로빈이었

---

* '거짓말은 중요하지 않지만, 속삭임은 중요해.', 블루 오이스터 컬트, 〈철야〉.

던 것이—고약한 장식이기는 해도—뒤에 추가적으로 한 생각이라는 데서 오는 희망이 있었다. 하지만 그녀에게 보낸 두 번째 통신과, 스트라이크를 향한 이 교활한 윙크('그녀는 발처럼 아름다워')는 이 남자가 처음부터 로빈을 겨냥했다는 것을 확실하게 보여주었다. 그가 선택한 카드 앞면에 그려진 그림—혼자 앉아 있는 늘씬한 다리의 여자—은 제목조차 불길했다. 〈그대를 생각하며〉.

가만히 앉아 있는 스트라이크의 몸에 분노가 솟구치며 피로를 몰아냈다. 로빈의 하얀 얼굴이 떠올랐고, 그 얼굴에서 어떤 미친놈이 돌발적으로 다리를 보낸 것이길 바라던 그녀의 실낱같은 희망이 꺼지는 걸 그가 목격했음을 깨달았다. 그런데도 그녀는 지금 돈벌이가 되는 두 가지 업무가 자주 충돌한다는 이유로 휴가를 쓰는 일에 격렬하게 반발했다. 스트라이크 혼자서는 감당할 수가 없으며, 날마다 플래티넘과 스토커 아빠 중 하나만 선택해야 할 거라고. 하지만 그는 고집을 꺾지 않았고, 어머니가 요크셔에 돌아가신 다음에 일에 복귀하라고 했다.

그들을 괴롭히는 자는 스트라이크의 고객을 두 명으로 줄여놓는 데 성공했다. 그들은 사무실에 두 번째로 경찰을 들여야 했고, 워들이 카드와 발가락 일을 언론에 풀지 않겠다고 약속했지만, 그래도 소문이 돌까 봐 걱정되었다. 살인자의 목적 하나가 언론과 경찰의 관심을 스트라이크에게 쏠리게 하는 것이기 때문에 미디어에 알리는 것은 그자의 손에서 놀아나는 꼴밖에 안 된다는 스트라이크의 생각에 워들 역시 동의했다.

휴대전화가 작은 부엌에서 울렸다. 시계를 보니 10시 20분이었다. 그는 휴대전화를 귀에 갖다 대다가 간신히 워들의 이름을 보았다. 온정신이 로빈에게 쏠려 있었기 때문이다.

"좋은 소식." 워들이 말했다. "그러니까 약간은. 다른 여자를 죽인 게 아니야. 켈시의 발가락이고, 다른 다리에서 떼어냈어. 참 알뜰하지 뭐야."

스트라이크는 농담을 즐길 기분이 아니어서 무뚝뚝하게 대답했다. 워들과 통화를 마치고 그는 건물 밖 채링크로스 로드를 지나는 자동차들의 소음을 들으며 식탁에 앉아 계속 생각에 잠겨 있었다. 내일 아침 핀칠리에 가서 켈시의 언니를 만나야 한다는 사실을 떠올린 뒤에야 마침내 그는 잠자리에 들기 전 의족을 처리하는 번거로운 작업에 착수할 수 있었다.

어머니의 방랑 인생 덕분에 스트라이크는 런던에 대해 방대하고도 상세한 지식을 갖게 됐지만, 중간중간 빈틈이 있었으며 핀칠리도 그중 하나였다. 그곳에 대해 스트라이크가 아는 것이라곤 그와 레다와 루시가 화이트채플과 브릭스턴 같은 곳의 무단 점거지를 전전하던 1980년대에 마거릿 대처의 선거구였다는 것뿐이었다. 핀칠리는 대중교통과 식당에서 사 온 포장 음식에 의존하며 살기에는 시내와 너무 멀었고, 전기료도 제대로 못 내는 여자가 살기에는 너무 물가가 비싼 지역이었을 것이다. 그러니까 지난날 여동생 루시가 꿈꾸었을 제대로 된 가족이 사는 곳이었다. QS(건설 원가 관리사)와 결혼해서 튼튼한 아들 셋을 낳음으로써 루시는 어린 시절에 품었던 청결과 질서와 안정이라는 소망을 이루었다.

스트라이크는 지하철 웨스트 핀칠리 역에서 내린 뒤 택시를 타지 않고 서머스 레인을 따라 오래 걸었다. 재정 상태가 몹시 나빴기 때문이다. 그는 온화한 날씨에 약간 땀을 흘리며, 조용한 단독주택가를 지나면서 고요하게 녹음이 우거지고 이렇다 할 지형지물이 별로 없는 풍경을 욕했다. 그렇게 30분을 걷자 마침내 켈시 플랫의 집이 나왔다. 주변 집들보다 작았고 겉면에 회반죽을 발랐으며 연철 대문이 있었다.

그가 초인종을 누르자, 그의 사무실 문처럼 반투명한 유리 안에서 사람들 목소리가 들렸다.

"그 탐정인가 봐." 조디 지방 사투리가 들렸다.

"맞아!" 높은 여자 목소리가 말했다.

유리에 거대한 붉은 형체가 비치더니 문이 안쪽으로 열리면서, 붉은색의 목욕 가운 같은 걸 걸친 맨발의 우락부락한 남자가 안쪽을 가렸다. 대머리였지만, 희끗희끗한 턱수염과 붉은 가운 때문에 표정만 유쾌했다면 산타클로스처럼 느껴졌을 것 같았다. 하지만 그는 옷소매로 정신없이 얼굴을 닦고 있었다. 안경을 쓴 두 눈은 벌에 쏘인 듯 부었고, 붉은 뺨은 눈물로 얼룩져 있었다.

"미안합니다." 그가 무뚝뚝하게 말하며 스트라이크를 들이려고 옆으로 비켜서더니 복장에 대한 설명을 덧붙였다. "밤 근무를 하고 와서요."

스트라이크는 게걸음으로 들어섰다. 남자에게서 남성 화장품인 올드 스파이스와 장뇌 냄새가 강하게 풍겼다. 중년 여자 두 명이 계단 발치에서 서로 부둥켜안고 있었다. 한 명은 금발이고 한 명은 흑발이며 둘 다 흐느끼고 있었다. 스트라이크가 들어서자 두 여자는 눈물을 닦으며 떨어졌다.

"미안해요." 검은 머리의 여자가 한숨을 쉬었다. "우리 이웃인 셰릴이에요. 스페인의 마갈루프에서 돌아와 이제 막 켈시 소식을 들었어요."

"미안합니다." 셰릴이 빨개진 눈으로 말했다. "이제 갈게, 헤이즐. 필요한 게 있으면, 레이— 무엇이든 말만 해요."

셰릴은 스트라이크 옆을 지나가면서 "미안해요"라고 말한 다음 레이를 끌어안았다. 그들은 잠시 끌어안고 몸을 흔들었다. 둘 다 덩치가 커서 서로 배가 눌렸다. 레이는 여자의 넓은 어깨에 얼굴을 묻고 다시 울었다.

"들어와요." 헤이즐이 딸꾹질하며 눈물을 훔치고서 거실로 들어갔다. 그녀는 브뤼헐의 그림에 나오는 시골 아낙 같았다. 둥근 뺨과 튀어나온 턱, 펑퍼짐한 코. 부은 눈 위에 자리 잡은 송충이 같은 눈썹. "이번 주 내내 이랬어요. 사람들이 소식을 듣고 찾아와서…… 미안해요." 그녀는 숨을 크게 쉬었다.

그는 2분 사이에 미안하단 말을 몇 번이나 들었는지 알 수 없었다. 슬픔을 충분히 표현하지 않는 것을 부끄러워하는 문화도 있겠지만, 조용한 핀칠리에서는 슬퍼하는 모습을 들킨 것을 부끄러워했다.

"다들 뭐라고 말해야 할지 몰라 해요." 헤이즐이 눈물을 참으며 그에게 소파를 가리켰다. "교통사고를 당한 것도, 병에 걸려 죽은 것도 아니니까요. 사람이 어떻게—" 그녀는 망설였지만 거기서 말을 잇지 못하고 코를 크게 훌쩍였다.

"애도의 말씀을 드립니다." 스트라이크가 말했다. "힘든 시간을 보내고 계신 줄 압니다."

먼지 한 톨 없는 거실은 어쩐지 차가운 느낌이었다. 아마도 색깔 배합 때문인 것 같았다. 은회색 줄무늬 천을 씌운 소파 세 개와 가는 회색 줄이 새겨진 흰 벽지, 각이 팽팽하게 잡힌 쿠션, 벽난로 위 선

반의 장식물들도 완벽한 대칭을 이루었다. 먼지 하나 없는 TV 스크린은 창밖에서 들어온 빛에 반짝였다.

얇은 커튼 너머로 셰릴의 형체가 눈물을 훔치면서 지나가는 모습이 보였다. 레이는 가운의 허리띠로 안경 안쪽 눈을 닦으며 맨발로 거실 문 앞을 지나갔다. 어깨가 굽어 있었다. 스트라이크의 마음을 읽기라도 한 듯 헤이즐이 설명했다.

"레이는 불난 하숙집에서 사람들을 구하다가 허리가 부러졌어요. 벽이 무너지면서 사다리가 쓰러졌거든요. 3층에서요."

"저런." 스트라이크가 말했다.

헤이즐의 입술과 두 손이 떨렸다. 스트라이크는 워들의 말을 기억했다. 경찰이 헤이즐을 서툴게 다뤘다고 했다. 남자 친구 레이에 대한 의혹 또는 거친 질문은 충격에 빠져 있던 그녀에게 용서할 수 없이 잔인한 일이었고, 상처를 더욱 헤집는 행동이었을 것이다. 스트라이크는 공공 기관의 무자비한 개입이 개인에게 트라우마를 안기는 경우를 많이 보았다. 그는 양편을 모두 경험했다.

"차 마실 분?" 레이가 부엌으로 짐작되는 곳에서 쉰 목소리로 소리쳤다.

"가서 자!" 헤이즐이 공처럼 둥글게 뭉친 젖은 티슈를 잔뜩 움켜쥐고 소리쳤다. "차는 내가 끓일 수 있어! 당신은 가서 자!"

"정말 그래도 돼?"

"어서 자. 내가 3시에 깨워줄게!"

헤이즐은 새 티슈로 수건처럼 얼굴 전체를 닦았다.

"레이는 장애 수당도 못 받는데 아무도 저이에게 제대로 된 직업을 주지 않아요." 레이가 훌쩍이며 다시 나가자 그녀가 스트라이크에게 조용히 말했다. "허리도 그렇고 나이도 그렇고 폐도 정상이 아니니까. 돈을 벌려면…… 교대 일을……."

그녀의 말끝이 흐려지고, 입이 떨리더니 처음으로 스트라이크의 눈을 똑바로 바라보았다.

"제가 왜 탐정님을 여기로 불렀는지 모르겠어요." 그녀가 털어놓았다. "머릿속이 엉망이에요. 켈시가 탐정님에게 편지를 썼는데, 탐정님은 답장을 안 했고, 그랬더니 그 아이의, 그 아이의—"

"얼마나 충격이 크셨습니까." 스트라이크가 말했다. 어떤 말로도 참담함을 제대로 표현할 수 없다는 것을 알았다.

"그러니까—" 그녀가 흥분하며 말했다. "—끔찍했어요. 끔찍해. 우리는 아무것도 몰랐어요. 그 애가 실습을 간 줄 알았거든요. 경찰이 왔을 때, 켈시가 실습을 간다고 해서 그런 줄 알았어요. 숙식하는 실습을 간다고 했고, 그때는 그런가 보다 했지 설마, 하지만 그 애는 거짓말쟁이였어요. 늘 거짓말을 했어요. 나랑 산 지 벌써 3년이나 됐는데도, 그 애를 바로잡지 못했어요."

"무슨 거짓말을 했습니까?" 스트라이크가 물었다.

"그냥 거짓말이 일상이었어요." 헤이즐이 약간 거칠게 손짓하며 말했다. "오늘이 화요일이면 수요일이라고 하는 식이었어요. 도저히 이해할 수 없는 거짓말도 많이 했고요. 왜 그랬는지 모르겠어요."

"왜 여기서 언니랑 같이 살았나요?" 스트라이크가 물었다.

"그래도, 피가 섞인 자매니까요. 어머니가 같아요. 아버지는 제가 스무 살 때 돌아가셨어요. 어머니는 직장 동료와 재혼해서 켈시를 낳았죠. 우리는 나이 차가 스물네 살이나 나요. 저는 독립했고, 그 애한테는 언니라기보다 이모 같았죠. 그런데 어머니와 새아버지가

3년 전에 스페인에서 교통사고를 당하셨어요. 음주 운전자 때문에요. 새아버지는 즉사했고, 어머니는 나흘 동안 혼수상태로 있다가 돌아가셨어요. 다른 가족이 없어서 제가 켈시를 받아들였죠."

스트라이크는 극도로 청결한 환경, 각이 잡힌 쿠션, 깨끗하고 반짝반짝 윤이 나는 표면들을 보면서 10대 소녀가 이 집에 어떻게 적응했을까 생각해보았다.

"저하고 켈시는 사이가 좋지 않았어요." 헤이즐이 또 스트라이크의 생각을 읽은 듯이 말했다. 그러고는 다시 눈물을 쏟으면서 레이가 올라간 위층을 가리켰다. "레이는 변덕스럽고 부루퉁한 켈시를 저보다 더 잘 참아줬어요. 레이는 외국에서 일하는 장성한 아들이 있어요. 저보다 아이들을 잘 다뤄요. 그런데 경찰이 그런 짓을 했어요." 그녀가 갑자기 분노에 사로잡혀서 말했다. "켈시 일로 레이한테 질문을 퍼부었어요. 레이가 무슨, 세상에, 악몽이 따로 없었어요. 뉴스에 나오는 사람들 있잖아요. 아이들에게 집으로 돌아오라고 호소하는 사람들요. 그리고 하지도 않은 일로 재판을 받는 사람들. 정말이지 그런 일은, 그런 일은……. 하지만 우리는 정말 그 애가 실종된 걸 몰랐어요. 알았다면 찾아봤겠죠. 아무것도 몰랐어요. 경찰은 레이에게 계속 어디 있었느냐고 물었고 나는—"

"경찰이 그분은 이 일과 아무 상관없다고 제게 말했습니다." 스트라이크가 말했다.

"그래요, 이제는 믿지요." 헤이즐이 분노의 눈물을 쏟아내며 말했다. "레이는 그때 총각 파티를 하고 있었다고 세 사람이 증언했고, 또 사진까지 보여줬으니까요."

그녀는 켈시와 함께 산 남자라면 그녀의 죽음에 대해서 질문을 받는 것이 합당하다는 생각을 하지 못했다. 브리트니 브록뱅크와 로나 랭 같은 여러 사람의 증언을 들은 스트라이크는 강간범과 살인범들이 어두운 계단 밑에 숨어 있다가 가면을 쓰고 튀어나오는 낯선 이들이 아니라는 것을 잘 알았다. 그들은 아버지고 남편이며, 어머니나 언니의 남자 친구였다.

헤이즐은 눈물이 뺨으로 떨어지자 얼른 닦더니 불쑥 물었다.

"그 애한테서 그 바보 같은 편지를 받고 어떻게 하셨나요?"

"제 비서가 특이한 편지를 보관하는 서랍에 넣어뒀습니다." 스트라이크가 말했다.

"경찰 말로는 탐정님이 답장을 안 하셨다고요. 또 그 편지들은 위조된 거라고요."

"맞습니다." 스트라이크가 말했다.

"하지만 그 일을 저지른 사람은 그 애가 탐정님한테 관심이 있다는 걸 알았던 거잖아요."

"그렇습니다." 스트라이크가 말했다.

헤이즐은 코를 팽 풀고 물었다.

"차를 한 잔 드릴까요?"

그녀에게 마음을 추스를 시간이 필요할 것 같아서 그는 그녀의 제안을 받아들였다. 그녀가 방을 나가자 그는 집 안을 둘러보았다. 사진은 딱 하나, 그와 가까운 모퉁이의 탁자에 있었다. 밀짚모자를 쓰고 웃고 있는 60대 여성의 사진이었다. 아마도 헤이즐과 켈시의 어머니인 것 같았다. 탁자 위 사진 옆에 약간 어두운 띠 모양의 자국이 남은 걸로 보아 다른 사진도 있었던 것 같았다. 액자 때문에 싸구려 나무가 햇볕에 바래지 않았을 것이다. 아마도 켈시가 학교에서 찍은 사진—신문마다 실렸던—같았다.

헤이즐은 찻잔과 비스킷을 쟁반에 담아 왔다. 그녀가 어머니 사진 옆에 그의 차를 조심스레 내려놓자 스트라이크가 말했다.

"켈시에게 남자 친구가 있었다고 들었습니다."

"말도 안 돼요. 그것도 거짓말이에요." 헤이즐이 다시 안락의자에 앉으며 말했다.

"왜 그렇게 생각—"

"남자애 이름이 나일이라고 했어요. 나일. 정말로요."

그녀의 눈에서 다시 눈물이 흘렀다. 스트라이크는 켈시의 남자 친구 이름이 나일이면 안 될 이유를 몰라 어리둥절했고, 그 모습이 겉으로 드러났다.

"원 디렉션요." 그녀가 티슈를 눈가에 대며 말했다.

"죄송합니다만 저는 그게—" 스트라이크가 전혀 이해하지 못해 혼란스러워하며 말했다.

"보이밴드요. 〈디 엑스 팩터〉에서 3등 한 밴드요. 켈시는 그 밴드의 광팬이었어요. 그중에서도 특히 나일을 제일 좋아했어요. 그러니 그 애가 남자 친구 이름이 나일이고 나이는 열여덟 살인데 오토바이가 있다고 했을 때 우리가 어떻게 생각했겠어요?"

"아, 그렇군요."

"켈시는 그 애를 상담소에서 만났다고 했어요. 켈시가 상담을 받았거든요. 대기실에서 나일을 만났는데, 그 애도 부모님이 모두 돌아가셔서 거기 왔다고 했대요. 우리는 그 애를 한 번도 보지 못했어요. 제가 레이한테 말했죠. '또 거짓말이야.' 레이는 '내버려둬. 켈시가 즐겁다면야'라고 말했지만, 저는 그 애가 거짓말하는 게 싫었어요." 헤이즐이 눈을 번득였다. "그 애는 입만 열면 거짓말이었어요. 어느 날은 팔에 붕대를 감고 와서 칼에 베였다고 했는데 알고 보니 원 디렉션 문신을 한 거였어요. 실습을 간다고 한 것도 거짓말이었 잖아요……. 그렇게 거짓말만 하다가 그 지경이 됐다고요!"

그녀는 떨리는 입술을 꽉 다물고 티슈로 눈가를 꼭꼭 누르면서 다시 쏟아지려는 눈물을 참으려고 안간힘을 썼다. 그러다 심호흡을 하고 말했다.

"레이가 추리한 게 있어요. 경찰에 말하려 했지만 들으려고 해야 말이죠. 경찰은 그저 그이가 어디 있었는지에만 관심 있었어요. 하지만 레이한테 리치라는 친구가 있어요. 리치 덕분에 레이는 오해를 벗을 수 있었죠. 어쨌건 켈시가 리치를 만난 적이 있는데—"

레이의 추리는 주제와 상관없는 세부 사항이 엄청나게 많았고 같은 내용이 자꾸 반복되었다. 훈련되지 않은 목격자들의 중언부언에 익숙한 스트라이크는 주의를 기울이며 예의 바르게 들었다.

화장대 서랍에서 사진 하나가 나왔다. 그것은 켈시가 죽은 주말, 레이가 세 친구와 함께 쇼어햄 바이 시에서 총각 파티를 했다는 증거가 되어준 사진이었는데, 젊은 리치의 상처들이 그대로 보였다. 리치와 레이는 조약돌 해변의 시 홀리 꽃밭 옆에서 맥주를 들고 햇빛에 눈을 찌푸린 채 웃고 있었다. 레이의 벗겨진 머리에도, 젊은 리치의 부은 얼굴에도 땀이 번들거렸다. 리치의 얼굴에는 꿰맨 자국과 멍 자국이 있었다. 발에는 정형외과용 교정 신발을 신고 있었다.

"—여기, 이것 좀 보세요. 리치는 다친 직후에 바로 여기 왔고, 그래서 레이는 켈시가 그런 생각을 하게 됐다고 생각해요. 다리에 무슨 일을 저지른 다음 교통사고로 그렇게 된 척하려 했다고요."

"리치가 켈시의 남자 친구였을 순 없나요?" 스트라이크가 물었다.

"리치! 그 친구는 좀 단순해요. 만약 둘이 사귀었다면 우리에게 말했을 거예요. 그리고 켈시는 리치에 대해 아는 게 거의 없어요. 모든 게 다 환상이었죠. 저는 레이 생각이 맞는 것 같아요. 켈시는 자기 다리에 무슨 짓을 저지른 다음 남자의 오토바이에서 떨어진 척하려고 했던 것 같아요."

만약 켈시가 오토바이 사고를 당한 척하고 병원에 입원해 있는 거라면, 그리고 상상 속 남자 친구를 보호하기 위해 자세한 설명을 거부하고 있는 거라면 그런 추론도 훌륭했다. 망상과 근시안이 위험하게 뒤섞인 열여섯 살짜리라면 그런 계획을 세울 수도 있다는 레이의 생각은 훌륭해 보였다. 하지만 그것은 확인할 수 없었다. 켈시가 가짜 오토바이 사고를 계획했건 안 했건, 증거를 보면 결국에는 그 계획을 버리고 스트라이크에게 다리를 없앨 방법을 알려달라고 했으니까.

하지만 켈시와 오토바이를 연관해 이야기한 것은 이번이 처음이었다. 스트라이크는 헤이즐이 켈시에게 남자 친구가 없을 거라고 확신하는 게 흥미로웠다.

"우선 보육 교사 과정에는 남학생이 거의 없어요," 헤이즐이 말했다. "그 애가 어디서 남자 친구를 만나겠어요? 나일이라니. 그 애는 고등학교 때도 남자 친구가 없었어요. 상담소에 다녔고, 가끔 동네 교회에도 갔죠. 거기 청소년부가 있긴 했지만, 오토바이를 타는 나일은 없었어요. 경찰이 교회 친구들을 조사했어요. 청소년부를 이끄는 대럴은 아주 많이 화를 냈어요. 오늘 아침 레이가 집에 오다가 그 친구를 만났는데, 길 건너편에서 레이를 보고는 눈물을 터뜨렸대요."

스트라이크는 메모를 하고 싶었지만, 그러면 공들여 만들어가고 있는 내밀한 고백의 분위기가 바뀔 것 같았다.

"대럴은 누구예요?"

"그 친구는 이 일과 아무 관계 없어요. 교회 청소년부 교사예요. 브래드퍼드 출신이고요." 헤이즐이 조그맣게 말했다. "레이는 그가 게이라고 확신해요."

"켈시가 집에서 그 문제에 대해 말했나요? 그러니까—" 스트라이크는 그것을 뭐라고 말해야 할지 몰라 망설였다. "다리 문제요."

"저한테는 안 했어요." 헤이즐이 단호하게 말했다. "들어주지 않았을 테니까요. 저는 듣고 싶지 않았어요. 싫었어요. 그 애가 열네 살 때 저는 딱 잘라 말했어요. 그건 관심을 구걸하는 행동이라고."

"다리에 흉터가 있던데 그건 어떻게—?"

"엄마가 돌아가신 뒤에 그랬어요. 마치 저한테 걱정거리가 부족하기라도 한 것처럼요. 피가 통하지 않도록 다리에 철사를 감았어요."

그녀는 혐오감과 분노가 뒤섞인 표정이었다.

"엄마와 새아버지가 돌아가셨을 때 그 애는 뒷좌석에 있었어요. 저는 그 애를 상담소에 보냈죠. 상담사는 아이가 다리에 한 짓은 도움을 요청하는 행동이라고 했어요. 비통함인지 살아남은 죄책감인지 정확히는 기억나지 않아요. 하지만 한동안은 다리를 떼버리고 싶다는 말을 하지 않았어요……. 모르겠어요." 헤이즐이 고개를 격렬하게 저었다.

"다른 사람한테도 그 일을 이야기했나요? 레이 씨한테도요?"

"약간요. 그이는 켈시를 잘 알았으니까요. 우리가 처음 만났을 때, 그리고 레이가 처음 우리 집에 들어왔을 때, 켈시는 그이에게 진짜 터무니없는 거짓말을 했어요. 자기 아버지가 스파이였고, 그래서 교통사고를 당했다고요. 또 뭐가 더 있었는지도 몰라요. 그 덕분에 레이는 켈시가 어떤 애인지 파악했지만 화내지는 않았어요. 그냥 화제를 돌리고 학교 일을 물었죠⋯⋯"

그녀의 얼굴이 보기 싫게 붉어졌다.

"그 애가 원했던 것이 뭔지 말씀드리죠." 그녀가 불쑥 말했다. "휠체어에 앉는 거였어요. 사람들이 자기를 아기처럼 데리고 다니고 응석을 받아주고 늘 관심을 가져주는 거요. 다 그것 때문이었어요. 1년쯤 전에 그 애 일기를 봤어요. 그 애가 쓴 글, 그 애가 한 상상, 그 애가 꾼 꿈, 다 헛소리였어요!"

"예를 들면?" 스트라이크가 물었다.

"다리를 자르고 휠체어를 타고 무대 가장자리에 올라 원 디렉션의 공연을 보고, 공연이 끝나면 그 멤버들이 자기한테 와서—자기한테 장애가 있으니까—호들갑을 떨어주는 것 같은 거요." 헤이즐이 단숨에 말했다. "어처구니가 없죠. 세상에는 진짜 장애를 입은 사람들이 있지만, 원해서 그렇게 된 사람은 없어요. 나는 간호사라서 잘 알아요. 늘 보죠." 그러고는 스트라이크의 정강이에 눈길을 던지면서 말했다. "탐정님은 말씀 안 해도 잘 아시겠죠."

그러더니 그녀가 불쑥 물었다. "그런데 혹시, 설마, 직접, 자르신 건, 아니죠?"

이걸 물으려고 나를 여기로 부른 걸까? 스트라이크는 생각했다. 난데없이 떠돌게 된 바다에서 붙들 것을 찾아, 그녀는 무의식적으로—동생이 이해할 수 없는 방식으로 떠났다 해도—쿠션이 반듯하게 놓여 있는 현실 세계에서는 아무도 그런 일을 하지 않는다는 것을, 장애란 붕괴나 폭발과 같은 불운에 의해서만 온다는 것을 확인하고 싶었던 걸까?

"아뇨, 저는 폭발 사고를 당했습니다." 그가 말했다.

"그래요, 그렇겠죠!" 그녀가 자신이 맞다는 사실에 또다시 울음을 왈칵 터뜨리며 말했다. "내가 말해줄 수도 있었는데, 그렇게 말해줄 수도 있었어⋯⋯. 그 애가 묻기만 했다면⋯⋯ 하지만 그 애는⋯⋯." 헤이즐은 침을 꿀꺽 삼켰다. "자기 다리는 거기 있으면 안 될 것 같다고 했어요. 그게 있는 건 잘못된 일이고, 그걸 없애야 한다고, 무슨 종양처럼요. 나는 그 말을 듣지 않았죠. 너무 말도 안 되니까요. 레이가 켈시를 달래보겠다고 했어요. 그리고 그 애한테 넌 지금 네가 뭘 원하는지 모른다고, 자기가 허리가 부러져서 입원했을 때와 같은 일은 절대 겪고 싶지 않을 거라고, 몇 달 동안 깁스를 해야 해서 꼼짝도 못 하고, 피부가 짓무르는 데다 감염도 되고 뭐 그랬다고 말했죠. 하지만 그이는 화는 내지 않았어요. 같이 정원을 돌보자고 하면서 그 애의 관심을 돌리려고 했어요.

경찰은 그 애가 인터넷에서 자기와 같은 사람들을 만났다고 하더군요. 우리는 전혀 몰랐어요. 그 애는 열여섯 살이에요. 그 애 컴퓨터를 들여다보거나 할 순 없죠. 봐도 몰랐을 거예요."

"언니분께도 제 이야기를 한 적 있나요?" 스트라이크가 물었다.

"경찰도 그걸 묻더군요. 아뇨. 그 애한테 탐정님 이야기를 들은 기억은 없고, 그건 레이도 마찬가지예요. 기분 나쁘게 듣지 마세요. 룰라 랜드리 사건은 기억하지만, 탐정님 이름이나 얼굴은 기억하지 못했어요. 만약 그 애가 이야기를 했다면 기억했겠죠. 이름이 좀 특이하니까요. 기분 나쁘게 듣지 마세요."

"친구들은 어떤가요? 친구가 많았나요?"

"친구는 거의 없었어요. 인기 있는 아이가 아니었어요. 학교에서도 애들한테 늘 거짓말을 했는데 누가 좋아하겠어요? 학교에서는 왕따였어요. 이상한 애라고 생각한 거죠. 켈시는 외출도 거의 하지 않았어요. 언제 그 나일이라는 애를 만난 건지 저는 몰라요."

헤이즐의 분노는 놀랍지 않았다. 켈시는 그녀의 완벽한 집에 불쑥 침입한 불청객이었다. 그리고 이제 헤이즐은 평생 죄책감과 슬픔과 공포와 후회를 안고 살아야 했다. 여동생이 자라나면서 자기 마음에 들지 않는 기이한 습성을 버리기 전에 죽어버렸기 때문이다.

"화장실을 좀 써도 될까요?" 스트라이크가 물었다.

그녀는 눈물을 훔치며 고개를 끄덕였다.

"계단을 올라가면 바로 있어요."

스트라이크는 볼일을 보면서 변기 물통 위에 걸린, '용감하고 고귀한 행동'으로 소방관 레이 윌리엄스가 받은 표창장 액자를 보았다. 레이가 아니라 헤이즐이 걸었을 것 같았다. 그것만 빼면 화장실에는 흥미를 끄는 것이 없었다. 거실의 청결을 유지하는 세심한 배려가 욕실 캐비닛에서도 보였고, 스트라이크는 헤이즐이 아직 생리를 한다는 것과 치약을 대량으로 구매했다는 것, 그리고 둘 중 한 사람은 치질이 있다는 것을 알게 되었다.

그는 아주 조용히 욕실에서 나왔다. 어느 닫힌 문 뒤로, 레이가 자고 있다는 것을 알려주는 부드러운 코골이 소리가 들렸다. 스트라이크는 오른쪽으로 두 발짝 걸어가 켈시의 작은 방을 찾았다.

모든 것이 같은 라일락 색깔이었다. 벽, 이불, 전등갓, 커튼까지.

스트라이크가 다른 곳 말고 여기서부터 보았다 하더라도 혼돈 위에 질서가 강제되었음을 짐작할 수 있었을 것 같았다.

벽에는 핀 자국이 보기 싫게 남지 않도록 커다란 코르크 메모판이 붙어 있었다. 메모판은 아마 원 디렉션 멤버들일 듯한 다섯 명의 미소년 사진으로 도배되어 있었다. 그들의 머리와 다리가 메모판 밖으로 비죽비죽 튀어나왔다. 특히 금발 소년 한 명의 사진이 많았다. 원 디렉션 사진을 빼면 오려낸 강아지 사진, 특히 시추 사진이 많았고, OCCUPY, FOMO, AMAZEBALLS 같은 단어나 머리글자도 있었으며, 하트를 그리고 그 안에 나일의 이름을 써넣은 것도 많았다. 정신없는 사진과 낱말 들은 침대와 이불과 라일락색 깔개가 단정하게 정돈되어 있는 모습과 조화를 이루지 못했다.

좁은 책 선반에는《원 디렉션: 영원한 젊음―우리의 공식〈디 엑스 팩터〉이야기》로 보이는 책이 있었다. 이 밖에도〈트와일라잇〉시리즈, 보석함, 헤이즐조차 정돈할 수 없었던 잡동사니, 그리고 싸구려 화장품과 헝겊 인형 두 개가 있었다.

헤이즐의 체중을 고려하면 위층에 올라올 때 소리가 날 거라 믿고, 스트라이크는 얼른 서랍들을 열어보았다. 물론 흥미로운 것은 경찰이 다 가져갔을 것이다. 노트북, 메모, 전화번호와 이름, 일기 같은―헤이즐에게 들킨 이후에도 일기를 계속 썼다면 말이지만. 이런저런 물건이 남아 있었다. 그에게 보낸 것과 같은 종류의 편지, 낡은 닌텐도 DS, 인조 손톱 한 세트, 과테말라 걱정 인형. 침대 옆 협탁 맨 아래 서랍에 든 헝겊 필통 안에는 알약이 든 빳빳한 포일판이 몇 개 있었다. 스트라이크는 그것을 꺼내보았다. 타원형 캡슐로, 아큐탄이라는 이름이 겨자색으로 새겨져 있었다. 그는 그중 하나를 주머니에 넣고 서랍을 닫은 뒤 옷장으로 갔다. 옷장은 지저분하고 약간 퀴퀴한 냄새도 났다. 켈시는 검은색과 분홍색을 좋아했다. 그는 빠른 속도로 옷들을 훑으며 주머니를 뒤졌다. 소득이 없다고 생각한 순간 헐렁한 원피스 안에서 구겨진 경품 응모권 또는 외투 보관증처럼 보이는 것이 나왔다. 18이라는 숫자가 적혀 있었다.

스트라이크가 돌아갔을 때 헤이즐은 움직이지 않고 그대로 있었다. 더 오래 있다 왔어도 알아차리지 못했을 것 같았다. 그가 거실에 다시 들어서자 그녀는 살짝 놀랐다. 또 울고 있었기 때문이다.

"와주셔서 고마워요." 그녀가 일어서면서 분명하지 않은 발음으로 말했다. "정말 죄송해요, 저는—"

그리고 헤이즐은 다시 오열했다. 스트라이크가 그녀의 어깨에 손을 얹자, 그녀는 그의 가슴에 얼굴을 묻고 그의 코트 깃을 부여잡고서 흐느꼈다. 조심성과 예의도 잊고 슬픔에 완전히 자신을 맡긴 것 같았다. 그는 그녀의 어깨를 감싸 안았고 그들은 한동안 그런 상태로 서 있었다. 그러다 헤이즐이 몇 차례 깊은 숨을 들이쉰 뒤 마침내 물러섰고, 스트라이크는 팔을 떨어뜨렸다.

그녀는 말을 잃은 듯 고개를 저으며 그를 문 앞까지 바래다주었다. 그는 다시 한 번 위로의 말을 건넸다. 그녀는 지저분한 현관 안으로 비쳐드는 햇빛을 받으며 시체같이 창백한 얼굴로 고개를 끄덕였다.

"와주셔서 감사해요." 그녀는 끄윽 하고 울음을 삼켰다. "그저 탐정님을 한 번 뵙고 싶었어요. 이유는 잘 모르겠어요. 정말 죄송합니다."

35

Dominance and Submission*

집을 떠난 뒤 그는 세 여자와 동거를 했지만, 이 여자—'그것'—는 정말이지 그의 한계를 시험했다. 무슨 뜻으로 말했건 간에 세 년 다 자기를 사랑한다고 했다. 이른바 그 사랑 때문에 앞의 두 년은 고분고분했다. 물론 계집년들이란 기본적으로 주는 것보다 더 많이 받으려고 하는 잡것들이지만, 앞의 두 년은 '그것'하고는 달랐다. 그는 평생 이토록 많이 참아본 적이 없었다. 그의 원대한 계획에는 '그것'이 꼭 필요했기 때문이다.

하지만 그는 항상 '그것'을 죽이는 상상을 했다. 칼로 배를 푹 찌를 때 '그것'의 멍청한 얼굴에 떠오를 충격받은 표정이 눈앞에 생생했다. '그것'은 뜨거운 피가 그의 손에 쏟아지고 자신의 비명 속에 피비린내가 퍼질 때에도 '자기야('그것'은 그를 그렇게 불렀다)'가 자신을 죽인다는 사실을 믿지 못할 것이다.

친절한 행동을 유지하는 것은 그의 자제력을 해쳤다. 매력을 드러

* 〈지배와 굴종〉. 블루 오이스터 컬트, 〈로큰롤로 타오르는〉 앨범의 수록곡.

내 사람을 끌어당기고 호감을 유지하는 일은 쉬웠다. 그것은 예전부터 그의 제2의 천성이었다. 하지만 그런 태도를 오래 유지하는 것은 전혀 달랐다. 가식은 그를 한계로 몰아넣었다. 때로 그는 '그것'의 숨소리만 들어도 칼을 들어서 그 염병할 허파에 구멍을 내고 싶었다…….

조만간 누군가를 결딴내지 않는다면, 그는 폭발해버릴 것이다.

그는 월요일 아침 일찍 핑계를 대고 나갔지만, 비서의 출근 시간에 맞추어 덴마크 스트리트로 갔을 때 쥐의 수염이 씰룩거리듯 그의 안에서 무언가가 흔들렸다.

그는 길 건너 전화박스 앞에 잠시 멈춰 서서는 실눈을 뜨고 덴마크 스트리트 모퉁이에 서 있는 사람의 형체를 바라보았다. 서커스 포스터처럼 알록달록한 색을 칠한 악기 가게 바로 앞이었다.

그는 경찰을 알았다. 그들의 움직임, 그들의 게임을 알았다. 동키 재킷* 주머니에 두 손을 찔러 넣은 그 젊은이는 우연히 그곳을 어슬렁거리는 척했다…….

그 망할 게임은 그가 발명했다. 그는 자신을 투명 인간으로 만들 수 있었다. 저 돌대가리를 보라, 동키 재킷을 입으면 평범한 사람처럼 보인다고 생각하다니……. '선수를 속일 생각은 하지 마, 친구.'

그는 천천히 돌아 전화박스 뒤로 몸을 숨기고, 거기서 비니 모자를 벗었다……. 스트라이크가 쫓아올 때 쓰고 있던 거였다. 저놈은 그에 대해 들었을 것이다. 그걸 미리 생각했어야 했다. 스트라이크 놈이 경찰 친구들을 부를 거라는 것을 짐작했어야 했다. 겁쟁이 새

---

* 대개 암청색을 띠는 두꺼운 상의로, 방한과 방수가 되는 노동자용 재킷이다.

끼…….

'그래도 아직 용의자 몽타주는 없어.' 그는 생각했고, 다시 길을 걸어가는데 자부심이 새로이 솟아올랐다.

스트라이크는 아주 가까이 다가왔으면서도, 그것을 알아채지 못했고, 자기가 누구인지 짐작도 하지 못했다. 아, 그가 비서를 처치해서, 스트라이크와 그 망할 놈의 탐정 사무소가 대망신을 겪으며 눈앞에서 사라진다면 얼마나 즐거울까? 경찰과 언론이 그를 잡고 늘어지고, 오명이 들러붙고, 직원을 잃고, 살인자로 의심받고, 완전히 망가지는 일은…….

그는 이미 이다음 행동을 계획했다. 그는 런던정경대학으로 갈 것이다. 비서는 금발 계집애를 미행하러 그리로 자주 갔다. 어쨌건 그는 다른 모자가 필요했고, 어쩌면 선글라스가 필요할 수도 있었다. 그는 돈이 있는지 주머니를 뒤졌다. 염병하게도 언제나 그렇듯이 돈은 없었다. '그것'에게 다시 일을 시켜야 할 듯했다. '그것'이 집에서 징징거리고 딱딱거리며 변명만 늘어놓는 꼴은 이제 참을 만큼 참았다.

결국 그는 새 모자를 두 개 샀다. 야구 모자와 회색 모직 비니였다. 검은색 플리스 비니는 케임브리지 서커스의 쓰레기통에 버렸다. 그런 뒤 지하철을 타고 홀번으로 갔다.

비서는 거기 없었다. 다른 학생들도 없었다. 적갈색 금발 여자를 찾는 데 실패한 뒤, 그는 오늘이 부활절 다음 날 월요일*이라는 것을 깨달았다. 런던정경대학도 공휴일을 맞아 문을 닫았다.

* 부활절은 언제나 일요일이고 그다음 날인 월요일은 스코틀랜드를 제외한 영국, 캐나다 등에서 공휴일이다.

그는 두어 시간 뒤 토트넘코트 로드로 돌아와 그녀를 찾고, 또 스피어민트 리노 근처도 어슬렁거렸지만 그녀는 전혀 보이지 않았다.

며칠 동안 아무리 돌아다녀도 비서가 보이지 않자, 실망감은 거의 육체적 고통이 되었다. 그는 흥분해서 아무 여자나 걸려라 하는 심정으로 샛길을 걸었다. 꼭 비서가 아니라도 좋았다. 재킷 속의 칼들은 이제 어떤 여자를 상대해도 행복할 것이다.

아마도 비서가 자신이 보낸 카드에 너무 충격을 받은 나머지 일을 그만두었을지도 모른다. 그것은 그가 원하는 바가 아니었다. 그는 그녀가 흔들리면서도 계속 스트라이크 곁에서 일하기를 바랐다. 그녀는 그가 그 개자식에게 다가갈 수단이었기 때문이다.

그는 깊은 실망감을 안고 저녁 일찍 '그것'에게 돌아갔다. 앞으로 이틀 동안 더 '그것'과 머물러야 했고, 그 생각을 하니 마지막 남은 통제력마저 흔들렸다. 비서에게 써먹을 계획을 '그것'에게 써먹을 수만 있다면 전혀 달랐을 것이다. 그것은 해소 수단이 되고 그는 칼을 준비해서 서둘러 집에 돌아갔을 것이다. 하지만 그럴 수 없었다. 그는 '그것'을 살려두고, 또 자신에게 묶어두어야 했다.

48시간도 지나지 않아 그는 분노와 격정으로 폭발할 지경이었다. 수요일 저녁에 그는 '그것'에게 내일 아침에 일이 있어 일찍 나가야 한다고 말하고서, 무뚝뚝하게 너도 다시 일할 때가 됐다고 말했다. 그 일로 빚어진 징징거림과 종알거림은 그를 지치게 했고, 그는 결국 분노를 터뜨렸다. '그것'은 그의 갑작스러운 분노에 놀라 그를 달래려고 했다. 난 자기가 필요해, 자기를 원해, 정말 미안해……

그는 화가 풀리지 않았다는 구실로 '그것'과 따로 갔다. 덕분에 자유롭게 자위할 수 있었지만, 불만족스러웠다. 그가 원하는 것, 그에게 필요한 것은 날카로운 금속으로 여자의 살을 찢는 것, 솟구치는 피를 보면서 자신의 지배력을 느끼는 것, 여자의 비명, 애원, 죽음의 신음 속에서 완전한 굴종의 소리를 듣는 것이었다. 전에 한 일들의 기억을 떠올려봤자 위안이 되지 않았다. 오히려 욕구만 더 커졌다. 그 일을 다시 하고 싶어 견딜 수 없었다. 그는 비서를 원했다.

그는 목요일 새벽 5시 15분에 일어나 옷을 입고 야구 모자를 쓴 뒤 런던을 가로질러 그녀와 꽃미남이 함께 살고 있는 집으로 갔다. 헤이스팅스 로드에 도착했을 때는 이미 해가 떠 있었다. 집 근처에 세워진 고물 랜드로버가 그를 숨겨주었다. 그는 거기 기대서 앞 유리창 너머로 집의 창문을 살펴보았다.

7시에 거실 창문 뒤쪽에서 움직임이 일더니, 이내 꽃미남이 양복 차림으로 나왔다. 우울한 얼굴이었다. '지금 우울하냐, 새끼야……. 내가 네 여자 친구하고 재미 볼 때까지 기다려봐.'

마침내 여자가 나왔는데, 혼자가 아니라 그녀와 아주 닮은 중년 부인과 함께였다.

'이런 빌어먹을.'

어머니와 같이 외출하다니 이게 무슨 개수작이지? 마치 그를 조롱하는 것 같았다. 때로 온 세상이 그를 좌절시키고 가로막고 끌어내리려 한다고 느껴질 때가 있었다. 그는 자신의 전능함을 해치는 이런 더러운 기분을 참을 수 없었다. 사람들과 상황이 자신을 포위해서는 좌절하고 분노한 또 하나의 나약한 인간으로 전락시키는 것 같았다. 누군가 이 일의 대가를 치러야 했다.

36

I have this feeling that my luck is none too good...
Blue Öyster Cult, 'Black Blade'

화요일 아침에 알람이 울리자 스트라이크는 육중한 팔로 협탁 위에 놓인 시계 정수리를 내리쳤는데 얼마나 세게 내리쳤는지 시계가 바닥으로 떨어졌다. 그는 눈을 찌푸리고서 얇은 커튼 안으로 환하게 밀려드는 햇빛을 보았고, 결국 요란한 소리를 낸 알람이 맞다는 것을 인정했다. 다시 뒹굴며 잠에 빠져들고 싶은 유혹이 파도처럼 밀려들었다. 그는 몇 초 동안 두 팔로 눈을 가린 채 누워 있다가 한숨과 신음을 내뱉으며 이불을 걷어찼다. 잠시 후 욕실 문 손잡이를 더듬다가, 지난 5일간 하루 평균 수면 시간이 세 시간이었다는 사실을 깨달았다.

로빈이 예견했듯 그녀를 집에 보내고 나니 그는 플래티넘과 스토커 아빠 가운데서 선택을 해야 했다. 최근에 스토커 아빠가 어린 아들들에게 달려들어서 겁먹은 아들들이 눈물을 터뜨린 일이 있었기 때문에, 스트라이크는 스토커 아빠가 더 중요하다고 판단했다. 플

---

* '내 운수가 그렇게 좋지 않다는 느낌이 들어······', 블루 오이스터 컬트, 〈검은 칼〉.

래티넘은 언제나처럼 흠잡을 데 없는 일상을 수행하도록 내버려두고, 그는 일주일의 대부분을 아버지가 아들들을 훔쳐보고 또 어머니가 없을 때 그들에게 다가가는 순간을 사진 찍으며 보냈다.

스토커 아빠를 미행하지 않을 때는 개인적으로 조사하느라 바빴다. 스트라이크가 볼 때는 경찰이 너무도 느렸기 때문에 그는 브록뱅크, 랭 또는 휘태커가 켈시 플랫의 죽음에 연루되었다는 증거가 아직 나오지 않았지만 지난 닷새 동안 남는 시간을 거의 모두 바쳐 군대에 있을 때만 수행하던 24시간 수사 작업을 했다.

그는 외발로 선 채 샤워기 다이얼을 시계 방향으로 돌려서 물의 온도를 내렸다. 차가운 물줄기가 계속 그를 때리며 잠을 깨웠고, 부은 눈을 차갑게 식혀줬으며, 가슴과 팔다리의 검은 털 아래로 소름이 송송 돋게 했다. 작은 샤워실의 유일한 장점은 미끄러져도 넘어질 공간이 없다는 것이었다. 다 씻고 나서 그는 한 발로 침대에 돌아와 수건으로 대충 물기를 닦고 TV를 켰다.

내일 왕실 결혼식이 있어서 뉴스 채널은 온통 그 보도뿐이었다. 그가 의족을 끼우고, 옷을 입고, 차와 토스트를 먹는 동안, 실황 방송의 진행자들은 벌써부터 웨스트민스터 사원 앞에 텐트를 치고 기다리는 사람들에 대해 흥분해서 떠들어댔다. 스트라이크는 TV를 끄고 아래층의 사무실로 내려갔다. 그러고는 하품을 크게 하면서, 온 나라에 퍼진 결혼식 이야기가 로빈에게 어떤 영향을 미칠까 생각했다. 그는 지난주 금요일, 충격적인 잭 베트리아노 카드가 도착한 뒤로 그녀를 보지 못했다.

위층에서 차를 큰 잔으로 마시고 왔는데도, 사무실에 도착하자 자기도 모르게 주전자 스위치를 올리고는 그동안 수집한 스트립 클럼, 랩댄싱 클럽, 마사지 업소의 목록을 로빈의 책상 위에 내려놓았다. 로빈이 오면 쇼어디치에 있는 그런 업소들을 마저 조사시킨 다음 거기 전화해보라고 할 생각이었다. 안전하게 집에서도 할 수 있는 일이었다. 협조해달라고 설득할 수만 있다면 그는 로빈을 어머니와 함께 매섬으로 돌려보냈을 것이다. 그녀의 하얗게 질린 얼굴이 일주일 내내 그를 괴롭혔다.

다시 한 번 커다란 하품을 참으면서, 그는 로빈의 책상에 앉아 이메일을 확인했다. 그녀를 집에 보내고 싶은 의도와는 별개로 그녀를 다시 보는 일이 기대되었다. 사무실 안에서 그녀가 발휘하는 존재감, 열정, 자신감, 자연스러운 친절이 그리웠고, 또 지금 그를 사로잡고 있는 세 남자에 대해 밝혀낸 얼마 되지 않는 사실을 알려주고 싶었다.

그가 캣퍼드에서 피시 앤드 칩스 가게 2층에 드나드는 휘태커를 보려고 잠복한 시간이 이제 도합 열두 시간쯤 되어갔다. 그 건물은 캣퍼드 극장 뒤편의 붐비는 보행자 전용 도로에 있었다. 생선 가게, 가발 가게, 카페, 빵집이 극장 주변을 에워싸고 있었고, 가게 위층으로 삼각형 틀 안의 아치형 창문 세 개가 돋보이는 건물이었다. 생커가 말한 휘태커의 집은 커튼이 한 번도 걷히지 않았다. 낮에는 노점들이 거리를 채워서 스트라이크가 몸을 숨기기 쉬웠다. 드림캐처 가판대에서 나는 향냄새와 생선 가게 얼음 위에서 나는 날생선 냄새가 코를 찔러 어느 순간부터는 그 냄새를 거의 의식하지도 못했다.

스트라이크는 사흘 동안 저녁마다 극장 뒷문 앞에서 맞은편 건물을 관찰했지만, 본 것이라곤 커튼 안쪽의 어른거림이 전부였다. 그러더니 수요일 저녁에 칩스 가게 옆의 문이 열리면서 깡마른 10대 소녀가 나왔다.

소녀는 지저분한 검은 머리를 얼굴 옆으로 늘어뜨렸는데, 눈과 뺨이 움푹 팬 토끼 같은 얼굴에 폐결핵 환자처럼 보랏빛이 돌았다. 배꼽티에 지퍼가 달린 회색 후드를 입고 레깅스를 신었는데, 다리가 꼬챙이처럼 가늘었다. 소녀는 여윈 가슴 앞에 팔짱을 낀 채 온몸으로 칩스 가게 문을 밀고는 열린 문 안으로 쓰러지듯 들어갔다. 스트라이크는 재빨리 길을 건너서 닫히려는 문을 잡고 미끄러지듯이 들어가 그녀의 바로 뒤에 줄을 섰다.

그녀가 카운터 앞에 서자 점원이 그녀의 이름을 부르며 인사했다.

"안녕, 스테퍼니?"

"안녕, 콜라 두 개요." 그녀가 낮은 목소리로 말했다.

소녀는 귀와 코와 입술에 피어싱이 많았다. 동전을 세어서 계산을 치른 뒤 그녀는 고개를 숙인 채 스트라이크는 보지도 않고 떠났다.

그는 어두운 문 앞으로 돌아와 방금 산 감자튀김을 먹으면서 가게 위층의 불 켜진 창문을 뚫어져라 바라보았다. 그녀가 콜라를 두 개 샀으니 휘태커가 있을지도 몰랐다. 어쩌면 그가 10대 시절에 자주 본 모습처럼 벌거벗고 매트리스 위를 뒹굴고 있을지도 몰랐다. 초연한 척했지만, 칩스 가게에 줄 서 있을 때 나무와 회반죽으로 된 허약한 천장 하나를 사이에 두고 그놈과 불과 몇 미터 거리에 떨어져 있다고 생각하니 맥박이 빨라졌다. 새벽 1시에 창문 안의 불이 꺼질 때까지 계속 자리를 지켰지만, 휘태커의 기적은 보이지 않았다.

랭도 이렇다 할 진척이 없었다. 구글 스트리트뷰를 꼼꼼하게 살펴본 결과 저스트기빙 사진을 찍은 발코니는 스트라타 근처에 있는 추레한 건물 올러스턴 클로스라는 것을 알게 되었다. 그곳의 전화번호부나 유권자 명부 어디에서도 랭의 흔적을 찾을 수 없었지만, 스트라이크는 그가 그곳 어디의 누군가에게 얹혀살거나 유선전화 없이 세를 살고 있을 거라는 희망을 버리지 않았다. 그래서 화요일 저녁에 야간 투시경을 끼고 몇 시간 동안 커튼이 걷힌 창문들 안쪽을 들여다보았지만, 그 건물의 어느 집에도 랭이 드나들거나 움직이는 기미는 없었다. 랭이 낌새를 채지 않도록 집집마다 방문해서 묻는 일은 하지 않기로 하고, 낮에는 근처 철교 밑 벽돌 아치들 근처에 숨어 살펴보았다. 마치 터널처럼 생긴 아치 안쪽으로 작은 점포들—에콰도르 카페, 미용실 같은—이 들어서 있었다. 활기찬 남미인들 틈에서 조용히 먹고 마시는 스트라이크의 침묵과 무뚝뚝함은 눈에 확 띄었다.

스트라이크는 로빈의 컴퓨터 의자에서 다시 하품을 하다가 지루한 신음을 토했다. 그래서 누군가 계단을 올라오는 소리도 듣지 못했다. 발소리가 들리자 시계를 보았다. 로빈이 올 시간은 아니었다. 그녀의 어머니는 11시 기차로 떠난다고 했다. 반투명 유리 너머로 사람의 그림자가 보였다. 그 사람이 문을 두드리고 들어왔는데, 놀랍게도 의심남이었다.

배불뚝이 중년 사업가인 그는 구겨지고 불품없는 외양만으로는 알 수 없을 만큼 돈이 많았다. 잘생기지도 못생기지도 않아서 아무런 인상을 주지 않는 그의 얼굴은 오늘 경악으로 일그러져 있었다.

"여자가 나를 찾아요." 그가 거두절미하고 말했다.

그는 인조가죽 소파에 털썩 앉다가 방귀 소리가 나자 깜짝 놀랐다. 아마 그날 들어 두 번째로 놀란 일일 것이다. 그가 여자에게 차인 일은 충격이었을 것이다. 대개는 그가 여자 친구의 부정한 증거를 모아다가 그녀 앞에 내밀고 먼저 관계를 끊는 게 보통의 수순이었기 때문이다. 스트라이크는 의심남을 더 잘 알게 되면서 그에게는 그것이 일종의 성적 쾌감을 주는 일이란 걸 깨닫게 되었다. 그는 마조히즘, 관음증, 만사를 자기 뜻대로 하려는 욕구가 특이하게 뒤섞인 사람 같았다.

"정말입니까?" 스트라이크가 자리에서 일어나 주전자로 다가가며 물었다. 그는 카페인이 필요했다. "계속 면밀하게 감시했는데 다른 남자가 있다는 기미는 전혀 없었는데요."

사실 그는 레이븐의 전화를 받는 것 빼고는 그 주에 플래티넘 일을 전혀 하지 않았다. 스토커 아빠를 추적하는 동안에는 레이븐의 전화도 음성 사서함으로 넘기곤 했다. 지금 생각해보니 그걸 다 들었는지도 확신할 수 없었다. 그는 레이븐이 남긴 메시지 중에 다른 돈 많은 남자가 플래티넘 앞에 나타나 학비를 대줄 테니 여자 친구가 되어달라고 제안했다는 내용이 없기를 바랐다. 혹시 그런 일이 있었다면 그는 의심남의 돈과는 영원히 이별해야 했다.

"그러면 왜 나를 찬 거죠?" 의심남이 물었다.

'네가 골 때리는 놈이니까 그렇지.'

"다른 사람이 없다고 단언할 수는 없지만." 스트라이크가 인스턴트커피를 머그잔에 따르면서 조심스럽게 말했다. "만약 있다면 보통내기가 아닌데요. 저희가 일거수일투족을 다 따라다녔습니다." 거짓말이었다. "커피 드릴까요?"

"스트라이크 씨가 최고의 탐정이라고 생각했습니다." 의심남이 불만에 차서 말했다. "아뇨, 인스턴트커피는 안 먹습니다."

스트라이크의 휴대전화가 울렸다. 그는 휴대전화를 꺼내서 발신자를 보았다. 워들이었다.

"잠시만요, 중요한 전화라서요." 그는 낙심한 고객에게 말하고 전화를 받았다.

"안녕, 워들."

"맬리는 빠졌어." 워들이 말했다.

그게 무슨 뜻인지 스트라이크가 1~2초 동안 이해하지 못했다는 것은 그가 지쳤다는 뜻이었다. 그런 뒤 그것이 지난날 어떤 남자의 성기를 잘라낸 전력이 있어서 워들이 다리 사건의 유력한 용의자로 생각하던 갱단원의 이름이라는 것을 깨달았다.

"디거, 그래." 스트라이크는 관심을 쏟고 있다는 것을 보여주기 위해서 말했다. "그 사람은 이제 아웃이로군."

"확실한 알리바이가 있어. 켈시가 죽었을 때 스페인에 있었어."

"스페인." 스트라이크가 말했다.

의심남이 굵은 손가락으로 소파 팔걸이를 두드렸다.

"그래, 메노르카에 있었대." 워들이 말했다.

스트라이크는 커피를 마셨는데, 커피가 어찌나 진한지 끓는 물을 커피병에 그냥 들이부은 것 같았다. 머리 한쪽에서 두통이 일었다. 그는 두통을 앓는 일이 드물었다.

"하지만 내가 보여준 사진 속의 두 사람에 대한 건 진전이 있어." 워들이 말했다. "켈시가 자네 일을 물어본 그 이상한 웹사이트의 남자하고 여자."

스트라이크는 사시인 젊은 남자와 검은 머리에 안경을 쓴 여자의 사진이 희미하게 기억났다.

"탐문 수사를 했는데 켈시를 만난 적이 없대. 온라인으로만 알았다는군. 게다가 남자는 켈시가 죽은 날 확실한 알리바이가 있어. 리즈의 아스다 슈퍼마켓에서 2교대로 일하고 있었어. 확인해봤어.

하지만." 워들이 말했는데, 자신의 이야기를 자못 흥미롭게 여기는 말투였다. "그 게시판에 '데보티(Devotee)'라는 이름을 쓰는 남자가 있는데, 둘 다 그자를 무서워하더군. 그 사람은 수족 절단자를 좋아하는 취향이래. 여자들에게 어디를 자르고 싶냐고 묻고 또 몇 명은 만나려고도 했다는데, 요즘에는 조용해. 그자를 찾아보려고."

"그래, 뭔가 있을 것 같네." 스트라이크가 의심남의 짜증이 높아지는 것을 느끼며 말했다.

"그래, 그리고 난 자네의 잘린 다리가 좋다고 한 편지도 잊지 않고 있어."

"훌륭해." 스트라이크는 자신이 뭐라고 말하는지도 잘 몰랐지만, 한 손을 들어 의심남에게—그는 이제 소파에서 일어나려고 했다—통화가 거의 끝났다는 것을 알렸다. "아, 지금은 통화를 오래하기가 좀 곤란해, 워들. 나중에 다시 통화하지."

전화를 끊고 나서 스트라이크는 의심남을 달래려고 했다. 그는 전화가 끝나기를 기다리는 동안 무력한 분노에 빠져 있었다. 여자 친구에게 차인 지금 그가 자신에게 뭘 바라는지, 스트라이크는 묻지 않았다. 또 의뢰할 가능성이 높은 고객을 잃을 수는 없었다. 머릿속에 통증이 쌓이는 동안 숯처럼 까만 커피를 마시면서 스트라이크는 의심남에게 당장 꺼지라고 말하고 싶은 강렬한 소망을 느꼈다.

"그러면 이제 어떻게 할 거죠?" 의심남이 물었다.

스트라이크는 그 질문이 플래티넘을 돌려달라는 건지, 그녀를 계속 추적해서 다른 남자 친구에 대해 알아내달라는 건지, 아니면 환불을 해달라는 건지 알 수 없었다. 하지만 그가 대답할 겨를도 없이 철제 계단에서 발소리와 여자들 목소리가 들렸고, 의심남이 놀라서 스트라이크를 바라본 순간 유리문이 열렸다.

로빈은 스트라이크가 기억하던 것보다 키가 더 커 보였다. 키도 더 크고 더 아름답고 또 더 부끄러워하는 것 같았다. 그 뒤로는—다른 때 같았으면 그 사실이 흥미롭고 즐거웠을 텐데—그녀의 어머니일 게 분명한 여자가 서 있었다. 키가 조금 더 작고 몸집은 확실히 더 컸지만 붉은 금발도 똑같고, 파란 눈동자도 똑같고, 스트라이크에게 익숙한 다정하고도 예리한 표정도 똑같았다.

"죄송합니다." 로빈이 의심남을 보고 놀라서 말했다. "저희는 아래층에서 기다릴게요. 가요, 엄마—"

우울한 고객은 화가 나 자리에서 벌떡 일어났다.

"아뇨, 상관없어요. 제가 약속 없이 찾아온 겁니다. 가겠습니다. 마지막 청구서나 보내주시죠. 스트라이크."

그는 사무실을 나갔다.

한 시간 반 뒤 로빈 모녀는 침묵 속에 택시를 타고 킹스크로스 역으로 갔다. 린다의 여행 가방이 바닥에서 가볍게 흔들렸다.

린다는 요크셔로 떠나기 전에 스트라이크를 꼭 봐야겠다고 고집했다.

"네가 그 사람 밑에서 일한 지 1년이 넘었어. 내가 인사하러 들르는 걸 나무랄 수 없지. 어쨌건 나는 네가 일하는 곳을 보고 싶어. 최소한 네가 사무실 이야기를 할 때 어떤 곳인지 감은 잡을 수 있게……"

로빈은 어머니를 스트라이크에게 소개하는 것이 너무도 민망해서 힘껏 저항했다. 너무도 미성숙하고 생뚱맞고 어리석어 보였다. 무엇보다 어머니를 데리고 나타나면 자신이 켈시 사건을 다룰 수 없을 만큼 큰 충격을 받았다는 확실한 증거로 보일 것 같았다.

로빈은 베트리아노 카드를 받았을 때 혼비백산했던 것을 뼈저리게 후회했다. 두려움을 드러내 보인 것은 완전히 실수였다. 더군다나 강간 사건을 말하지 않았나. 그는 그건 아무 상관이 없다고 했지만, 그녀는 그렇게 순진하지 않았다. 남들이 그녀 대신 그녀에게 좋고 나쁜 일이 무엇인지 판단해준 적이 아주 많았다.

택시는 내부 순환도로를 달렸고, 로빈은 그들이 의심남과 맞닥뜨린 게 어머니의 잘못은 아니라는 것을 되새겨야 했다. 먼저 스트라이크에게 전화했어야 했다. 사실 그녀는 스트라이크가 출근 전이거나 어쨌건 사무실에 없기를 바랐다. 린다에게 빈 사무실을 보여주고 두 사람을 인사시키는 일 없이 빠져나올 수 있기를 바란 것이다. 만약 전화를 하면 스트라이크는 장난기와 호기심 때문에 분명히 나와서 인사를 할 텐데, 그녀는 그것이 두려웠다.

린다와 스트라이크가 가볍게 대화하는 동안 로빈은 일부러 침묵을 지키며 차를 준비했다. 린다가 스트라이크를 만나고 싶어 하는 이유 중 하나는 두 사람 사이의 호감도를 눈으로 확인하고 싶어서인 것 같았다. 다행히 스트라이크의 몰골은 말이 아니었다. 실제보다 열 살은 더 들어 보였고, 일 때문에 잠을 못 자서 퀭했다. 그런 모습을 보았으니 린다는 이제 로빈이 그에게 은밀한 애정을 품고 있다고 상상하기가 쉽지 않을 것이다.

"마음에 들더구나. 별로 미남은 아니지만 뭔가 있어 보여." 세인트 판크라스 역의 거대한 붉은 벽돌 건물이 시야에 들어오자 린다가 말했다.

"네." 로빈이 차갑게 말했다. "세라 셰드록도 그렇게 말해요."

그들이 역으로 떠나기 직전에 스트라이크는 그녀에게 안에서 5분만 이야기하자고 했다. 그런 뒤 쇼어디치 지역의 마사지 업소, 스트립 클럽, 랩댄싱 클럽의 목록을 주면서 거기 일일이 전화를 걸어 노엘 브록뱅크를 찾아봐달라고 했다.

"아무리 생각해봐도 그놈은 아직 갱단원 아니면 유흥업소 문지기로 일하고 있을 것 같아요." 스트라이크가 말했다. "다른 길이 뭐가 있겠어요? 뇌에 손상을 입은 데다 그런 이력이 있는 덩치에게?"

린다가 밖에서 듣고 있을 테니 그는 브록뱅크가 절박한 처지의 여자를 쉽게 만날 수 있다는 가능성 때문에 아직도 섹스 산업에 종사할 것 같다는 말은 덧붙이지 않았다.

"좋아요." 로빈이 스트라이크의 목록을 책상 위에 그대로 두고 말했다. "어머니를 배웅하고 돌아올게요—"

"아니, 그 일은 집에서 해요. 전화 통화 내용을 모두 기록해요. 비용은 나중에 줄게요."

데스티니스 차일드의 〈서바이버〉 포스터가 로빈의 머릿속을 훑고 지나갔다.

"전 사무실에 언제 출근하나요?"

"그 일이 얼마나 걸리는지 보고요." 그가 말하더니 로빈의 표정을 읽고 덧붙였다. "의심남하고 거래가 끝난 것 같아요. 스토커 아빠는 혼자서도 감당할 수 있어요—"

"켈시는요?"

"그 목록에 전화하는 게 브록뱅크를 추적하는 거예요." 그가 그녀의 손에 들린 목록을 가리켰다. 그러고는 (그는 머리가 지끈거렸지만, 로빈은 그 사실을 몰랐다) 이어 말했다. "아, 내일은 공휴일이네요. 왕실 결혼식이니까—"

이보다 더 분명할 수는 없었다. 그는 그녀가 비켜주길 원했다. 그녀가 사무실에 오지 않는 동안 무언가 변했다. 아마도 스트라이크는 로빈이 헌병대에서 훈련받은 사람도 아니고, 다리를 배달받기 전까지는 잘린 팔다리를 본 적도 없는, 그러니까 한마디로 이런 극한 상태에서 그에게 도움이 되는 동료가 아니라고 생각할 것이다.

"겨우 닷새 휴가를 썼을 뿐인데—"

"아, 제발." 그가 짜증스러운 듯 말했다. "그냥 전화번호를 수집하고 전화만 하면 돼요. 굳이 여기 나와야 하는 이유가 뭐죠?"

'전화번호를 수집하고 전화만 하면 돼요.'

그녀는 엘린이 자신을 스트라이크의 비서라고 불렀던 기억이 떠올랐다.

어머니와 함께 택시에 앉아 있을 때, 분노와 원망이 용암처럼 분출되어 이성이 마비되었다. 스트라이크는 토막 난 시신 사진을 함께 보면서 워들에게 자신을 파트너라고 불렀다. 물론 둘이 새롭게 계약한 것은 아니고, 정식으로 업무 관계를 재협상하지도 않았다. 그녀는 손가락이 굵고 거친 스트라이크보다 타이핑이 빨랐다. 청구서와 이메일은 거의 다 그녀가 처리했다. 서류 정리도 대부분 그녀가 했다. 어쩌면 스트라이크가 직접 엘린에게 그녀를 비서라고 말했을지도 모른다. 파트너라는 말은 일종의 사탕발림, 듣기 좋으라고 한 소리였는지도 모른다. 어쩌면 (그녀는 이제 일부러 분노를 키웠고, 자신도 그것을 알았다) 스트라이크와 엘린은 엘린의 남편 몰래 데이트를 하면서 그녀가 얼마나 무능한지 이야기했을지도 모른다. 그가 엘린에게 임시 직원으로 왔던 여자를 정식으로 들인 건 정말 큰 잘못이었다고 말했을지도 모른다. 아마 강간 사건도 말했을 것이다.

'나에게도 힘든 시간이었어.'

'그냥 전화번호를 수집하고 전화만 하면 돼요.'

왜 내가 우는 거지? 분노와 실망으로 로빈의 얼굴에 눈물이 흘러내렸다.

"로빈?" 린다가 말했다.

"아무것도 아니에요. 신경 쓰지 마세요." 로빈이 거칠게 말하고, 손바닥 둔덕으로 눈물을 훔쳤다.

그녀는 닷새 동안 집에서 어머니와 매튜와 함께 지내며 다시 출근할 날만을 손꼽아 기다렸다. 어색한 침묵이 내려앉은 좁은 공간, 그녀가 욕실에 있을 때 린다와 매튜가 조용히 나누는 대화—무슨 이야기를 하는지 그녀는 묻지 않았다—를 견디기는 쉽지 않았다. 그녀는 다시 집에 갇히고 싶지 않았다. 말도 안 되지만, 그녀에게는 일링의 집보다 런던 한복판이 더 안전하게 느껴졌다. 비니 모자를 쓴 거구의 남자만 조심하면 될 일 아닌가.

그들은 마침내 킹스크로스 역에 닿았다. 로빈은 린다가 자신을 조심스레 바라보는 것을 알았기에 애써 감정을 다스리며, 린다와 함께 사람들 사이를 뚫고 승강장으로 갔다. 오늘 밤에는 다시 매튜와 둘만 남게 될 것이고 그들에게는 최후의 확실한 대화가 기다리고 있었다. 그녀는 린다가 오는 것을 원하지 않았지만, 막상 헤어질 때가 되자 어머니의 존재가 자신도 모르게 위안이 되었음을 인정하지 않을 수 없었다.

"좋아." 린다는 짐을 열차 선반에 올려놓은 뒤 마지막 몇 분을 딸과 함께 보내기 위해 다시 승강장으로 내려왔다. "이거 받아."

그것은 500파운드였다.

"엄마, 안 돼요―"

"받아." 린다가 말했다. "새집을 구할 때 보증금으로 써. 아니면 결혼식 때 신을 지미추 구두를 사든가."

그들은 화요일에 본드 스트리트에 가서, 쇼윈도 안에서 반짝이는 눈부신 보석, 중고차보다도 비싼 핸드백, 린다도 로빈도 꿈꿀 수 없을 만큼 비싼 명품 옷들을 구경했다. 해러게이트의 상점들은 이곳과 비교할 수 없었다. 로빈은 구두 가게를 가장 열심히 들여다보았다. 매튜는 그녀가 높은 뾰족구두를 신는 것을 좋아하지 않았다. 그녀는 거기 반발해서 12센티미터도 넘는 뾰족구두를 신고 싶다고 말한 적이 있었다.

"받을 수 없어요―" 소리가 울리고 사람들이 부산하게 움직이는 기차역에서 로빈이 말했다. 부모님은 몇 달 뒤에 있을 오빠 스티븐의 결혼식 비용도 대야 했다. 이미 한 번 연기했던 그녀의 피로연 보증금도 지불했다. 드레스도 샀고, 수선비도 냈으며, 웨딩 카 보증금도 한 차례 날렸다.

"제발 받아." 린다가 고집했다. "혼자 살 방도를 마련하든지 결혼식 구두를 사든지 해."

로빈은 다시 눈물을 참으며 아무 말도 하지 않았다.

"어느 쪽으로 결정하든 아빠와 나는 네 결정을 존중하고 지지할 거야." 린다가 말했다. "하지만 네가 왜 식구들 말고는 아무한테도 파혼 소식을 알리지 않았는지 한번 생각해봤으면 좋겠어. 이렇게 이도저도 아닌 상태로 계속 갈 수는 없잖아. 두 사람 모두에게 좋지 않아. 돈 받아. 그리고 결정해."

그녀는 로빈을 꼭 끌어안고 귀밑에 입을 맞춘 뒤 다시 기차에 올랐다. 로빈은 손을 흔드는 동안에는 계속 미소를 지었지만, 기차가 어머니를 싣고 다시 매섬으로, 아버지와 래브라도 라운트리에게로, 그녀에게 익숙한 모든 것을 향해 출발하자, 차가운 금속 벤치에 주저앉아 린다가 준 지폐를 쥐고 조용히 울었다.

"울지 마, 세상의 절반은 남자야."

고개를 들어보니 단정치 못한 행색의 남자가 눈앞에 서 있었다. 허리띠 위로 뱃살이 흘러내렸고, 미소는 음흉했다.

"꺼져요." 그녀가 말했다.

그는 눈을 깜박였다. 미소가 사라지고 표정이 일그러졌다. 로빈이 린다가 준 돈을 주머니에 쑤셔 넣으며 자리를 떠나자 그가 뭐라고 소리치는 것 같았지만, 뭐라고 그러는지 알 수도 없었고 또 뭐라건 상관없었다. 대상 없는 분노가 치솟았다. 감정을 드러내 보이는 여자는 열린 문이라고 생각하는 남자들에게, 와인 진열대를 보는 척하면서 여자의 가슴을 훔쳐보는 남자들에게, 여자가 앞에만 있으면 무작정 들이대도 좋다고 생각하는 남자들에게.

분노는 스트라이크에게로 이어졌다. 그는 이제 그녀와 함께 키운 사업에 그녀가 짐이 된다고 여겨 매튜가 있는 집으로 보냈다. 그녀가 잘하는 일을, 때로는 스트라이크보다 더 잘하는 일을 시키지 않고 자기 혼자 다 하려고 했다. 그녀가 7년 전의 불행한 사건으로 정신에 영원한 약점이 생겼다고 보고서.

그래, 그 얼어죽을 랩댄싱 클럽과 스트립 클럽에 전화해서 자신을 '가시내'라고 부른 망할 놈을 찾아보겠다고 로빈은 생각했다. 하지만 그 일만 할 생각은 아니었다. 그녀는 스트라이크에게 그 이야기를 하고 싶었지만, 린다의 기차 시간 때문에 시간이 없었고, 그가 그녀를 집으로 돌려보낸 지금은 말할 생각이 사라졌다.

로빈은 허리띠를 조이고 얼굴을 찌푸린 채 걸어가면서 그녀가 알아낸 단서 하나를 스트라이크 몰래 추적하기로 결심했다.

37

This ain't the garden of Eden.
Blue Öyster Cult, 'This Ain't the Summer of Love'*

집에 있어야 한다면 결혼식을 보고 싶었다. 로빈은 다음 날 아침 일찍 거실 소파에 자리를 잡고는 노트북을 무릎에 얹고 휴대전화를 옆에 두었다. TV도 켜두었다. 매튜도 쉬는 날이었지만 그는 그녀를 피해 부엌에 있었다. 오늘은 차를 끓여주겠다는 말도 없고, 일에 대한 질문도, 신경 쓴 관심도 없었다. 어머니가 떠난 뒤로 그의 태도가 변했다. 초조하고 예민하고 더 심각해 보였다. 린다가 매튜와 조용히 대화하면서 이미 벌어진 일은 되돌릴 수 없다고 납득시킨 모양이었다.

로빈은 자신이 '최후의 일격'을 가해야 한다는 것을 알았다. 린다의 마지막 말은 긴박감을 높여주었다. 아직 살 집을 구하지 못했지만 어쨌거나 매튜에게 자신이 나갈 거라고 알려야 했고, 지인들에게 이 일을 어떻게 전해야 할지 방도를 합의해야 했다. 하지만 우선은 그냥 소파에 앉아 일에 몰두함으로써, 작은 집의 분위기를 팽팽

* '여기는 에덴동산이 아니야.', 블루 오이스터 컬트, 〈지금은 사랑의 여름이 아니야〉.

하게 만드는 문제는 밀어두었다.

상의에 꽃을 꽂거나 코르사주를 단 방송 진행자들이 웨스트민스터 사원의 장식에 대해 떠들고 있었다. 유명 하객들이 입구로 미끄러져 들어갔고 로빈은 방송을 대충 들으며 쇼어디치 인근의 랩댄싱 클럽, 스트립 클럽, 마사지 업소의 전화번호를 적어나갔다. 그러다 이따금 누가 노엘이라는 이름의 문지기를 언급했을 희박한 가능성을 위해 화면을 아래로 스크롤해 고객 평을 읽었다. 고객들의 추천은 대개 업소 종사자들의 일에 대한 열정을 토대로 했다. 한 마사지 업소의 맨디라는 여자는 '서두르는 느낌 없이 30분 동안 성심을 다해' 서비스를 한다고 했다. 벨트웨이 스트리퍼스의 미녀 셰리는 '열의가 넘치고 적극적이고 잘 웃어준다'. 또 한 고객은 '조를 꼭 추천'하는데, 그녀는 몸매가 끝내주는 데다 굉장한 '해피엔드!!!'를 선물한다고 했다.

다른 기분이었다면—아니, 다른 인생이었다면—로빈은 여자에 대한 그런 언급들을 재미있게 여겼을지도 모른다. 돈을 주고 성을 사는 많은 남자가 여자들의 태도가 진심이었다고, 그들도 느긋하게 즐거움을 얻었다고, 고객의 농담에 정말로 웃어주었다고, 몸으로 해주는 전신 마사지와 손으로 해주는 서비스를 정말로 좋아했다고 믿는다. 어떤 고객은 가장 좋아하는 여자에 대해 시도 썼다.

로빈은 부지런히 전화번호를 옮겨 적으면서, 브록뱅크는 좋지 않은 이력 때문에, 이렇게 예술적인 조명과 포토샵으로 처리한 여자 나체 사진과 거플을 함께 초대하는 문구로 웹사이드를 꾸민 고급 입소에는 취직하지 못했을 거라고 생각했다.

매춘은 불법이지만, 사이버 공간을 조금만 뒤져도 그런 업소를 쉽게 찾을 수 있었다. 스트라이크와 함께 일한 뒤 그녀는 인터넷 가운데서도 사람들 눈에 잘 안 띄는 구석에서 정보를 찾는 데 능숙해졌기에, 그런 정보를 교환하는 허름한 사이트들에서 각 업소에 대한 언급을 꼼꼼히 대조했다. 최하급 시설들에는 미사여구 따위도 없었다. '애널은 60파운드부터' '모두 외국 여자, 영어 못 함' '초영계, 어쩌면 처녀일 수도. 골라서 꽂아보세요'.

위치는 대략적으로만 소개된 경우가 많았다. 스트라이크는 그녀가 '동유럽 출신'이나 '중국 여자가 대부분'인 이런 지하 업소 또는 허름한 업소에 찾아가는 일을 허락하지 않을 것이다.

그녀는 잠시 쉬면서, 단단하게 얽힌 가슴속 매듭을 풀기 위해 고개를 들어 TV를 봤다. 윌리엄 왕자와 해리 왕자가 함께 복도를 걸어갔다. 로빈이 TV를 보는데 거실 문이 열리더니 매튜가 찻잔을 들고 들어왔다. 그녀에게도 주겠다는 말은 없었다. 그는 아무 말도 하지 않고 안락의자에 앉아 TV 화면을 바라보았다.

로빈은 다시 일로 돌아갔다. 매튜가 옆에 있다는 것이 지나치게 의식되었다. 하지만 곁에 있어도 아무 말 하지 않는다는 점에서 매튜는 전과 달랐다. 그녀의 독자성을 인정하는 것─그녀를 방해하지 않는 것, 심지어 차를 끓여주겠다고도 하지 않는 것─도 새로웠다. 그가 리모컨을 들고 채널을 바꾸지 않는 것도 마찬가지였다.

카메라는 고링 호텔 밖으로 이동했는데, 웨딩드레스를 입은 케이트 미들턴을 가장 먼저 보기 위해 사람들이 모여 밤을 새운 곳이었다. 로빈은 노트북 화면을 천천히 스크롤해 내려가며 커머셜 로드 근처의 매춘 업소에 대한 형편없는 문장의 후기들을 읽으면서 그 너머로 TV를 힐끔힐끔 보았다.

그리고 진행자의 흥분한 논평과 환호에 고개를 들었다가 케이트 미들턴이 리무진에 올라타는 모습을 보았다. 긴 레이스 소매는 그녀가 자기 웨딩드레스에서 없애버린 소매와 똑같은 모양이었다…….

리무진은 천천히 떠났다. 차 안의 케이트 미들턴은 아버지에게 가려 잘 보이지 않았다. 그녀는 머리를 올리지 않았다. 로빈도 머리를 내리려고 했었다. 매튜가 그 편을 좋아했다. 그러건 저러건 이제 아무 상관도 없지만…….

더 몰*을 따라서 군중이 내내 환호했고, 유니언잭이 사방에 휘날렸다.

매튜가 그녀를 돌아보자 로빈은 다시 노트북에 열중한 척했다.

"차 한 잔 줄까?"

"아니." 그녀가 이렇게 말했다가 말투가 너무 공격적이었다는 생각에 마지못해 덧붙였다. "괜찮아."

옆에서 휴대전화가 울렸다. 휴일에 이런 일이 있으면 매튜는 자주 얼굴을 찌푸리거나 부루퉁해졌다. 스트라이크의 전화라고 생각했기 때문이었는데, 때로는 그 생각이 맞았다. 그러나 오늘은 단지 TV로 돌아갔을 뿐이다.

로빈은 휴대전화를 집어 들고서 방금 도착한 문자를 읽었다.

그쪽이 기자가 아니란 걸 내가 어떻게 믿죠?

---

* 버킹엄궁전에서 애드미럴티 아치, 트래펄가광장까지 이어지는 도로.

스트라이크 몰래 그녀가 추적하는 단서였고, 그녀는 대답할 말이 있었다. TV 화면에서 군중들이 천천히 이동하는 리무진에 환호하는 동안 그녀는 문자메시지에 답을 했다.

기자들이 알았다면 벌써 당신 집 앞에 가 있을걸요. 인터넷에 내 이름을 치면, 내가 오언 퀸 살인 사건에 증언하러 법정에 들어가는 사진이 나와요. 찾아봤어요?

그녀는 다시 휴대전화를 내려놓았다. 가슴이 쿵쿵 뛰었다.

케이트 미들턴이 리무진에서 내려 웨스트민스터 사원으로 들어갔다. 레이스 드레스를 입은 그녀의 허리는 몹시 잘록했다. 그녀는 아주 행복해 보였다……. 정말로 행복해 보였다……. 머리에 티아라를 쓰고 사원 입구로 걸어가는 그 아름다운 여자를 바라보는데 로빈의 가슴이 쿵쾅거렸다.

휴대전화가 다시 울렸다.

사진 봤어요. 그래서?

매튜가 이상한 소리를 냈다. 로빈은 못 들은 척했다. 아마 자신이 스트라이크와 문자메시지를 주고받는다고 생각할 것이다. 그럴 때마다 그는 얼굴을 살짝 찌푸리고 화난 듯한 소리를 냈다. 그녀는 휴대전화 카메라를 얼굴 앞에 들고 사진을 찍었다.

플래시에 매튜가 깜짝 놀라 돌아보았다. 그는 울고 있었다.

로빈은 떨리는 손가락으로 사진을 첨부해 문자메시지를 보냈다.

그런 뒤 매튜를 보고 싶지 않아 다시 TV를 보았다.

케이트 미들턴 부녀는 이제 모자 쓴 하객의 바다를 가르고 붉은 카펫 위를 걸어갔다. 수많은 동화와 우화의 행복한 결말을 이루는 사건이 눈앞에서 펼쳐졌다. 왕자에게 걸어가는 서민, 높은 신분을 향해 가차 없이 걸어가는 미녀……

자신의 의사와 상관없이, 로빈은 매튜가 피커딜리서커스의 에로스상 아래에서 청혼한 날이 떠올랐다. 주변 노숙자들의 놀림 속에서 매튜는 한쪽 무릎을 꿇었다. 그 지저분한 계단에서 벌어진 일은 전혀 예상 밖이었다. 매튜가 축축하고 더러운 계단에 좋은 양복 바지를 더럽히고, 배기가스와 술 냄새가 떠도는 가운데 파란 벨벳 상자에 든 사파이어 반지를 내밀었다. 그 사파이어는 케이트 미들턴의 반지보다 작고 색이 연했다. 나중에 매튜는 로빈의 눈동자 색과 어울려서 그 반지를 골랐다고 말했다. 그녀가 청혼을 수락한 순간, 술 취한 노숙자 한 사람이 일어나서 박수를 쳤다. 매튜의 빛나는 얼굴에 비치던 피커딜리의 네온 불빛이 떠올랐다.

9년의 세월, 함께 성장하고 다투고 화해하고 사랑한 시간. 그들을 갈라놓을 수도 있었던 트라우마마저 극복하고 이어진 9년의 세월.

로빈은 청혼받은 다음 날, 임시직 소개소의 추천으로 스트라이크를 찾아간 일을 기억했다. 그때가 아득한 옛날처럼 느껴졌다. 그 사이에 그녀는 다른 사람이 된 것 같았다……. 적어도 그녀 스스로는 그렇게 느꼈다. 스트라이크가 집에 머물며 전화번호들을 베껴 적는 일을 시키면서, 파트너로서 일에 복귀할 시기에 대한 질문을 회피하기 전까지는.

"저 사람들도 헤어졌었어."

"뭐?" 로빈이 말했다.

"저 사람들도 그랬다고." 매튜가 갈라진 목소리로 말했다. 그는 고갯짓으로 TV 화면을 가리켰다. 윌리엄 왕자가 신부를 돌아보고 있었다. "저 두 사람도 잠깐 헤어졌었어."

"나도 알아." 로빈이 말했다.

그녀는 차갑게 말하고 싶었지만, 그러기엔 매튜의 표정이 너무도 불쌍했다.

'어쩌면 마음 한구석으로 네가 나한테 과분하다고 생각하는지도 몰라.'

"우리 정말 끝난 거야?" 그가 물었다.

케이트 미들턴이 제단 앞에 선 윌리엄 왕자에게 인도되었다. 그들은 재결합해 기뻐 보였다.

로빈은 지금 이 질문에 대한 대답이 최종 판결이 될 것임을 알았다. 약혼반지는 아직도 그녀가 빼놓은 자리, 책꽂이에 놓인 옛 회계학 교과서들 위에 그대로 있었다. 그녀가 빼놓은 뒤 아무도 손대지 않았다.

"사랑하는……." 웨스트민스터 주임 사제가 화면에서 말했다.

매튜가 처음 데이트 신청을 한 날이 생각났다. 하굣길에 설렘과 우쭐함으로 온몸이 터져나갈 것 같았다. 세라 셰드록이 배스의 술집에서 매튜에게 몸을 기대며 키득거리자 그가 얼굴을 찡그리며 몸을 빼내던 일이 떠올랐다. 그리고 스트라이크와 엘린이 떠올랐다……. '이게 무슨 상관인 거지?'

그녀가 강간 사건 이후 24시간 동안 머물던 병원에서 하얗게 질려 덜덜 떨던 매튜도 떠올랐다. 그는 그녀의 곁을 지키려다 시험 하나를 놓쳤다. 매튜의 어머니는 그 일로 화를 냈다. 그는 여름 학기에 다시 시험을 봐야 했다.

'나는 스물한 살이었고, 지금 아는 것들을 그땐 몰랐어. 이 세상에 너 같은 사람은 없고, 또 내가 너만큼 사랑할 수 있는 사람도 없다는 걸…….'

그가 술을 마시며, 광장공포증 환자가 되어 사람 손길에 질겁하는 로빈에 대한 복잡한 심경을 털어놓을 때 세라 셰드록이 그를 끌어안는 모습…….

휴대전화가 울렸다. 로빈은 저도 모르게 휴대전화를 집어 들어서 화면을 보았다.

좋아요. 맞다고 믿겠어요.

로빈은 답장부터 한 뒤에 휴대전화를 소파에 내려놓았다. 남자가 우는 모습은 너무도 비극적이다. 매튜의 눈이 새빨갰다. 그의 어깨가 들썩거렸다.

"매튜." 그녀가 그의 소리 없는 울음 위로 나직하게 말했다. "매튜……."

그러고는 손을 내밀었다.

38

Dance on Stilts[*]

하늘은 분홍빛으로 물들어갔지만, 거리는 아직 사람들로 출렁였다. 런던 시민과 외지인 100만 명이 거리로 쏟아져 나왔다. 빨간색, 하얀색, 파란색 모자들, 유니언잭과 플라스틱 왕관, 한 손에 맥주를 들고 또 한 손으로 얼굴에 그림을 그린 아이들의 손을 잡은 광대들, 모두 열렬한 감정의 물결을 타고 출렁였다. 그들은 지하철과 도로를 메웠다. 그는 필요한 것을 찾으려고 그들을 헤치고 지나가면서 몇 번이나 국가의 후렴구를 들었다. 술꾼들은 음정을 틀렸고, 지하철 출구를 막고 장난치던 웨일스 여자들은 무슨 전문가처럼 노래했다.

그는 우는 '그것'을 두고 떠났다. 결혼식은 불행한 '그것'의 기분을 잠시 고양해서, '그것'은 역겨운 애정 공세를 펴고 자기 연민의 눈물을 쏟더니 진지하고 안정된 관계에 대한 한심한 열망을 드러냈다. 그가 분노를 참은 것은 모든 신경, 신체의 모든 원자가 그날 밤의 일에 집중해 있었기 때문이다. 곧 실행할 해소 활동에 집중해서 그토

[*] 〈죽마를 타고 추는 춤〉. 블루 오이스터 컬트, 〈숨겨진 거울의 저주〉 앨범의 수록곡.

록 인내하고 애정을 쏟았는데도 '그것'은 주제를 모르고 그가 떠나지 못하게 하려 했다.

그는 이미 재킷에 칼 두 자루를 넣었고 코카인도 했다. '그것'에게는 손가락 하나 대지 않았지만 그는 말, 몸짓, 내면의 야수를 살짝 보여주는 것만으로도 위협하는 법을 알았다. 그는 겁먹고 웅크린 '그것'을 두고 집을 나섰다.

그런 일을 벌충하려면 힘이 많이 든다고, 그는 길 위의 술꾼들을 지나치면서 생각했다. 싸구려 꽃다발, 미안하다는 말, 스트레스 때문이라는 거짓말……. 그 생각에 그의 표정이 일그러졌다. 가는 길에 서너 명과 세게 부딪쳤지만, 그의 덩치와 태도 때문에 어느 누구도 화를 내지 않았다. 그들은 볼링 핀 같았고, 그가 그들에게서 느끼는 생명과 의미도 딱 그 정도였다. 그에게 사람들이란 오직 자신에게 무엇을 해줄 수 있는지가 중요했다. 그래서 비서가 중요했다. 그는 여자를 그토록 오래 추적한 적이 없었다.

물론 마지막으로 취했던 계집애도 시간이 꽤 걸리기는 했지만, 그건 경우가 달랐다. 그 멍청한 년이 어찌나 기쁘게 그의 품으로 뛰어들던지, 토막 살인을 당하는 것이 그년 인생의 야망처럼 느껴질 지경이었다. 물론 그게 사실이기는 했지만…….

그 생각에 미소가 떠올랐다. 복숭앗빛 수건과 피 냄새…… 그 느낌, 전능감이 다시 느껴졌다. 오늘 밤 다시 느낄 수 있을 것이다.

'회합에 간다네, 상냥하게 인사하며……(Headin' for a meeting, shining up my greeting…).'*

* 블루 오이스터 컬트, 〈죽마를 타고 추는 춤〉.

그는 술과 감상으로 정신이 흐트러진 여자가 무리에서 떨어져 나오길 기다렸지만, 사람들은 계속 무리 지어 이동했고 아무래도 다시 매춘부를 택해야 할 것만 같았다.

시대가 바뀌었다. 옛날과는 달랐다. 휴대전화와 인터넷 시대이므로 매춘부들은 길에 나와 있을 필요가 없었다. 요즘 여자를 사는 것은 음식을 배달시키는 것만큼 간편해졌지만 그는 인터넷에도, 어떤 계집년의 통화 목록에도 흔적을 남기고 싶지 않았다. 수준이 떨어지는 것들이나 길에서 호객하고, 그는 그런 곳을 남김없이 알았지만 그와 아무런 관련이 없는 곳, '그것'과 멀리 떨어진 곳을 선택해야 했다…….

12시 10분 전에 그는 새클웰을 걸었다. 옷깃을 세워 얼굴 아래쪽을 감추고 모자를 이마에 닿도록 낮게 내려 썼다. 걸을 때마다 칼들이 가슴팍에 무겁게 부딪혔다. 하나는 날이 길고 좁은 카빙 나이프고, 또 하나는 날이 짧고 넓적한 마체테였다. 불 밝힌 카레집과 술집 창문들, 사방에서 휘날리는 유니언잭…… 온밤이 걸린다 해도 그는 여자를 찾을 것이다…….

어두운 모퉁이에서 짧은 치마를 입은 여자 셋이 담배를 피우며 이야기하고 있었다. 그는 도로 맞은편을 걷고 있었고, 그중 한 명이 그를 불렀지만, 그는 무시하고 어둠 속으로 들어갔다. 세 명은 너무 많았다. 목격자가 둘이나 생긴다.

도보에서 여자를 구하는 일은 쉽기도, 또 어렵기도 했다. 카메라에 번호판이 찍힐 위험은 없지만, 여자를 원하는 장소까지 데려가는 게 힘들었다. 일이 끝난 뒤 도주가 어렵다는 것은 말할 것도 없다.

한 시간 더 길을 배회하다 보니 어느새 아까 그 매춘부 셋이 서 있던 곳이었다. 이제는 둘뿐이다. 좀 더 쉬워졌다. 목격자는 한 명이다. 그는 얼굴이 거의 가려져 있었다. 그가 망설이는 동안 차 한 대가 느리게 다가와 여자들과 짧게 대화했다. 한 명이 차에 탔고, 차는 떠났다.

그의 정맥과 뇌로 눈부신 독기가 밀려들었다. 처음 살인했을 때와 똑같았다. 그때도 마지막에 남은 못생긴 여자가 그의 손안으로 떨어졌다.

망설일 시간이 없었다. 언제라도 동료 두 명이 돌아올 수 있었다.

"다시 왔네, 자기?"

여자의 목소리는 걸걸했지만 얼굴은 어려 보였고, 단발머리는 붉게 헤나 염색을 했으며, 두 귀와 코에 피어싱을 했다. 감기라도 걸린 듯 콧구멍이 분홍색이고 축축했다. 가죽 재킷과 고무 재질의 미니스커트를 입었고, 아찔한 구두를 신고 있어서 중심을 잡기에도 어려워 보였다.

"얼마야?" 그가 물었지만, 대답은 제대로 듣지 않았다. 중요한 것은 장소였다.

"자기만 좋다면 우리 집에 가도 좋아."

그는 좋다고 했지만 긴장했다. 원룸 같은 곳이 좋았다. 계단에서 마주칠 사람도 없고, 보고 들을 눈도 귀도 없는 곳, 그냥 시체를 던져놓을 어두운 모퉁이만 있는 곳이라면. 하지만 만약 공동 시설, 그러니까 다른 매춘부들이 있는 곳이라면, 마담, 아니 더 나쁘게는 포주 놈이 있는 입소라면……

여자는 파란불이 켜지기도 전에 도로에 들어섰다. 흰색 밴이 획 지나가자 그가 여자의 팔을 뒤로 확 잡아당겼다.

"어머, 내 생명의 은인!" 여자가 키득거렸다. "고마워, 자기."

그는 여자가 약을 했다는 걸 알았다. 그런 여자를 많이 보았다. 콧물이 흐르는 여자의 빨간 코는 역겨웠다. 어두운 상점 창문에 비친 그들의 모습은 거의 부녀 같았다. 여자는 너무도 작고 말랐으며, 그는 크고 우람했다.

"결혼식 봤어?" 여자가 물었다.

"뭐?"

"왕실 결혼식. 신부가 정말 예쁘더라."

더러운 창녀조차 결혼식에 취해 있었다. 걸어가는 동안 여자는 싸구려 뾰족구두 위에서 비틀거리며 계속 결혼식 이야기를 떠들어댔지만, 그는 아무 반응도 하지 않았다.

"왕자의 엄마가 아들 결혼식을 못 봐서 안타까워. 여기야." 여자가 앞쪽에 있는 싸구려 임대주택을 가리키며 말했다. "저기가 내 집이야."

멀리 건물이 보였다. 불 밝힌 문 주변에 사람들이 서 있었고, 남자 한 명이 현관 앞 계단에 앉아 있었다. 그는 멈추어 섰다.

"안 돼."

"왜 그래? 저 사람들은 걱정 안 해도 돼. 다 아는 사람들이야." 여자가 말했다.

"안 돼." 그가 다시 말하고는 분노하며 여자의 가느다란 팔을 꽉 움켜잡았다. 이년이 지금 무슨 짓거리를 하는 거지? 나를 풋내기로 본 건가?

"저기." 그가 두 건물 사이의 어두운 공간을 가리켰다.

"자기, 방에는 침대가—"

"저기." 그가 성난 목소리로 다시 말했다.

여자는 두껍게 화장한 멍한 눈을 깜박이며 그를 보았지만, 생각이 제대로 돌아가지 않았다. 그는 말없이 오직 카리스마만으로 여자를 굴복시켰다.

"좋아, 알았어, 자기."

그들이 걸어갈 때 발밑에서 나는 소리로 보아 길에는 자갈이 깔린 것 같았다. 그는 보안등이나 센서가 있을까 봐 걱정했지만, 도로에서 안쪽으로 20미터 정도 들어가니 깊고 진한 어둠이 그들을 기다리고 있었다.

그는 장갑 낀 손으로 지폐를 건넸다. 여자가 그의 바지 지퍼를 내렸다. 그의 물건은 아직 잠잠했다. 그녀가 어둠 속에 무릎을 꿇고 그를 흥분시키려 하는 동안 그는 재킷 안쪽에서 칼 두 자루를 조용히 꺼냈다. 나일론 안감에서 칼들을 쓱 꺼내어 양손에 하나씩 쥐었는데, 플라스틱 칼자루를 쥔 양손의 손바닥에서 땀이 흘렀다…….

그가 여자의 배를 뻥 차자 여자는 뒤로 나가떨어졌다. 캑캑거리는 소리와 자갈끼리 부딪히는 소리가 그녀가 떨어진 지점을 알려주었다. 지퍼가 열려 있어서 바지가 흘러내리는 것에도 아랑곳하지 않고, 앞쪽으로 달려가다가 여자에게 부딪혀서 그 위에 올라탔다.

그는 카빙 나이프로 찌르고 또 찔렀다. 칼이 뼈—갈비뼈인 듯했다—에 닿자 다시 찔러 넣었다. 폐에서 바람 빠지는 소리가 나더니 놀랍게도 여자가 비명을 질렀다.

그가 낄아뭉갰는데노 여자가 몸부림을 쳐서 그는 최후의 일격을 가할 목이 어디에 있는지 알 수가 없었다. 그가 왼손으로 마체테를 크게 휘둘렀지만, 놀랍게도 여자에겐 다시 비명을 지를 힘이 남아 있었다—

그는 욕을 퍼부으면서—카빙 나이프로 찌르고, 찌르고, 또 찔렀다—그를 막으려는 여자의 손바닥에 구멍을 냈다. 그러다 한 가지 생각이 떠올라서 여자의 팔을 잡아 내리고 무릎으로 찍어 누른 뒤 칼을 들었다—

"좆이나 빠는 더러운 년……."

"거기 누구죠?"

'이런 좆같은'.

도로 쪽에서 다시 남자 목소리가 들렸다.

"거기 누굽니까?"

그는 여자에게서 떨어져 나와 바지를 추슬러 입고, 왼손에는 칼 두 자루를, 오른손에는 여자의 손가락이라고 여겨지는 것 두 개를 들고 최대한 조용히 물러났다……. 아직 온기가 남아 있는 그것은 뼈가 드러나 있었으며 피가 흘렀다……. 여자는 계속 신음하고 훌쩍이다가…… 마지막으로 긴 한숨을 내쉬더니 조용해졌다…….

그는 여자의 미동 없는 형체를 떠나 눈에 띄지 않는 곳으로 비틀비틀 숨어들었다. 멀리서 사냥개 소리를 들은 고양이처럼 온몸의 감각이 예리해졌다.

"거기 아무 일 없어요?" 남자의 목소리가 다시 울렸다.

그는 단단한 벽 앞에 이르렀다. 벽을 따라 더듬으며 손에 철망이 닿을 때까지 나아갔다. 멀리 있는 가로등 불빛에 비춰 보니, 울타리 안쪽에 허름한 자동차 수리점 같은 게 있었다. 어둠 속에 웅크린 자동차들이 기괴해 보였다. 그가 방금 떠나온 곳으로 다가가는 발소리가 들렸다. 비명 소리가 난 곳을 찾는 것이다.

당황하면 안 된다. 뛰면 안 된다. 소리는 치명적이다. 천천히, 낡은 자동차들을 에워싼 철조망을 따라 다른 길이 이어질지 혹은 막다른 골목이 나올지 모를 어둠 속으로 들어갔다. 피 묻은 칼들을 재킷 안에 도로 넣고, 여자의 손가락도 주머니에 넣은 뒤 숨을 꾹 참고 미끄러지듯 나아갔다.

골목에서 고함 소리가 울렸다.

"아니, 이게 뭐야! 앤디, 앤디!"

그는 달렸다. 고함 소리가 사방에 울려 퍼지는 지금이야말로 그의 발소리가 들리지 않을 것이다. 그리고 우주가 다시 한 번 그의 편이 된 듯 그가 새로운 어둠 속에 들어서니 발밑으로 부드러운 풀밭이 이어졌다…….

막다른 골목에는 1.8미터 높이의 담장이 있었다. 담장 너머에서 자동차들 소리가 들렸다. 다른 방법은 없었다. 그는 숨을 헐떡이며 몸을 들어 올렸다. 자신이 젊은 시절처럼 튼튼하고 강하지 않은 것을 안타까워하며 발 디딜 곳을 찾는데, 온몸의 근육이 비명을 질러댔다.

공포는 때로 놀라운 일을 한다. 그는 담장 꼭대기에 올랐다가 내려갔다. 쿵 하고 무거운 소리가 났다. 무릎이 아팠지만, 그는 비틀거리다가 중심을 찾았다.

'걸어, 걸어…… 아무 일도 없다는 듯이…… 평범하게…… 평범하게…….'

자동차들이 요란한 소리를 내며 지나갔다. 그는 사람들 눈을 피해 재킷에 피 묻은 손을 닦았다. 멀리서 고함 소리가 아득하게 들려왔다……. 최대한 빨리 여기를 벗어나야 했다. 그는 '그것'이 모르는 장소로 갈 것이다.

버스 정류장. 그는 조금 떨어진 거리를 달려가 줄을 섰다. 여기서 벗어날 수만 있다면 어디로 가건 상관없었다.

엄지손가락이 버스표에 핏자국을 만들었다. 그는 표를 주머니에 깊이 찔러 넣고 여자의 손가락 두 개를 만졌다.

버스가 출발했다. 그는 천천히 길게 숨 쉬면서 스스로를 달랬다. 2층의 승객이 또 국가를 불렀다. 버스가 속도를 올렸다. 심장은 계속 날뛰었지만, 호흡은 천천히 정상으로 돌아왔다.

더러운 차창에 비친 자기 모습을 보면서, 그는 아직도 온기가 도는 여자의 손가락을 굴렸다. 공황감이 서서히 물러가고 그 자리를 우쭐함이 채웠다. 그는 차창에 비친 자신의 컴컴한 상(像)을 향해 미소를 지었다. 승리의 기쁨을 이해하고 함께할 수 있는 자는 오직 그뿐이었다.

39

The door opens both ways...
Blue Öyster Cult, 'Out of the Darkness'*

"어머나, 저것 좀 봐." 월요일 아침, 엘린이 시리얼 그릇을 두 손에 든 채 TV 앞에 서서 놀란 얼굴로 말했다.

스트라이크가 막 부엌으로 들어왔다. 언제나처럼 일요일 밤의 데이트를 마치고서 깨끗하게 씻고 옷을 입은 참이었다. 크림색과 흰색으로 꾸민 깨끗한 부엌은, 부엌을 채운 스테인리스 표면과 은은한 조명 때문에 우주 시대의 수술실처럼 보였다. 테이블 뒤쪽 벽에 플라스마 TV가 걸려 있었다. 오바마 대통령이 연단에 서서 발언하고 있었다.

"오사마 빈 라덴을 죽였대!" 엘린이 말했다.

"허, 젠장." 스트라이크가 말하고서, 화면 아래로 흐르는 자막을 읽었다.

깨끗한 옷을 입고 면도를 해도 스트라이크는 매 맞은 개 같은 분위기를 떨치지 못했다. 랭이나 휘태커의 기척을 파악하기 위해 들

---

* '문은 양쪽으로 열린다네…….', 블루 오이스터 컬트, 〈어둠에서 나와〉.

인 많은 시간은 값비싼 대가를 동반했다. 눈은 충혈되고 피부는 칙칙해졌다.

그는 커피 메이커로 가서 커피를 한 잔 따른 뒤 쭉 들이켰다. 어젯밤에 그는 엘린의 몸 위에서 잠들 뻔했는데, 그런 상황에서도 최소한 할 일을 마쳤다는 것은 그 주의 몇 안 되는 작은 업적에 포함될 듯했다. 아일랜드 식탁의 스테인리스 상판에 기대서, 말끔한 대통령을 바라보니 그가 진심으로 부러웠다. 그는 적어도 자신의 적을 잡았다.

빈 라덴의 죽음과 관련된 보도에 대해 이야기하면서 엘린은 스트라이크를 지하철역까지 데려다주었다.

"어떻게 그 사람인지 알고 거기 들어갔을까?" 그녀가 역 앞에 차를 세우면서 말했다.

그건 스트라이크도 궁금했다. 물론 빈 라덴은 눈에 띄는 체격이기는 했다. 190센티미터가 넘는 장신이었으니까……. 그러다 스트라이크의 생각이 다시 브록뱅크, 랭, 휘태커에게 흘러갔을 때 엘린이 말했다.

"수요일에 동료들하고 술 모임이 있어." 그녀가 약간 어색하게 말했다. "덩컨하고는 이야기가 거의 끝나가. 그리고 비밀 데이트는 이제 지겨워."

"미안해, 갈 수가 없어. 말했듯이 요새 감시 작업이 너무 많아져서." 그가 말했다.

그는 브록뱅크와 랭, 휘태커를 감시하는 일이 돈이 되는 일인 척했다. 그러지 않으면 엘린은 그가 그토록 성과 없는 일에 매달리는 것을 이해하지 못할 것이다.

"좋아, 그럼 전화해줘. 기다릴게." 그녀가 말했고, 그는 그 말에 담긴 냉랭한 기운을 모른 척했다.

'어디까지 가야 할까?' 그는 배낭을 메고 지하철역으로 내려가면서 자문해보았다. 세 남자를 감시하는 일 말고 엘린에 대한 질문이었다. 기분 전환으로 시작한 일이 번거로운 의무가 되고 있었다. 늘 똑같은 만남—똑같은 레스토랑, 똑같은 밤—에 이미 김이 빠지기 시작했고, 이제 그녀가 패턴의 변화를 제안했는데도 열의가 느껴지지 않았다. 그는 라디오 스리의 진행자들과 술 마시는 것보다 더 즐거운 일을 그 자리에서 열두 가지는 생각해낼 수 있었다. 그중 최고는 자는 것이었다.

엘린은 곧—그는 그 일이 다가오는 것을 느낄 수 있었다—그를 딸에게 소개하고 싶어 할 것이다. 스트라이크는 37년 동안 '엄마의 남자 친구'가 되는 일을 잘 피해왔다. 레다의 인생을 거쳐 간 남자들에 대한 기억—괜찮은 사람도 있었지만 대부분은 그렇지 않았고, 후자의 정점이 휘태커였다—은 그에게 역겨움에 가까운 반감을 심어주었다. 문이 열리고 생전 처음 보는 남자가 집에 들어올 때마다 루시의 눈에 어리던 공포와 불신의 빛을 다른 아이에게서 보고 싶지는 않았다. 자신의 표정이 어땠는지는 알 수 없었다. 그는 레다 인생의 그 부분에 대해서는 결연히 눈을 감고, 그녀의 포옹과 웃음과 그의 성취에 진심으로 기뻐하는 모습에만 집중했다.

학교에 가려고 지하철을 타고 가다가 노팅힐 게이트 역에서 내렸을 때, 휴대전화가 울렸다. 스토커 아빠의, 별거 중인 아내가 보낸 문자메시지였다.

오늘은 공휴일이라서 아이들이 학교에 없어요. 아이들은 조부모님 댁에 있어요. 그 남자가 거기까지 따라가지는 않을 거예요.

스트라이크는 조용히 욕을 했다. 그는 그날이 공휴일이라는 걸 잊고 있었다. 어쨌건 다행히, 이제 사무실에 가서 서류 작업을 좀 한 다음 색다르게도 낮에 캣퍼드 브로드웨이를 가볼 수 있게 되었다. 다만 노팅힐까지 오기 전에 문자메시지를 받았으면 좋았을걸 하는 아쉬움은 남았다.

45분 후 스트라이크는 철제 계단을 힘겹게 올라가며 왜 건물주에게 엘리베이터를 고쳐달라고 요청하지 않은 걸까를 100번째로 생각했다. 하지만 사무실 유리문 앞에 도착했을 때 더 급한 질문이 떠올랐다. 왜 불이 켜져 있는 거지?

스트라이크가 문을 어찌나 세게 열었는지 로빈은 그의 힘겨운 발소리를 듣고 있었는데도 의자에 앉은 채 화들짝 놀랐다. 그들은 서로를 보았다. 그녀의 눈빛에는 반항기가, 그의 눈빛에는 비난이 어려 있었다.

"여기서 뭐하는 겁니까?"

"일하고 있죠." 로빈이 말했다.

"집에서 일하라고 말했을 텐데요."

"끝냈어요." 그녀가 책상 위의 종이 다발을 두드리며 말했다. 거기에는 손으로 적은 메모와 전화번호가 가득 적혀 있었다. "제가 쇼어디치에서 찾은 전화번호 전부예요."

스트라이크의 눈이 그녀의 손을 따라갔지만, 그의 관심을 끈 것은 그녀가 보여주는 종이 다발이 아니라 사파이어 반지였다.

잠시 침묵이 흘렀다. 로빈은 왜 자기 심장이 쿵쿵거리는지 알 수 없었다. 무언가 변명하는 듯 웃기는 느낌……. 매튜와 결혼할지 말지는 자신이 결정할 일이었다……. 이런 말을 속으로 하는 것도 웃기는 일이었다…….

"화해했군요." 스트라이크가 그녀에게 등을 돌린 채 재킷과 배낭을 걸며 말했다.

"네." 로빈이 말했다.

잠시 침묵이 흘렀다. 스트라이크가 돌아서서 그녀를 보았다.

"로빈한테 줄 만큼 일이 많지 않은데. 지금 의뢰받은 일은 하나뿐이에요. 스토커 아빠는 나 혼자 처리할 수 있어요."

그녀의 청회색 눈동자가 가늘어졌다.

"브록뱅크와 랭, 휘태커는요?"

"그 사람들이 뭐요?"

"아직도 그 사람들을 찾고 있지 않나요?"

"그렇긴 하지만 그건—"

"그러면 어떻게 네 가지 업무를 다 하신다는 거예요?"

"그건 업무라고 할 수 없어요. 돈이 전혀—"

"그러면 취미예요?" 로빈이 말했다. "그게 제가 주말 내내 이 번호들을 찾은 이유예요?"

"물론 내가 그 사람들을 추적하는 건 맞아요." 스트라이크는 묵직한 피로와 뭔가 쉽게 정의하기 힘든 감정을 안고 (약혼반지가 돌아왔다……. 처음부터 그럴 줄 알았다……. 그녀를 집에 보내 매튜와 함께하게 한 것도 물론 도움이 되었을 것이다) 그녀를 설득하려고 했다. "하지만 나는—"

"배로에 갈 때는 불만 없으셨잖아요." 대응할 논리를 준비해온 로빈이 말했다. 그녀는 스트라이크가 자신의 복귀를 원하지 않는다는 것을 알았다. "제가 할리 브록뱅크하고 로렌 맥노턴한테 질문해도 된다고 허락해주셨잖아요. 그런데 뭐가 변한 거죠?"

"그 망할 신체 일부분을 또 받았잖아요. 그게 변했어요, 로빈!"

소리 지를 생각은 없었지만, 그의 목소리가 서류 캐비닛에 닿아 튀었다.

로빈은 무표정하게 있었다. 그녀는 전에도 스트라이크의 성난 모습을 보았고, 그의 욕설도 들었고, 그가 금속 서랍을 쾅쾅 두드리는 모습도 보았다. 그것 때문에 당황하지는 않았다.

"그래요." 그녀가 차분하게 말했다. "저도 충격받았어요. 발가락이 든 카드를 받으면 대부분 그러겠죠. 당신도 놀란 표정이었으니까요."

"그래요, 그래서—"

"—당신은 혼자서 사건 네 개를 처리하려 했고 나를 집으로 돌려보냈어요. 나는 휴가를 원하지 않았어요."

매튜는 로빈의 손에 반지를 다시 끼우는 행복감에 젖어, 그녀가 스트라이크에게 복귀를 주장하는 역할극을 기꺼이 도와주었다. 그가 스트라이크 역할을 맡고 로빈이 반박했는데 생각할수록 참 기이했지만, 매튜는 그녀가 7월 2일에 자신과 결혼만 해준다면 무슨 일이든 도울 준비가 되어 있었다.

"저는 곧장—"

"일에 복귀하고 싶어 하는 건 알지만, 그게 꼭 로빈에게 좋은 일은 아니에요." 스트라이크가 말했다.

"아, 당신이 작업치료사 자격까지 있는 줄은 몰랐네요." 로빈이 약간의 냉소를 담아 말했다.

"이봐요." 스트라이크는 로빈이 분노의 눈물을 보였다면 그렇게까지 화가 나지는 않았을 것 같았다. (사파이어 반지는 그녀의 손가락에서 다시 차분하게 반짝였다.) "내가 로빈의 고용주고 결국—"

"저는 파트너인 줄 알았는데요." 로빈이 말했다.

"아무 차이 없어요." 스트라이크가 말했다. "파트너건 아니건 어쨌든 여전히 나한테 책임이 있고—"

"그러니까 저에게 일을 시키느니 차라리 실패하고 말겠다는 거네요." 로빈은 창백한 얼굴에 분노로 홍조를 띠며 말했고, 스트라이크는 한편으로 자신이 밀린다는 것을 느끼면서도, 다른 한편으로는 그녀가 침착성을 잃었다는 것이 기분 좋았다. "저는 이 사무실이 자리 잡는 걸 도왔어요! 당신은 그놈의 계략에 빠져서 저를 밀쳐내고, 돈 되는 사건은 게을리하고 그 일에만 몰두하다가—"

"그걸 어떻게 알아요—?"

"왜냐면 얼굴이 완전히 썩었으니까요." 로빈이 겁 없이 말했고, 허를 찔린 스트라이크는 며칠 만에 웃음을 터뜨릴 뻔했다.

"어쨌건." 그녀가 말을 이었다. "제가 파트너건 아니건, 만약 당신이 저를 안전한 곳에만 두는 도자기 인형처럼 다루신다면 우리는, 망해요. 우리 탐정 사무소는 망해요. 그리고 저는 워들의 말을 듣는 게 나을 거예요—"

"워들의 밀이라니?"

"나더러 경찰에 지원하라고 했잖아요." 로빈이 스트라이크의 얼굴을 바라보며 말했다. "제가 이걸 장난으로 받아들인다고 생각하세요? 저는 어린애가 아니에요. 발가락을 받는 것보다 더 심한 일도 이겨냈어요. 그러니까—" 그녀는 용기를 끌어모았다. 그 말이 최후통첩이 되지 않기를 바랐다. "정하세요. 제가 당신 파트너인지 아니면, 아니면 군식구인지. 당신이 저를 믿지 못한다면, 제가 당신과 똑같은 위험에 맞닥뜨리는 걸 참지 못하겠다면, 저는 차라리—"

목소리가 갈라졌지만, 그녀는 힘을 내서 말을 이었다.

"—차라리 그만두겠어요."

그러고는 흥분 상태에서 컴퓨터를 향해 의자를 돌렸는데, 힘을 지나치게 주는 바람에 벽을 마주 보게 되었다. 로빈은 간신히 품위를 유지하며 의자를 모니터를 향해 돌리고선 이메일을 열어보며 그의 대답을 기다렸다.

그녀는 자신이 찾아낸 단서에 대해서는 말하지 않았다. 자신이 파트너 자리를 회복할 수 있는지를 알아야 그 전리품을 공유하든지 아니면 작별 선물로 주고 떠나든지 할 수 있었다.

"그 작자는 쾌락을 위해 여자들을 잔혹하게 살해하고 있어요." 스트라이크가 조용히 말했다. "그리고 로빈한테도 똑같이 하겠다는 뜻을 분명히 밝혔어요."

"저도 알아요." 로빈이 화면에 시선을 고정하고 긴장한 목소리로 말했다. "하지만 그 사람이 제가 일하는 곳을 안다면 제가 사는 곳도 알 테고, 그토록 결심이 굳다면 제가 가는 곳 어디든 따라오지 않겠어요? 그자가 절 습격할 때까지 기다리지 않고 직접 잡으러 나서고 싶은 제 마음을 모르시겠어요?"

그녀는 사정하지 않기로 했다. 받은 편지함에서 열두 통의 스팸 메일을 지웠을 때 그가 다시 말했다. 목소리가 무거웠다.

"좋아요."

"뭐가 좋다는 말씀인가요?" 그녀가 조심스레 돌아보았다.

"그러니까…… 다시 업무에 복귀해도 좋아요."

그녀는 밝게 웃었다. 그는 웃지 않았다.

"기운 내세요." 그녀가 일어서서 책상을 돌아 나오며 말했다.

한순간 스트라이크는 그녀가 자신을 포옹하려나 생각했다. 그녀가 기분이 몹시 좋아 보였기 때문이다. (그리고 이제 약혼반지를 되찾았으니 그는 거세된 비경쟁자, 안전하게 포옹할 수 있는 사람일 것이다.) 하지만 그녀는 주전자를 향해 갔을 뿐이다.

"제가 잡은 단서가 하나 있어요." 그녀가 말했다.

"뭐요?" 스트라이크는 아직도 새로운 상황을 이해하려고 애쓰면서 물었다. (로빈에게 시킬 만한, 너무 위험하지 않을 일이 뭐가 있을까? 로빈을 어디로 보낼 수 있을까?)

"BIID 게시판에서 켈시와 이야기해본 적 있는 사람과 연락이 됐어요." 그녀가 말했다.

스트라이크는 크게 하품을 하며 인조가죽 소파에 털썩 주저앉으면서—언제나처럼 방귀 소리가 났다—그녀가 한 말을 이해해보려 했다. 잠이 너무 부족해서 평소의 뛰어난 기억력이 흔들렸다.

"남자요, 아니면 여자?" 그가 워들이 보여준 사진을 어렴풋이 떠올리면서 물었다.

"남자요." 로빈이 티백 위로 끓는 물을 부으면서 말했다.

스트라이크는 로빈을 만난 뒤 처음으로 그녀를 비난할 기회가 생겨 기뻤다.

"나한테 말도 안 하고 그 웹사이트들을 보았다고요? 누군지도 모르면서 그 사람들과 장난을 쳤다고?"

"그 게시판에 가본 적 있다고 말씀드렸잖아요!" 로빈이 화를 내며 말했다. "켈시가 거기서 당신 일을 묻는 걸 봤다고 했잖아요. 켈시의 대화명은 '노웨어투턴'이었어요. 워들이 여기 왔을 때 다 말씀드렸어요. 그분은 깊은 인상을 받은 것 같던데요." 그녀가 덧붙였다.

"워들이 로빈보다 훨씬 앞서기도 했어요." 스트라이크가 말했다. "켈시가 인터넷에서 접촉한 두 사람을 조사해봤으니까. 하지만 그게 끝이었어요. 아무도 켈시를 만나지 않았어요. 워들은 지금 데보티란 남자를 조사하고 있어요. 그자가 게시판의 여자들을 만나려고 했어요."

"저도 데보티를 알아요."

"어떻게?"

"저한테 사진을 보내달라고 했는데, 제가 안 보내니까 조용해졌어요."

"그러니까 그 사이코들이랑 어울리고 있었군요?"

"그러지 좀 말아요." 로빈이 짜증스러운 듯 말했다. "그 사람들처럼 장애가 있는 척했어요. 그게 장난을 치는 일인가요? 그리고 데보티는 걱정할 필요가 없는 것 같아요."

로빈은 스트라이크에게 찻잔을 건넸다. 차는 딱 그가 원하는 정도의 떫은 맛이었다. 그런데 이상하게도 그 사실은 그를 진정시키기보다 오히려 더 화나게 했다.

"데보티는 걱정할 필요가 없다고요? 어디 근거를 들어봅시다."

"당신에게 그 편지가 온 뒤로 아크로토모필리악에 대해 조사를 좀 했어요. 왜, 당신 다리에 집착하는 남자 있었잖아요. 기억나죠?

성도착이 대개 그렇듯이 그건 폭력과는 별로 상관이 없어요. 데보티도 그냥 상상이나 하면서 컴퓨터 앞에 앉아 자위할 가능성이 훨씬 높아요."

그 말에 어떻게 반응해야 할지 몰라서 스트라이크는 그냥 차를 마셨다.

"어쨌건." 로빈이 말했다. (차를 내왔는데도 고맙다는 말이 없어 화가 났다.) "켈시가 인터넷으로 만난 그 남자, 그 사람도 BIID 사례자예요. 워들에게 거짓말을 했어요."

"거짓말을 했다고?"

"그러니까 켈시를 현실에서 만난 적이 있어요."

"그걸 어떻게 알죠?" 스트라이크가 애써 가벼운 태도를 유지하며 말했다.

"저한테 말했어요. 경찰이 연락했을 때는 겁을 먹었대요. 식구나 친구 들은 그가 BIID라는 걸 모르니까요. 그래서 켈시를 만나지 않았다고 한 거예요. 만났다고 하면 자기 성향이 밝혀지고 법원에서도 증언하게 될까 봐 겁이 났대요.

하지만 그 사람한테 제 정체를 밝혔더니, 그러니까 기자도 아니고 경찰도 아니라고 밝혔더니—"

"그 사람한테 진실을 말했다고요?"

"네, 그게 제가 할 수 있는 최선이었어요. 저에 대해서 믿게 되자 그 사람이 절 만나겠다고 했으니까요."

"도대체 뭘 믿고 그 사람이 정말로 로빈을 만날 거라고 생각하는 거죠?" 스트라이크가 물었다.

"우리에게는 경찰이 없는 무기가 하나 있으니까요."

"그게 뭔데요?"

"그러니까." 그녀는 이런 대답을 해야 한다는 사실을 애석해하면서 차갑게 말했다. "바로 당신이에요. 그 사람, 제이슨은 정말로 당신을 만나고 싶어 해요."

"나? 나를 왜?" 스트라이크가 어처구니없어하며 말했다.

"그 사람은 당신이 일부러 다리를 잘랐다고 생각해요."

"뭐라고요?"

"켈시가 그렇게 말했대요. 그래서 제이슨은 그 방법을 알고 싶어 해요."

"이런 염병할." 스트라이크가 말했다. "그 사람 정신병자 아냐? 아니, 당연히 그렇겠지." 그가 스스로에게 답했다. "당연히 정신병자지. 다리를 잘라내고 싶어 하잖아. 이런 염병."

"BIID가 정신병인지 아니면 뇌 이상의 일종인지에 대해서는 논란이 있어요." 로빈이 말했다. "뇌스캔을 해보면—"

"어쨌건." 스트라이크가 그 주제를 거부하며 말했다. "그 사이코가 도움될 거라고 생각한 이유가 뭡니까?"

"그 사람이 켈시를 만났다고요." 로빈이 답답해하며 말했다. "켈시가 제이슨한테 당신이 BIID라고 말했어요. 제이슨은 열아홉 살이고 리즈의 아스다 슈퍼마켓에서 일해요. 런던에 숙모가 살아서, 숙모 집에 와서 자고 저를 만나겠대요. 지금 날짜를 잡는 중이에요. 근무를 언제 뺄 수 있는지 알아보고 있어요.

누군가 켈시에게 당신이 일부러 다리를 잘랐다고 말했고, 제이슨은 그 사람에게서 겨우 두 단계 떨어져 있어요." 그녀는 자신의 성취에 대한 그의 뜨뜻미지근한 반응에 실망과 분노를 동시에 느꼈지만, 그래도 결국은 그가 비판적인 태도를 거두길 희망하며 말을 이었다. "그리고 그 사람이 켈시를 죽인 게 거의 분명하잖아요!"

스트라이크는 차를 더 마셔서, 그녀가 한 말이 지친 두뇌에 스며들게 했다. 그녀의 추론은 탄탄했다. 제이슨에게서 만나겠다는 약속을 받아낸 것은 훌륭한 성취였다. 그는 칭찬해야 했다. 하지만 그는 말없이 앉아 차만 마셨다.

"당신은 제가 워들에게 전화해서 이 정보를 넘겨주는 게 더—" 로빈이 분노를 감추지 못하고 말했다.

"아니." 스트라이크가 말했고, 로빈은 그 빠른 반응이 약간 만족스러웠다. "일단은 그 친구 이야기를 들어보는 게 좋을 것 같군요……. 워들의 시간을 빼앗을 수는 없지. 우리가 먼저 이 제이슨이라는 친구를 만나본 다음에 알려줍시다. 그 친구가 언제 런던에 온다고요?"

"휴가를 내려고 해요. 아직은 몰라요."

"우리 중 한 명이 리즈에 가서 만날 수도 있어요."

"제이슨이 오고 싶어 해요. 자신을 아는 사람들이 없는 데서 얘기하고 싶어 해요."

"좋아요." 스트라이크는 시큰둥하게 말하고서, 충혈된 눈을 비비며 로빈이 위험을 피하면서 할 수 있는 일이 또 뭐가 있을까 생각하려고 했다. "그 친구한테 계속 연락하고, 또 그 수집한 번호들에 전화를 걸어서 브록뱅크에 대한 단서를 찾아봐요."

"그건 이미 하고 있어요." 그녀의 말에는 반항심, 자신도 다시 거리로 나가고 싶다는 주장이 들어 있었다.

"그리고." 스트라이크가 바쁘게 머리를 굴리며 말했다. "울러스턴 클로스에 잠복하는 게 좋겠어요."

"랭이 있는 곳요?"

"맞아요. 눈에 띄면 안 돼요. 어두워지기 전에 그곳을 뜨고, 또 그 비니 쓴 친구를 보면 얼른 피하거나 호신 경보기를 써요. 둘 다 하면 더 좋고."

스트라이크의 부루퉁한 태도도, 동등한 파트너로서 복귀했다는 로빈의 기쁨을 잠재울 수는 없었다.

그녀는 스트라이크가 자신을 막다른 골목으로 몰기 위해 그 일을 맡겼다는 것은 전혀 몰랐다. 그는 자세를 계속 바꾸어가며 밤낮없이 그 작은 건물 입구를 관찰했고, 야간 투시경으로 발코니와 창문들을 보았다. 랭이 그 안에 있다는 어떤 흔적도 없었다. 커튼 안쪽에서 움직이는 커다란 그림자도 없었고, 짧은 머리나 페럿 같은 검은 눈도, 목발을 짚은 덩치도 또 (도널드 랭에 관한 한 스트라이크는 어떤 것도 당연하다고 여기지 않았기에) 목발을 짚지 않은 덩치도 없었다. 스트라이크는 그 건물을 드나드는 모든 사람을 관찰하며 저스트기빙 사이트에 올라온 랭의 사진이나 비니 모자를 쓴 괴한과 비슷한 사람을 찾아보았지만, 거기에 근접하는 사람은 전혀 없었다.

"그래요." 그가 말했다. "로빈은 랭을 살피고, 그리고, 그 목록의 절반을 날 줘요. 나눠서 합시다. 나는 휘태커에게 집중하죠. 규칙적으로 연락해요."

그는 소파에서 무겁게 몸을 일으켰다.

"당연하죠." 로빈이 우쭐해져서 대꾸했다. "아, 그리고 스트라이크—"

그는 안쪽 사무실로 가다가 돌아보았다.

"—이게 뭐죠?"

그녀의 손에는 그가 켈시의 서랍에서 꺼내 와 인터넷으로 검색해 본 뒤 미결 서류함에 넣어두었던 아큐탄 알약판이 들려 있었다.

"아, 그거. 아무것도 아니에요." 그가 말했다.

그녀의 유쾌한 기분이 꺼지는 것 같았다. 그는 죄책감이 들었다. 자신은 고마움을 모르는 못난 놈이었다. 그녀는 이런 대접을 받을 사람이 아니었다. 그는 다시 자신을 추슬렀다.

"여드름 약이에요. 켈시가 먹던 거." 스트라이크가 말했다.

"맞다, 그 집에 가셨죠. 언니를 만나셨고요! 어땠어요? 언니가 뭐래요?"

스트라이크는 지금 그녀에게 헤이즐 펄리 이야기를 하고픈 기분이 아니었다. 벌써 꽤 된 일인 데다 그는 피곤했고, 아직도 이해할 수 없는 분노에 싸여 있었다.

"별거 없어요. 중요한 건 없었어요." 그가 말했다.

"그런데 이 약은 왜 가져오셨어요?"

"혹시 피임약이나 그런 게 아닐까 해서요……. 켈시가 언니 마음에 들지 않는 일을 하고 있던 건 아닐까 하고."

"아. 그러면 정말로 별거 아니군요." 로빈이 말했다.

그녀는 약을 휴지통에 던져버렸다.

그의 자존심이 꿈틀거렸다. 아주 단순한 자존심이. 로빈은 훌륭한 단서를 잡았는데, 자신은 겨우 아큐탄에 대한 막연한 짐작뿐이었다.

"그리고 무슨 표가 하나 있었어요." 그가 말했다.

"표요?"

"외투 보관증 같은 표."

로빈은 기대에 부풀어 기다렸다.

"18번이 찍혀 있었어요." 스트라이크가 말했다.

로빈은 자세한 설명을 기다렸지만, 거기서 끝이었다. 스트라이크는 하품을 하고 패배를 인정했다.

"나중에 봐요. 무슨 일을 하는지, 어디 있는지 계속 연락해요."

그는 안에 들어가 문을 닫고서 책상 앞에 앉아 의자에 등을 기댔다. 그녀를 밖에 내보내지 않으려고 최선을 다했다. 그런데 이제는 그녀가 나가는 소리가 듣고 싶었다.

40

...love is like a gun
And in the hands of someone like you
I think it'd kill.

Blue Öyster Cult, 'Searchin' for Celine"

  로빈은 스트라이크보다 열 살이 어렸다. 그녀는 사무실에 임시 비
서로 왔고, 사업이 엉망이던 그 시절에 그는 그녀를 원하지도 환영
하지도 않았다. 그는 그녀를 일주일만 써보자 했는데, 그건 로빈이
사무실에 도착한 순간 계단 아래로 날려버릴 뻔했던 것이 미안해서
였다. 그런데 그녀는 어찌어찌 사무실에 계속 남았다. 처음에는 일
주일만 더 있겠다고 했고, 그다음에는 한 달만 더, 그러다 결국 영원
히 남았다. 그녀는 그가 파산 상태에서 벗어나게 해주고, 사업이 일
어서게 해주었으며, 일을 하면서 일을 배웠고, 이제 사업이 다시 비
틀거리자 더도 말고 덜도 말고 그저 옆에 있게만 해달라고 부탁하고
있었다.

  누구나 로빈을 좋아했다. 그도 로빈을 좋아했다. 그 많은 일을 함
께해놓고 어떻게 로빈을 좋아하지 않을 수 있을까? 하지만 그가 처
음에 다짐한 내로 거기까지이고, 그 이상은 안 되었다. 거리를 지켜

---

* '……사랑은 총과 같아/너 같은 사람의 손에 들어가면/사람을 죽일 거야.', 블루 오이스터 컬트, 〈셀린을 찾아
서〉.

야 했다. 울타리는 견고해야 했다.

로빈은 그가 샬럿과 완전히 결별한 그날, 그의 인생에 들어왔다. 샬럿과 만나고 헤어짐을 반복한 16년의 세월에 대해 지금도 고통보다 기쁨이 더 컸다고 말할 순 없었다. 로빈의 유능함, 열정, 그에 대한 찬탄과 존경은 (자신을 정직하게 들여다보려면 제대로 봐야 한다) 샬럿이 입힌 상처들―마지막으로 남긴 멍든 눈과 할퀸 상처보다 훨씬 오래간 내면의 상처들―을 치료하는 향유가 되었다.

그때 로빈이 가운뎃손가락에 낀 사파이어 반지는 덤이었다. 안전장치고 저지선이었다. 그것이 다른 가능성을 막아주었기에 그는…… 뭐랄까, 그녀에게 의지? 친근함을 표현? 방어벽을 해제? 하여간, 그래서 그들은 어느새 다른 사람들은 거의 모르는 개인사까지도 서로 알게 되었다. 로빈은 샬럿이 아기를 유산했다고 말한 적이 있다는 걸 아는―아마 사실이 아니거나 낙태였을 것이다―세 사람 가운데 하나였다. 그리고 그는 매튜가 바람피운 적이 있다는 걸 아는 극소수 가운데 한 명이었다. 그는 그녀와 거리를 유지하려고 많은 노력을 기울였지만, 그래도 그들은 말 그대로 서로에게 기대게 되었다. 그는 그녀의 허리를 한 팔로 받치고 해즐릿츠 호텔로 갈 때의 느낌을 정확히 기억했다. 그녀는 키가 큰 편이라서 허리를 받치는 게 별로 어렵지 않았다. 그는 허리 굽히는 것을 좋아하지 않았다. 키 작은 여자를 좋아한 적도 없었다.

'매튜가 싫어할 텐데.' 그녀가 그때 말했다.

스트라이크가 그때 얼마나 좋아했는지 알았다면, 그는 더욱 싫어했을 것이다.

로빈은 샬럿만큼 미인은 아니었다. 샬럿은 남자들이 하던 말을 멈추고 입을 다물게 만드는 미인이었다. 로빈은, 컴퓨터를 끄려고 허리를 숙일 때 알 수 있듯이 아주 섹시했지만, 남자들이 그녀 앞에서 말을 잃지는 않았다. 아니, 워들의 경우를 보면 오히려 남자들이 말을 더 많이 하게 만드는 것 같았다.

하지만 그는 그녀의 얼굴이 좋았다. 그녀의 목소리도 좋았고, 그녀와 함께 있는 것이 좋았다.

로빈과 애인이 되고 싶다는 것은 아니었다. 그건 말도 안 되는 일이었다. 동료와 바람을 피우면서 일할 수는 없었다. 그리고 그녀는 어떤 경우에도 바람피울 여자가 아니었다. 그가 아는 한, 그녀는 약혼한 상태이거나 파혼해서 슬퍼하는 상태였고, 어쨌건 결혼을 할 여자였다.

그는 거의 화가 난 상태에서 자신이 알고 관찰한 이런 것들, 그녀와 자신을 크게 구별 짓는 것들, 더 안전하고 제한되고 관습적인 세상을 상징하는 것들을 하나하나 떠올렸다. 그녀는 고등학교 시절부터 사귄 빼기기 좋아하는 남자 친구가 있었고(지금은 그에 대해서 조금 더 잘 알게 되었지만), 요크셔의 중산층 출신이었으며, 부모님은 수십 년 동안 행복한 결혼 생활을 했다. 거기에다 래브라도 개, 랜드로버, 조랑말까지 있었다. 하, 조랑말이라니!

그런 뒤 다른 기억들이 이어졌다. 이 안전하고 정돈된 과거의 그림에서 떨어져 나온 다른 로빈이었다. 이제 그의 앞에는 특수수사대에서 만났어도 낯설지 않았을 여자가 있었다. 상급 운전 교습을 마친 로빈, 실인범을 쫓다가 뇌진탕을 당한 로빈, 그가 칼에 찔려 팔에 피가 흐르자 자신의 코트로 지혈하고 병원으로 데려간 로빈이었다. 용의자들을 만나 경찰도 얻어내지 못한 정보를 뽑아낸 로빈, 베니샤 홀이라는 인물을 만들어서 멋지게 연기한 로빈, 자기 다리를 자르고 싶은 겁먹은 젊은이를 설득해 만날 약속을 받아낸 로빈, 그 밖에도 그녀가 보여준 수백 가지 사례는 그녀가 고릴라 가면을 쓰고 계단에 숨어 있던 괴한을 만나지 않았다면 지금쯤 사복 경찰로 활동해도 될 적극성과 수완과 용기를 보여주었다.

그리고 그 로빈이 이제 매튜와 결혼한다! 그녀가 인사과 같은 데서 일하면서 돈을 쏠쏠히 벌어 자신의 봉급을 벌충해주길 바라는 매튜, 그녀의 길고도 예측 불가능한 업무 시간과 쥐꼬리만 한 봉급에 불평을 쏟아내는 매튜와…… 로빈은 그게 얼마나 바보 같은 짓인지 모르는 건가? 도대체 그 망할 반지를 왜 도로 낀 걸까? 배로 여행에서 자유를 맛보지 않았나? 그때의 기억이 일으키는 따뜻함이 그를 불편하게 했다.

'로빈은 지금 큰 실수를 저지르고 있어. 그게 다야.'

그게 다였다. 그건 개인적인 일이 아니었다. 그녀가 약혼했건 결혼했건, 아니면 싱글이건, 그가 키워낸 이런 나약한 마음에서는 아무것도 나올 것이 없었다. 그는 그녀가 술에 취해 한 고백과 우정 어린 배로 여행 후에 자신도 모르게 허물어졌던 공적 거리를 다시 확립해야 했고, 엘린과의 관계를 끝내고 싶다는 막연한 생각도 잠시 접어두어야 했다. 당분간은 다른 여자가 곁에 있는 편이 안전했다. 게다가 그 여자는 아름다웠고 그녀가 침실에서 발휘하는 열정과 기교는 침실 밖에서 맞닥뜨리는 부인할 수 없는 불일치를 보상해줬다.

그는 로빈이 컨리프 부인이 되면 자기 사무실에서 얼마나 더 일할 수 있을지 생각해보았다. 매튜는 그녀를 위험하지만 보수는 낮은 직업에서 빼내기 위해 남편으로서의 영향력을 모두 행사할 것이다. 하지만 그건 그녀의 일이었다. 그녀가 벌인 일이니 그녀가 책임을 져야 할 것이다.

하지만 한 번 헤어진 커플은 다시 헤어지기도 쉬웠다. 그는 알았다. 그와 샬럿은 몇 번을 헤어졌던가? 그들은 몇 번을 산산조각이 났다가 몇 번을 다시 봉합해보려고 했던가? 결국은 틈을 메울 수 없게 되었다. 그들이 살던 집은 사방에 거미줄처럼 금이 갔지만 희망과 고통과 망상으로 지탱하던 흉가였다.

두 달 뒤 로빈과 매튜는 결혼한다.

아직 시간이 있었다.

41

See there a scarecrow who waves through the mist.
Blue Öyster Cult, 'Out of the Darkness'*

그다음 주에는 스트라이크가 로빈을 보는 일이 자연스럽게 줄어들어 둘은 만날 일이 거의 없었다. 그들은 각기 다른 장소를 지켰고, 정보는 거의 휴대전화로만 주고받았다.

스트라이크가 예상했듯 울러스턴 클로스에서도 또 그 주변에서도 전직 국경 수비대원의 흔적은 전혀 보이지 않았는데, 캣퍼드의 휘태커를 추적한 그 자신도 소득이 없기는 마찬가지였다. 깡마른 스테퍼니는 칩스 가게 위층의 집을 몇 차례 더 드나들었다. 스트라이크는 그곳을 24시간 내내 지킬 수는 없었지만, 머지않아 스테퍼니가 가진 옷을 거의 다 본 것 같다고 생각했다. 지저분한 저지 몇 벌과 낡은 후드 재킷 한 벌이 다였다. 그녀가 섕커의 말대로 매춘부라고 해도 일을 자주 하지는 않았다. 스트라이크는 스테퍼니의 눈에 띄지 않도록 조심했지만, 만약 그녀가 그를 정면으로 보았다 해도 그 움푹 꺼진 눈이 자기 모습을 제대로 담기나 할지 의심스러웠

---

* '저기 안개 저편에서 손을 흔드는 허수아비를 보라.', 블루 오이스터 컬트, 〈어둠에서 나와〉.

다. 그녀의 두 눈은 셔터를 내린 듯 안쪽의 어둠으로 가득해서 바깥 세상을 받아들일 여유가 없었다.

스트라이크는 휘태커가 캣퍼드 브로드웨이의 집에서 꼼짝 않고 있는 건지 아니면 거기에 얼씬도 하지 않는 건지 알아보려고 했지만, 그 주소로 등록된 유선전화도 없고, 인터넷으로 확인한 바에 따르면 그 집은 데어샥이라는 남자의 소유였다. 그 사람이 집을 세주었거나 아니면 무단 점거자를 내쫓지 못하고 있는 것 같았다.

어느 날 저녁, 스트라이크는 극장 뒷문 옆에 서서 담배를 피우고 있었다. 불 켜진 유리창의 커튼 뒤에서 무언가 어른거리는 것이 보여 잘못 본 건가 생각하고 있는데 휴대전화가 울리고, 워들의 이름이 떴다.

"나야, 무슨 일이지?"

"사건의 진전이라고나 할까." 워들이 말했다. "우리 친구가 또 한 건 하신 것 같아."

스트라이크는 휴대전화를 행인들을 피해 다른 쪽 귀로 옮겼다.

"응, 말해봐."

"섀클웰에서 누가 매춘부 한 명을 난자하고 기념으로 손가락 두 개를 잘라 갔어. 일부러 자른 거야. 팔을 찍어 누르고."

"이런, 언제 일어난 일이지?"

"열흘 전, 그러니까 4월 29일. 치료 때문에 의도적으로 혼수상태에 빠뜨렸는데 방금 깨어났어."

"여자가 살았다고?" 스트라이크는 휘태커가 있을지도 없을지도 모르는 창문에서 시선을 완전히 거두며 말했다. 온 신경이 워들에게 향했다.

"기적이지 뭐야." 워들이 말했다. "복부를 찌르고 폐에 구멍을 내고 손가락을 잘랐는데, 기적적으로 중요 장기는 찌르지 않았어. 아마 그자는 여자가 죽었다고 생각할 거야. 건물 사이로 오럴 섹스를 해주러 들어갔다가 일을 당했는데, 다행히 행인이 있었어. 새클웰 레인을 걷던 학생 두 명이 비명을 듣고 간 거야. 그 학생들이 5분만 늦었어도 죽었을 거야. 수혈을 두 번이나 했어."

"그래서 그 여자가 뭐래?" 스트라이크가 말했다.

"약에 취해 있어서 공격당했던 상황은 잘 기억 못 하는데, 어쨌건 덩치 큰 백인이고 모자를 썼다는군. 검은 재킷을 입고 옷깃을 세웠고, 또 얼굴은 제대로 못 봤지만 북부 출신인 것 같대."

"정말이야?" 스트라이크가 말했다. 심장이 전에 없이 빠르게 뛰었다.

"여자 말은 그래. 어쨌건 지금은 극도로 쇠약한 상태야. 아, 그리고 자기가 차에 치일 뻔한 걸 막아줬다는군. 그게 여자의 마지막 기억이야. 밴이 오는 걸 보고 확 잡아당겨줬대."

"저런 신사가 있나." 스트라이크가 밤하늘로 연기를 뿜어내며 말했다.

"그러게 말이야." 워들이 말했다. "뭐, 손상되지 않은 깨끗한 몸을 원했나 봐."

"몽타주를 만들 수 있을까?"

"일단 내일 화가를 보낼 거지만, 크게 기대하지는 않아."

스트라이크는 어둠 속에 서서 생각에 잠겼다. 워들은 이 추가 범죄에 충격을 받은 게 분명했다.

"내 친구들은 아직 새 소식 없어?" 스트라이크가 물었다.

"아직 없어." 워들이 짧게 말했다. 스트라이크는 답답했지만, 추궁하지 않기로 했다. 그는 워들과의 선을 계속 열어놓아야 했다.

"데보티 건은? 그건 어떻게 되고 있지?" 스트라이크가 휘태커의 집으로 시선을 돌리면서 물었다. 그곳은 아무런 변화가 없는 것 같았다.

"사이버 수사 팀에 의뢰했지만, 거기 지금 더 큰 건이 있어서." 워들이 씁쓸하게 말했다. "그 사람들은 그냥 평범하거나 변태 정도로만 생각하고 있어."

그것은 로빈의 견해이기도 했다. 더 이상은 할 말이 없었다. 스트라이크는 전화를 끊고 차가운 벽 옆에 털썩 주저앉아 담배를 피우며 커튼이 쳐진 휘태커의 창문을 바라보았다.

스트라이크와 로빈은 다음 날 아침 사무실에서 우연히 만났다. 스토커 아빠의 사진첩을 겨드랑이에 끼운 스트라이크는 집에서 나와 사무실에 들르지 않고 곧장 밖으로 나갈 생각이었지만, 반투명 유리문 안에 로빈의 모습이 비치자 마음을 바꾸었다.

"좋은 아침."

"안녕하세요." 로빈이 말했다.

그녀는 스트라이크를 만나서 기뻤고, 그가 미소를 짓자 더 기뻤다. 그들의 최근 대화는 이상하게 어색했다. 스트라이크는 좋은 양복을 입었고, 그래서 조금 날씬해 보였다.

"어쩐 일로 정상을 입으셨어요?" 그녀가 물었다.

"변호사를 만나야 해서요. 스토커 아빠의 아내가 그동안 모은 자료를 달라고 하네요. 남편이 학교 근처를 어슬렁거리고 아이들에게 뛰어드는 사진들요. 어젯밤 늦게 전화가 왔어요. 남자가 집 앞에 와서 협박했다더군요. 그래서 재판을 걸어 접근 금지 명령을 받아내고 싶어 해요."

"그러면 이제 미행은 안 하는 거예요?"

"글쎄요. 스토커 아빠가 조용히 넘어가지는 않을 것 같은데요." 스트라이크가 시계를 보며 말했다. "어쨌건 그건 신경 쓸 필요 없어요. 시간이 10분 있군요. 할 말이 있어요."

그는 로빈에게 새클웰의 살인 미수 사건에 대해 말했다. 이야기가 끝나자 로빈은 차분하게 생각에 잠긴 표정이었다.

"손가락을 잘라 갔다고요?"

"그래요."

"페더스에서 그렇게 말씀하셨잖아요. 켈시가 첫 번째 희생자가 아니었을 거라고요. 점점 발전해서 그렇게 되었을 거라고요."

스트라이크가 고개를 끄덕였다.

"경찰이 여자의 신체 일부가 절단된 다른 살인 사건들을 찾아봤나요?"

"그랬겠죠." 스트라이크는 워들이 조사했길 바라며, 정말 그랬는지 물어봐야겠다고 생각하면서 말했다. "어쨌건 이 사건이 있었으니 찾아볼 겁니다."

"그리고 여자는 그를 알아보지 못할 것 같다고 하고요?"

"말했다시피 놈은 얼굴을 가렸어요. 덩치 큰 백인, 검은 재킷이 인상착의의 전부예요."

"DNA는 채취했나요?" 로빈이 물었다.

두 사람 다 로빈이 강간 직후에 병원에서 겪은 일을 떠올렸다. 스트라이크는 강간 사건들을 조사해보았기에 그 과정을 알았다. 로빈은 샘플병에 소변을 받던 괴로운 기억이 떠올랐다. 한쪽 눈은 맞아서 뜰 수도 없고, 온몸이 아프고, 잔뜩 졸렸던 목이 부어오른 상태로 그녀는 검사대에 누웠고, 여자 의사가 조심스레 로빈의 무릎을 벌렸다…….

"아뇨, 삽입은 안 했어요." 스트라이크가 말했다. "어쨌건 나는 지금 나가야 돼요. 오늘은 스토커 아빠한테 신경 쓰지 말아요. 자기가 잘못했다는 걸 깨닫고 학교에 나타나지 않을 테니까. 로빈이 울러스턴 클로스를 감시할 수 있으면—"

"잠깐만요! 그러니까 시간이 있으시면." 그녀가 덧붙였다.

"1분 정도." 그가 다시 시계를 보면서 물었다. "무슨 일이죠? 랭을 본 건 아니죠?"

"네." 그녀가 말했다. "하지만, 확실한 건 아니지만, 브록뱅크에 대한 단서일지도 모를 것을 찾았어요."

"정말요?"

"커머셜 로드 근처의 스트립 클럽이에요. 구글 스트리트뷰로 봤어요. 아주 지저분하더라고요. 제가 전화해서 노엘 브록뱅크를 부탁하니까 여자가 '누구요? 나일요?' 하고 물었어요. 그러더니 손으로 송화기를 막고 다른 여자한테 새 문지기 이름이 뭐냐고 묻더라고요. 온 지 얼마 안 된 것 같았어요. 그래서 제가 그 사람의 신체 특징을 설명하니까 '아, 나일 맞아요'라고 했어요." 그러고서 로빈은 조심스럽게 덧붙였다. "물론 전혀 아닐 수도 있죠. 정말로 이름이 나일인 사람일 수도 있으니까요. 하지만 제가 턱이 길다고 말하니까 여자가 곧바로—"

"역시 또 해냈군요." 스트라이크가 시계를 보면서 말했다. "가야 겠어요. 그 스트립 클럽에 대한 자세한 이야기는 문자로 알려줘요."

"제가 직접 거기―"

"안 돼요. 로빈은 울러스턴 클로스에 집중해요." 스트라이크가 말했다. "계속 연락해요."

유리문이 닫히고 스트라이크가 철제 계단을 내려가는 동안, 로빈은 역시 또 해냈다는 그의 말에 기뻐하려고 했다. 하지만 그녀는 몇 시간 동안 울러스턴 클로스를 바라보는 것 말고 다른 일을 하고 싶었다. 아무래도 랭은 거기 없는 것 같았다. 게다가 설상가상으로 스트라이크도 그걸 아는 것 같았다.

변호사 접견은 짧았지만 소득이 컸다. 변호사는 스트라이크가 내민 풍성한 증거에 기뻐했다. 거기에는 스토커 아빠가 끊임없이 양육권 합의를 어긴 사례들이 생생하게 담겨 있었다.

"아, 훌륭해요." 그는 작은아들이 아버지를 보고 눈물을 흘리며 유모 뒤로 피하는 사진을 보면서 흡족해하며 말했다. 아버지는 성난 얼굴로 삿대질을 하며 화난 유모에게 얼굴을 들이대고 있었다. "좋아요, 아주 좋아요……."

그러다가 의뢰인을 보더니, 아이의 괴로워하는 모습에 기뻐하던 모습을 얼른 감추고서 차를 내오겠다고 했다.

한 시간 뒤 스트라이크는 여전히 양복 차림으로, 하지만 이제 넥타이는 주머니에 넣은 채 스테퍼니를 따라 캣퍼드의 쇼핑센터로 갔다. 쇼핑센터로 가는 골목 입구에는 유리섬유로 만든 검은색의 대형 고양이가 공중의 가로대에 걸려 있었다. 아래로 늘어뜨린 앞발

에서 하늘로 경쾌하게 올라간 꼬리 끝까지 건물 2층 높이인 고양이
는 발밑을 지나가는 쇼핑객들을 덮치거나 그들을 물고 올라가려는
것 같았다.

스트라이크는 지금껏 스테퍼니를 뒤쫓은 적이 없었지만, 그날은
갑작스럽게 그녀를 따라가기로 마음먹었다. 그리고 그녀가 어디로
가는지, 누구와 만나는지 확인한 뒤 다시 돌아와 집을 감시하기로
했다. 그녀는 언제나처럼 자기 몸을 안듯이 팔짱을 끼고 걸었으며,
눈에 익은 회색 후드 재킷과 검은 미니스커트를 입고 레깅스를 신었
다. 뭉툭한 운동화 때문에 꼬챙이 같은 다리가 더욱 도드라져 보였
다. 그녀는 먼저 약국에 들렀고, 스트라이크는 유리 안쪽으로 그녀
가 의자에 움츠리고 앉아 처방이 나오길 기다리는 모습을 보았다.
그녀는 사람들의 눈길을 피해 자기 발만 바라보았다. 그러다 마침
내 하얀 종이봉투를 받자 온 길로 되돌아가서 발 하나를 늘어뜨린
대형 고양이 아래를 지나갔다. 집으로 돌아가려는 것 같았다. 하지
만 그녀는 캣퍼드 브로드웨이의 칩스 가게를 그냥 지나치더니 잠시
후 아프로 카리브 푸드 센터 앞에서 오른쪽으로 돌아 캣퍼드 램이라
는 작은 펍으로 들어갔다. 쇼핑센터 뒤쪽에 자리 잡은 펍이었다. 창
문은 하나밖에 없는 듯했고, 목조로 꾸민 외관은 패스트푸드와 스
카이 스포츠, 와이파이 접속을 알리는 광고판만 빼면 빅토리아 시
대의 커다란 키오스크*와 비슷한 느낌이었다.

전체 구역이 보행자 도로였지만 펍 근처에 회색 밴이 서 있어서,
스트라이크가 다음번 작전을 고민하는 동안 유용한 엄폐물이 돼주

* 신문이나 음료 등을 판매하는 매점.

었다. 여기서 휘태커와 마주친다면 전혀 소득이 없을 것이고, 펍이 몹시 작아 보였기 때문에 만약 스테퍼니가 거기서 그를 만나고 있다면 그의 눈을 피할 수도 없을 것이다. 스트라이크가 원하는 것은 휘태커의 현재 모습을 비니를 쓴 사내, 그리고 어쩌면 펍 코트를 지켜보던 위장 재킷의 그 사내와 비교해보는 것이었다.

스트라이크는 밴에 기대서 담배를 피워 물었다. 그가 막 근처의 괜찮은 잠복 지점, 그러니까 스테퍼니가 펍에서 나오는 모습을 지켜볼 수 있는 지점을 발견했을 때 그가 몸을 감추고 있던 밴의 뒷문이 벌컥 열렸다.

스트라이크는 급히 몇 걸음 물러섰고, 곧 남자 네 명이 뒷좌석에서 내렸다. 플라스틱 타는 듯한 독한 냄새가 풍겼는데, 특수수사대 출신의 스트라이크는 그것이 코카인의 일종인 크랙이라는 것을 알았다.

네 사람은 모두 지저분했다. 청바지와 티셔츠는 더러웠고, 모두 얼굴이 여위고 주름이 많아서 나이를 분간하기 힘들었다. 두 사람은 이가 빠져서 입이 함몰되었다. 그들은 말끔하게 양복을 입은 사람이 눈앞에 서 있어서 잠시 당황했지만, 놀란 얼굴로 보건대 스트라이크가 안에서 자신들이 한 일을 모른다고 생각하는 듯 밴의 문을 쾅 닫았다.

그중 세 사람이 건들거리며 술집으로 걸어갔지만, 네 번째 남자는 움직이지 않았다. 그는 스트라이크를 노려보았고, 스트라이크도 그를 노려보았다. 그는 휘태커였다.

그는 스트라이크가 기억하는 것보다 더 덩치가 컸다. 휘태커의 키가 자신과 비슷하다는 것은 알았지만 그의 덩치, 어깨너비, 문신이 잔뜩 새겨진 피부 아래 뼈의 무게는 잊고 있었다. 그들이 서로 바라보며 서 있는 동안, 밴드 슬레이어의 로고—밀리터리 스타일인 동시에 오컬트 스타일인—를 새긴 얇은 티셔츠가 휘태커의 몸에 찰싹 달라붙어 갈비뼈가 드러났다.

그의 노란 얼굴은 마치 냉동건조한 사과 같았다. 살은 없고 피부가 꺼져서 높은 광대뼈 아래가 움푹했다. 헝클어진 머리는 관자놀이에서 숱이 줄어들었지만, 뒷머리는 길게 잡아 늘인 양 귓불 옆에 쥐꼬리 모양으로 늘어져 있었다. 그들은 그렇게 서 있었다. 스트라이크는 평소와 달리 이탈리아 양복을 입은 깔끔한 모습으로, 그리고 휘태커는 크랙 냄새를 풍기면서. 이교도 사제 같은 황금색 눈은 이제 쪼글쪼글 주름진 눈꺼풀 아래 자리 잡고 있었다.

스트라이크는 둘이서 얼마나 오랫동안 그렇게 바라보고 서 있었는지는 알지 못했지만, 그사이 그의 머릿속에는 논리적인 생각의 물결이 지나갔다…….

휘태커가 살인범이라면, 스트라이크와 마주쳐서 당황할지언정 그다지 놀라지는 않을 것이다. 그가 살인범이 아니라면 밴 앞에서 스트라이크와 마주쳤을 때 크게 충격받아야 했다. 하지만 휘태커는 다른 사람들처럼 행동하는 일이 없었다. 그는 언제나 충격 따위는 받지 않는 척했고 또 모든 것을 아는 척했다.

그런 뒤 휘태커가 반응했는데, 그 즉시 스트라이크는 그가 이 밖의 다른 행동을 하리라 기대할 수는 없겠다고 느꼈다. 휘태커는 검게 변색된 이를 보이며 웃었다. 그러자 스트라이크는 20년 전의 증오가 되살아나 휘태커의 얼굴에 주먹을 날리고 싶었다.

"어허 이런." 휘태커가 나직하게 말했다. "빌어먹을 셜록 홈스 병장 아냐."

휘태커가 고개를 돌릴 때 스트라이크는 휜한 그의 뒤통수를 보았고 그가 대머리가 되고 있다는 데 치졸한 기쁨을 느꼈다. 휘태커가 워낙 허영심이 컸기 때문이다. 그가 탈모를 기꺼워할 리 없었다.

"밴조!" 휘태커가 세 친구 중 한 명에게 소리쳤다. 그들은 막 펍에 들어가려는 참이었다. "그 애를 데리고 나와!"

그는 계속 거만한 미소를 지었지만, 맹렬한 눈길로 밴과 스트라이크와 펍을 바쁘게 훑었다. 더러운 손가락도 구부러졌다. 겉으로는 태평한 것 같아도 불안해하고 있었다. 그런데 스트라이크가 여기 와 있는 이유를 왜 묻지 않는 걸까? 아니면 이미 알고 있는 건가?

밴조라 불린 친구가 펍에서 스테퍼니의 가는 손목을 잡고 나왔다. 여자의 다른 손은 아직도 흰 종이봉투를 붙들고 있었다. 그녀와 밴조의 더러운 옷 사이에서 종이봉투는 눈이 부실 만큼 깨끗해 보였다. 여자의 목에서 금목걸이가 철렁거렸다.

"왜―? 무슨―?" 여자가 어리둥절한 얼굴로 칭얼거리듯 말했다.

밴조가 그녀를 휘태커에게 데려갔다.

"가서 한 잔 가져와." 휘태커가 밴조에게 명령하자, 밴조는 고분고분 사라졌다. 휘태커는 스테퍼니의 가는 목덜미에 손을 대었고, 그녀는 지난날의 레다처럼 스트라이크로서는 절대 알 수 없는 휘태커의 어떤 매력에 사로잡힌 듯 비굴한 애정의 눈길로 그를 올려다보았다. 그러더니 휘태커가 스테퍼니의 목을 피부가 하얘지도록 꽉 움켜잡고 흔들었는데, 행인들의 눈길을 끌 만큼 격렬하지는 않았지만, 여자의 표정은 즉시 공포로 바뀌었다.

"너 이놈에 대해서 아는 거 있어?"

"뭐, 뭘?" 여자가 말을 더듬었다. 종이봉투에서 알약들이 달그락거렸다.

"저놈!" 휘태커가 조용히 말했다. "너 저놈한테 관심 많잖아, 더러운 년아—"

"여자를 놔줘." 스트라이크가 처음으로 입을 열어 말했다.

"나한테 명령하는 거야?" 휘태커가 스트라이크에게 조용히 말했다. 크게 웃는 그의 눈에 광기가 서려 있었다.

그러더니 그가 갑자기 놀라운 힘으로 스테퍼니의 목을 두 손으로 잡아 공중으로 번쩍 들어 올렸다. 여자는 종이봉투를 길에 떨어뜨리고 몸부림을 쳤다. 두 다리가 버둥거렸고 얼굴이 보랏빛으로 변했다.

스트라이크는 생각할 겨를도 없이 반사적으로 휘태커의 복부를 가격했고, 그는 스테퍼니를 잡은 채 쓰러졌다. 그러더니 스트라이크가 막을 새도 없이 여자의 머리를 콘크리트 바닥에 쾅 내리찧었다. 휘태커가 숨을 헐떡이며, 몸을 일으켜 세우려고 하면서 까만 이 사이로 더러운 욕을 쏟아냈다. 그러는 사이 밴조를 선두로 한 휘태커의 세 친구가 펍 밖으로 달려 나왔다. 더러운 창문으로 모든 것을 보았기 때문이다. 그중 한 명은 녹슨 단검을 들고 있었다.

"해봐!" 스트라이크가 제자리에 서서 두 팔을 벌리고 말했다. "경찰을 불러봐. 이 크랙 소굴에!"

숨을 헐떡이며 누워 있는 휘태커가 친구들에게 가만있으라고 손짓했고, 그것은 스트라이크가 그에게서 본 가장 분별력 있는 행동이었다. 펍 창문으로 사람들이 밖을 내다보았다.

"이런 어미랑 붙어먹을 놈……." 휘태커가 씨근덕거렸다.

"그래, 어머니 이야기를 해볼까?" 스트라이크가 스테퍼니를 일으켜 세우면서 말했다. 귀에서 맥박이 쿵쿵 뛰었다. 그는 휘태커의 누런 얼굴을 떡이 되도록 두드려 패고 싶었다. "저놈이 우리 어머니를 죽였어요." 그가 여자의 멍한 눈을 보며 말했다. 여자의 팔이 얼마나 가는지 그의 손아귀에 쏙 들어올 것만 같았다. "알겠어요? 저놈은 이미 여자를 한 명 죽였어요. 한 명이 아닐지도 몰라요."

휘태커가 스트라이크의 무릎을 잡고 그를 쓰러뜨리려 했지만, 스트라이크는 스테퍼니를 계속 붙든 채 그를 걷어찼다. 그녀의 하얀 목에는 휘태커의 손자국과, 뒤틀린 하트 장식이 달린 목걸이의 사슬 자국이 빨갛게 새겨져 있었다.

"같이 갑시다." 스트라이크가 여자에게 말했다. "저놈은 살인자예요. 여자들을 위한 쉼터가 있어요. 저놈하고 헤어져요."

그녀의 눈은 그가 한 번도 본 적 없는 깊은 어둠의 구멍이었다. 마치 그가 유니콘이라도 잡아주겠다고 했다는 듯한 표정이었다. 제정신으로는 그럴 수 없다는 듯한. 그리고 믿을 수 없게도, 휘태커가 방금 그렇게 목을 졸랐는데도 그녀는 스트라이크가 납치범이라도 되는 것처럼 그의 손을 뿌리치고 휘태커에게 휘청휘청 달려가서는 그를 보호하듯 그 옆에 쪼그려 앉았다. 뒤틀린 하트가 달랑거렸다.

휘태커가 스테퍼니의 도움을 받아 일어선 뒤 스트라이크를 돌아보며 그의 펀치가 꽂혔던 배를 쓰다듬더니, 갑자기 늙은 여자처럼 웃었다. 휘태커가 이겼다. 둘 다 그 사실을 알았다. 스테퍼니는 휘태커가 그녀를 구해주기라도 한 듯 그에게 매달렸다. 그는 여자의 뒷머리에 더러운 손을 넣어 확 끌어당기더니 그녀의 목에 혀를 대고 입을 맞췄다. 하지만 다른 손으로는 옆에 서 있는 친구들에게 밴으로 돌아가라고 손짓했다. 밴조가 운전석으로 들어갔다.

"안녕, 마마보이." 휘태커가 스트라이크에게 속삭이며 스테퍼니를 밀고 가서 밴의 뒷좌석에 태웠다. 휘태커는 동료들의 욕설과 조롱 속에서 문을 닫기 전에, 웃음 띤 얼굴로 스트라이크의 눈을 똑바로 들여다보며 허공에 대고 목을 치는 듯한 익숙한 그 동작을 했다. 밴은 떠났다.

스트라이크가 정신을 차려보니, 사람들이 자신을 둘러싸고서 갑자기 조명이 켜진 객석의 관객들처럼 멍하고 놀란 표정으로 그를 바라보고 있었다. 펍 창문에는 아직도 많은 얼굴이 붙어 있었다. 그가 할 일이라곤 낡은 밴이 모퉁이를 돌기 전에 차량의 등록 번호를 외우는 것뿐이었다. 그가 분노에 사로잡혀 현장을 떠날 때 구경꾼들은 흩어지며 길을 내주었다.

42

I'm living for giving the devil his due.
Blue Öyster Cult, 'Burnin' For You*

'더러운 일은 일어나게 마련이야.' 스트라이크가 스스로에게 말했다. 그의 군 경력에도 불운이 없지 않았다. 최선을 다해 훈련하고, 장비를 샅샅이 점검하고, 모든 경우에 다 대비해도, 우연한 불운으로 계획이 어그러지는 일들이 있었다. 보스니아의 모스타르에서는 갑자기 불량 휴대전화의 전원이 꺼지면서 일어난 일련의 불운한 사고 때문에 스트라이크의 친구 한 명이 잘못된 길로 차를 몰고 가다가 간신히 목숨만 보존한 일도 있었다.

어쨌건 특수수사대의 부하가 매복 감시를 하던 중에 아무렇게나 서 있는 밴을 보고 그 안에 사람이 있는지도 확인하지 않고서 거기 기대고 있었다면, 스트라이크는 꽤 크게 꾸짖었을 것이다. 그는 휘태커와 맞닥뜨릴 의도가 없었다고 생각했지만, 냉정하게 되새겨보니 꼭 그렇지만도 않았다. 그는 장시간 휘태커의 집을 감시하는 데 지쳐, 펍 창문에서 몸을 숨기는 데 별로 수고를 들이지 않았고, 휘태

---

* '나는 악마에게 제 몫을 치르기 위해 살지.', 블루 오이스터 컬트, 〈너를 열망해〉.

커가 밴 안에 있는 걸 몰랐다 해도 마침내 그 자식에게 주먹을 날린 일에 야만적인 만족감을 느꼈다.

아, 그는 정말로 휘태커를 다치게 하고 싶었다. 그 능글맞은 웃음, 쥐꼬리 모양의 머리, 슬레이어 티셔츠, 시큼한 냄새, 가늘고 흰 목을 꽉 움켜잡은 손, 어머니에 대한 조롱, 휘태커와 맞닥뜨리면서 스트라이크는 열여덟 살 때의 감정이 터져 나와 뒷일 따위는 생각도 않고 싸우고 싶었다.

휘태커를 때린 기쁨을 제외하면, 그 만남에서 의미 있는 정보는 별로 없었다. 아무리 기억을 뒤지며 비교해도 휘태커가 그 비니를 쓴 덩치인지는 알 수 없었다. 스트라이크가 소호에서 추격한 검은 형체는 휘태커처럼 헝클어진 머리가 아니었지만, 머리를 모자 안에 욱여넣었을 수도 있다. 그놈은 휘태커보다 덩치가 더 커 보였지만, 패딩 재킷을 입으면 부풀어 보이게 마련이다. 휘태커가 밴 앞에서 자신을 보았을 때의 반응도 이렇다 할 단서가 되지 않았다. 아무리 생각해도, 휘태커의 능글맞은 표정 속에 승리감이 깃들어 있었는지 아니면 목을 치는 듯 허공을 가르는 그 손동작이 늘 하던 연극적 행동, 허세, 누구보다 악질적이고 잔혹한 인생을 살기로 결심한 남자의 유치한 복수심의 표현인지 판단할 수가 없었다.

어쨌거나 그 만남은 휘태커가 여전히 나르시시스트이고 폭력적이라는 것을 일러주었고, 더불어 스트라이크에게 두 가지 사소한 정보를 주었다. 첫 번째는 스테퍼니가 스트라이크에게 보인 호기심이 휘태커의 화를 돋웠다는 것이다. 그녀는 그가 한때 휘태커의 의붓아들이었기 때문에 관심을 보였을 테지만, 휘태커가 복수의 욕망을 언급하거나 그런 마음을 무심코 흘려서 관심을 보였던 것일 수도 있다. 두 번째는 휘태커에게 남자 친구들이 생겼다는 것이다. 그가 항상 특정 여자들에게 스트라이크로서는 이해할 수 없는 매력을 발휘하기는 했으나, 스트라이크와 알고 지내던 시절에 남자들은 거의 예외 없이 그를 싫어했다. 남자들은 그의 연기하는 듯한 태도, 사탄 숭배, 우두머리가 되지 않고는 못 배기는 성미를 욕했고, 그가 여자들에게 발휘하는 기이한 매력에 분개했다. 하지만 이제 휘태커는 일종의 동료를 거느린 것 같았다. 그와 함께 약을 하고 또 그가 거들먹거리는 것을 허락해주는 동료들을.

스트라이크는 단기적으로 이것을 잘 활용하려면 워들에게 사건을 알리고 밴의 등록 번호를 전해줘야겠다고 결론을 내렸다. 그러면 경찰이 그 밴이나, 더 나아가 칩스 가게 건물의 2층을 뒤져서 마약과 다른 범죄의 증거를 찾아볼지도 몰랐다.

워들은 크랙 냄새를 맡았다는 스트라이크의 주장을 차분하게 들었다. 전화를 끊었을 때 스트라이크는 자신이 워들의 위치라도 그런 말만 듣고 수색영장을 신청할 수는 없다는 것을 인정했다. 워들은 그저 스트라이크가 전 의붓아버지에게 반감을 품고 있다고 생각하는 게 분명했고, 그와 휘태커와 블루 오이스터 컬트가 얼마나 깊이 관련되어 있는지 지적해도 그 생각을 바꿀 수는 없을 것 같았다.

로빈이 그날 밤 진행 보고를 위해 전화했을 때, 스트라이크는 그녀에게 그날의 일을 이야기하면서 위안을 받았다. 그녀도 전할 소식이 있었지만, 어쨌건 그가 휘태커와 마주쳤다는 말에 깊은 관심을 보이며 이야기를 열렬하게 경청했다.

"어쨌건 그자를 쳐서 저도 기쁘네요." 스트라이크가 그와 다툰 것을 자책하자 그녀가 말했다.

"기쁘다고요?" 스트라이크가 놀라서 말했다.

"그럼요. 그자가 여자의 목을 조르고 있었잖아요!"

로빈은 그 말을 입 밖으로 뱉은 순간 괜히 말했다 싶었다. 스트라이크에게 말한 것 자체를 후회하는 그 일을 다시 상기시키는 말이었기 때문이다.

"하지만 제대로 못 때렸어요. 여자가 휘태커하고 같이 쓰러지면서 길에 머리를 찧었으니까요. 내가 이해가 안 되는 건 여자예요." 그가 생각한 다음 덧붙였다. "여자한테는 그게 기회였거든요. 휘태커 곁을 떠날 수 있었어요. 내가 쉼터로 데려가서 돌봐줄 수 있었어요. 그런데 왜 그 망할 놈에게 돌아간 거죠? 여자들은 왜 그러는 겁니까?"

로빈이 망설이는 사이, 스트라이크는 이 말에 개인적인 해석이 덧붙을 수도 있다는 생각이 들었다.

"제가 볼 때는." 로빈이 입을 열었을 때 스트라이크도 동시에 말했다. "내 말은 그러니까—"

둘 다 말을 멈추었다.

"미안해요, 말해요." 스트라이크가 말했다.

"그러니까 학대받은 사람들은 학대자에게 매달리는 경향이 있는 것 같아요. 대안이 없다고 세뇌당한 거죠."

'내가 대안이었다고. 여자 앞에 서 있었다고!'

"랭은 무슨 움직임이 있어요?" 스트라이크가 물었다.

"아뇨. 저기, 저는 아무래도 그 사람이 거기 없는 것 같아요." 로빈이 말했다.

"내 생각에는 그래도—"

"저는 딱 한 집만 빼고 그 건물에 누가 사는지 다 알아요." 로빈이 말했다. "다른 집은 사람들이 드나들어요. 그 한 집은 빈집이거나, 사람이 있어도 죽은 사람일 거예요. 문이 열린 적이 단 한 번도 없어요. 요양 보호사나 방문 간호사도 안 왔어요."

"일주일만 더 지켜봅시다." 스트라이크가 말했다. "랭과 관련해서는 이 단서밖에 없어요." 그녀가 항의하려고 하자 그가 덧붙였다. "나도 똑같이 그 스트립 클럽을 지켜봐야 해요."

"그래도 거기는 브록뱅크가 있는 게 분명하잖아요." 로빈이 지적했다.

"봐야 맞는 거죠." 스트라이크가 말했다.

두 사람은 서로의 불만족을 감추지 못하고 몇 분 후에 전화를 끊었다.

모든 수사에는 슬럼프가 있고 정보와 의욕이 떨어지는 시기가 있지만, 스트라이크는 그런 달관한 태도를 취하기가 어려웠다. 다리를 보낸 그자 덕분에 그들은 이제 수입이 전혀 없었다. 마지막 고객이던 스토커 아빠의 아내는 더 이상 그가 필요 없었다. 스토커 아빠도 판사를 잘 설득해 접근 금지 명령을 피해야겠다는 희망을 품고서 행동을 자제하고 있었다.

실패와 변태의 쌍둥이 악취가 그치지 않는다면 그의 사무소는 생존할 수 없을 것이다. 스트라이크가 예견했듯, 인터넷에서는 켈시 플랫의 토막 살인을 둘러싸고서 그의 이름이 계속 거론되었고, 그 끔찍한 내용은 이전의 성공을 지우는 데 그치지 않고서, 탐정 업무에 대한 단순한 광고조차 불가능하게 만들었다. 그토록 악명 높은 사람은 누구도 고용하고 싶어 하지 않았다. 잔혹한 미제 살인 사건과 긴밀하게 연관된 탐정은 누구도 좋아하지 않았다.

그래서 스트라이크는 결연하고도 절박한 기분으로 노엘 브록뱅크가 있을 거라고 기대되는 스트립 클럽으로 갔다. 그곳은 오래된 펍을 개조한 곳으로, 쇼어디치 커머셜 로드의 샛길에 있었다. 업소 정면의 벽은 벽돌이 군데군데 허물어졌다. 검게 칠한 창문에는 여자들 나신이 실루엣으로 그려져 있었다. 검은 페인트가 여기저기 벗겨진 문에는 본래의 이름('사라센')이 금색 글씨로 새겨져 있었다.

이 지역에는 이슬람교도가 많았다. 스트라이크는 히잡과 타키야*를 쓴 사람들 곁을 지나가며, 인터내셔널 패션, 메이드 인 밀라노 같은 이름을 달고 처량한 마네킹들에 나일론과 폴리에스테르 옷을 입힌 싸구려 옷 가게들을 살펴보았다. 커머셜 로드에는 방글라데시 은행, 꾀죄죄한 부동산 중개소, 영어 교습소와 더러운 유리창 안에 생기 잃은 과일을 파는 청과상 들이 가득했지만, 앉을 벤치는 물론 낮은 담장조차 없었다. 감시 지점을 이리저리 바꾸기는 했지만, 아무 소득 없이 장시간을 서 있다 보니 스트라이크의 무릎이 차츰 신호를 보내기 시작했다. 브록뱅크는 전혀 보이지 않았다.

클럽의 문지기는 땅딸막한 데다 목이 없는 남자였고, 거기 드나드는 사람들은 고객과 스트립 댄서 들뿐인 것 같았다. 여자들이 오갔는데, 그들은 자기가 고용된 업소와 마찬가지로 스피어민트 리노의 여자들보다 초라하고 세련미가 부족했다. 문신이나 피어싱을 한 여자도 있었고, 뚱뚱한 여자도 있었다. 오전 11시에 술에 취한 채 들

---

* 남성 이슬람교도들이 쓰는 동글납작한 모자.

어간 여자는 클럽 맞은편의 케밥 가게에 난 창문 너머로 보았을 때 아주 지저분해 보였다. 로빈에게 뭐라고 말했건 스트라이크는 사라센에 거는 기대가 컸는데, 사흘 동안 그곳을 관찰해본 결과 브록뱅크가 거기서 일하지 않거나 이미 해고되었거나 둘 중 하나라고 결론을 내릴 수밖에 없었다.

금요일 오전이 와도 단서 하나 없는 우울한 상황은 바뀌지 않았다. 스트라이크가 월드 플레어라는 이름의 유난히 초라한 옷 가게 문 앞에 잠복하고 있을 때 휴대전화가 울리더니 로빈이 말했다.

"제이슨이 내일 런던에 와요. 켈시랑 그 게시판에서 이야기한 친구요."

"잘됐군요!" 스트라이크가 말했다. 그저 누군가와 면담을 한다는 생각만으로도 기뻤다. "어디서 그 친구를 만나요?"

"그런데 한 사람이 아니에요." 로빈이 말을 아끼는 기색을 보이면서 말했다. "템페스트하고 같이 와요. 그러니까—"

"뭐라고? 템페스트?" 스트라이크가 그녀의 말을 잘랐다.

"본명은 아닐 거예요." 로빈이 차분하게 말했다. "인터넷에서 켈시하고 이야기한 여자예요. 안경 쓴 검은 머리요."

"아, 생각나네요." 스트라이크가 턱과 어깨 사이에 휴대전화를 끼우고 담배를 피워 물면서 말했다.

"방금 템페스트하고 통화했어요. 템페스트는 트랜스에이블 커뮤니티의 열성 활동가고, 꽤 성격이 드세지만, 제이슨이 그 사람을 좋아하고 또 같이 만나야 더 안심이 되나 봐요."

"좋아요. 그럼 어디서 제이슨과 템페스트를 만나죠?" 스트라이크가 말했다.

"두 사람은 갤러리 메스에 가고 싶어 해요. 사치 갤러리에 있는 카페요."

"정말이에요?" 스트라이크는 아스다 슈퍼에서 일한다는 제이슨이 런던에서 가장 가고 싶은 곳이 현대 미술관이라는 데 놀랐다.

"템페스트는 휠체어를 타는데." 로빈이 말했다. "거기가 장애인 접근성이 좋은 모양이에요."

"좋아요, 몇 시?" 스트라이크가 말했다.

"1시요. 템페스트가, 어, 우리가 돈을 대느냐고 물었어요." 로빈이 말했다.

"그래야겠죠."

"그리고 스트라이크, 제가 그날 오전에 휴가를 써도 될까요?"

"좋아요. 무슨 일 있는 건 아니죠?"

"네, 그냥 결혼식 때문에 처리해야 할 일이 몇 가지 있어서요."

"좋아요." 그런 뒤 그는 로빈이 전화를 끊기 전에 얼른 덧붙여 말했다. "그런데 두 사람을 만나기 전에 우리가 따로 만나는 게 어떨까요? 면담 전략도 짜고."

"그거 좋네요!" 로빈이 말했고, 스트라이크는 그녀의 열렬한 반응에 감동받아 킹스 로드의 샌드위치 가게에서 만날 것을 제안했다.

43

Freud, have mercy on my soul.
Blue Öyster Cult, 'Still Burnin'"*

다음 날, 스트라이크가 킹스 로드의 프레타망제 샌드위치 가게에서 5분 정도 기다렸을 때 로빈이 하얀 쇼핑백을 어깨에 메고 들어왔다. 스트라이크는 대다수의 전직 군인들과 마찬가지로 여성 패션에 문외한이었지만, 그조차 지미추라는 이름은 알아보았다.

"구두로군요." 그가 그녀의 커피를 주문한 뒤 쇼핑백을 가리키며 말했다.

"잘 아시네요." 로빈이 웃으며 말했다. "웨딩 슈즈예요." 그녀가 덧붙였는데, 어쨌건 그들은 로빈의 결혼이 임박했음을 인정해야 했다. 그녀가 다시 약혼 상태가 된 뒤로는 그들 사이에 그 주제를 입에 올리지 않는 이상한 금기가 생긴 것 같았다.

"그래도 오실 거죠?" 창가 테이블에 자리를 잡고서 그녀가 스트라이크에게 물었다.

자신이 결혼식에 참석하겠다고 했던가? 스트라이크는 생각해보

---

* '프로이트여, 내 영혼에 자비를.', 블루 오이스터 컬트, 〈아직도 열망해〉.

앉다. 그는 한 번 연기돼서 새로 찍은 청첩장—그것도 첫 번째 청첩
장처럼 크림색 종이에 검은 글씨였다—을 받긴 했지만, 자신이 가
겠다고 했는지는 기억나지 않았다. 그녀는 대답을 기다리며 그를
바라보았고, 그는 루시가 조카의 생일 파티에 오라고 강요하던 일
이 떠올랐다.

"그래요." 그가 내키지 않는다는 투로 말했다.

"제가 당신 대신 참석 여부*에 답할까요?" 로빈이 물었다.

"아니, 내가 할게요." 그가 말했다.

그러면 그는 아마 그녀의 어머니에게 전화를 해야 할 것이다. 여
자들은 이런 식으로 사람을 옭아맨다고 그는 생각했다. 그들은 일
단 우리를 명단에 올려놓고 그다음에 동의하도록 강권한다. 그들은
우리가 참석하지 않으면 공들여 준비한 음식이 다 버려지고, 등받
이가 황금색인 의자는 주인을 잃을 것이며, 테이블 위의 종이 명패
가 우리의 무례함을 세상에 알린다고 말한다. 그 순간 스트라이크
는 로빈과 매튜의 결혼식에 참석하는 것보다 더 하기 싫은 일을 떠
올릴 수 없었다.

"저기, 엘린 씨도 초대할까요?" 로빈이 그의 표정을 조금이라도
밝게 해주고픈 희망을 품고 용감하게 물었다.

"아뇨." 스트라이크가 망설임 없이 대답했지만, 로빈이 호의를 가
지고 제안한 것을 알았기에 그녀에 대한 애정으로 부루퉁한 태도는
한쪽으로 치워버렸다. "구두 구경이나 할까요?"

"설마 진심이세요?"

---

* 흔히 초대장 말미에 RSVP라고 적는데 이는 참석 여부를 미리 알려달라는 뜻으로 쓰인다.

"당연히 진심이죠."

로빈은 자못 흥미로워 보이는 경건한 태도로 쇼핑백에서 상자를 꺼내어 뚜껑을 열고 안에 든 박엽지를 펼쳤다. 굽이 높고 반짝이는 샴페인색 구두였다.

"결혼식 구두치고는 좀 발랄해 보이네요." 스트라이크가 말했다. "그런 건…… 뭐랄까…… 꽃이 들어가고 할 줄 알았는데."

"요즘은 그렇지 않아요." 그녀가 검지로 뾰족구두를 어루만지며 말했다. "높은 통굽 구두도 있었는데—"

그녀는 문장을 끝맺지 않았다. 그녀의 키가 너무 커지는 것을 매튜가 좋아하지 않았기 때문이다.

"그러면 제이슨과 템페스트하고 어떻게 이야기해야 할까요?" 그녀가 구두 상자를 도로 닫아 쇼핑백에 넣으며 말했다.

"로빈이 대화를 이끌어야 할 것 같아요." 스트라이크가 말했다. "로빈이 그 사람들하고 접촉했으니까. 나는 필요하면 끼어들죠."

"하지만 제이슨은 당신에게 다리 일을 물을 거예요." 로빈이 어색하게 말했다. "그 사람은 당신이, 그러니까 거짓말을 했다고 생각해요. 다리에 대해."

"알아요."

"그러니까 기분 나빠 하지 않으셨으면 좋겠어요."

"그 정도는 괜찮아요." 스트라이크가 그녀의 걱정 어린 표정을 흥미롭게 바라보며 말했다. "때리지는 않을게요. 그게 걱정되는 거라면."

"좋아요." 로빈이 말했다. "왜냐면 사진을 보셔서 아시겠지만, 당신한테 그 친구는 한주먹감이거든요."

그들은 나란히 — 스트라이크는 담배를 피우며 — 킹스 로드를 걸어 도로에서 약간 들어간 곳에 위치한 갤러리 입구로 갔다. 거기에는 가발을 쓰고 스타킹을 신은 한스 슬론 경의 동상이 있었다. 연갈색 벽돌담의 아치를 지나자 풀로 뒤덮인 광장이 나왔는데 뒤쪽에서 울리는 거리의 소음만 아니면 마치 시골 영지처럼 느껴졌다. 19세기 건물들이 광장의 삼면을 둘러싸고 있었다. 그리고 앞쪽으로, 한때 막사였을 듯한 건물에 갤러리 메스가 있었다.

스트라이크는 대충 갤러리 옆에 붙은 간이식당쯤을 상상했는데, 들어가면서 보니 그곳은 아주 고급스러운 레스토랑이었고, 그는 초과 인출된 계좌와 네 명분이 될 게 거의 확실한 식사 비용을 치르겠다고 약속했던 것을 떠올리고서 불안해졌다.

그들이 들어간 곳은 좁고 긴 방이었는데, 왼쪽의 아치 너머로 더 넓은 공간이 보였다. 안내인을 따라 방 안쪽으로 들어가면서 흰 테이블보들, 정장 차림의 웨이터들, 높고 둥근 천장과 벽 여기저기에 걸린 현대미술 작품들을 본 스트라이크는 돈이 얼마나 나올지 걱정이 더욱 커졌다.

만나기로 약속한 두 사람은 고급 옷을 입은 여자가 대부분인 손님들 틈에서 눈에 확 띄었다. 제이슨은 힘줄이 다 드러날 정도로 깡마른 젊은이로 코가 길쭉했고, 밤색 후드에 청바지를 입었으며, 조금만 자극해도 달아날 듯한 인상이었다. 냅킨을 내려다보는 모습이 추레한 왜가리와도 비슷했다. 템페스트는 염색한 게 분명한 검은 단발머리에 두껍고 네모진 검은 테 안경을 썼는데 신체적으로는 제이슨과 정반대였다. 하얗고 땅딸막하고 물렁물렁해 보였다. 작고 움푹한 눈은 빵에 박힌 건포도 같았다. 그녀는 만화풍의 알록달록

한 조랑말 그림이 풍만한 가슴을 가로지른 검은 티셔츠를 입고, 휠체어에 앉아 있었다. 두 사람 다 앞에 메뉴판을 펼쳐놓았고, 템페스트는 와인 한 잔까지 주문해놓은 상태였다.

스트라이크와 로빈이 다가가자, 템페스트는 환하게 웃으면서 두꺼운 검지로 제이슨의 어깨를 쿡 찔렀다. 제이슨은 조심스레 고개를 들었고, 스트라이크는 그의 연청색 눈이 비대칭인 것을 알아챘다. 한쪽 눈이 1센티미터 높았다. 마치 사람 자체가 서둘러 만들어지기라도 한 것처럼 그것은 기이하게 연약한 인상을 주었다.

"안녕, 드디어 만났구나. 반가워." 로빈이 웃으면서 제이슨에게 먼저 손을 내밀었다.

"안녕하세요." 그가 웅얼거리며 힘없이 손을 내밀었다. 그런 뒤 스트라이크를 한 번 힐끔 보더니 얼굴이 빨개져서 고개를 돌렸다.

"안녕하세요!" 템페스트가 여전히 웃는 얼굴로 스트라이크에게 손을 내밀면서 말했다. 그러고는 능숙하게 휠체어를 뒤로 약간 물리면서 그에게 옆 테이블의 의자를 가져오라고 신호했다. "여기 멋지네요. 다니기도 쉽고 직원들도 친절해요. 여기요!" 그녀가 지나가는 웨이터에게 큰 소리로 말했다. "메뉴판 두 개만 더 갖다 줄래요?"

스트라이크는 그녀 옆에 앉았고, 제이슨은 의자를 옆으로 빼 로빈이 앉도록 공간을 내주었다.

"좋은 곳이죠?" 템페스트가 와인을 마시며 말했다. "직원들이 휠체어를 대하는 태도가 아주 좋아요. 자발적으로 도와줘요. 제 사이트에 추천할 거예요. 저는 장애인에게 우호적인 장소의 목록을 만들고 있거든요."

제이슨은 다른 사람과 눈을 마주치기 두려운 듯 메뉴판만 내려다보았다.

"제이슨한테 아무거나 주문하라고 했어요." 템페스트가 스트라이크에게 편안하게 말했다. "이 사건을 해결하면 탐정님이 돈을 얼마나 벌지 제이슨은 몰라요. 제가 말했죠. 언론사에서 돈을 싸들고 와서 네 이야기를 사려고 할 거라고. 지금 탐정님 하시는 일이 그거죠? 유명한 사건들을 해결하는 거?"

스트라이크는 곤두박질하는 은행 잔고, 사무실 위층의 다락방, 그리고 잘린 다리가 업무에 끼친 막대한 손해를 생각했다.

"그러려고 노력은 하지요." 그가 로빈을 보지 않으며 말했다.

로빈은 가장 싼 샐러드와 물을 골랐다. 템페스트는 메인 코스뿐 아니라 애피타이저도 골랐고, 제이슨에게도 똑같은 걸 고르라고 충고했으며, 이어서 우아한 안주인처럼 웨이터에게 돌려주려고 메뉴판을 거두었다.

"그러니까 제이슨." 로빈이 말했다.

템페스트가 즉시 그 말을 자르고 스트라이크에게 말했다.

"제이슨은 불안해요. 탐정님을 만나면 어떤 영향이 미칠지 전혀 생각해본 적이 없더라고요. 제가 그걸 지적해주었죠. 저희는 밤낮없이 통화를 했어요. 전화 요금이 얼마나 나올지! 탐정님께 청구하려고요, 하하! 하지만 정말로—!"

그녀의 표정이 갑자기 무거워졌다.

"—저희가 경찰에 전부 말하지 않았다고 해서 무슨 말썽이 생기진 않는다고 탐정님이 확실히 말해주셔야 해요. 저희가 무슨 유용한 정보를 갖고 있는 게 아니거든요. 켈시는 그저 여러 문제가 있는 불쌍한 아이였어요. 저희는 아무것도 몰라요. 만난 것도 한 번뿐이고, 누가 켈시를 죽였는지도 몰라요. 그 문제에 대해서는 탐정님이 훨씬 더 많이 아실 거예요. 제이슨이 탐정님 동료와 얘기했다는 말을 들었을 때 솔직히 저는 많이 걱정됐어요. 저희 커뮤니티가 얼마나 핍박을 받고 있는지 아무도 몰라요. 저는 살해 협박도 받았어요. 탐정님을 고용해서 그 사람들을 조사해볼까 봐요, 하하."

"누가 살해 협박을 했나요?" 로빈이 예의 바르게 놀라며 물었다.

"그건 제 웹사이트예요." 템페스트가 로빈의 말을 무시하고 스트라이크에게 말했다. "제가 운영해요. 제가 왕언니라고나 할까요, 하하……. 어쨌건 사람들이 저한테 고민을 털어놓고 조언을 구하는 식이라서 당연히 전 무지한 사람들의 공격 대상이죠. 저도 어쩔 수 없어요. 저는 다른 사람들을 위해서 싸우는 일도 많아요. 그렇지, 제이슨?" 그녀는 잠시 말을 멈추고 와인을 쭉 들이켰다. "어쨌건 저는 제이슨에게 말썽이 없을 거라는 보장을 받은 다음에 얘기하라고 조언할 수밖에 없어요."

이 여자는 내가 이 일에 어떤 권위가 있다고 생각하는 걸까, 스트라이크는 생각했다. 어쨌건 제이슨도 템페스트도 경찰에게 정보를 숨겼고, 그 이유가 무엇이건, 그리고 그 정보가 유용한 것이건 아니건, 그들의 행동은 어리석고 또 위험할 수 있었다.

"두 분께 문제가 생기지는 않을 겁니다." 그는 쉽게 거짓말했다.

"네, 좋아요. 안심이 되네요." 템페스트가 약간 편안해져서 말했다. "왜냐면 저희는 정말로 도와드리고 싶거든요. 제이슨에게도 말했지만, 그 사람이 BIID 커뮤니티를 이용하고 있었다면―그럴 가능성이 있어요―도움을 드리는 게 저희 의무니까요. 그리고 저희

사이트에 도배된 모욕, 혐오 발언도 놀랍지 않아요. 기가 막힌 일이죠. 무지해서 그런 거거든요. 하지만 저희 편이라고 생각한 사람들도 저희를 모욕해요. 차별이 뭔지 잘 아는 사람들도요."

음료수가 왔다. 그런데 놀랍게도, 동유럽 출신 웨이터는 그의 스핏파이어 맥주병을 뒤집어서 얼음 잔에 부었다.

"이봐요!" 스트라이크가 소리쳤다.

"맥주가 차갑지 않아요." 웨이터는 무슨 과민 반응이냐는 듯이 말했다.

"이런 젠장." 스트라이크가 중얼거리며 잔에서 얼음을 건져냈다. 맥주에 얼음이 없다 해도, 눈이 튀어나올 계산서만으로도 이미 괴로운 상태였다. 웨이터는 템페스트에게 약간 거만한 태도로 두 잔째 와인을 가져다주었다. 로빈이 기회를 잡았다.

"제이슨, 켈시하고 처음 접촉한 게 언제―"

하지만 템페스트가 잔을 내려놓고 로빈의 말을 잘랐다.

"제가 모든 기록을 확인했어요. 켈시는 12월에 처음으로 사이트에 방문했어요. 경찰에도 그렇게 말했어요. 경찰에 모든 걸 보여주었어요. 켈시가 탐정님에 대해 물었죠." 템페스트는 자기 웹사이트에서 거론되었으니 우쭐해도 된다는 어조로 스트라이크에게 말했다. "그래서 켈시가 제이슨과 얘기를 했고, 이메일 주소를 주고받은 다음 직접 접촉했죠. 그렇지, 제이슨?"

"네." 그가 힘없이 말했다.

"그다음에 켈시가 만나자고 해서, 제이슨이 저한테 연락했어요. 그렇지 제이슨? 그리고 기본적으로 제이슨은 저랑 같이 만나는 게 더 편안할 거라고 생각했어요. 어쨌든 인터넷이잖아요. 켈시가 어떤 사람일지 알 수 없었죠. 남자일지도 몰랐고요."

"왜 켈시를 만나려고 했 —?" 로빈이 제이슨에게 물으려고 했지만 이번에도 템페스트가 재빨리 끼어들었다.

"둘 다 탐정님한테 관심이 있었거든요." 템페스트가 스트라이크에게 말했다. "켈시가 제이슨에게 탐정님 일을 말해줬어요. 그렇지, 제이슨? 그 애는 탐정님에 대해 다 알고 있었어요." 템페스트가 그들 사이에 어떤 더러운 비밀이라도 공유되고 있는 것처럼 교활하게 웃으며 말했다.

"그래, 켈시가 나에 대해서 뭐라고 말했지, 제이슨?" 스트라이크가 청년에게 물었다.

제이슨은 스트라이크의 질문에 얼굴이 새빨개졌고, 로빈은 제이슨이 게이인가 하는 생각이 들었다. 게시판을 조사해본 바로는, 어떤 게시자의 환상에는 에로틱한 분위기가 있었다. 가장 두드러진 이는 〈〈Δēvōtėė〉〉였다.

"켈시는." 제이슨이 우물거리며 말했다. "자기 오빠가 탐정님을 안다고 했어요. 자기 오빠가 탐정님과 일했다고요."

"그래? 정말 오빠라고 했어?" 스트라이크가 물었다.

"네."

"왜냐면 켈시는 오빠가 없거든. 언니만 있고."

제이슨의 비대칭 눈이 불안하게 테이블 위를 훑고 스트라이크에게 돌아왔다.

"오빠가 있다고 했어요."

"오빠가 나하고 군대에 같이 있었다고?"

"아뇨, 군대는 아니었어요. 그 뒤에요."

'그냥 거짓말이 일상이었어요……. 오늘이 화요일이면 수요일이라고 하는 식이었어요.'

"내 기억으로는 남자 친구한테 들었다고 한 것 같은데." 템페스트가 말했다. "닐이라는 이름의 남자 친구가 있다고 하지 않았니, 제이슨?"

"나일이에요." 제이슨이 웅얼거렸다.

"아, 그래? 나일. 커피를 마신 다음에 그 친구가 켈시를 데려갔잖아."

"잠깐만요." 스트라이크가 손을 들며 말했고, 템페스트는 순순히 말을 멈췄다. "나일을 보셨나요?"

"네, 켈시를 데려갔어요. 오토바이에 태워서요." 템페스트가 말했다.

잠시 침묵이 흘렀다.

"오토바이를 탄 남자가 켈시를 데려갔다고요? 거기가 어디였죠?" 스트라이크가 물었고, 그의 차분한 목소리도 갑자기 쿵쿵 뛰는 맥박을 감추지 못했다.

"토트넘코트 로드의 카페 루주요." 템페스트가 말했다.

"우리 사무실 근처네." 로빈이 말했다.

제이슨의 얼굴이 더욱 빨개졌다.

"아, 켈시하고 제이슨도 그걸 알았어요, 하하! 코모란이 불쑥 들어올지 모른다고 기대한 거 아니니, 제이슨? 하하하." 템페스트가 즐겁게 웃고 있을 때 웨이터가 애피타이저를 가지고 왔다.

"오토바이를 탄 남자가 켈시를 데려갔다고, 제이슨?"

템페스트의 입안이 음식으로 가득 차서, 마침내 제이슨이 말을 할 수 있게 되었다.

"네. 길에서 켈시를 기다리고 있었어요." 그가 스트라이크를 슬쩍 살피며 말했다.

"어떻게 생겼는지 봤니?" 스트라이크가 물었지만, 답은 이미 알고 있었다.

"아뇨, 그 사람은 모퉁이를 돌아간 곳에 있었어요."

"헬멧을 썼어요." 템페스트가 와인 한 모금으로 입안의 것을 넘긴 다음 얼른 대화에 끼어들었다.

"오토바이가 무슨 색이었는지 기억하니?" 스트라이크가 물었다.

템페스트는 검은색이었던 것 같다고 했고, 제이슨은 빨간색이라고 했지만, 너무 멀리 있어서 둘 다 제조업체는 모른다고 했다.

"켈시가 남자 친구에 대해 또 해준 이야기 없어?" 로빈이 물었다.

둘 다 고개를 저었다.

템페스트가 자신이 개발한 웹사이트의 지원 서비스에 대해 장황하게 설명하는 사이 메인 코스가 나왔다. 그녀의 입안에 음식이 가득 들어찼을 때에야 제이슨은 스트라이크에게 직접 말할 용기를 낼 수 있었다.

"정말이에요?" 그가 불쑥 물었다. 그의 얼굴은 다시 새빨개졌다.

"뭐가?" 스트라이크가 물었다.

"그러니까 탐정님이, 그—"

템페스트는 음식을 열심히 씹으면서 스트라이크 쪽으로 몸을 기울이고는 그의 팔에 손을 얹고 음식을 삼켰다.

"다리를 직접 그렇게 하셨다는 거요." 그녀가 속삭이며 보일 듯 말 듯 윙크했다.

그녀가 의자에서 다리를 들어 올릴 때 두꺼운 넓적다리가 미묘하게 움직였는데, 그것은 움직이는 몸통 아래 매달려만 있는 게 아니고 체중을 견뎌내고 있었다. 스트라이크는 셀리오크 병원에서 하반신 또는 사지가 마비된 부상병들과 함께 지내면서 그들의 여윈 다리를 보고, 그들이 죽은 신체 부위의 무게를 감당하며 상반신을 움직이기 위해 익힌 동작들도 보았다. 처음으로 그는 템페스트가 무엇을 하고 있는지 똑똑히 알게 되었다. 그녀는 휠체어가 필요 없었다. 그녀는 장애인이 아니었다.

이상한 일이지만 로빈의 표정 덕분에 스트라이크는 침착하게 예의를 지킬 수 있었다. 템페스트에 대한 혐오와 분노에 젖은 그녀의 표정에 대리 만족이 되었기 때문이다. 스트라이크가 제이슨에게 말했다.

"내가 진실을 말하기 전에 네가 들은 얘기부터 해줘 봐."

"그러니까." 제이슨은 주문한 블랙앵거스 버거에는 손도 대지 않고서 말했다. "켈시 말로는 탐정님이 켈시의 오빠랑 술집에 갔고 술에 취해 오빠한테 진실을 말해줬대요. 그러니까 아프가니스탄에서 총을 메고 기지에서 걸어 나가 어둠 속을 헤치고 멀리 가서— 다리를 쐈고, 그 뒤 의사에게 보여 다리를 자르게 했다고요."

스트라이크는 맥주를 한 모금 들이켰다.

"그리고 내가 그런 일을 한 이유는?"

"네?" 제이슨이 어리둥절한 표정으로 눈을 깜박이며 말했다.

"의병제대하려고? 아니면—"

"아뇨!" 제이슨이 이상하게도 불쾌한 듯이 말했다. "아뇨, 탐정님이—" 그의 얼굴이 어찌나 빨개졌는지 몸의 피가 전부 얼굴로 쏠린 것 같았다. "—우리랑 같아서라고요. 그러지 않고는 살 수 없어서요. 다리를 없애야 했다고요." 그가 속삭였다.

로빈은 갑자기 스트라이크를 쳐다볼 수가 없어져서, 구두 한 짝을 든 손 같은 그림을 보는 척했다. 어쨌건 언뜻 보기로는 구두를 든 손 같았다. 하지만 어떻게 보면 분홍색 선인장이 자라는 갈색 화분 같기도 했다.

"켈시에게 내 이야기를 해준 켈시의 오빠는, 켈시가 다리를 자르고 싶어 한다는 걸 알고 있었니?"

"몰랐던 것 같아요. 저한테만 얘기했다고 했어요."

"그러니까 켈시네 오빠가 그 얘기를 한 게 그냥 우연히 일어난 일이었다고—?"

"사람들은 대개 감추죠." 템페스트는 기회를 포착하자마자 대화에 비집고 들어왔다. "수치스러워해요. 나는 직장에서 커밍아웃을 하지 않았어요." 그녀는 자기 다리를 가리키며 유쾌하게 말했다. "허리를 다쳤다고 말해야 해요. 사람들은 제가 트랜스에이블이란 걸 알면 이해를 못 할 거예요. 의료계의 편견은 말할 것도 없고요. 정말 기가 막히죠. 저는 의사를 두 번 바꿨어요. 더는 정신과에 가보라는 제안을 받기 싫었거든요. 켈시는 아무한테도 말을 못 했다고 했어요. 불쌍한 것. 의지할 사람이 없었던 거죠. 아무도 이해를 못 했으니까. 그래서 우리에게 손을 내민 거예요. 물론 탐정님에게도." 그녀가 우쭐하며 스트라이크에게 말했다. 그녀와 달리 그는 켈시의 호소를 무시했기 때문이다. "하지만 탐정님만 그런 건 아니에요. 사람들은 원하던 걸 이루면 대개 커뮤니티를 떠나니까요. 우리는 알아요. 이해해요. 하지만 사람들이 계속 남아서 자신이 원하던 몸을 얻었을 때의 기분을 말해준다면 정말 고마울 거예요."

로빈은 예술 애호가들이 조용조용 대화를 나누는 이 예의 바른 공간에서 스트라이크가 폭발하는 것은 아닐까 걱정되었다. 그녀는 그가 특수수사대 시절, 오랜 심문을 통해 익힌 자제력을 알지 못했다. 템페스트를 향한 그의 예의 바른 미소가 약간 어두웠는지는 몰라도, 그는 다시 제이슨에게 돌아가 물었다.

"그러니까 켈시가 나한테 연락한 건 켈시의 오빠 생각이 아니란 거지?"

"네, 켈시 생각이었을 거예요." 제이슨이 말했다.

"켈시가 나한테서 원한 게 정확히 뭐였어?"

"그야 분명하지 않나요?" 템페스트가 억지웃음을 지으며 끼어들었다. "탐정님이 어떻게 했는지 조언을 듣고 싶었겠죠!"

"네 생각도 그래, 제이슨?" 스트라이크가 물었고 청년은 고개를 끄덕였다.

"네……. 켈시는 다리를 잘라내려면 얼마나 부상을 입어야 하는지 알고 싶어 했어요. 그리고 아마 탐정님이 의사도 소개해줄 거라고 생각한 것 같아요."

"그건 언제나 어려운 문제예요." 템페스트는 자신이 스트라이크에게 어떤 영향을 주고 있는지 명백히 의식하지 못한 채 말했다. "믿을 만한 외과 의사를 찾는 거요. 대부분이 정말 매정하거든요. 여러 사람이 그 일을 직접 시도했다가 죽었어요. BIID 환자들에게 두 번 절단 수술을 해준 멋진 의사가 스코틀랜드에 있었지만, 금지당했어요. 그것도 벌써 10년 전 일이에요. 사람들은 외국에 나가죠. 하지만 돈이 없으면, 나갈 여유가 없으면…… 켈시가 탐정님의 연락처 목록을 알고 싶어 한 이유를 아시겠죠."

로빈은 짤그랑 소리를 내며 나이프와 포크를 떨어뜨렸다. 스트라이크에게 쏟아지는 모욕을 그녀가 대신해 받는 것 같았다. 연락처 목록이라니! 그가 무슨 암시장에서 희귀 유물을 사듯이 다리를 절단한 것처럼…….

스트라이크는 제이슨과 템페스트에게 15분간 더 질문한 뒤 그들이 더 이상 쓸 만한 걸 알고 있지 않다는 결론을 내렸다. 딱 한 번 만난 그들이 설명하는 켈시는 다리를 절단하고 싶은 열망이 너무 커서 사이버 공간에서 만난 두 사람만 동의한다면 무슨 일이든 했을 미성숙하고 절박한 소녀였다.

"그래요, 그런 사람들이 있어요." 템페스트가 한숨을 쉬었다. "어렸을 때 이미 철사로 시도해본 적이 있다고 하더군요. 너무 절박해서 철로에 다리를 내놓는 사람들이 있어요. 어떤 남자는 액체질소로 다리를 자르려고 했어요. 미국에는 일부러 스키 점프에 실패한 소녀도 있어요. 하지만 그러면 정확히 원하는 수준만큼의 장애를 얻지 못할 위험이 있죠—"

"그럼 템페스트 씨는 어떤 수준을 원하십니까?" 스트라이크가 계산서를 달라고 손을 들어 신호한 뒤 물었다.

"저는 척수 절단을 원해요." 템페스트가 차분하게 말했다. "하반신마비 말이에요. 외과 의사가 해주는 게 이상적이겠죠. 하지만 당분간은 이 상태로 지내야 해요." 그녀는 다시 한 번 휠체어를 가리켜 보였다.

"장애인 화장실과 엘리베이터, 기타 등등을 이용하면서요?" 스트라이크가 물었다.

"코모란." 로빈이 경고를 담아 말했다.

그녀는 처음부터 이렇게 될 거라고 생각했다. 그는 스트레스가 쌓였고 잠이 부족했다. 어쨌거나 애초에 필요했던 정보를 다 얻었으니 만족해야 할 듯했다.

"이건 절박한 욕구예요." 템페스트가 침착하게 말했다. "저는 어려서부터 알고 있었어요. 지금 제 몸은 제가 원하는 몸이 아니에요. 저는 몸이 마비되어야 해요."

웨이터가 왔다. 로빈이 계산서를 달라고 손을 내밀었다. 스트라이크가 그를 알아차리지 못했기 때문이다.

"얼른요." 그녀가 웨이터에게 말했고, 웨이터는 부루퉁해 보였다. 스트라이크한테 맥주잔에 얼음을 넣었다고 혼난 웨이터였다.

"장애인들도 많이 아시죠?" 스트라이크는 템페스트에게 물었다.

"몇 명 알아요." 그녀가 스트라이크에게 말했다. "우리는 공통점이 아주—"

"공통점이 아주 많죠. 우라지게 많아요."

"알았어요." 로빈이 웨이터의 손에서 칩 앤드 핀 단말기를 잡아채 자신의 비자 카드를 꽂으며 나직하게 말했다. 스트라이크가 템페스트 위로 우뚝 일어서자 템페스트는 갑자기 불안해진 듯했고, 제이슨은 후드 재킷 안으로 사라지고 싶은 듯 의자 깊숙이 움츠러들었다.

"코모란—" 로빈이 단말기에서 카드를 빼내며 말했다.

"말씀드리죠." 로빈이 코트를 들고 그를 테이블에서 떼어내려고 할 때 스트라이크가 템페스트와 제이슨에게 말했다. "타고 가던 차가 폭발했어요." 제이슨은 새빨간 얼굴을 두 손으로 가렸다. 눈에 눈물이 가득 고여 있었다. 템페스트는 입만 벌리고서 그를 바라봤다. "운전병은 몸이 두 동강 났죠. 여러분의 선망을 받을 만하네요."
그가 템페스트를 향해 격렬하게 말했다. "하지만 죽었으니 선망이
고 나발이고 소용없죠. 또 한 명은 얼굴 반쪽이 날아갔고, 나는 다리
를 잃었어요. 일부러 그런 짓을 했다는 건 —"

"좋아요." 로빈이 스트라이크의 팔을 잡고 말했다. "저희는 갈게
요. 만나줘서 고마워, 제이슨 —"

"병원에 가." 스트라이크가 로빈에게 끌려 나가면서 제이슨에게
소리쳤다. 손님과 웨이터 모두가 그를 바라보았다. "빌어먹을, 병원
에 가보라고. 머리는 있잖아."

갤러리에서 한 블록 떨어진, 녹음이 우거진 도로에 이르자 스트라
이크의 호흡이 정상으로 돌아왔다.

"됐어요." 로빈이 아무 말도 하지 않았는데 그가 말했다. "미리 주
의까지 줬는데 미안해요."

"괜찮아요." 그녀가 온화하게 말했다. "우리가 원했던 건 다 얻었
어요."

그들은 침묵을 지킨 채 몇 미터를 더 걸었다.

"돈 냈어요? 미처 몰랐네."

"네, 사무실의 소액 현금에서 꺼내 갈게요."

그들은 계속 걸었다. 잘 차려입은 남녀들이 바쁘고 분주하게 그들
곁을 지나갔다. 드레드록 머리에 긴 페이즐리 드레스를 입은 보헤
미안 같은 여자가 하늘하늘 지나갔다. 하지만 500파운드짜리 핸드
백을 보면 그녀의 히피 행색은 템페스트의 장애처럼 가짜라는 걸 알
수 있었다.

"어쨌건 때리지는 않으셨어요. 휠체어를 탔잖아요. 안에는 죄다

예술 애호가들이었고요." 로빈이 말했다.

스트라이크가 웃음을 터뜨렸고, 로빈은 고개를 저었다.

"못 참으실 것 같았어요." 그녀가 한숨을 쉬었지만 얼굴은 웃고 있었다.

44

Then Came the Last Days of May*

그는 여자가 죽은 줄 알았다. 그 일이 뉴스에 나오지 않는 것도 별로 이상하게 여기지 않았다. 여자가 창녀였기 때문이다. 그가 저지른 첫 번째 사건도 신문에 나오지 않았다. 매춘부들은 계산에 넣지 않는다. 버러지들이다. 그래서 아무도 신경 쓰지 않는다. 비서는 큰 반향을 일으킬 것이다. 그 망할 놈 밑에서 일하기 때문이다. 깨끗하게 살고, 잘생긴 약혼자가 있는 여자, 언론이 좋아죽는 그런 여자다…….

하지만 그는 그 창녀가 어떻게 살아남았다는 건지 이해가 되지 않았다. 칼로 몸통을 찍는 느낌, 금속이 피부를 찢고 들어가는 소리, 금속이 뼈에 부딪히던 느낌, 그리고 터져 나오던 피를 기억했다. 뉴스에 따르면 학생들이 여자를 발견했다. 더러운 학생 새끼들.

어쨌거나 그에게는 아직도 여자의 손가락이 있었다.

여자가 몽타주를 만들었는데, 완전히 어린애 장난이었다! 경찰

---

* 〈그리고 5월의 마지막 날이 왔다〉. 블루 오이스터 컬트, 〈블루 오이스터 컬트〉 앨범의 수록곡.

새끼들은 털 깎고 제복을 입은 원숭이들이었다. 그 사진이 수사에 도움이 될 거라고 생각하는 건가? 그 사진은 그와 전혀 닮지 않았고, 백인인지 흑인인지도 구별이 안 되었다. '그것'만 옆에 없었다면 그는 소리 내서 웃었을 것이다. 하지만 '그것'은 그가 죽은 창녀와 몽타주를 보고 웃는 것을 좋아하지 않을 것이다······.

'그것'은 지금 상당히 반항적이었다. 그는 '그것'을 거칠게 다룬 일을 벌충하려 애쓰고, 사과하고, 상냥하게 대해야 했다. "화가 나서 그랬어. 정말로 화가 났었다고." 그가 말했다. 그는 화낸 일을 보상하기 위해 '그것'을 안아주고, 염병할 꽃도 사주고, 집에 머물렀는데, 그러자 이제 '그것'은 여자들이 늘 그러듯 이 기회를 이용해서 더 많은 것을 우려내려 하고 있었다.

"자기가 집을 비우는 게 싫어."

'자꾸 이러면 널 보내버린다.'

그는 그녀에게 취직자리를 알아보는 거라고 거짓말을 했는데, 처음으로 그녀가 감히 질문을 했다. 누가 소개해주는 건데? 며칠이나 있다가 올 거야?

그는 '그것'이 말하는 것을 보면서 주먹을 뒤로 뺐다가 날려 '그것'의 못생긴 상판대기의 뼈를 으스러뜨리는 모습을 상상했다······.

하지만 그는 '그것'이 조금 더 필요했다. 비서를 해치울 때까지는.

'그것'은 아직도 그를 사랑했고, 그게 최고의 무기였다. 떠나겠다고 협박만 하면 '그것'은 정신을 차릴 수밖에 없었다. 하지만 그 카드를 너무 자주 쓰고 싶지는 않았다. 그래서 꽃을 사주고, 키스를 하고, '그것'의 멍청한 기억 속에 분노의 기억을 흐리게 해주는 친절을 베풀었다. 게다가 음료수에 완화제를 타자 그녀는 평정을 잃고 그의 목에 매달려 울었다.

그는 인내심과 친절을 보였지만 그러면서도 단호했다.

마침내 그녀는 수긍했다. 그는 일주일 동안 집을 떠나 있기로 했다. 원하는 대로 할 자유가 생겼다.

45

Harvester of eyes, that's me.
                          Blue Öyster Cult, 'Harvester of Eyes"

에릭 워들 경위는 제이슨과 템페스트가 경찰에 거짓말했다는 사실에 불쾌해했지만, 스트라이크의 예상보다는 덜 분노했다. 워들이 불러서, 스트라이크는 월요일 저녁 페더스에서 맥주잔을 기울이고 있었다. 그가 그토록 관대한 태도를 보인 이유는 간단했다. 오토바이를 탄 남자가 카페 루주에 있던 켈시를 태워 갔다는 사실은 워들이 새로 생각하는 가설과 잘 맞아떨어졌기 때문이다.

"그 웹사이트에서 데보티라고 불린 남자 기억하지? 수족이 절단된 사람한테 페티시가 있지만 켈시가 죽고 나서 잠잠해진 친구."

"응." 스트라이크는 로빈이 그자와 접촉했었다는 말을 기억하며 말했다.

"우리가 그자를 추적했어. 그자의 차고에서 뭐가 나왔는지 알아?"

스트라이크는 그가 체포되지 않았으니 신체 일부는 없었을 거라고 짐작하고서 순순히 말했다. "오토바이?"

---

* '눈을 거둬들이는 자, 그게 나야.', 블루 오이스터 컬트, 〈눈을 거둬들이는 자〉.

"가와사키 닌자야." 워들이 말했다. "그런데 우리가 찾는 건 혼다지." 그가 얼른 덧붙여서 스트라이크의 말을 막았다. "하지만 우리가 찾아갔을 때 그 친구는 혼비백산했어."

"경찰이 집에 들이닥치면 대부분이 그러지. 그래서?"

"땀투성이의 작은 친구야. 이름은 백스터고 영업 사원으로 일해. 두 번째 주와 세 번째 주 주말, 그리고 29일에도 알리바이가 없어. 이혼했는데 아이는 없고, 그날은 집에서 왕실 결혼식을 봤대. 그런데 자네라면 여자도 없는데 집에서 결혼식을 봤겠어?"

"아니." 워들의 질문에 스트라이크가 대답했다. 그는 결혼식 장면을 뉴스로만 봤다.

"오토바이는 형 거고 자기가 맡아놓기만 한 거라지만 질문 좀 하니까 몇 차례 타고 나갔다고 인정했어. 그러니까 그자는 오토바이를 몰 줄 안다는 거고, 그 혼다를 렌트하거나 다른 사람에게서 빌렸을 수 있어."

"웹사이트에 대해서는 뭐래?"

"아무 상관 없다고 딱 잘라 말하더군. 그냥 심심해서 놀았던 거고, 뭘 할 생각도 전혀 없었다고, 자기는 잘린 신체에 흥분하지 않는다고 했는데, 컴퓨터를 좀 조사해보자고 했더니 별로 좋아하지는 않더라고. 먼저 변호사와 이야기해보고 답을 주겠대. 일단은 거기까지고, 내일 다시 가보기로 했어. 우호적인 대화였어."

"켈시하고 온라인으로 대화한 사실은 인정한 거야?"

"우리한테 켈시의 노트북이 있고, 또 템페스트의 기록이 있으니 그걸 부인할 수는 없지. 켈시에게 다리 계획을 묻고 한 번 만나자고 했더니 켈시가 거절했대. 어쨌건 우리는 그자를 조사해야 돼." 워들이 스트라이크의 미심쩍은 눈길에 대한 답으로 말했다. "그자는 알리바이가 없고, 오토바이가 있고, 수족 절단자를 애호하고, 또 켈시를 만나려고 했으니까!"

"그렇지. 다른 단서는?" 스트라이크가 말했다.

"그래서 내가 자네를 만나자고 한 거야. 자네가 말한 도널드 랭을 찾았어. 엘리펀트 앤드 캐슬의 울러스턴 클로스에 있더군."

"정말이야?" 스트라이크가 진심으로 놀라서 말했다.

스트라이크를 놀라게 했다는 사실에 워들이 흐뭇하게 웃었다.

"응, 그런데 병자야. 저스트기빙 사이트에서 발견했어. 거기 연락해서 주소를 알아냈지."

그게 스트라이크와 워들의 차이였다. 워들에게는 아직 계급장과 권위, 그리고 스트라이크가 군대를 떠나면서 포기한 힘이 있었다.

"그자를 만났어?" 스트라이크가 물었다.

"두 명을 보냈는데 그 사람은 집에 없었지만, 이웃들이 랭의 집이라고 확인해줬어. 그 집에 혼자 세들어 사는데 병이 심한 모양이야. 스코틀랜드에 갔대. 친구 장례식 때문에. 곧 돌아온다고 했다는군."

"퍽이나." 스트라이크가 맥주잔에 대고 중얼거렸다. "스코틀랜드에 랭의 친구가 한 명이라도 남아 있으면 내가 성을 갈겠다."

"마음대로 생각해." 워들이 흥미롭고도 어이없다는 태도로 말했다. "우리가 자네의 용의자들을 수사하면 기뻐할 줄 알았는데."

"물론 기쁘지." 스트라이크가 말했다. "그런데 아픈 건 분명한 거지?"

"이웃 말로는 지팡이를 짚는대. 입원도 자주 하고."

머리 위에 매달린 가죽을 댄 스크린에서는 지난 달에 있었던 아스널 대 리버풀 전이 작은 소리로 방영되고 있었다. 스트라이크는 판 페르시가 페널티킥에 성공하는 모습을 지켜보았다. 그는 다락방에서 작은 휴대 기기로 경기를 지켜보며, 그 페널티킥이 아스널에 간절한 승리를 안겨줄 거라고 생각했다. 물론 그런 일은 일어나지 않았다. 아스널의 운은 지금 스트라이크 자신과 마찬가지로 가라앉고 있었다.

"지금 만나는 사람 있어?" 워들이 불쑥 물었다.

"응?" 스트라이크가 놀라서 말했다.

"코코가 자네보고 매력 있다고 하더군." 워들이 부자연스럽게 웃으며, 자신이 그것을 우습게 생각한다는 인상을 주려고 했다. "내 아내 친구, 코코. 붉은 머리. 기억나?"

스트라이크는 코코가 벌레스크 댄서라고 했던 게 기억났다.

"그래서 내가 물어보겠다고 했지." 워들이 말했다. "내가 그 친구는 지금 상황이 말이 아니라고 했더니, 그래도 상관없다더군."

"고맙다고 전해줘." 스트라이크가 말했고, 그것은 사실이었다. "하지만 만나는 사람이 있어."

"그 사무실 동료는 아니지?" 워들이 물었다.

"아냐." 스트라이크가 말했다. "로빈은 곧 결혼해."

"기회를 놓쳤군, 친구." 워들이 하품하면서 말했다. "아까운걸."

"그러니까 지금 당신 말은." 로빈이 다음 날 아침 사무실에서 말했다. "랭이 정말로 울러스턴 클로스에 산다는 게 확인됐으니 이제 감시를 그만두라고요?"

"내 말 끝까지 들어요. 이웃들 말에 따르면 랭은 지금 집에 없어요."스트라이크가 차를 준비하면서 말했다.

"정말로 스코틀랜드에 간 건 아닐 거라고 방금 말씀하셨잖아요!"

"로빈이 잠복한 뒤로 그 집 문이 계속 잠겨 있었다는 건 어쨌건 랭이 거기에 없다는 뜻이에요."

스트라이크는 머그잔 두 개에 티백을 담갔다.

"친구 장례식에 갔다는 말은 믿지 않지만, 치매인 어머니에게서 돈을 우려낼 생각으로 멜로즈에 갔을 수는 있어요. 그건 도니 랭에게 훌륭한 휴가 계획이 될 수 있어요."

"그자가 돌아오면 우리 중 한 명은 거기 있어야 해요."

"그럴 거예요." 스트라이크가 달래듯 말했다. "하지만 당분간 로빈은 일을 좀 바꿔서—"

"브록뱅크를 보라고요?"

"아니, 브록뱅크는 내가 해요. 로빈은 스테퍼니를 맡아요." 스트라이크가 말했다.

"누구요?"

"스테퍼니. 휘태커의 여자."

"왜요?" 로빈이 큰 소리로 물었다. 주전자가 끓자 뚜껑이 덜그럭거리며 물이 마구 튀었고, 창문 위로 김이 서려 물방울이 맺혔다.

"켈시가 죽던 날에 휘태커가 뭘 했는지를 스테퍼니한테 들을 수 있을지 알아봐주면 좋겠어요. 그리고 섀클웰의 여자가 손가락을 잃던 날에도. 정확히 말하면 4월 3일하고 29일."

스트라이크는 티백 위로 물과 우유를 붓고 저었다. 티스푼이 머그잔 가장자리에 팅팅 부딪혔다. 로빈은 업무가 바뀌어서 기쁜지 불쾌한지 알 수 없었다. 표면적으로 보면 기뻐야 했다. 하지만 최근 스트라이크가 자신을 옆으로 밀쳐내려 한다는 의심은 쉽게 떨쳐지지 않았다.

"아직도 휘태커가 범인일 수 있다고 생각하시는 거죠?"

"그래요." 스트라이크가 말했다.

"하지만 아무런—"

"증거는 어느 쪽에도 없어요." 스트라이크가 말했다. "그저 확실한 단서를 얻거나 그들 모두의 무혐의가 분명해질 때까지 계속 조사할 뿐이에요."

그는 그녀에게 찻잔을 건넨 다음 인조가죽 소파에 앉았는데 어쩐일인지 방귀 소리가 나지 않았다. 시시한 성취였지만, 그래도 다른 성과가 없으니 소리가 나는 것보다는 나았다.

"휘태커의 최근 모습을 보고 그자를 용의선상에서 배제할 수 있길 바랐어요." 스트라이크가 말했다. "하지만 그 비니 모자의 사내가 휘태커일 가능성이 있어요. 한 가지는 확실해요. 그자는 지난날이랑 한 치 다를 바 없는 개자식이란 것. 내가 스테퍼니 앞에서 완전히 헛발질을 했으니까, 스테퍼니가 나한테는 아무 이야기도 하지 않으려고 할 거예요. 스테퍼니가 그 날짜들에 대한 알리바이를 주거나 다른 사람을 지목한다면 다시 생각해봐야겠죠. 그렇지 않다면 휘태커는 아직도 용의선상에 있는 거예요."

"제가 스테퍼니를 추적하는 동안 당신은 뭘 하실 건데요?"

"브록뱅크에게 붙어 있을 겁니다." 스트라이크가 다리를 쭉 펴고 따뜻한 차를 마시며 말했다. "오늘 그 스트립 클럽에 들어가서 놈의 일을 알아보려고 해요. 케밥 가게와 옷 가게를 어슬렁거리면서 그 놈이 나타나길 기다리는 데 지쳤어요."

로빈은 아무 말도 하지 않았다.

"왜요?" 스트라이크가 그녀의 표정을 보고 물었다.

"아무것도 아니에요."

"말해봐요."

"그러니까…… 그 사람이 정말로 거기 있으면 어떻게 해요?"

"맞닥뜨리는 거죠. 하지만 때리지는 않을 거예요." 스트라이크가 그녀의 생각을 정확하게 읽고서 말했다.

"좋아요." 로빈이 말하더니 금세 덧붙였다. "하지만 휘태커는 때리셨잖아요."

"그건 경우가 달랐어요." 스트라이크가 말했다가, 그녀가 아무 반응이 없자 덧붙였다. "휘태커는 특별해요. 가족이라고요."

그녀는 웃었지만, 마지못한 웃음이었다.

스트라이크가 커머셜 로드의 사라센에 가기 전, 현금인출기에서 50파운드를 빼내자 기계는 무례하게도 그의 마이너스 잔고를 알려주었다. 그는 음울한 표정으로 클럽 문지기에게 10파운드를 건네고서 검은 플라스틱 보드로 뒤덮인 실내로 들어갔다. 어두운 조명에도 그곳의 초라함은 감춰지지 않았다.

옛 펍의 흔적은 사라지고 없었다. 새로 한 인테리어는 활기 잃은 지역 회관처럼 어둡고 쓸쓸했다. 클럽의 벽 하나를 차지한 바의 넓은 네온 띠가 윤을 낸 소나무 바닥재에 비쳐 보였다.

정오를 약간 넘긴 시각이었지만, 벌써 한 여자가 안쪽의 작은 무대에서 허리를 바쁘게 돌리고 있었다. 붉은 조명 아래 온몸 구석구석을 잘 비추게 배치한 거울들 앞에서 여자는 롤링스톤스의 〈스타트 미 업(Start Me Up)〉에 맞추어 브래지어를 벗고 있었다. 전부 네 명의 남자가 각자 높은 스툴에 앉아 있었다. 그들은 높은 테이블을 하나씩 차지하고 앉아서 어설프게 봉 춤을 추는 여자를 보거나 스카이 스포츠를 틀어놓은 큰 화면의 TV를 봤다.

스트라이크는 곧장 바 앞으로 갔다. 거기에는 '자위행위 적발 시 퇴장 조치'라는 경고문이 붙어 있었다.

"뭘 드릴까요?" 긴 머리에 자주색 아이섀도, 코걸이를 한 여자가 물었다.

스트라이크는 존 스미스 맥주를 한 잔 주문하고 바에 앉았다. 문지기를 빼면 남자 직원은 스트립 댄서 옆 턴테이블에 앉은 사람뿐이었다. 그는 금발에 풍풍한 중년이었고 브록뱅크와는 전혀 비슷하게 생기지 않았다.

"친구를 만날 수 있을까 해서 왔습니다." 스트라이크가 여자 바텐더를 향해 말했다. 다른 손님이 없어서 여자는 바에 기댄 채 멍하니 TV를 보며 긴 손톱을 뜯고 있었다.

"그래서요?" 여자가 따분한 목소리로 말했다.

"여기서 일한다고 했거든요." 스트라이크가 말했다.

형광색 재킷을 입은 남자가 다가오자, 그녀는 아무 말 없이 주문을 받으러 갔다.

〈스타트 미 업〉이 끝나면서 스트립 댄서의 공연도 끝났다. 여자는 알몸으로 무대에서 뛰어내린 뒤 모포를 들고 뒤쪽에 쳐진 커튼 안쪽으로 사라졌다. 박수는 없었다.

짧은 나일론 기모노를 입고 스타킹을 신은 여자가 커튼 뒤에서 나와 빈 맥주잔을 들고 펍을 돌아다녔다. 손님들은 주머니를 뒤져서 동전 몇 닢씩을 주었다. 그녀는 마지막으로 스트라이크에게도 왔다. 그는 1파운드 동전 두 닢을 떨구었다. 그녀는 곧장 무대로 가더니 DJ의 턴테이블에 맥주잔을 내려놓고 기모노를 벗어 브래지어, 팬티, 스타킹과 뾰족구두 차림으로 무대에 올랐다.

"손님 여러분, 새로운 무대입니다. 사랑스러운 미아를 환영해주십시오!"

이름이 불린 그녀가 게리 뉴먼의 노래 〈아 프렌즈 일렉트릭(Are 'Friends' Electric)?〉에 맞춰 몸을 흔들었다. 동작과 음악이 전혀 맞지 않았다.

바텐더가 스트라이크 옆으로 돌아왔다. 그의 자리에서 TV가 가장 잘 보였다.

"아까 말했듯이, 내 친구가 여기서 일한다고 했어요." 스트라이크가 다시 말했다.

"그래요?" 그녀가 말했다.

"이름은 노엘 브록뱅크예요."

"모르는 사람인데요."

"모른다고요?" 스트라이크가 말하면서 클럽 안을 둘러보는 척했지만 브록뱅크가 보이지 않는다는 것은 이미 알고 있었다. "가게를 잘못 찾아왔는지도 모르겠네요."

조금 전에 춤을 춘 스트립 댄서가 커튼 뒤에서 나왔다. 어깨끈이 달린 꽃분홍색 미니 원피스로 갈아입었는데, 엉덩이도 제대로 가리지 못하는 그 옷은 어쩐 일인지 옷을 전혀 입지 않은 아까보다도 더 야해 보였다. 그녀가 형광색 재킷의 남자에게 다가가 무언가 묻자, 남자는 고개를 저었다. 그녀는 주변을 둘러보다가 스트라이크와 눈이 마주치자 생긋 웃으며 다가왔다.

"안녕, 오빠." 그녀가 말했다. 아일랜드 억양이었다. 무대의 붉은 조명 아래서는 금발인 줄 알았던 머리 색깔은 진한 적갈색이었다. 주황색 립스틱을 두껍게 바르고 가짜 속눈썹을 붙였지만, 아직도 학교에 다녀야 할 나이 같았다. "내 이름은 올라야. 오빠는?"

"캐머런." 스트라이크가 말했다. 사람들은 그의 이름을 흔히 그렇게 알아들었다.

"일대일 댄스 어때, 캐머런?"

"어디서?"

"저기서." 그녀가 커튼을 가리키며 말했다. "오빠는 처음 보는 것 같은데."

"처음이야. 친구를 찾으러 왔거든."

"그 여자 이름이 뭐야?"

"남자야."

"남자를 찾아왔다니 잘못 왔어, 오빠." 그녀가 말했다.

여자가 너무 어려 그녀에게서 오빠라는 말을 듣는 것만으로도 더러운 느낌이 들었다.

"술 한 잔 사줄까?" 스트라이크가 말했다.

그녀는 망설였다. 돈이 되는 건 일대일 댄스였다. 하지만 이 사람은 시간이 좀 걸리는 남자인지도 몰랐다.

"좋아."

스트라이크는 라임을 넣은 보드카 한 잔을 어처구니없는 가격에 샀고, 그녀는 그의 옆에 앉아서 술을 새침하게 마셨다. 그녀의 젖가슴 대부분이 드레스 밖으로 빠져나와 있었다. 그 살결을 보니 죽은 켈시가 떠올랐다. 매끈하고 탱탱하던 젖살. 여자의 어깨에는 작고 파란 별 세 개가 새겨져 있었다.

"혹시 내 친구 알아? 노엘 브록뱅크." 스트라이크가 말했다.

올라는 어렸지만 바보는 아니었다. 의심과 계산이 섞인 표정이 그녀의 곁눈질에 담겨 있었다. 마켓 하버러의 마사지사처럼 그가 경찰이 아닐까 의심하는 눈길이었다.

"나한테 빚을 졌어." 스트라이크가 말했다.

여자는 부드러운 이마를 찌푸리고 그를 잠시 더 살펴보더니, 그의 거짓말을 믿기로 한 것 같았다.

"노엘은 그만둔 것 같아." 그녀가 말했다. "잠깐만, 에디?"

따분한 바텐더는 TV에서 눈길을 떼지 않았다.

"응?"

"데스가 지난주에 자른 남자 이름이 뭐였지? 며칠 만에 짤린 사람 말이야."

"이름 몰라."

"아마 그 사람 이름이 노엘이었던 것 같아." 올라가 스트라이크에게 말했다. 그러더니 갑자기 귀여울 만큼 노골적으로 말했다. "10파운드만 더 주면 확인해줄게."

스트라이크는 속으로 한숨을 쉬면서 지폐를 건넸다.

"기다려." 올라가 유쾌하게 말했다. 그러고는 스툴에서 내려가 지폐를 팬티 고무줄 안쪽에 넣고 드레스를 우아하지 않게 내린 뒤 DJ에게 다가갔다. 올라의 이야기를 듣는 동안 DJ는 얼굴을 찌푸리고 스트라이크를 보았다. 그가 짧게 고개를 끄덕일 때 이중 턱이 붉은 조명 속에 번득거렸다. 올라는 즐거운 표정으로 그에게 돌아왔다.

"그럴 줄 알았어!" 올라가 스트라이크에게 말했다. "내가 오기 전의 일이지만 그 사람이 발작인가 뭔가를 했대."

"발작?" 스트라이크가 물었다.

"응. 일을 시작한 첫 주에 그랬대. 덩치가 크지? 턱도 길고?"

"맞아." 스트라이크가 말했다.

"그래, 그리고 지각해서 데스가 화가 났지. 저기 저 사람이 데스야." 그녀가 DJ를 가리키며 덧붙였다. 그는 스트라이크에게 의심스러운 눈길을 던지면서 음악을 〈아 프렌즈 일렉트릭?〉에서 신디 로퍼의 〈걸스 저스트 워너 해브 펀(Girls Just Wanna Have Fun)〉으로 바꾸었다. "데스가 지각한 걸 나무라는데 그 사람이 바닥에 쓰러져서 몸부림을 쳤대." 그러고서 올라는 즐거운 듯 덧붙였다. "오줌도 쌌대."

브록뱅크가 데스의 꾸지람을 피하려고 일부러 오줌을 쌌을 것 같지는 않았다. 그는 정말로 뇌전증 발작을 한 것 같았다.

"그래서 어떻게 됐는데?"

"여자 친구가 와서—"

"여자 친구가 누구야?"

"잠깐, 에디?"

"응?"

"그 붙임 머리를 한 흑인 여자 이름이 뭐지? 가슴이 빵빵한 여자. 데스가 싫어하던?"

"알리사." 에디가 말했다.

"알리사야." 올라가 스트라이크에게 말했다. "그 여자가 뛰어나와서 구급차를 부르라고 데스한테 소리쳤어."

"그래서 구급차를 불렀어?"

"응. 데스가 데리고 갔고, 알리사도 따라갔어."

"그런 다음에 노엘이 돌아왔어?"

"한 소리 듣는다고 쓰러져서 오줌을 싸는 문지기는 필요 없지." 올라가 말했다. "알리사가 데스한테 한 번만 봐달라고 했다는데, 데스는 칼 같은 사람이야."

"그래서 알리사가 데스한테 개새끼라고 욕했지." 에디가 갑자기 정신이 돌아온 듯 말했다. "그래서 데스는 알리사도 잘랐어. 멍청한 년. 돈이 필요한데 말이야. 애새끼들이 있잖아."

"그게 다 언제 일어난 일이죠?" 스트라이크가 올라와 에디에게 동시에 물었다.

"한 2주 됐어요." 에디가 말했다. "하지만 그 인간은 더러운 놈이고, 잘 자른 거예요."

"어떻게 더러운가요?" 스트라이크가 물었다.

"딱 보면 알죠." 에디가 세파에 찌든 표정으로 말했다. "알리사는 남자 보는 눈이 개떡 같거든요."

두 번째 스트립 댄서는 이제 끈 팬티만 입고서 얼마 안 되는 청중을 향해 열정적으로 엉덩이를 흔들었다. 나이 지긋한 남자 두 명이 클럽에 들어와서 잠시 망설이다가 바 앞으로 다가왔다. 그들의 눈길은 벗어 던지기 직전인 끈 팬티에 가 있었다.

"그러면 어딜 가야 노엘을 만날 수 있을지는 모르겠네요?" 스트라이크가 에디에게 물었다. 그녀는 만사가 따분해서 그런 정보를 일러주며 돈을 요구할 것 같지는 않았다.

"보 지역 어딘가에서 알리사랑 살아요." 에디가 말했다. "임대주택을 구했는데 늘 집을 욕했어요. 정확히 어딘지는 몰라요." 그녀가 스트라이크의 질문을 막으며 말했다. "가본 적 없어요."

"알리사가 그 집을 좋아하는 줄 알았는데." 올라가 모호하게 말했다. "그 동네 어린이집이 좋다고 했어."

스트립 댄서는 이제 끈 팬티를 벗어서 머리 위로 올가미처럼 휘둘렀다. 볼 것을 다 본 새 고객 두 명이 곧바로 다가왔다. 그중 나이가 올라의 할아버지뻘 되는 한 명은 침침한 눈을 올라의 가슴골에 고정했다. 그녀는 그를 사무적으로 훑어본 뒤 다시 스트라이크에게 눈길을 돌렸다.

"그러니까 일대일 댄스 해, 안 해?"

"안 할 것 같아." 스트라이크가 말했다.

그 문장이 끝나기도 전에 여자는 맥주잔을 내려놓고 일어나 60대 남자에게 갔다. 웃고 있는 남자의 입안에는 남은 이보다 빠진 이가 더 많았다.

우람한 덩치가 스트라이크 옆에 나타났다. 목 없는 문지기였다.

"데스가 이야기 좀 하자는데." 그가 위협하듯 말했지만, 목소리는 그렇게 덩치 큰 남자에게는 어울리지 않게 높고 가늘었다.

스트라이크가 돌아보았다. DJ가 저쪽에서 그를 노려보면서 손짓했다.

"무슨 문제가 있나요?" 스트라이크가 문지기에게 물었다.

"데스가 이야기하겠지." 약간 불길한 대답이 돌아왔다.

그래서 스트라이크는 DJ 앞에, 교장실에 불려 간 학생처럼 서서 얘기를 나누었다. 세 번째 스트립 댄서가 턴테이블 옆에 동전 컵을 내려놓고 자주색 가운을 벗어 던진 뒤 검은 레이스 속옷과 투명 아크릴 구두 차림으로 무대에 오를 때까지 어색하게 기다렸다. 여자는 온몸이 문신투성이였고, 두꺼운 화장 밑의 피부는 지저분했다.

"신사 여러분, 뇌쇄적이면서도 우아한, 재컬린의 무대입니다!"

토토의 〈아프리카〉가 흘러나왔다. 재컬린은 봉 춤을 추기 시작했고, 그 솜씨는 앞의 두 명보다 훨씬 뛰어났다. 데스는 마이크를 손으로 막고 몸을 숙였다.

"그래, 친구."

그는 붉은 무대 조명 속에서 봤던 것보다 더 나이 들고, 또 더 거칠어 보였다. 눈은 교활했고, 턱에는 생커의 흉터만큼이나 깊은 흉터가 있었다.

"왜 그 문지기 일을 묻고 다니는 거지?"

"내 친구입니다."

"우리는 계약서를 쓰지 않았어."

"그런 말은 하지 않았습니다."

"부당 해고라는 거지. 염병할. 그 인간은 뇌전증 발작을 한다는 말을 하지 않았다고. 알리사 년이 보낸 거지?"

"아닙니다. 그냥 노엘이 여기서 일한다고 들어서요." 스트라이크가 말했다.

"그년은 정말 미친년이야."

"그 여자는 모릅니다. 내가 찾고 있는 사람은 노엘이에요."

데스가 겨드랑이를 긁으며 1미터 앞에 서 있는 스트라이크를 노려보았다. 재컬린은 어깨에서 브래지어 끈을 내리고 여섯 명의 관객 앞에서 자기 어깨를 내려다보았다.

"그 새끼가 특수부대 출신이라니, 같잖아서." 데스는 스트라이크가 그런 말을 하기라도 한 것처럼 으르렁거렸다.

"노엘이 그렇게 말했나요?"

"알리사가 말했어. 무슨 특수부대가 그런 병신 새끼를 받아?" 그러더니 데스의 눈이 가늘어졌다. "그리고 내가 싫어한 게 또 하나 있지."

"네? 그게 뭡니까?"

"상관할 거 없어. 알리사한테 내가 그렇게 말하더라고 전해. 그 발작 때문만은 아니라고. 내가 왜 노엘을 안 쓰려고 하는지 미아에게 물어보라고 해. 그리고 알리사한테 한 번 더 내 차에 이상한 짓을 하거나 나한테 또 이상한 친구를 보내면 그때는 고소할 거라고 전해. 확실히!"

"네, 그러죠." 스트라이크가 말했다. "주소가 어떻게 되나요?"

"꺼져, 알겠어? 당장 여기서 꺼져." 데스가 으르렁거렸다.

그러고 얼굴을 마이크로 가져갔다.

"아, 좋아요." 재컬린이 진홍색 조명 아래 젖가슴을 리드미컬하게 흔들 때 그가 직업적인 끈적임을 담아 말했다. 그런 뒤 스트라이크에게 꺼지라고 손짓하고는 레코드판 더미로 돌아갔다.

스트라이크는 피할 수 없는 일을 받아들이며 문까지 이끌려 갔다. 아무도 그에게 신경 쓰지 않았다. 손님들의 관심은 재컬린과 와이드스크린 TV의 리오넬 메시에게 나뉘어 있었다. 문 앞에서, 스트라이크는 양복 차림의 젊은이들이 들어오도록 옆으로 비켜섰다. 다들 이미 술 한잔씩 걸친 것 같았다.

"꿀젖! 꿀젖!" 그중 한 명이 스트립 댄서를 가리키며 소리쳤다.

문지기는 이런 식의 입장을 좋아하지 않았다. 가벼운 말다툼이 일었고, 친구들이 소리친 사람을 제지했으며, 문지기는 손가락으로 그의 가슴을 쿡쿡 찌르며 화를 냈다.

스트라이크는 시비가 끝날 때까지 참을성 있게 기다렸다. 마침내 젊은이들의 입장이 허용되었고, 그는 야즈의 〈디 온리 웨이 이즈 업 (The Only Way Is Up)〉의 도입부를 들으며 클럽을 떠났다.

46

Subhuman*

전리품들 사이에 홀로 있을 때면 그는 스스로 완전함을 느꼈다. 그것들은 그의 우월함과, 원숭이 같은 경찰과 양 같은 군중 틈을 누비며 반신반인처럼 원하는 것은 무엇이든 가질 수 있는 그의 믿기 힘든 능력의 증거였다.

그리고 그것들은 그에게 다른 것도 주었다.

그는 실제로 사람을 죽일 때는 발기가 되지 않는 것 같았다. 사전에 그 일을 생각할 때는, 되었다. 때로는 앞으로 할 일을 생각하면서, 여러 가지 가능성을 다각적으로 고려하면서 미친 듯이 자위할 때도 있었다. 그리고 일이 끝난 뒤, 예를 들면 지금처럼 켈시의 몸통에서 잘라낸 차갑고 고무 같은 젖가슴을 (냉장고 바깥 공기에 자주 노출되면서 벌써 가죽 같아지기 시작했다) 손에 들고 있을 때에도 아무런 문제가 없었다. 그는 지금 깃대처럼 크고 단단했다.

새로 얻은 손가락들은 아이스박스에 있었다. 그는 그중 하나를 꺼

* 〈인간 이하〉. 블루 오이스터 컬트, 〈비밀 협정(Secret Treaties)〉 앨범의 수록곡.

내서 입술에 대고 세게 물었다. 아직도 손가락에 여자가 이어져 있어서 고통 속에 비명을 지르는 모습을 상상했다. 그는 더 꾹 씹으며 차가운 살이 찢어지는 느낌을 즐겼다. 그의 이가 뼈에 강하게 부딪혔다. 한 손은 트레이닝복 바지의 끈을 더듬었다…….

얼마 후 그는 그것들 전부를 냉장고에 다시 집어넣고, 미소를 지으며 조용히 냉장고 문을 톡톡 두드렸다. 앞으로 훨씬 더 많은 것이 이 냉장고 안을 채울 것이다. 비서는 작은 여자가 아니었다. 눈대중으로도 170이나 172센티미터 정도 되어 보였다.

작은 문제가 하나 있었다……. 비서가 어디 있는지 모른다는 것이었다. 여자의 자취를 놓쳤다. 비서는 오늘 아침 사무실에 들르지 않았다. 런던정경대학에도 가보았지만, 플래티넘 년만 있고 비서는 보이지 않았다. 그는 코트 펍에도 가보고, 심지어 토트넘에도 가보았다. 이것은 일시적으로 빚어진 차질이었다. 곧 그녀를 찾을 것이다. 필요하다면 내일 아침 다시 웨스트 일링 역으로 갈 수도 있었다.

그는 커피를 끓이고, 거기에 몇 달 전부터 보관한 위스키를 따랐다. 그가 보물들을 은닉해두는 이 지저분한 은신처, 이 비밀 성소에 있는 거라곤 그게 거의 전부였다. 주전자, 깨진 머그잔 몇 개, 그의 신성한 제단인 냉장고, 낡은 매트리스 하나와 아이팟 도크 하나가 전부였다. 도크는 중요했다. 그것은 의식(儀式)의 일부가 되었다.

처음에 들었을 때는 거지 같다고 생각했지만, 스트라이크를 몰락시키려는 열망이 강해지면서 그들의 음악도 점점 더 좋아졌다. 그는 비서를 스토킹하거나 칼을 닦으면서 이어폰으로 그 음악을 듣는 것이 좋았다. 그것은 이제 그에게 신성한 음악이 되었다. 그 가사들은 종교의식처럼 그에게 머물렀다. 음악을 들을수록 그들은 다 이해하고 있다는 느낌이 들었다.

여자들은 칼 앞에 서면 원상태로 돌아갔다. 그들은 공포로 정화
되었다. 그들이 목숨을 구걸하는 것은 일종의 정화 행위였다. 컬
트(그는 그 밴드를 그렇게 불렀다)는 이해하는 것 같았다. 그들은 알
았다. 그는 아이팟을 도크에 올려놓고 특히 좋아하는 곡 중 하나인
〈닥터 뮤직(Dr. Music)〉을 골랐다. 그러고는 싱크대 앞으로 갔다.
거기에는 금 간 면도용 거울과 면도칼과 가위가 있었다. 남자가 겉
모습을 바꿀 때 필요한 모든 것이었다.

도크의 한 개뿐인 스피커를 통해 에릭 블룸이 노래했다.

'여자야, 비명을 그치지 마,(Girl don't stop that screamin')
진실한 그 소리를……(You're sounding so sincere…).'

47

I sense the darkness clearer...
Blue Öyster Cult, 'Harvest Moon"

오늘—6월 1일—부터 로빈은 "다음 달에 결혼한다"고 말할 수 있게 되었다. 갑자기 7월 2일이 너무도 가깝게 느껴졌다. 해러게이트의 드레스점에서는 마지막으로 가봉을 하자고 했지만, 거기까지 다녀올 시간이 없었다. 어쨌건 웨딩 슈즈는 샀다. 어머니는 참석 확답을 속속 받으면서 로빈에게 규칙적으로 하객 명단을 알렸다. 로빈은 이상하게도 그 모든 것에서 분리된 느낌이었다. 캣퍼드 브로드웨이에 진을 치고 칩스 가게 2층을 몇 시간 동안 감시하는 지루한 일과 꽃은 어떻게 할지, 피로연 자리는 어떻게 배치할지, 그리고 스트라이크에게 2주간일 신혼여행—매튜가 예약했고 구체적인 것은 비밀이었다—휴가를 받았는지 하는 질문은 다른 세상에서 벌어지는 일 같았다.

그녀는 자신도 모르는 새 결혼식이 가까워졌다는 것이 믿기지 않았다. 다음 달이면, 그야말로 다음 달이면, 그녀의 이름은 로빈 엘

* '어둠이 더 선명하게 느껴지네……', 블루 오이스터 컬트, 〈수확월〉.

188

라코트에서 로빈 컨리프로 바뀔 것이다. 아마 그렇게 될 것이다. 매튜는 로빈의 성이 바뀌길 고대하는 게 분명했다. 그는 요즘 더없이 유쾌했다. 현관 앞에서 그녀에게 말없이 포옹했고, 그녀가 주말에 일해도 토를 달지 않았다.

지난 며칠 동안은 아침마다 그녀를 캣퍼드까지 태워다 주기도 했다. 그가 회계감사 중인 브롬리의 회사로 가는 방향이었기 때문이다. 그는 이제 고물 랜드로버도 욕하지 않았다. 심지어 기어가 망가져서 교차로에 주저앉았을 때도 그랬다. 이 차는 정말 멋진 선물이라고, 린다가 이걸 줘서 고맙다고, 런던 밖으로 파견 근무를 나갈 때 차가 있어서 얼마나 도움이 되는지 모른다고 말했다. 어제 아침 출근길에는 세라 셰드록을 결혼식에 초대하지 않는 게 어떠냐고 물었다. 로빈은 그 질문을 꺼내는 것부터 그에게는 큰 용기가 필요했다는 것을 알았다. 세라의 이름만 나와도 싸움이 일까 봐 두려웠을 것이다. 그녀는 잠시 생각하면서 자신의 진짜 감정을 헤아려본 다음 아니라고 말했다.

"상관없어. 초대하는 게 더 좋을 것 같아. 괜찮아."

세라를 부르지 않으면 로빈이 예전 일을 알게 되었음을 알려주는 꼴이 될 것이다. 차라리 처음부터 알고 있었던 척, 매튜가 오래전에 고백했고, 자신이 그걸 대범하게 받아들인 척하는 게 나을 것 같았다. 그게 그녀의 자존심이었다. 그러나 어머니 역시 세라가 참석하는지, 또 세라 옆자리에 누굴 앉힐지 묻자—매튜의 대학 친구인 숀이 참석하지 못하게 되었기 때문이다—로빈이 반문했다.

"코모란은 참석하겠다고 했나요?"

"아니." 어머니가 말했다.

"아." 로빈이 말했다. "그도 온다고 했어요."

"그 사람을 세라 옆에 앉히겠다고?"

"아뇨, 말도 안 돼요!" 로빈이 쏘아붙였다.

잠시 침묵이 흘렀다.

"미안해요." 로빈이 말했다. "미안해요, 엄마. 스트레스를 받아서 그래요……. 엄마가 코모란 옆에 앉으면 안 되나요……. 그러니까……."

"그 사람 여자 친구도 오니?"

"안 온대요. 그냥 아무 데나 앉혀요. 가까이만 말고요, 그러니까 세라하고요."

그래서, 로빈은 그해 들어 가장 따뜻한 아침에 자리를 잡고 스테퍼니의 감시에 들어갔다. 캣퍼드 브로드웨이의 쇼핑객들은 티셔츠와 샌들 차림이었다. 흑인 여자들은 밝은색 두건을 두른 차림으로 지나갔다. 팔과 어깨를 드러낸 여름 원피스를 입고 그 위에 데님 재킷을 걸친 로빈은 극장 건물의 익숙한 구석으로 찾아 들어가 벽에 기대어 전화하는 척하면서 시간을 때우다가 가판대의 향초와 향을 구경하는 척하다 했다.

막막한 추적을 한다고 생각할 때는 집중력을 유지하기가 힘들었다. 스트라이크는 아직도 휘태커가 켈시의 살해 용의자 중 한 명이라고 말하지만 로빈은 별로 납득할 수 없었다. 그녀도 워들과 마찬가지로 스트라이크가 휘태커에 대한 미움 때문에 그 대목에서 판단력이 흐려진다는 생각이 들었다. 아무런 기척이 없는 휘태커의 집 커튼을 규칙적으로 올려다보면서, 그녀는 스테퍼니가 마지막으로 모습을 드러낸 게 휘태커와 함께 밴에 올라탈 때였음을 떠올리고,

그녀가 그 집에 있기나 한 걸까 생각했다.

오늘도 성과 없는 하루가 되겠다는 가벼운 원망은 최근 스트라이크에게 품은 가장 큰 불만으로 금세 옮겨 갔다. 바로 스트라이크 혼자서 노엘 브록뱅크를 쫓는 일이었다. 로빈은 왠지 브록뱅크는 자기 담당이라는 느낌이 들었다. 자신이 베니샤 홀의 연기를 그렇게 잘하지 못했다면 브록뱅크가 런던에 산다는 것도 몰랐을 테고, 그녀가 나일이 노엘이라는 걸 알아차리지 못했다면 사라센에 가보지도 않았을 것이다. 그녀의 귀에 울린 낮은 목소리—"너 내가 아는 애냐, 가시내야?"—조차 섬뜩하면서도 그와 연결되어 있다는 이상한 느낌을 주었다.

로빈은 휘태커와 스테퍼니를 상징하게 된 생선 냄새와 향냄새에 둘러싸인 채 차가운 벽에 등을 기대고서 기척 없는 건물의 문을 보았다. 쓰레기통을 떠나지 못하는 여우처럼 그녀의 두서없는 생각은 다시 자하라에게 돌아갔다. 브록뱅크의 휴대전화를 받은 꼬마 소녀. 그녀는 그 통화 뒤로 날마다 그 아이를 생각했고, 스트라이크가 스트립 클럽에서 돌아왔을 때 아이 엄마에 대해 자세히 물었다.

스트라이크는 로빈에게 브록뱅크의 여자 친구는 이름이 알리사며 흑인이라고, 그러니까 자하라도 흑인일 거라고 말했다. 아마도 그 아이는 지금 엄마의 검지를 꽉 잡고서 검은 눈으로 로빈의 눈을 엄숙하게 올려다보며 걸어가는, 저 머리를 빳빳하게 땋아 내린 소녀와도 비슷할 것이다. 로빈은 미소를 지었지만 소녀는 웃지 않았다. 그저 로빈을 주의 깊게 바라보며 엄마와 함께 길을 걸어갔을 뿐이다. 로빈은 계속 미소를 지었고, 아이는 로빈에게서 눈을 떼지 않으려고 몸을 거의 180도 돌렸다가 샌들을 신은 작은 발로 비틀거렸다. 아이가 바닥에 넘어져서 울자, 냉정한 엄마는 아이를 번쩍 들어서 안고 갔다. 로빈은 약간 죄책감을 느끼며, 넘어졌던 아이의 울음소리를 들으면서 휘태커의 창문으로 눈을 돌렸다.

자하라는 스트라이크가 말한 보 지역의 건물에 사는 게 거의 분명했다. 자하라의 어머니는 집에 대해 불평한다고 했는데, 댄서 한 명이…….

댄서 한 명이 말하기를…….

"그래! 맞아!" 로빈이 흥분해서 혼잣말을 했다.

스트라이크는 그 생각을 하지 못했을 것이다. 당연하다. 그는 남자니까! 그녀는 휴대전화로 검색을 해보았다.

보 지역에는 어린이집이 일곱 군데 있었다. 로빈은 꼬리를 물고 이어지는 생각에 들며 휴대전화를 다시 주머니에 넣고, 가판대들 사이를 떠돌면서 휘태커의 창문과 언제나 닫혀 있는 문을 가끔씩 흘끗 바라보았다. 그녀의 생각은 완전히 브록뱅크에게 쏠려 있었다. 그녀가 할 수 있는 두 가지 방향의 일이 있었다. 그 일곱 군데의 어린이집 앞에 가서 흑인 여자가 자하라라는 이름의 여자아이를 데리고 나오길 기다리는 것이다. (그런데 그들 모녀를 어떻게 알아볼 수 있을까?) 아니면…… 또…… 그녀는 에스닉 장신구 가판대 앞에 멈춰 섰지만, 자하라 생각에 장신구들은 눈에 들어오지 않았다.

깃털과 구슬이 달린 귀고리를 보다가 문득 고개를 들어보니 스트라이크가 설명한 모습 그대로의 스테퍼니가 칩스 가게 옆문을 열고서 나오는 모습이 보였다. 얼굴이 창백했고, 밝은 햇살에 붉은 눈을 깜박이는 모습이 알비노 토끼 같았다. 스테퍼니는 칩스 가게 문에 기대어 쓰러지듯이 안으로 들어갔다. 그러고는 로빈이 정신을 차리기도 전에 콜라를 사가지고 나와 하얀 문을 지나 건물 안으로 다시 들어갔다.

'이런 젠장.'

"아무 일 없어요." 그녀는 한 시간 뒤에 스트라이크에게 전화해서 말했다. "여자는 아직 거기 있어요. 제가 뭘 할 만한 기회가 없었어요. 3분 사이에 나왔다가 들어갔어요."

"거기 계속 있어요." 스트라이크가 말했다. "또 나올지도 몰라요. 어쨌건 여자가 깨어 있다는 건 알게 됐네요."

"랭 쪽은 무슨 진전 있어요?"

"지켜보는 동안에는 아무 일도 없었는데, 사무실에 올 일이 생겼어요. 좋은 소식이 있어요. 의심남이 날 용서했어요. 방금 떠났어요. 돈이 필요해서 거절할 수 없었고요."

"세상에, 그사이에 또 여자 친구가 생겼대요?" 로빈이 물었다.

"아직 생긴 건 아니고, 이제 막 관계가 시작되려는 랩댄서를 조사해달래요. 여자한테 애인이 있는지 어쩐지."

"직접 물어보면 되잖아요?"

"물었는데, 여자가 없다고 그랬대요. 그런데 로빈도 알겠지만 여자는 다 거짓말쟁이라서요."

"아, 맞아요. 그렇죠." 로빈이 한숨을 쉬었다. "잊고 있었어요. 그런데 제가 브로― 잠깐만요, 무슨 일이 있어요."

"괜찮아요?" 그가 날카롭게 물었다.

"네…… 잠깐만요…….."

밴 한 대가 그녀의 앞에 섰다. 로빈은 귀에 휴대전화를 댄 채 주변을 어슬렁거리며 밴 안쪽을 들여다보려고 했다. 운전자가 스포츠머리인 것은 보였지만, 햇빛이 유리창에 반사돼서 얼굴 생김새는 볼 수 없었다. 스테퍼니가 몸을 감싸 안고 길을 건너와 밴의 뒷좌석에 탔다. 로빈은 계속 전화 통화를 하는 척하면서 차가 지나가도록 비켜섰다. 그녀와 운전자의 눈이 마주쳤다. 눈동자가 검었고 눈꺼풀이 두꺼워서 눈을 반쯤 감은 듯이 보였다.

"스테퍼니가 밴 뒷좌석에 타고 떠났어요." 그녀가 스트라이크에게 말했다. "운전자가 휘태커 같지는 않아요. 혼혈이거나 지중해 쪽 출신 같아요. 잘 모르겠어요."

"스테퍼니가 일을 나간다는 뜻이군요. 휘태커에게 돈을 벌어주려는 걸 겁니다."

로빈은 그의 사무적인 말투에 분개하지 않으려고 했다. 어쨌건 그가 휘태커에게 주먹을 날려서 스테퍼니를 구해내려 했다는 사실을 되새겼다. 그녀는 걸음을 멈추고 신문 판매점 안쪽을 들여다보았다. 왕실 결혼식의 흥분이 아직까지도 짙게 남아 있었다. 카운터에 선 동양 남자의 등 뒤 벽에는 유니언잭이 걸려 있었다.

"제가 어떻게 하는 게 좋을까요? 만약 당신이 의심남의 새 여자 일로 가셔야 한다면 제가 울러스턴 클로스로 갈게요. 아!" 그녀가 놀라서 말했다.

그녀가 돌아서다가 염소수염을 한 키 큰 남자에게 부딪힌 것이다. 남자가 욕을 했다.

"죄송합니다." 그녀가 반사적으로 말했고, 남자는 그녀를 지나쳐 신문 판매점으로 들어갔다.

"무슨 일이죠?" 스트라이크가 물었다.

"아무것도 아니에요. 제가 어떤 사람하고 부딪혔어요. 저기요, 제가 올러스턴 클로스로 갈게요." 그녀가 말했다.

"좋아요." 스트라이크가 살짝 망설인 뒤 말했다. "만약 랭이 나타나면 사진만 찍어요. 가까이 가면 안 돼요."

"그럴 생각도 없어요." 로빈이 말했다.

"새 소식이 있으면 전화해요. 아니, 소식이 없어도."

올러스턴 클로스로 돌아간다는 생각에 잠시 들떴던 기분은 캣퍼드 역에 갔을 때쯤 이미 시들었다. 그녀는 왜 갑자기 우울하고 불안해지는지 알 수 없었다. 아마 배가 고파서 그럴 것이다. 수선한 웨딩드레스에 몸을 맞추기 위해 초콜릿을 끊기로 결심했으므로 그녀는 열차를 타기 전에 맛없어 보이는 에너지 바를 샀다.

열차가 엘리펀트 앤드 캐슬로 가는 동안 그녀는 톱밥 덩어리 같은 에너지 바를 씹으면서 멍하니 덩치 큰 염소수염의 남자와 부딪힌 갈비뼈를 문질렀다. 낯선 사람에게 욕먹는 일은 런던에 살면 치를 수밖에 없는 대가였다. 매섬에서는 모르는 사람에게서 욕 들은 일이 전혀 없었던 것 같았다.

갑자기 이상한 느낌에 주변을 둘러보았지만, 덩치 큰 남자는 보이지 않았다. 승객이 많지 않은 그 객차에도, 옆 객차에도 그녀를 보는 사람은 없었다. 지금 생각해보니, 그날 그녀는 평소처럼 조심스럽지 못했다. 캣퍼드 브로드웨이에 너무 익숙해진 탓도 있고, 또 브록뱅크와 자하라 생각 때문이기도 했다. 그녀는 거기서 자기를 지켜보는 사람이 있었는지 생각해보았지만…… 그냥 신경과민일 것이다. 그날은 매튜가 랜드로버로 캣퍼드까지 태워주었다. 살인범이 헤이스팅스 로드에 차를 타고 매복해 있지 않았다면 캣퍼드까지 따라올 수 없었을 것이다.

하지만 방심은 금물이라고 그녀는 생각했다. 그래서 열차에서 내렸을 때 뒤에서 키 큰 남자가 따라오자 자리에 멈춰 서서 그를 먼저 보냈다. 남자는 뒤도 돌아보지 않았다. '확실히 내가 너무 과민한 거야.' 그녀는 남은 에너지 바를 쓰레기통에 던져 넣으며 생각했다.

로빈이 울러스턴 클로스에 도착했을 때는 1시 반이 지나 있었다. 스트라타 빌딩은 미래에서 온 사신처럼 초라한 건물들 위로 우뚝 솟아 있었다. 캣퍼드 시장에서는 잘 어울리던 긴 원피스와 낡은 데님 재킷이 여기서는 학생 차림처럼 느껴졌다. 로빈은 다시 전화를 거는 척하면서 고개를 들었고, 그 순간 심장이 덜컹했다.

무언가 바뀌었다. 커튼이 걷힌 것이다.

로빈은 이제 신경을 곤두세우고는 그가 창밖을 내다볼 경우에 대비해 가던 방향으로 계속 가면서 그의 발코니를 바라볼 수 있는 그늘진 장소를 찾았다. 그런데 그 완벽한 잠복 장소를 찾는 일과 자연스럽게 대화하는 척하는 일에 너무 몰두한 나머지 발밑을 제대로 살피지 못했다.

"안 돼!" 오른발이 쭉 미끄러지자 로빈이 소리쳤다. 왼발은 긴 치마 밑단에 걸려서, 그녀는 품위 없는 자세로 허우적거리다가 옆으로 쓰러지며 휴대전화를 놓쳤다.

"아, 젠장." 로빈이 신음했다. 그녀가 밟은 것은 토사물 아니면 최악의 경우 설사 같았다. 일부가 옷과 샌들에 묻었다. 그녀는 넘어지면서 손을 긁혔지만, 더 걱정되는 것은 그 질척하고 끈적거리는 황갈색 물체였다.

근처에 있던 어떤 남자가 웃었다. 화도 나고 창피하기도 해서 그녀는 오물이 옷과 신발에 더 묻지 않게 조심하면서 일어나려 했고, 비웃는 사람을 얼른 바라보지 않았다.

"미안, 아가씨." 부드러운 스코틀랜드 말투가 등 뒤에서 들렸다. 그녀는 뒤를 돌아보았다가 전기에 감전된 듯한 느낌을 받았다.

날이 따뜻한데도 그는 귀마개가 달린 방한모자를 썼고, 붉은색과 검은색의 체크무늬 재킷에 청바지를 입었다. 그리고 상당한 체중을 금속 목발에 의지한 채 로빈을 내려다보며 계속 웃고 있었다. 뺨이 창백하고 턱에 깊게 얽은 자국이 있으며, 작고 검은 눈 밑의 살은 처져 있었다. 목이 두꺼워 옷깃 밖으로 살이 흘러넘쳤다.

한 손에 식품 몇 가지를 담은 비닐봉지가 들려 있었다. 로빈의 눈에는 그의 팔뚝에 그려진, 노란 장미 문신을 꿰뚫은 단검의 끝부분만 보였다. 손목을 향해 뚝뚝 떨어지는 핏방울 문신은 흉터 같았다.

"씻어야겠는걸." 그가 밝게 웃으며 그녀의 발과 치맛단을 가리켰다. "솔도 있어야겠어."

"네." 로빈이 떨리는 목소리로 말했다. 그녀는 휴대전화를 집어들었다. 화면이 깨져 있었다.

"나는 저기 살아." 그는 그녀가 지난 한 달 동안 감시한 아파트를 고갯짓으로 가리키면서 말했다. "원한다면 우리 집에 와서 씻어도 좋아."

"아, 아뇨, 괜찮아요. 하지만 고맙습니다." 로빈이 숨을 헐떡이며 말했다.

"그렇다면 할 수 없고." 도널드 랭이 말했다.

그의 눈길이 로빈의 몸을 훑었다. 그녀는 그가 손가락으로 몸을 훑기라도 하는 것처럼 소름이 돋았다. 그는 목발을 짚고 자리를 떠났다. 비닐봉지가 어색하게 흔들렸다. 로빈은 얼굴에서 쿵쿵 맥박이 치는 것을 느끼며 그 자리에 서 있었다.

그는 돌아보지 않았다. 그가 힘겹게 건물 옆을 돌아 시야에서 사라질 때 방한모자의 귀덮개가 스패니얼 개의 귀처럼 펄럭였다.

"아, 이런." 로빈이 말했다. 넘어질 때 짚은 손과 무릎이 아팠다. 그녀는 아무 생각 없이 얼굴에서 머리카락을 떼어냈다. 그때서야 손에서 나는 냄새를 맡고서 그 미끌거리는 물체가 카레라는 걸 깨닫고 안심했다. 로빈은 도널드 랭의 창문이 보이지 않는 모퉁이로 서둘러 걸음을 옮긴 다음, 깨진 휴대전화를 들고 스트라이크에게 전화를 걸었다.

48

Here Comes That Feeling*

  런던의 고온은 그의 적이었다. 티셔츠에는 칼을 숨길 수 없고, 또 모자와 높은 옷깃으로 얼굴을 가릴 수도 없었다. 그는 '그것'이 모르는 그 장소에서 분노와 무력감에 휩싸인 채 기다릴 수밖에 없었다.

  그러다 일요일에 마침내 고온이 꺾였다. 바싹 마른 공원들을 비가 휩쓸었고, 자동차 와이퍼들이 춤을 췄으며, 관광객들은 그러건 말건 비닐 우비 차림으로 물웅덩이들을 밟고 다녔다.

  그는 흥분과 결의에 차서 눈 위로 모자를 눌러쓰고 특별한 재킷을 입었다. 걸을 때마다, 안감을 찢어 임시로 만든 주머니에 넣어둔 칼들이 가슴팍에 부딪혔다. 수도 런던의 거리는, 그가 아이스박스에 보관 중인 손가락 주인인 매춘부를 칼로 쑤셨을 때나 지금이나 거의 비슷하게 붐볐다. 관광객과 런던 사람 들은 아직도 사방에 개미처럼 바글거렸다. 어떤 사람들은 유니언잭 우산과 모자를 샀다. 그는 사람들을 옆으로 밀치는 단순한 즐거움을 위해 난폭하게 부딪쳐댔다.

* 〈그 느낌이 온다〉. 블루 오이스터 컬트. 〈숨겨진 거울의 저주〉 앨범의 수록곡.

살인하고 싶은 욕구 때문에 마음이 점점 다급해졌다. 며칠이 허비되었고, '그것'에게서 얻은 휴가가 끝나가는데, 비서는 살아서 자유를 누리고 있었다. 그는 여러 시간을 탐색해 비서를 추적하려 했는데, 갑자기 그녀가, 그 뻔뻔한 년이 충격적이게도 대낮에 그의 앞에 나타났다. 하지만 사방에 지켜보는 눈이 있었다…….

그가 비서를 보고 어떻게 행동했는지 알면 그 망할 정신과 의사는 충동 조절 능력 부족이라고 말했을 것이다. 충동 조절 능력 부족이라니! 그는 마음만 먹으면 충동을 잘 조절할 수 있었다. 그는 초인적으로 똑똑했다. 세 여자를 죽이고 한 여자를 불구로 만들었는데, 경찰은 여전히 안갯속이었다. 그러니 정신과 의사며 진단 따위가 다 무슨 소용인가. 하지만 그렇게 여러 날을 공친 뒤 비서를 바로 눈앞에서 맞닥뜨리자 그녀를 놀라게 해주고 싶었다. 정말로 가까이 다가가서 여자의 냄새를 맡고, 말도 걸고, 겁먹은 눈을 들여다보고 싶었다.

그러나 여자는 우쭐거리며 떠나갔고, 그는 그 뒤를 쫓아가지 못했는데, 그랬더니 미칠 듯한 괴로움이 밀려들었다. 그녀는 지금 그의 냉장고 속 고깃덩이가 되어 있어야 했다. 그는 자신이 완전히 장악해 가지고 놀, 공포와 죽음의 황홀경에 사로잡힌 그녀의 얼굴을 봐야 했다.

그런데 그는 지금 몸속에 화를 품고서 차가운 빗속을 걷고 있었다. 그날은 일요일이고 비서가 다시 사라졌기 때문이다. 그녀는 그가 다가갈 수 없는 곳에 돌아가 있었다. 거기에는 늘 꽃미남이 있기 때문이다.

그는 자유가 필요했다. 훨씬 더 많은 자유가 필요했다. 진짜 장애

물은 집에 늘 '그것'이 있다는 것이었다. '그것'이 그를 감시하고, 그에게 매달린다는 것이었다. 이제 그 모든 것이 변할 것이다. 그는 이미 '그것'을 억지로 일에 복귀시켰다. 그리고 자신도 새 일자리를 구한 것처럼 꾸미기로 했다. 필요하다면 돈을 훔쳐서 벌어온 척할 수도 있었다. 이미 여러 번 해본 일이다. 그런 뒤 자유를 얻으면, 그는 서두르지 않고 여유롭게 추적해서 그녀가 방심할 때, 주변에 아무도 없을 때, 그녀가 어두운 모퉁이를 돌 때 바로 그 곁에 있을 것이다…….

길 위의 행인들은 그에게 기계인형이나 마찬가지였다. 멍청하고, 멍청하고도, 멍청했다……. 그는 가는 곳마다 여자를, 그의 다음번 상대를 찾았다. 비서는 아니었다. 그년은 지금 하얀 현관이 딸린 집으로 돌아가 꽃미남과 함께 있었다. 그년 대신 멍청한 여자, 술 취한 여자, 칼 있는 남자 근처에 다가올 여자면 아무나 좋았다. '그것'에게 돌아가기 전에 한 건 해야 했다. 그 일은 그가 계속 살아갈 수 있게 해주는 동력이었다. 그 일을 해야만 원기를 찾아서, '그것'이 사랑하는 남자인 척할 수 있었다. 그의 눈이 모자 아래 번득이며 여자들을 구분하고, 버렸다. 남자와 함께 있는 여자, 아이 손을 잡은 여자는 있었지만 혼자 있는 여자는 없었다. 그가 원하는 방식으로 있는 여자는…….

남녀가 웃고 떠들며 서로 눈길을 주고받는 불 켜진 펍을 지나며, 또 레스토랑과 극장 들도 지나치며 그는 어두워질 때까지 수 킬로미터를 걸었다. 마치 사냥꾼처럼 끈기를 갖고서 찾아보기도 하고, 기다리기도 하면서. 일요일 밤이고 노동자들은 집으로 일찍 돌아갔지만 상관없었다. 런던의 역사와 신비에 사로잡힌 관광객이 아직 사방에 가득했다…….

　노련한 그의 눈에 그들이 풀숲의 포동포동한 버섯 무더기처럼 확 들어온 것은 자정이 다 되어서였다. 여자들 무리가 술에 취해 깍깍거리며 길을 가고 있었다. 그가 특별히 좋아하는 빈곤하고 낙후한 지역이었다. 술꾼의 난투극과 여자의 비명이 전혀 어색하지 않은 곳이었다. 그는 10미터쯤 거리를 두고 여자들을 따라가며 가로등 불빛으로 그들을 관찰했다. 그들은 서로를 쿡쿡 찌르며 요란하게 웃고 떠들었는데, 딱 한 명만은 예외였다. 가장 많이 취하고 또 가장 어린 여자였다. 금세라도 토할 것 같았다. 여자는 뾰족구두를 신었고 무리에 뒤처져서 비틀거렸다. 바보 같은 년. 친구들은 그녀의 상태를 눈치채지 못했다. 그들 역시 술에 취해 씨근덕거리고 깔깔대고 비틀거렸지만, 친구보다 덜 취한 것이 행운이었다.

　그는 아무 일 없는 듯 그들을 뒤따라갔다.

　여자가 길에서 토하면 친구들이 걸음을 멈추고 모여들 것이다. 여자는 토하지 않으려고 애쓰느라 말을 하지 못했다. 그녀와 친구들 사이의 거리가 천천히 벌어졌다. 바보 같은 뾰족구두를 신고 비틀거리는 꼴에 마지막 년이 생각났다. 이 년은 살려둬서 몽타주를 작성하게 하면 안 될 것이다.

　택시가 다가왔다. 그의 눈앞에 시나리오가 펼쳐졌다. 여자들은 소리를 지르고 팔을 흔들어 택시를 세웠고, 한 명씩 택시에 엉덩이를 들이밀었다. 그는 고개를 숙이고 달렸다. 가로등 불빛이 물웅덩이에 반짝이고, '빈 차' 등이 꺼지고, 엔진이 부르릉 소리를 냈다…….

　그들은 친구를 잊었다. 여자는 비틀비틀 벽에 다가가 손을 짚고 몸을 지탱했다.

그에게 주어진 시간은 어쩌면 몇 초뿐일 수도 있었다. 친구들 중한 명이 그녀가 택시에 함께 타지 않았다는 것을 금세 알아차릴지도 몰랐다.

"괜찮아요? 어디 안 좋아요? 이리 와요. 이리. 괜찮아요. 여기."

그녀는 구역질을 하며 그에게 끌려 옆길로 갔다. 하지만 숨을 크게 들이쉬면서 힘없이 팔을 빼내려고 했다. 그러더니 끅끅 소리를 내며 자기 몸 위로 토했다.

"더러운 년." 그가 으르렁거렸다. 한 손은 이미 재킷 안쪽의 칼자루를 잡고 있었다. 그는 여자를 성인 비디오점과 고물상 사이의 어둡고 후미진 틈새로 끌고 갔다.

"싫어." 여자가 말했지만, 토하느라 말이 막혔다.

길 건너편의 문이 열리면서 현관 앞 계단에 불빛이 비쳤다. 사람들이 웃으며 길바닥으로 쏟아져 나왔다.

그는 몸부림치는 여자를 벽에 밀어붙이고 찍어 누른 채 키스했다. 맛이 고약했다. 맞은편 문이 닫히고 사람들이 지나갔다. 조용한 밤에 그들의 목소리가 울렸다. 불빛은 사라졌다.

"이런 개 같은." 그가 혐오스럽다는 듯이 말하며 여자에게서 입을 뗐지만, 여자의 몸은 계속 벽에 밀어붙이고 있었다.

여자는 비명을 지르려고 했지만 그는 이미 칼을 꺼냈고, 칼은 여자의 갈비뼈 사이에 수월하게 박혔다. 악착같이 몸부림치며 저항하던 지난번 여자와는 달랐다. 여자의 더러운 입술에서 소리가 사라지면서 뜨거운 피가 쏟아져 그의 장갑을 적셨다. 여자는 발작적으로 경련하며 뭐라고 말하려 했지만 눈이 흰자를 드러내면서 뒤집혔고, 온몸의 힘이 빠져나갔다.

"그래, 착하지." 그가 속삭이면서, 품 안으로 쓰러지는 여자에게서 칼을 빼냈다.

그는 여자를 틈새 더 안쪽에 있는 쓰레기봉투 더미로 끌고 갔다. 그는 검은 비닐봉지들을 발로 차서 여자를 그 구석에 던져 넣고 마체테를 꺼냈다. 기념품을 취하는 건 필수였지만, 시간이 별로 없었다. 또 어느 집 문이 열리거나 술 취한 친구 년들이 택시를 타고 돌아올지 몰랐다……

그는 칼로 베고 잘라내어, 피가 떨어지는 따뜻한 전리품을 주머니에 넣고 여자의 몸 위에 쓰레기들을 얹었다.

5분도 안 걸렸다. 그는 왕이 되고 신이 된 것 같았다. 그는 칼들을 안전하게 챙겨 넣은 뒤 차갑고 깨끗한 밤공기 속을 걸었고, 큰길로 나와서는 약간 달리기도 했다. 멀리서 여자들의 고함이 들렸을 때 그는 이미 한 블록 거리에 떨어져 있었다.

"헤더! 헤더, 어디 있니, 이 바보야?"

"헤더는 그 소리 못 들어." 그가 어둠 속에서 속삭였다.

그는 얼굴을 옷깃에 묻고 웃음을 참으려 했지만, 기쁨을 억누를 수가 없었다. 그의 젖은 손가락은 주머니에 든, 아직 아이스크림콘 모양의 플라스틱 귀고리가 달려 있는 탱탱한 연골과 피부를 만지작거렸다.

49

It's the time in the season for a maniac at night.
Blue Öyster Cult, 'Madness to the Method'*

6월 둘째 주에도 날씨는 여전히 서늘하고 비와 바람이 잦았다. 왕실 결혼식의 화려한 장관은 기억 속에서 사라졌다. 낭만적 열정에 대한 흥분이 밀려가고, 결혼식 기념상품도 축하 깃발도 상품진열창에서 사라졌으며, 런던의 신문들은 임박한 지하철 파업 같은 좀 더 일상적인 일로 돌아갔다.

그러다가 수요일이 되자 신문 1면에서 공포가 터졌다. 젊은 여성의 시체가 심하게 훼손된 채로 쓰레기봉투 더미에서 발견되었고, 경찰이 시민의 제보를 요청하면서 세상은 금세 21세기의 잭 더 리퍼가 런던 거리를 활보하고 있다는 사실을 알게 되었다.

세 여자가 살해되고 시신이 훼손되었는데 런던 경찰은 아무런 단서도 없는 것 같았다. 사건의 모든 가능성—사건 장소를 표시한 지도, 세 희생자의 사진—을 다루려고 우르르 몰려든 기자들은 파티에 늦은 만큼 놓친 시간을 벌충하겠다는 결연한 의지를 보였다. 이

* '지금은 밤의 미치광이를 위한 계절.', 블루 오이스터 컬트, 〈질서에 혼란을〉.

전까지 그들은 켈시 플랫 사건을 광기와 사디즘에서 비롯된 단독 사건으로 보았고, 18세의 매춘부 릴라 몽크턴은 언론에 거의 나오지 않았다. 왕실 결혼식 날 몸을 판 여자는 신문 1면에서 왕가의 신부를 몰아낼 수 없었다.

하지만 노팅엄 출신으로 주택금융 조합 직원인 22세의 헤더 스마트 살인 사건은 다른 문제였다. 그것은 저절로 기사화되었다. 헤더는 안정적인 직업과 초등학교 교사인 남자 친구가 있는 선량한 여성으로, 런던의 명소들을 구경하고자 하는 순수한 소망을 품었을 뿐이었다. 헤더는 죽기 전날 밤 영화 〈라이온 킹〉을 보고 차이나타운에서 딤섬을 먹었으며, 하이드파크에서 말을 타고 지나가는 근위병들을 배경으로 사진을 찍었다. 올케의 서른 번째 생일을 기념해서 런던에 놀러 왔다가 성인 비디오점 뒤편의 쓰레기 더미에서 잔혹하게 살해된 여자를 둘러싸고 무수한 기사가 쏟아져 나왔다.

그리고 그 이야기는 좋은 이야기가 모두 그렇듯, 아메바처럼 증식해서 새로운 이야기와 의견과 추측 기사를 쏟아냈고, 각 기사들 또한 산란하듯 정반대의 기사들을 쏟아냈다. 젊은 여자의 좋지 않은 음주 습성을 전하는 기사가 있는 반면 피해자에 대한 비난을 비난하는 기사도 있었다. 성폭력에 대한 공포 어린 기사들도 있었지만, 다른 나라보다 빈도가 훨씬 적다는 것을 상기시키는 기사들이 그 기세를 누그러뜨렸다. 뜻하지 않게 헤더를 남겨두고 떠나면서 깊은 상심과 죄책감에 빠지게 된 친구들의 인터뷰도 실리자 SNS에서는 비난과 욕이 난무하다가 다시 슬픔에 빠진 젊은 여성들을 옹호하는 글들이 퍼졌다.

이 모든 기사에는 정체불명의 살인마, 여자들의 신체를 잘라내는 미치광이의 그림자가 드리워져 있었다. 언론은 다시 켈시의 다리를 받은 남자를 찾아 덴마크 스트리트로 몰려왔다. 스트라이크는 이제 로빈이 계속 미루어온 웨딩드레스 가봉을 할 때가 되었고, 자신은 다시 한 번 배낭을 짊어지고 무력한 자신에게 참담함을 느끼며 닉과 일사네 집으로 피신할 때가 되었다고 판단했다. 혹시 우편으로 수상한 것이 배달될 경우에 대비해서 사복 경찰 한 명이 덴마크 스트리트에 배치되었다. 워들은 로빈에게 다시 신체 일부가 배달될까 봐 걱정했다.

언론의 집중된 관심 아래 수사를 진행하다 보니 워들은 헤더의 시신이 발견된 뒤 엿새 동안 스트라이크와 얼굴을 마주하지 못했다. 스트라이크는 이른 저녁에 다시 페더스로 가서 초췌한 워들을 만났는데, 그는 사건 안팎 모두와 관련 있는 장본인과 의논하게 되어 기쁜 것 같았다.

"완전히 거지 같은 일주일이었어." 워들이 한숨을 쉬면서 스트라이크가 사준 맥주잔을 받아 들었다. "다시 담배를 피우고 있다니까. 에이프릴이 얼마나 난리인지 몰라."

그는 맥주를 들이켠 뒤 헤더의 시신 발견과 관련된 사실들을 전해주었다. 스트라이크가 이미 알아차렸듯이, 언론 기사는 몇 가지 중요한 점이 서로 어긋나 있었지만 경찰이 24시간 뒤에야 그녀를 찾은 것에 대한 비난은 빠뜨리지 않았다.

"일행이 모두 술에 취해 있었어." 워들이 곧바로 이야기를 시작했다. "네 명이 택시에 탔는데, 다들 너무 취해서 한 블록을 간 다음에야 헤더가 없다는 걸 알았어.

택시 기사는 손님들이 너무 소리를 질러서 짜증이 났대. 도로 한 가운데라 유턴을 할 수 없다고 하자 한 명이 욕을 퍼부었다더군. 그렇게 5분 동안 옥신각신하다가 기사는 결국 헤더를 찾으러 돌아가기로 했지.

그들이 그 자리로 돌아가 보니—그 사람들은 노팅엄 사람들이야. 런던을 잘 몰라—헤더가 보이지 않았어. 택시를 타고 도로를 둘러보면서 차창 밖으로 소리쳐 불렀다는군. 그러다가 그중 한 명이 헤더가 저 멀리서 버스 타는 모습을 봤다고 했대. 그래서 두 명이 내려서—도대체 말이 안 되지. 다들 머리가 술에 절어 있었어—버스를 향해 멈추라고 소리치며 달려갔고, 다른 두 명은 친구들에게 택시로 버스를 따라가야 한다고 소리쳤대. 그러다 처음에 택시 기사하고 싸운 친구가 기사한테 멍청한 파키스탄 새끼라고 욕을 했고, 기사는 화가 나서 여자들을 내려놓고 그냥 떠났어.

그러니까 한마디로, 우리가 24시간 동안 시신을 찾지 못한 건 알코올과 인종차별 때문이야." 워들이 피곤한 듯 말했다. "그 멍청한 여자들이 헤더가 버스를 탔다고 믿어서 우리는 하루하고도 반 동안 비슷한 코트 차림의 여자를 찾았지. 그런데 성인 비디오점 주인이 쓰레기를 버리러 나왔다가 코와 귀가 잘린 시체를 본 거야."

"그러니까 그 부분은 사실이네." 스트라이크가 말했다.

여자의 얼굴이 훼손되었다는 것은 모든 신문 기사에서 공통으로 다룬 한 가지 사실이었다.

"응, 그건 사실이야." 워들이 무겁게 말했다. "그 '섀클웰 살인마' 하고 아주 비슷해."

"목격자는?"

"아무도 없어."

"데보티하고 오토바이는?"

"배제됐어." 워들이 무거운 표정으로 인정했다. "헤더 사건에는 확고한 알리바이가 있어. 가족 결혼식이 있었어. 그리고 다른 두 사건에 대해서도 이렇다 할 게 없고."

스트라이크는 워들이 더 이야기하고 싶은 게 있는 것 같아서 차분히 기다렸다.

"언론에 이 이야기가 들어가지 않았으면 하는데." 워들이 목소리를 낮추고 말했다. "그놈이 저지른 사건이 두 건 더 있는 것 같아."

"세상에." 스트라이크가 진심으로 놀라서 말했다. "언제?"

"한참 됐어." 워들이 말했다. "2009년 리즈에서 일어난 미제 살인 사건이 있어. 카디프 출신의 매춘부가 칼에 찔려 죽었어. 몸은 잘라 내지 않았지만, 여자가 늘 하고 다니던 목걸이를 가져갔고 여자를 리즈 시 바깥의 도랑에 버렸어. 시신은 2주일 뒤에야 발견됐지.

그리고 작년에 밀턴 케인스에서 여자가 살해되고 훼손된 사건이 있었어. 여자의 이름은 세이디 로치고, 남자 친구가 그 일로 잡혀 들어갔어. 내가 찾아봤는데, 가족이 맹렬하게 석방 운동을 해서 항소심에서 석방되었어. 사실 그 사람에게 혐의는 없었거든. 두 사람이 다투었고, 또 그가 전에 펜나이프로 사람을 협박한 일이 있었다는 점을 빼면.

심리학자하고 법의학자들을 불러서 다섯 건의 살인 사건에 대해 물어보니, 공통점이 아주 많아서 동일범의 소행으로 보인다는 거야. 놈은 두 종류의 칼을 쓴 것 같아. 카빙 나이프랑 마체테. 희생자는 모두 연약한 자들이었어. 매춘부거나 술에 취했거나 감정적으로 균형을 잃었거나. 그리고 켈시만 빼면 모두 길거리에서 포착되었고, 모두에게서 전리품을 가져갔어. 여자들에게서 유사한 DNA를 채취할 수 있을지에 대해서는 아직 말하기 이르지만, 아마 안 될 것 같아. 성행위를 한 것 같지는 않거든. 그놈은 다른 방식으로 흥분을 얻는 놈이야."

스트라이크는 배가 고팠지만, 워들의 우울한 침묵을 깨면 안 될 것 같았다. 워들은 맥주를 더 마신 뒤 스트라이크 쪽은 바라보지도 않으며 말했다. "자네가 말한 사람들을 모두 살펴보고 있어. 브록뱅크, 랭 그리고 휘태커."

'빠르기도 하시지.'

"브록뱅크는 흥미롭더군." 워들이 말했다.

"그자를 찾았어?" 스트라이크가 맥주잔을 입에 댄 채로 뻣뻣하게 굳어 물었다.

"아니. 하지만 5주 전까지 브릭스턴의 교회에 매주 참석했대."

"교회? 정말 그자가 맞아?"

"키 큰 전직 군인, 럭비 선수 출신, 긴 턱, 한쪽 눈 함몰, 만두귀, 검은 스포츠머리." 워들이 줄줄 읊었다. "이름은 노엘 브록뱅크, 190~193센티미터의 키. 강한 북부 억양."

"맞아. 그런데 교회라고?" 스트라이크가 말했다.

"잠깐, 화장실 좀 갔다 올게." 워들이 일어서며 말했다.

'그래, 교회에 못 다닐 건 뭐야?' 스트라이크가 바에 가서 맥주 두 잔을 새로 주문하며 생각했다. 펍에 사람들이 차고 있었다. 그는 맥주를 들고 오면서 메뉴판도 가져왔지만 메뉴가 눈에 들어오지 않았다. '성가대의 소녀들…… 거기가 처음일 리 없어…….'

"그게 필요했어." 워들이 돌아와서 말했다. "나가서 담배 한 대 피우고 올게—"

"브록뱅크 이야기부터 끝내고." 스트라이크가 새로 가져온 맥주를 그의 앞으로 밀면서 말했다.

"사실대로 말하자면, 그자는 정말 우연히 발견했어." 워들이 맥주를 들고 의자에 기대앉으면서 말했다. "경찰 한 명이 지역 마약상의 어머니를 미행하고 있었거든. 여자가 자기는 아무 관련도 없다고 했지만, 우리는 그 말을 믿지 않았어. 그래서 여자를 따라 교회에 갔더니 브록뱅크가 교회 문 앞에서 찬송가책을 나눠주고 있더래. 그러다 그 친구가 경찰인 줄 모르고 서로 이야기를 나누었고. 하지만 그 친구도 브록뱅크가 이 사건과 관련해서 용의선상에 있는 줄은 몰랐지.

그리고 4주 후에 내가 그 친구한테 켈시 플랫 건으로 노엘 브록뱅크를 찾는다고 말하니까 한 달 전에 그런 이름의 친구를 브릭스턴에서 만났다는 거야." 그러더니 워들은 평소처럼 약간 일그러진 미소를 지었다. "나는 자네 이야기를 허투루 듣지 않아. 랜드리 사건이 있었는데도 그런다면 바보짓이지."

'디거 맬리와 데보티한테서 아무것도 나오지 않으니까 그런 거지.'

스트라이크가 속으로 생각했지만, 겉으로는 수긍하는 듯한 기척을 보이고서 본론으로 돌아갔다.

"브록뱅크는 이제 교회에 안 나온다는 거야?"

"응." 워들이 한숨을 쉬었다. "어제 거기 가서 목사를 만났어. 도심 교회의 열정적인 젊은 목사였지. 그런 부류 있잖아……." 워들이 말했지만, 사실 스트라이크는 잘 몰랐다. 그가 알았던 성직자는 대부분 군목이었기 때문이다. "그 목사는 브록뱅크에게 많은 시간을 들었어. 그의 인생이 불공평했다고 말하더군."

"뇌 손상, 의병제대, 가족과의 결별, 그런 소리?" 스트라이크가 말했다.

"그게 핵심이지. 아들도 잃었다고 하고." 워들이 말했다.

"허." 스트라이크가 어둡게 말했다. "목사는 브록뱅크가 어디 사는지 알던가?"

"아니, 하지만 아마 여자 친구가—"

"알리사?"

워들은 얼굴을 살짝 찌푸리면서 재킷 안주머니에서 수첩을 꺼내 보았다.

"그렇군. 알리사 빈센트. 어떻게 알았지?"

"그 두 사람은 최근에 어느 스트립 클럽에서 해고되었어. 조금 있다가 설명하지." 워들이 옆길로 새려는 듯한 기색이 보이자 스트라이크가 서둘러 말했다. "알리사 이야기부터 해줘."

"그 여자는 런던 동부에 있는 어머니 집 근처에 임대주택을 구했어. 브록뱅크가 목사한테 여자와 아이들과 함께 그 집으로 이사할 거라고 말했대."

"아이들?" 스트라이크가 말했다. 그의 생각이 로빈을 향해 날아갔다.

"어린 딸이 둘 있는 것 같아."

"그 집이 어디 있는지 알아?" 스트라이크가 물었다.

"아직 몰라. 목사는 그가 떠나서 서운해했어." 워들이 초조하게 길을 내다보며 말했다. 남자 두 명이 담배를 피우고 있었다. "그리고 목사에게서 브록뱅크가 4월 3일에 교회에 나왔다는 걸 알게 됐지. 켈시가 죽은 주말에."

워들이 점점 초조해하는 모습을 보고 스트라이크는 같이 나가서 담배를 피우자고 제안했다.

그들은 나란히 담배에 불을 붙이고 잠시 담배를 피웠다. 일이 늦게 끝난 직장인들이 양방향으로 오갔다. 저녁이 다가오고 있었다. 그들의 머리 위쪽에는 밤을 이끌고 오는 군청색과 저무는 태양의 밝은 산호색 사이로, 생기를 잃은 공허한 공기가 아무 색도 없는 하늘에 좁게 펼쳐져 있었다.

"아, 이게 정말 간절했어." 워들이 말하며 엄마 젖 빨듯 담배를 깊이 빨아들이고, 다시 대화를 이어나갔다. "그래, 브록뱅크는 그 주말에 열심히 봉사를 했다는군. 아이들한테 아주 잘한대."

"그럴 거야." 스트라이크가 웅얼거렸다.

"보통 정신으로는 안 될 텐데." 워들이 도로 맞은편으로 연기를 날리며 말했다. 그의 눈은 옛 런던 교통 공사 건물 앞에 세워진 엡스타인의 조각상 〈낮〉을 바라보고 있었다. 어린 소년이 옥좌에 앉은 남자 앞에 서 있는 모습이었다. 소년은 뒤에 있는 왕을 껴안으면서도 앞쪽의 관람자들에게 정면으로 성기를 드러낼 수 있도록 몸을 뒤틀고 있었다. "여자를 죽이고 신체 부위를 잘라낸 뒤, 아무 일도 없었던 것처럼 교회에 나간다는 건 말이야."

"혹시 가톨릭 신자야?" 스트라이크가 물었다.

워들은 놀란 것 같았다.

"뭐 그렇기는 한데 그걸 왜 묻지?" 그가 의심스러워하며 물었다.

스트라이크는 가볍게 웃으면서 고개를 저었다.

"그런 거에 아무 상관도 하지 않을 사이코를 한 명 알기는 해." 워들이 방어적으로 말했다. "내 말은 그냥…… 어쨌건 지금 우리는 그 자가 어디 사는지 알아내려고 해. 임대주택이고, 알리사 빈센트가 실명이라면 별로 어려운 일은 아닐 거야."

"좋군." 스트라이크가 말했다. 경찰은 그와 로빈은 따라갈 수 없는 자원들이 있었다. 어쩌면 이제 뭔가 분명한 정보가 나올지도 몰랐다. "랭은 어때?"

"아." 워들이 첫 번째 담배를 비벼 끄고 바로 새 담배에 불을 붙이며 말했다. "랭에 대해서는 더 많이 알고 있지. 그 사람은 18개월 전부터 울러스턴 클로스에서 혼자 살았어. 장애 수당이 생계 수단이야. 4월 2일과 3일의 주말에는 흉부 감염이 있어서 디키라는 친구가 와서 간호해줬대. 집 앞 가게에도 못 나갔다더군."

"아주 편리하군." 스트라이크가 말했다.

"아니 진짜일 수도 있어." 워들이 말했다. "디키에게 확인해봤는데, 랭의 말이 다 맞다고 했어."

"경찰이 자기 일을 물어서 랭이 놀라던가?"

"처음에는 상당히 놀랐던 것 같아."

"집에 경찰을 들였고?"

"그러지는 않았어. 우리는 랭이 지팡이를 짚고 주차장을 지나가는 걸 보았고, 결국 근처의 카페에서 이야기를 했지."

"터널 안의 에콰도르 카페 말이야?"

워들이 스트라이크를 뚫어져라 쳐다봤지만, 스트라이크는 흔들림 없이 그 눈길을 받았다.

"그자를 추적하고 있었군. 우리를 방해하지는 마. 우리가 손댔으니까."

스트라이크는 언론이 압박해오는 데다 이전까지의 단서 추적에
다 실패했으니 이제 그 세 사람을 쫓는 것이 아니냐고 말할 수도 있
었지만, 침묵을 지키는 쪽을 선택했다.

"랭은 바보가 아니야." 워들이 말을 이었다. "질문도 몇 개 안 했
는데 무슨 일인지 바로 파악하더군. 그리고 자네가 자기 이름을 댔
다는 것도 알고. 신문에서 자네가 다리를 받았다는 기사를 봤대."

"그 일에 대해서는 뭐라고 해?"

"'받아도 싸다'는 뉘앙스가 있더군." 워들이 가볍게 웃으며 말했
다. "하지만 그렇게 특이한 점은 없었어. 약간의 호기심과 경계심
정도."

"아파 보이던가?"

"응." 워들이 말했다. "우리가 오는 걸 몰랐는데도 지팡이를 짚고
비틀거리며 걸었어. 가까이서 봐도 안 좋았어. 눈은 충혈되고, 피부
는 갈라졌다고 해야 하나. 여러모로 안 좋았어."

스트라이크는 아무 말도 하지 않았다. 랭의 질병에 대한 의구심은
사라지지 않았다. 스테로이드를 사용한 증거가 명백하고 각질과 피
부 병변을 두 눈으로 보았는데도 그는 랭이 정말로 아프다는 사실을
받아들이기가 힘들었다.

"다른 여자들이 살해될 때는 뭘 하고 있었지?"

"집에 혼자 있었대. 증명하거나 반박할 방법은 없어." 워들이 말
했다.

"흐음." 스트라이크가 말했다.

그들은 펍으로 돌아갔다. 한 커플이 그들의 테이블을 차지하고 앉
아 있어서 그들은 길거리가 내다보이는 큰 유리창 쪽의 다른 자리로

옮겨 갔다.

"휘태커는 어때?"

"어젯밤에 그자를 만났어. 밴드 투어 공연 중이더군."

"정말이야?" 스트라이크가 생커의 말—겉으로는 음악을 하는 척하면서 실제로는 스테퍼니에게 빌붙어 살고 있다는—을 떠올리며 의심스럽게 물었다.

"정말이야. 마약중독자인 여자 친구도 만났어—"

"그자의 집에 들어가 봤어?"

"문 앞에서 이야기했어. 별로 놀라운 일은 아니지." 워들이 말했다. "집 안에서 냄새가 진동했거든. 어쨌건 휘태커는 밴드하고 같이 공연을 떠났다면서 공연지 주소를 줬는데 진짜로 거기 있었어. 낡은 밴이 밖에 있었는데, 밴드는 더 낡았더군. 데스 컬트라고 들어봤어?"

"아니." 스트라이크가 말했다.

"어쨌건 쓰레기야." 워들이 말했다. "그런 공연을 30분이나 참고 들은 다음에야 휘태커한테 접근할 수 있었지. 완즈워스의 지하 펍이었는데, 다음 날 하루 종일 귀가 왱왱 울렸어.

휘태커는 우리가 올 걸 예상하고 있던 것 같았어. 몇 주 전에 자네하고 마주쳤다고 하더군."

"이미 말했잖아. 크랙 냄새가 났다고." 스트라이크가 말했다.

"그래그래." 워들이 말했다. "그자의 말을 믿기는 힘들지만, 왕실 결혼식 날은 스테퍼니가 알리바이를 입증해줄 수 있대. 그래서 자기는 섀클웰 살인 사건이랑 아무 상관이 없고, 켈시와 헤더가 죽었을 때는 모두 데스 컬트 공연 중이었대."

"세 사건이 깔끔하게 처리되는군. 데스 컬트도 그 말을 확인해주고?" 스트라이크가 말했다.

"사실 그 사람들 태도는 아주 모호해." 워들이 말했다. "리드 싱어는 보청기를 끼고 있어. 내 질문을 다 알아들었는지도 모르겠어. 걱정하지 마. 그 사람들 증언을 다 전문가에게 넘겼으니까." 그가 스트라이크의 찡그린 얼굴을 보고 덧붙였다. "그자가 정말로 거기 있었는지 없었는지 알게 될 거야."

워들이 하품을 하고 기지개를 켜더니 말했다.

"이제 서로 돌아가야 해. 밤을 새워야 할지도 몰라. 신문에 기사가 나간 뒤로 제보가 밀려들고 있거든."

스트라이크는 배가 고팠지만, 펍 안이 너무 시끄러워 생각할 수 있는 곳에서 먹는 게 좋을 것 같았다. 그는 워들과 함께 길을 걸었고, 둘 다 담배를 물었다.

"심리학자가 한 가지 지적을 했어." 머리 위로 어둠의 커튼이 드리워지는 가운데 워들이 말했다. "우리 생각대로 이게 연쇄살인범의 소행이라면, 그자는 대체로 우연한 기회를 잡아서 일을 저지른다는 거야. 솜씨가 보통이 아냐. 물론 어느 정도는 계획을 세우겠지. 안 그러면 그렇게 수사망을 피해갈 수가 없어. 하지만 켈시의 경우는 달라. 그자는 켈시가 어디 있는지 정확히 알았어. 편지도 그렇고, 또 거기 다른 사람이 없다는 것도 알았어. 그건 사전에 치밀하게 계획된 거야.

문제는, 겉으로는 그럴듯해도 자네의 세 용의자 가운데 아무도 이렇다 할 증거가 없다는 거야. 켈시의 노트북을 싹 뒤져보았지만 아무것도 없었어. 켈시가 다리 이야기를 한 사람은 제이슨하고 템페스트라는 두 괴짜뿐이야. 켈시는 친구가 거의 없었고, 그나마 있는 친구도 전부 여자였어. 전화에도 수상한 게 전혀 없었어. 우리가 아는 한 그 세 사람 중 어느 누구도 핀칠리나 셰퍼즈 부시 근처에 살거나 거기서 일하지 않았어. 켈시의 학교나 직업학교 근처는 말할 것도 없고. 켈시의 주변 사람들하고도 아무 관련이 없어. 그런데 어떻게 식구들도 모르게 켈시에게 접근해서 그렇게 조종할 수 있었을까?"

"알다시피 켈시는 비밀이 많았어." 스트라이크가 말했다. "남자친구도 가짜인 줄 알았는데 실제로 카페 루주에서 켈시를 오토바이에 태워 갔잖아."

"그래." 워들이 한숨을 쉬었다. "그 오토바이에 대해서는 아직 이렇다 할 단서가 없어. 언론에 설명하고 수배했는데 아무것도 없어.

자네 파트너는 어때?" 그가 경찰서의 유리문 앞에서 걸음을 멈추며 말했다. 담배를 마지막 1밀리미터까지 다 피우고 들어가려는 기색이었다. "충격받지 않았어?"

"로빈은 괜찮아." 스트라이크가 말했다. "웨딩드레스 가봉 때문에 요크셔에 가 있어. 내가 휴가를 줬지. 요즘 주말에도 일할 때가 많았거든."

로빈은 불평 없이 떠났다. 언론이 다시 덴마크 스트리트에 진을 치고 있는 데다, 돈이 되는 일거리는 하나뿐이고, 또 이제 경찰이 그들보다 훨씬 효율적인 수단을 동원해서 브록뱅크와 랭과 휘태커를 추적하고 있으니 남아 있어도 할 일이 없었다.

"행운을 빌어." 워들과 헤어질 때 스트라이크가 말했다. 워들은 손을 들어 답하고 인사한 뒤 '뉴 스코틀랜드 야드'라고 적힌 회전 프리즘 뒤쪽의 커다란 건물로 사라졌다.

스트라이크는 지하철로 걸어갔다. 케밥이 먹고 싶었지만, 머릿속으로는 방금 워들이 제기한 문제를 생각했다. 그가 지목한 세 용의자 가운데 켈시 플랫의 행동반경을 알고, 그녀에게 신뢰를 얻을 만큼 다가갈 수 있는 사람이 있다면 누구일까? 그리고 어떻게 그런 일을 했을까?

그는 우중충한 울러스턴 클로스에서 장애 수당으로 혼자 살고 있는 랭을 생각했다. 그는 비만과 질병으로 실제 나이인 서른넷보다 훨씬 나이 들어 보였다. 그는 한때 재미있는 사내였다. 그가 아직도 어린 소녀에게 매력이 있을까? 그의 오토바이에 올라타고 셰퍼즈 부시의 집까지 데려갈 정도로─그를 위해 가족에게 거짓말까지 하고─말이다.

휘태커는 어떤가? 크랙 냄새와 까매진 이, 숭숭 빠지고 헝클어진 머리는? 휘태커가 한때 대단한 매력을 발휘했던 것은 사실이고, 여윈 마약중독 소녀 스테퍼니는 지금도 그에게 매력을 느끼는 것 같지만, 켈시가 지난 몇 년 동안 좋아한 상대는 자기보다 두세 살 많은 깔끔한 금발 소년이었다고 하지 않는가?

그리고 브록뱅크가 있었다. 스트라이크에게 그 거구의 전직 럭비 선수는 그저 역겨운 인간이었고, 그가 미소년 나일일 가능성 또한 전혀 없어 보였다. 브록뱅크의 집과 일터는 켈시의 집과 일터와는 아주 멀었으며, 두 사람 다 교회에 다니기는 했지만 교회는 템스 강 양편으로 나뉘어 있었다. 경찰은 두 교회 신자들의 접촉에 대해서도 조사해보았을 것이다.

자신의 용의자들이 켈시와 아무 연관이 없어 보이니 그들을 용의선상에서 배제해야 하는 걸까? 논리에 따르자면 그래야 할 것 같았지만, 스트라이크 안의 어떤 끈질긴 목소리가 그렇지 않다고 계속 속삭였다.

50

I'm out of my place, I'm out of my mind...
Blue Öyster Cult, 'Celestial the Queen'*

로빈은 고향으로 돌아가는 내내 이상한 비현실감에 물들어 있었다. 그녀는 모든 사람과, 심지어 어머니하고도 어긋나는 것 같았다. 어머니는 결혼식 준비에 완전히 몰두해 있었고, 로빈이 휴대전화로 계속 섀클웰 살인마 사건을 확인하는 걸 나무라지는 않았지만, 어쨌건 걱정스러워했다.

라운트리가 발치에서 잠을 자는 친숙한 부엌의 나무 식탁에 피로연 좌석 배치도를 펼쳐놓고서, 로빈은 자신이 자기 결혼식에 얼마나 무심한지를 깨달았다. 린다는 하객 선물에 대해, 하객 연설에 대해, 들러리의 구두와 그녀의 머리 장식에 대해, 또 언제 목사님을 만날지에 대해, 선물은 어디로 배송시킬 건지에 대해, 매튜의 숙모 수를 상석에 앉힐지 말지에 대해 쉬지 않고 질문했다. 로빈은 집에 오면 쉴 수 있을 줄 알았다. 하지만 우선은 어머니가 쉴 새 없이 물어보는 사소한 질문에 대응해야 했고, 다른 한편으로는 헤더 스마트

* '여긴 내 자리가 아냐, 나는 내 정신도 아냐……', 블루 오이스터 컬트, 〈천상의 여왕〉.

살인 사건에 대한 동생 마틴의 집요한 질문에도 대응해야 했다. 로빈은 결국 마틴의 악취미에 벌컥 화를 냈고, 린다는 집에서 살인 사건에 대해 이야기하는 걸 금지했다.

그러는 동안 매튜는 겉으로 드러내지 않으려 했지만, 로빈이 아직 2주일 휴가를 내지 않은 것에 화가 나 있었다.

"아마 문제없을 거야." 로빈이 저녁 식사 때 말했다. "지금은 일도 거의 없고, 코모란도 경찰이 우리 단서를 모두 넘겨받았다고 했으니까."

"하지만 그 사람은 아직 참석 확답을 안 줬어." 린다는 로빈이 식사를 거의 하지 않는 것을 보면서 말했다.

"누가 안 줬다고요?" 로빈이 물었다.

"스트라이크. 참석 확답이 없어."

"제가 다시 말해볼게요." 로빈이 말하고 와인을 들이켰다.

아무에게도, 심지어 매튜에게도 말하지 않았지만, 그녀는 강간 사건 이후 잠을 잤던 그 침대로 다시 돌아오면서 자꾸 악몽을 꾸다 헐떡이며 깨어났다. 꿈에서는 거대한 남자가 계속 그녀를 쫓아왔다. 그 사람은 때로 그녀와 스트라이크가 일하는 사무실로 쳐들어왔다. 하지만 그보다는 그 우람한 덩치가 어두운 런던 뒷길에서 칼을 번득이며 서 있는 모습이 더 자주 보였다. 그날 아침, 그녀는 그가 눈알을 파내기 직전에 헉하고 깨어났고, 그러자 매튜가 뭐라고 말한 거냐고 졸린 목소리로 물었다.

"아무 말도 안 했어." 로빈은 이마에서 젖은 머리카락을 떼어내며 말했다.

매튜는 월요일에 출근해야 했다. 그는 로빈이 매섬에 남아서 린다와 함께 결혼 준비를 하는 것이 기쁜 듯했다. 그들 모녀는 예식을 어떤 형식으로 치를 건지에 대한 최종 논의를 위해, 월요일 오후에 세인트 메리 더 버진 교회의 목사와 만났다.

로빈은 목사의 유쾌한 제안과 격려에 집중하려고 했지만, 그가 이야기하는 동안 그녀의 눈은 교회 오른쪽 벽에 붙은 커다란 바위게에 쏠렸다.

어린 시절에 그녀는 그 바위게에 매혹되었다. 왜 교회 벽에 커다란 게가 기어 올라가는 모습이 새겨져 있는지 이해가 되지 않아서 린다에게 자꾸 물어보자, 린다는 결국 인근 도서관에 가서 자료를 찾아보고는 그 게가 고대 스크로프 가문의 상징이라고—그 가문의 기념비가 게 조각 위쪽에 있었다—알려주었다.

아홉 살 로빈은 그 대답에 실망했다. 그녀가 원한 것은 설명이 아니었다. 그녀는 단지 자신이 진실을 찾아내고 싶어 하는 유일한 사람이라는 것이 좋았을 뿐이었다.

다음 날 로빈이 새 카펫 냄새가 나는 드레스점의 작은 탈의실에서 금테 두른 거울을 보고 있을 때 스트라이크가 전화를 했다. 스트라이크의 전화는 벨소리가 다르게 설정되어 있었기 때문에 그녀는 그게 스트라이크의 전화라는 것을 바로 알았다. 그녀가 핸드백으로 달려들자 드레스 디자이너가 짜증과 놀라움이 섞인 작은 소리를 질렀다. 그녀가 솜씨 좋게 핀을 꽂고 있던 시폰 천의 주름이 찢어진 것이다.

"여보세요?" 로빈이 말했다.

"안녕." 스트라이크가 말했다.

그 짧은 인사에 그녀는 나쁜 일이 일어났다는 것을 알아챘다.

"아, 또 누가 죽었나요?" 드레스 디자이너가 웨딩드레스의 치맛단 앞에 몸을 숙이고 있다는 것을 잊고서 로빈이 소리쳤다.

"미안해요, 잠깐 기다려주시겠어요? 아니, 당신 말고요!" 로빈은 스트라이크가 전화를 끊을까 봐 덧붙였다.

"죄송해요." 디자이너가 커튼을 닫고 나가자 로빈이 웨딩드레스 차림으로 모퉁이의 의자에 주저앉으며 말했다. "다른 사람이랑 같이 있어서요. 누가 또 죽었나요?"

"죽은 건 맞는데 로빈이 생각하는 그런 건 아니에요. 워들의 형이 죽었어요."

로빈의 지치고 잔뜩 긴장한 뇌가 관계없어 보이는 사안을 연결해보려고 했다.

"사건하고는 아무 상관 없어요. 횡단보도를 건너다가 과속하는 밴에 치였어요." 스트라이크가 말했다.

"세상에." 로빈이 놀라서 말했다. 죽음은 칼을 든 미치광이를 통해서만 오는 게 아니라는 사실을 잠시 잊고 있었다.

"기막힌 일이죠. 아이가 셋이고, 넷째를 임신 중이라는데. 방금 워들하고 통화했어요. 뭐라 할 말이 없더군요."

로빈의 머릿속 톱니바퀴가 다시 자리를 잡는 것 같았다.

"그러면 워들은—"

"특별 휴가를 받았어요. 사건을 인수받은 사람이 누군지 알아요?" 스트라이크가 말했다.

"앤스티스는 아니죠?" 로빈이 걱정에 사로잡혀서 물었다.

"더 나빠요." 스트라이크가 말했다.

"서, 설마 카버인가요?" 갑작스레 암담함을 느낀 로빈이 말했다.

스트라이크가 두 건의 형사사건을 해결하면서 유명세를 얻을 때 경찰 가운데 가장 크게 굴욕당했고, 그래서 그에게 가장 큰 반감을 품은 사람이 바로 로이 카버 경위였다. 언론은 그가 유명 모델이 아파트 펜트하우스에서 떨어져 죽은 사건을 제대로 수사하지 못한 일을 자세히 다루었을 뿐 아니라 얼마간 과장도 했다. 머리에 비듬이 덕지덕지 끼고 검붉은 얼굴에 땀을 줄줄 흘리는 그는 경찰이 살인 사건을 밝히는 데 실패한 것을 스트라이크가 공공연히 증명해내기 전부터 그를 싫어했다.

"맞아요." 스트라이크가 말했다. "여기 와서 세 시간을 있다 갔어요."

"네? 대체 왜요?"

"왜긴요. 카버한테는 연쇄살인과 관련해 나를 심문할 수 있는 꿈 같은 기회죠." 스트라이크가 말했다. "짧게 내 알리바이를 묻고는 켈시가 받은 그 가짜 편지들을 붙잡고 늘어졌어요."

로빈이 신음 소리를 냈다.

"왜 하필 카버에게 그 일을—? 그러니까, 전력이 있는데—"

"믿기 어려운 일이지만, 그 사람이 처음부터 멍청했던 건 아니에요. 아마 상관들은 그가 랜드리 사건 때 운이 없었다고 생각했나 봐요. 워들의 휴가 동안 임시로 맡는 건데도, 카버는 벌써 나더러 수사에 개입하지 말라고 경고했어요. 브록뱅크와 랭과 휘태커에 대한 조사가 어떻게 되고 있느냐고 물었더니 얼어죽을 직감 따위 때려치우라고 하더군요. 이제 우리는 수사가 어떻게 진척되는지 내부 정보를 들을 수 없어요. 그건 확실해요."

"하지만 워들이 진행하던 수사 방향은 이어받아야 하지 않아요?"
로빈이 물었다.

"내가 자기 사건을 해결하는 꼴은 두 번 다시 보고 싶지 않을 테니 내 단서들은 꼼꼼히 조사해볼 겁니다. 문제는, 카버는 내가 운이 좋아 랜드리 사건을 해결했다고 보고, 또 셋에 대한 의심도 과시 행동으로 볼 거란 거죠. 워들이 떠나기 전에 브록뱅크의 주소를 받았으면 좋았을 텐데." 스트라이크가 말했다.

로빈이 1분 동안 아무 말도 하지 않고 이야기만 들었기 때문에 드레스 디자이너는 이제 다시 가봉할 수 있을까 싶어 커튼 안쪽으로 고개를 내밀었다. 로빈은 갑자기 밝은 표정을 짓고서 디자이너에게 나가라고 손짓했다.

"우리한테 브록뱅크의 주소가 있어요." 커튼이 다시 닫힐 때 로빈이 스트라이크에게 의기양양하게 말했다.

"뭐요?"

"워들이 이미 아는 줄 알고 말씀 안 드렸는데, 제가 자하라의 엄마 알리사인 척하고 지역 어린이집들에 전화를 했거든요. 새로 바뀐 우리 집 주소가 어린이집 주소록에 제대로 반영되었는지 확인하고 싶다고요. 그렇게 해서 직원한테 주소를 들었어요. 그 사람들은 보 지역의 블론딘 스트리트에 살아요."

"와, 로빈, 이건 너무 훌륭한데!"

마침내 드레스 디자이너가 다시 돌아왔을 때, 예비 신부는 얼굴이 훨씬 밝아져 있었다. 하지만 로빈이 드레스 수선에 별로 관심을 보이지 않아서 디자이너는 일에 흥미를 잃었다. 로빈은 그녀의 고객 중 가장 아름다운 신부라서, 디자이너는 본래 드레스가 완성되면 광고용 사진을 찍어두려고 했다.

"좋네요." 디자이너가 마지막 솔기를 잡아당기자 로빈이 웃어 보였다. 둘은 함께 거울에 비친 모습을 보았다. "아주 좋아요."

처음으로 로빈의 눈에 드레스가 그렇게 나빠 보이지 않았다.

51

Don't turn your back, don't show your profile.
You'll never know when it's your turn to go.
Blue Öyster Cult, 'Don't Turn Your Back"

"시민들의 반응이 엄청납니다. 우리는 현재 200개가 넘는 단서를 추적 중이고, 그 일부는 상당히 의미 있어 보입니다." 로이 카버 경위가 말했다. "경찰은 켈시 플랫의 신체 일부를 배달한 붉은색 혼다 CB750 오토바이의 소재에 대한 정보를 찾고 있습니다. 그리고 헤더 스마트가 살해된 6월 5일 밤 올드 스트리트에 있었던 사람들의 제보도 기다립니다."

'경찰, 새로운 단서들로 새클웰 살인마 수사에 박차'라는 제목이 기사 내용과 별로 맞지 않는다고 로빈은 생각했지만, 카버가 수사의 진전 상황을 언론에 공개할 리는 없을 것 같았다.

이제 새클웰 살인마의 피해자로 추정되는 다섯 명의 여자 사진이 거의 모든 신문에 실렸다. 그리고 사진마다 그들의 신원과 잔인한 운명이 검은 활자로 새겨져 있었다.

* '등을 돌리지 마, 얼굴도 돌리지 마./네 차례가 되면 넌 어떻게 될지 몰라.', 블루 오이스터 컬트, 〈등을 돌리지 마〉.

마티나 로시, 28세, 매춘부, 흉기로 살해됨, 목걸이 도난.

마티나는 검은 머리의 통통한 여자로 흰색 민소매를 입고 있었다. 초점이 흔들린 사진은 셀피 같았다. 목걸이 줄에는 하트 모양의 하프 장식이 달려 있었다.

세이디 로치, 25세, 사무직, 흉기로 살해됨, 신체 훼손, 귀고리 탈취.

그녀는 예쁜 얼굴에 헤어스타일이 발랄했고, 귀에 고리가 여러 개 걸려 있었다. 사진 가장자리로 인물들이 잘려 나간 걸 보면 가족 모임에서 찍은 사진 같았다.

켈시 플랫, 16세, 학생, 흉기로 살해되고 절단됨.

여기에는 스트라이크에게 편지를 보낸 통통하고 평범하게 생긴 소녀가 교복 차림으로 웃고 있었다.

릴라 몽크턴, 18세, 매춘부, 흉기에 찔리고 손가락이 절단됨, 생존.

흐릿하게 처리한 사진 속의 창백한 소녀는 헤나로 염색한 선홍색 단발머리였고, 수많은 피어싱이 카메라 플래시에 번쩍였다.

헤더 스마트, 22세, 경리 직원, 흉기로 살해됨, 코와 귀 잘림.

그녀는 얼굴이 둥글고 주근깨가 많았으며, 수줍은 미소를 띤 표정이 순진해 보였고, 구불구불한 머리는 회갈색이었다.

로빈은 한숨을 쉬며 《데일리 익스프레스》에서 고개를 들었다. 매튜는 하이위컴의 고객사로 회계감사를 나가서, 오늘 로빈을 태워다줄 수 없었다. 일링에서 캣퍼드까지 가려면 땀 흘리는 관광객과 통근자가 가득한 열차를 타고 1시간 20분을 이동해야 했다. 열차가 다시 느려지다가 캣퍼드 브리지 역에 설 때 그녀는 다른 통근자들과 함께 자리에서 일어나 문을 향해 갔다.

업무에 복귀한 지난 일주일은 이상했다. 스트라이크는 수사에 개입하지 말라는 카버의 지시에 따를 의도가 전혀 없었지만, 어쨌건 카버에 대해서는 극도로 조심했다.

"카버가 경찰 수사를 방해했다고 고소할 빌미를 주면 우리는 끝장이에요." 그가 말했다. "그리고 그자는 사실 여부와 상관없이 내가 일을 망쳤다고 주장하고 싶어 해요."

"그러면 우리가 계속 이 일을 하는 이유는 뭔가요?"

로빈은 일부러 반론을 제기했다. 만약 스트라이크가 그들의 단서를 버리겠다고 하면 그녀는 실망할 것이다.

"카버는 내 추리를 졸로 보고, 나는 그자를 졸로 보니까요."

로빈은 웃었지만, 스트라이크가 그녀에게 캣퍼드로 돌아가서 휘태커의 여자 친구를 감시하라고 하자 웃음을 멈추었다.

"아직도요? 왜요?" 그녀가 물었다.

"알잖아요. 스테퍼니가 그 중요한 날들에 휘태커가 어디 있었는지 알려줄 수 있을지도 몰라요."

"그런데요." 로빈이 용기를 끌어모았다. "저는 벌써 캣퍼드에 많이 가봤어요. 감시 일이 다 똑같다면 저는 차라리 브록뱅크에게 가보고 싶어요. 알리사한테서 무언가를 알아낼 수도 있잖아요?"

"감시 대상을 바꾸고 싶다면 랭도 있어요." 스트라이크가 말했다.

"그 사람은 제가 넘어졌을 때 절 가까이서 봤어요." 로빈은 곧바로 반박했다. "당신이 랭을 감시하는 게 낫지 않을까요?"

"로빈이 없을 때 내가 놈의 집을 감시했어요." 스트라이크가 대꾸했다.

"그런데요?"

"랭은 주로 집 안에 있고 가끔씩 가게에 다녀오더군요."

"이제 랭은 아니라고 생각하시는 건가요?"

"아직 배제하지는 않아요." 스트라이크가 말했다. "그런데 왜 브록뱅크 일을 하고 싶은 거죠?"

"음." 로빈이 용감하게 말했다. "그 사람 수사에 제가 기여한 게 많은 것 같아서요. 할리에게서 마켓 하버러의 주소도 알아냈고, 어린이집을 통해서 블론딘 스트리트도—"

"그리고 놈이랑 함께 사는 아이들이 걱정되는 거죠." 스트라이크가 말했다.

로빈은 캣퍼드 브로드웨이에서 넘어졌다가 자신을 바라본, 머리를 땋은 흑인 소녀가 떠올랐다.

"그게 뭐 어때서요?"

"나는 로빈이 계속 스테퍼니를 감시했으면 좋겠어요." 스트라이크가 말했다.

로빈은 화가 났다. 너무 화가 나서 그 자리에서 바로 2주일 휴가를, 생각했던 것보다 훨씬 무뚝뚝하게 요청했다.

"2주일이라고요?" 그가 놀란 얼굴로 말했다. 그는 로빈이 휴가 대신 일을 하게 해달라고 조르는 데 더 익숙했다.

"신혼여행 때문에요."

"아, 그렇지. 좋아요. 이제 금방이네요." 그가 말했다.

"네, 결혼식이 2일이니까요."

"그러면 3주 남은 거네?"

그녀는 그가 이제야 그것을 깨달았다는 것도 불쾌했다.

"그래요." 그녀가 일어나면서 말하고 재킷에 손을 뻗었다. "혹시 결혼식에 오는지 확답해주실 수 있나요?"

그래서 그녀는 캣퍼드의 가판대들 사이로, 향냄새와 생선 냄새 사이로, 브로드웨이 극장 무대 뒤편으로 돌아가서 무수한 시간을 하릴없이 보내게 되었다.

로빈은 오늘 밀짚모자로 머리를 감추고 선글라스를 썼지만, 다시 잠복하는 자신을 가판대 상인들이 알아보는지 어쩐지는 확신할 수 없었다. 잠복 업무를 재개한 뒤로 스테퍼니는 겨우 두 번밖에 모습을 보이지 않은 데다, 두 번 다 말 걸 기회가 전혀 없었다. 휘태커는 아예 종적이 없었다. 로빈은 서늘한 극장 담벼락에 몸을 기대고서 다시 한 번 길고 지루한 하루를 준비하며 하품을 했다.

오후가 저물어갈 무렵 그녀는 덥고 피곤했고, 하루 종일 문자로 결혼식 관련 질문을 보내는 어머니에게 짜증이 났다. 마지막 문자는 로빈이 무얼 좀 마셔야겠다고 결심한 순간에 도착했다. 플로리스트가 또 한 가지 물어볼 게 있다고 하니 전화하라는 내용이었다.

만약 꽃을 전부 조화로 하겠다고―그러니까 머리의 꽃 장식도, 부케도, 교회 장식도―답하면 어머니가 어떻게 반응할까 생각하면서 로빈은 차가운 탄산수를 사러 길 건너 칩스 가게로 갔다.

로빈은 문손잡이를 잡다가 동시에 그 문으로 손을 뻗던 다른 사람과 부딪혔다.

"죄송합니다." 로빈이 반사적으로 말을 하다가 깜짝 놀랐다. "세상에."

스테퍼니의 얼굴은 퉁퉁 부은 데다 울긋불긋하게 멍들어 있었다. 한쪽 눈은 너무 부은 나머지 거의 감겨 있었다.

세게 부딪히지 않았는데도 왜소한 스테퍼니는 튕겨져 나갔다. 로빈이 손을 뻗어 그녀를 잡았다.

"이런, 대체 무슨 일이야?"

로빈은 스테퍼니를 아는 것처럼 말했다. 물론 어떤 의미로 보면 아는 게 맞았다. 스테퍼니의 이렇다 할 활동이 없는 일상을 관찰하고 그녀의 몸짓, 표정과 옷차림과 콜라 사랑에 익숙해지는 동안 로빈은 그녀에게 일방적인 유대감을 느꼈다. 어쨌거나 지금은 영국 사람들이 낯선 이에게 좀처럼 하지 않는 질문을 해도 좋은 기회 같았다. "괜찮니?"

로빈도 어떻게 했는지 잘 몰랐지만, 어쨌건 2분 뒤에 그녀는 스테퍼니를 칩스 가게 근처에 있는 스테이지 도어 카페로 데려가 의자에 앉혔다. 스테퍼니는 확실히 고통스럽고 자기 모습이 부끄러웠지만, 배가 고프고 목이 말라서 계속 집에 있을 수가 없었다. 그래서 자기보다 나이 많은 여자의 호의와 공짜 식사에 저도 모르게 이끌렸다. 로빈은 스테퍼니를 데려가면서, 부딪힌 게 미안해서 샌드위치라도 사주어야겠다느니 하며 실없이 떠들어댔다.

환타와 참치 샌드위치가 나오자 스테퍼니는 고맙다고 웅얼거렸지만, 몇 입을 먹다가 입속이 아픈 듯 뺨에 손을 갖다 대고 샌드위치를 내려놓았다.

"이가 아파?" 로빈이 걱정스럽게 물었다.

스테퍼니가 고개를 끄덕였다. 붓지 않은 눈에서 눈물이 흘렀다.

"누가 이런 거니?" 로빈이 테이블 위로 스테퍼니의 손을 잡고서 물었다.

그녀는 지금 새로운 인물을 만들어내고 있었다. 밀짚모자를 쓰고 긴 여름 원피스를 입고 있다 보니 자기도 모르게 스테퍼니를 구하고 싶어 하는 인류애 가득한 히피 여인 같은 태도가 되었다. 스테퍼니는 그렇게 만든 사람이 누군지 밝히지 않겠다는 뜻으로 고개를 저었지만, 그러면서도 로빈을 잡은 손에 살짝 힘을 주었다.

"아는 사람이야?" 로빈이 나직하게 물었다.

스테퍼니의 눈에서 눈물이 더 흘렀다. 그녀는 로빈에게서 손을 빼고 환타를 마시다가, 찬 음료가 깨진 이에 닿은 모양인지 얼굴을 찡그렸다.

"아버지야?" 로빈이 낮은 목소리로 물었다.

누구라도 쉬이 그렇게 추정할 수 있었을 것이다. 스테퍼니는 열일곱 살 이상으로는 보이지 않았기 때문이다. 몸도 너무 말랐고 가슴도 거의 없었다. 늘 칠하는 아이라인도 눈물에 다 지워졌다. 윗니가 살짝 삐드러진 지저분한 얼굴은 아기 같았지만, 얼굴 전체에 검붉은 멍자국이 가득했다. 한쪽 눈의 실핏줄이 터질 때까지 휘태커에게 맞은 것이다. 간신히 보이는 오른쪽 눈이 새빨갰다.

"아뇨, 남자 친구요." 스테퍼니가 힘없이 말했다.

"남자 친구는 지금 어디 있어?" 로빈이 다시 스테퍼니의 손을 잡으며 물었다. 차가운 환타를 잡고 있어서 이제 그 손은 차가웠다.

"나갔어요."

"남자 친구랑 같이 사니?"

스테퍼니가 고개를 끄덕이고는, 얼굴의 다친 쪽에 닿지 않게 환타를 마시려고 했다.

"나가지 말라고 했어요." 스테퍼니가 말했다.

로빈이 몸을 기울이자 스테퍼니의 자제력이 무너졌다.

"나도 같이 가자고 했는데, 남자 친구가 싫어했어요. 여자를 만나러 가는 거예요. 나도 알아요. 다른 여자가 있어요. 밴조가 그랬어요. 다른 여자가 있어요."

어이없게도 스테퍼니의 가장 큰 고통은 이가 깨진 것도 얼굴이 붓고 멍든 것도 아닌, 그 더러운 마약상 휘태커가 다른 여자를 만나는 것이었다.

"나는 그냥 같이 가자고 한 것뿐인데." 스테퍼니가 말했고, 눈물이 줄줄 흘러내리면서 부은 눈이 더 빨개졌다.

로빈이 지금 연기하는 친절하지만 약간 엉뚱한 여자는 스테퍼니에게 그런 남자하고는 당장 헤어져야 한다고 목소리를 높일 것이다. 하지만 문제는, 그렇게 말할 경우 스테퍼니가 벌떡 일어나서 나갈 게 분명하다는 것이었다.

"네가 같이 가자고 해서 남자 친구가 화났다고? 남자 친구가 어딜 갔는데?" 로빈이 물었다.

"컬트하고 같이 간다고 했어요. 밴드 이름이에요." 스테퍼니가 손등으로 코를 훔치며 말했다. "같이 투어를 해요. 하지만 다 핑계예요." 그녀의 울음이 더 커졌다. "같이 잘 여자를 찾아가는 거예요. 나도 간다고 했어요. 지난번에는 나를 데려가서 밴드 멤버 모두랑 다 하라고 시켰으니까."

로빈은 방금 들은 말을 못 알아들은 척하려고 애썼다. 하지만 분노와 혐오감 때문에 그녀가 연기하는 친절한 표정이 퇴색된 게 분명했다. 스테퍼니가 움츠러드는 기색을 보였기 때문이다. 그녀에게 도덕적 단죄는 필요 없었다. 그것은 평생토록 날마다 마주친 것이었다.

"병원에 가봤어? 로빈이 조용히 물었다.

"네? 아뇨." 스테퍼니는 가녀린 두 팔로 몸을 감싸 안으며 말했다.

"그러면 남자 친구는 언제 돌아와?"

스테퍼니는 고개를 젓고 어깨만 으쓱해 보였다. 로빈이 만들어낸 일시적인 공감이 식은 것 같았다.

"그 컬트라는 밴드 말이야." 로빈이 바삐 머리를 굴렸다. 입이 말랐다. "혹시 데스 컬트 말하는 거야?"

"네." 스테퍼니가 약간 놀란 듯 말했다.

"어디였더라? 전에 본 적 있는 것 같아!"

'어디였느냐고는 묻지 말아줘, 제발……'

"저번 공연은 그린 피들인가 하는 술집에서 했어요."

"거긴 아니었던 것 같아. 그 공연이 언제였니?" 로빈이 말했다.

"화장실 갔다 올게요." 스테퍼니가 카페를 둘러보며 웅얼거렸다.

그녀는 화장실로 비척비척 걸어갔다. 문이 닫히자 로빈은 휴대전화로 검색을 했다. 몇 번의 검색 끝에 원하는 결과가 나왔다. 데스 컬트는 6월 4일, 그러니까 헤더 스마트가 살해되기 전날에 런던 엔필드 지구의 피들러스 그린이라는 술집에서 공연했다.

이제 카페 바깥의 그림자가 차츰 길어졌고, 카페에는 그들뿐이었다. 곧 저녁이었다. 카페가 문을 닫을 것이다.

"샌드위치랑 이것저것 고마웠어요." 스테퍼니가 다시 나타나서 말했다. "저는 이제 그만—"

"조금 더 먹지그래. 초콜릿이나 그런 거." 웨이트리스가 이미 테이블을 훔치며 그들을 내보낼 태세였지만 로빈은 상관하지 않고 말했다.

"왜요?" 스테퍼니가 처음으로 의심의 기미를 보이며 물었다.

"네 남자 친구의 일이 정말로 궁금해서 그래." 로빈이 말했다.

"왜요?" 스테퍼니가 약간 불안해하며 물었다.

"잠깐 앉아봐. 나쁜 일 아니야. 그냥 네가 걱정돼서 그래." 로빈이 그녀를 달랬다.

스테퍼니는 망설였지만, 떠났던 자리로 천천히 돌아와 앉았다. 그때 로빈은 처음으로 스테퍼니의 목에 난 붉은 자국을 보았다.

"혹시, 남자 친구가 네 목을 조른 적 있니?" 그녀가 물었다.

"뭐요?"

여윈 목을 더듬는 스테퍼니의 눈에 다시 눈물이 차올랐다.

"아, 이건— 목걸이 자국이에요. 그 사람이 나한테 목걸이를 줬는데…… 내가 돈을 잘 못 벌어서." 그녀는 말하다가 본격적으로 울기 시작했다. "그 사람이 다시 팔았어요."

달리 어찌해야 할지 몰라서 로빈은 다른 손도 내밀어 스테퍼니의 손을 두 손으로 잡고, 스테퍼니가 강물에 떠내려 가기라도 할 것처럼 손에 힘을 꽉 주었다.

"아까 그랬잖아. 남자 친구가 너한테…… 밴드 멤버 모두하고?" 로빈이 조용히 물었다.

"그건 공짜였어요." 스테퍼니가 울면서 말했고, 로빈은 스테퍼니가 아직도 자신의 돈벌이 능력에 대해 생각하고 있다는 것을 알았다. "그냥 입으로만 해줬어요."

"공연 끝나고?" 로빈이 한 손을 들어 스테퍼니의 손에 냅킨을 쥐여주면서 물었다.

"아뇨." 스테퍼니가 코를 닦으며 말했다. "다음 날 밤이요. 우리는 밴을 리드 싱어의 집에 세우고 거기 있었어요. 그 사람이 엔필드에 살거든요."

로빈은 역겨움과 기쁨을 동시에 느낄 수 있다는 것이 믿기지 않았다. 스테퍼니가 6월 5일 밤에 휘태커와 함께 있었다면, 휘태커는 헤더 스마트를 죽일 수 없었을 것이다.

"남자 친구도, 같이 있었니? 그날 밤 내내, 그러니까―?" 그녀가 조용히 물었다.

"이게 무슨 개수작이야?"

로빈이 고개를 들었다. 스테퍼니는 놀란 얼굴로 손을 확 빼냈다.

휘태커가 옆에 우뚝 서 있었다. 로빈은 인터넷으로 사진들을 봤기 때문에 곧장 그를 알아보았다. 그는 키가 크고 어깨가 넓었지만, 그러면서도 뼈만 앙상했다. 검은색의 낡은 티셔츠는 물이 빠져서 이제 거의 회색에 가까웠다. 이교도 사제 같은 황금빛 눈동자는 타오르는 듯 강렬했다. 헝클어진 머리, 움푹 꺼지고 누렇게 뜬 얼굴, 그리고 사람 자체의 역겨움에도 불구하고 그녀는 기이한 카리스마,

시체 썩는 냄새 같은 강력한 매혹을 느꼈다. 그는 모든 더럽고 썩어가는 것이 일으키는 호기심을 일깨웠다. 그것은 부끄럽기에 더 강력한 힘이었다.

"당신 누구지?" 휘태커가 물었는데, 그 목소리는 공격적이지 않았으며 오히려 나긋나긋함과 비슷한 데가 있었다. 그는 그녀의 얇은 여름 원피스를 대놓고 내려다보았다.

"여자 친구분이랑 칩스 가게 앞에서 부딪혔어요." 로빈이 말했다. "그래서 음료수를 사준 거예요." 로빈이 말했다.

"정말이야?"

"영업 종료합니다." 웨이트리스가 큰 소리로 말했다.

아마 휘태커의 존재를 견디기 힘들어서인 것 같았다. 그의 피어싱, 문신, 눈빛, 체취를 반길 요식업 매장은 별로 없을 것이다.

휘태커가 전혀 눈길을 주고 있지 않은데도 스테퍼니는 겁먹은 것 같았다. 그의 모든 관심은 로빈에게 있었다. 그녀는 더없이 어색한 가운데 돈을 내고 일어서서 카페를 나갔다. 휘태커가 따라 나왔다.

"그럼, 안녕." 로빈이 스테퍼니에게 힘없이 말했다.

자신도 스트라이크 같은 용기가 있었으면 싶었다. 스트라이크는 휘태커의 코앞에서 스테퍼니에게 자신과 함께 가자고 했지만, 로빈은 입안이 말랐다. 휘태커는 똥 더미에서 진기한 것이라도 발견한 듯한 눈으로 그녀를 바라보았다. 뒤에서는 웨이트리스가 카페 문에 빗장을 걸고 있었다. 저무는 해가 거리에 차가운 그림자를 던졌고, 로빈은 그저 덥고 퀴퀴하다는 느낌뿐이었다.

"그냥 친절을 베푼 거지, 자기?" 휘태커가 부드럽게 물었고, 로빈은 그 목소리에 악의와 다정함 중 어느 쪽이 더 많이 담겨 있는 건지 알 수 없었다.

"걱정이 됐어요." 로빈이 용기를 내서 휘태커의 넓은 미간을 바라보며 말했다. "스테퍼니가 다친 것 같아서요."

"저거?" 휘태커가 스테퍼니의 검붉은 얼굴을 가리키며 말했다. "자전거를 타다가 넘어져서 그래. 그렇지, 스테퍼니? 몸이 좀 둔해야지."

로빈은 스트라이크가 왜 이 남자를 지독하게 미워하는지 이해되었다. 그녀도 그를 때리고 싶었다.

"언제 한번 다시 보자, 스테퍼니." 그녀가 말했다.

휘태커 앞에서 스테퍼니에게 자신의 번호를 줄 수는 없었다. 로빈은 돌아서서 그들 곁을 떠났고, 자신이 한심한 겁쟁이처럼 느껴졌다. 스테퍼니는 이제 다시 그 남자와 함께 집으로 돌아갈 것이다. 이대로 물러설 수는 없었다. 하지만 무얼 어떻게 할 수 있을까? 폭행죄로 경찰에 신고해? 그것도 카버의 수사에 대한 방해로 여겨질 수 있을까?

휘태커의 시야에서 완전히 벗어난 다음에야 그녀는 개미가 척추를 기어가는 듯한 느낌에서 벗어났다. 로빈은 휴대전화를 꺼내서 스트라이크에게 전화했다.

"늦은 시간인 거 알아요." 로빈이 스트라이크가 꾸짖기 전에 말했다. "하지만 어쨌건 지금 지하철역으로 가고 있고, 이야기를 들으면 이해하실 거예요."

그녀는 저녁 냉기 속을 빠르게 걸으면서 스테퍼니가 한 말을 빠짐없이 전했다.

"그러니까 알리바이가 있다는 말이죠?" 스트라이크가 천천히 말했다.

"스테퍼니 말이 사실이라면, 헤더의 살인에 대해서는요. 저는 사실인 것 같아요. 스테퍼니가 같이 있었거든요. 데스 컬트 멤버 모두랑요."

"밴드 멤버들에게 서비스할 때 휘태커도 같이 있었다고 분명히 말했어요?"

"그런 것 같아요. 스테퍼니가 막 대답하려는데 휘태커가 나타났어요, 잠깐만요."

로빈은 멈춰 서서 주변을 둘러보았다. 이야기에 정신이 팔려서 중간에 길을 잘못 든 것 같았다. 이제 해가 지고 있었다. 어느 담장 너머에서 사람 그림자가 움직인 것 같았다.

"코모란?"

"듣고 있어요."

어쩌면 자신의 착각인지도 몰랐다. 낯선 주택가지만, 불 밝힌 창문들이 있고 멀리 한 커플이 걸어갔다. 걱정하지 마, 문제없어, 온 길을 되짚어가기만 하면 돼, 그녀는 생각했다.

"무슨 일 있어요?" 스트라이크가 날카롭게 물었다.

"아뇨." 로빈이 말했다. "길을 잠깐 잘못 들었을 뿐이에요."

"정확히 어디죠?"

"캣퍼드 브리지 역 근처요. 그런데 어쩌다 여기로 왔는지 모르겠네요." 그녀가 말했다.

그림자 이야기는 하고 싶지 않았다. 로빈은 어두워지는 도로를 조심조심 건넜다. 그림자를 본 것 같은 담장 옆을 지나가고 싶지 않았다. 로빈은 휴대전화를 왼손으로 옮기고 오른쪽 주머니의 호신 경보기를 꽉 움켜잡았다.

"온 길로 돌아가고 있어요." 그녀가 스트라이크에게 자기 위치를 알려주기 위해 말했다.

"이상한 것 못 봤어요?" 그가 물었다.

"모르— 어쩌면요." 그녀가 인정했다.

하지만 그녀가 무언가 본 것 같은 두 주택 사이 틈새의 맞은편에 이르러 보니 거기에는 아무것도 없었다.

"아, 좀 예민해졌나 봐요." 그녀가 발걸음을 빨리하며 말했다. "휘태커를 만난 일은 유쾌하지 않았어요. 그 사람은 정말이지, 아주 고약한, 그런 게 있는 것 같아요."

"지금 어디예요?"

"조금 전 말씀드린 곳에서 스무 걸음 떨어진 곳이요. 잠깐만요, 도로명이 보여요. 길을 다시 건너고 있어요. 아, 어디서 잘못 들어왔는지 알겠네요. 그러니까—"

로빈은 발소리가 뒤에 바짝 붙었을 때에야 그 소리를 들었다. 검은 소매에 감싸인 거대한 두 팔이 로빈을 확 안아서 그녀의 두 팔을 옆구리에 바짝 붙였다. 휴대전화가 로빈의 손에서 미끄러져 길거리에 탕 하고 떨어졌다.

52

Do not envy the man with the x-ray eyes.
Blue Öyster Cult, 'X-Ray Eyes'*

스트라이크는 보 지역의 한 창고 앞에서 블론딘 스트리트를 감시하다가 로빈이 헉하는 소리와 함께 휴대전화가 길바닥에 떨어지는 소리, 이어 아스팔트에 발이 끌리는 소리를 들었다.

그는 달렸다. 전화가 끊기지는 않았지만, 소리가 들리지 않았다. 위험 경보에 머리 회전이 빨라지고 고통 인식이 지워진 가운데 그는 가까운 역을 향해 어둠이 내리는 거리를 달려갔다.

다른 휴대전화가 필요했다.

"그것 좀 빌려줄래, 친구?" 그가 자신을 향해 다가오는 깡마른 흑인 10대 소년 두 명에게 소리쳤다. 한 명이 휴대전화에 대고 웃고 있었다. "지금 누가 범죄를 저지르고 있어, 그 전화 좀 빌려줘!"

스트라이크의 덩치와 카리스마 때문에 소년은 겁먹고 어리둥절한 표정으로 그에게 전화기를 건넸다.

"같이 가자!" 스트라이크가 두 소년에게 소리치고 택시를 잡을 만

---

* '엑스레이 눈을 가진 남자를 부러워하지 마.', 블루 오이스터 컬트, 〈엑스레이 눈〉.

한 큰길로 달려갔다. 스트라이크의 휴대전화는 계속 다른 귀에 붙어 있었다. "경찰!" 스트라이크가 소년의 전화기에 대고 소리쳤고, 놀란 소년들은 보디가드처럼 그의 옆을 달렸다. "캣퍼드 브리지 역 근처에서 여자가 습격당했어요. 나랑 통화하던 중에 당했어요! 지금요. 아니, 어느 도로인지는 모르지만 역에서 한두 블록 거리예요. 나랑 통화하는 중에 놈이 습격했고, 내가 소리를 들었어요. 그래요, 서둘러요!

고마워, 친구들." 스트라이크가 숨을 헐떡이며 휴대전화를 주인에게 돌려주었다. 소년은 더 이상 달릴 필요가 없는데도 스트라이크를 따라서 몇 미터를 더 뛰었다.

스트라이크는 모퉁이를 돌았다. 그에게 보는 런던에서도 낯선 지역이었다. 그는 무릎인대의 고통을 무시하고 한 손으로 균형을 잡으며 보 벨스 펍 앞을 지나갔다. 신호 없는 휴대전화가 아직도 그의 귀에 붙어 있었다. 전화 저편에서 호신 경보기 소리가 들렸다.

"택시!" 그는 저 멀리 켜진 불을 보고 외쳤다. "로빈!" 그가 전화기에 대고 소리쳤지만, 그 소리가 호신 경보음을 뚫고 가 닿을 것 같지는 않았다. "로빈! 내가 경찰에 전화했어! 경찰이 가고 있어. 듣고 있어? 이런 씨발."

택시는 그를 태우지 않고 떠났다. 보 벨스 밖에서 술을 마시던 사람들이 절뚝절뚝 달려가며 휴대전화에 대고 꽥꽥 욕을 해대는 미친 남자를 돌아보았다. 두 번째 택시가 나타났다.

"택시! 택시!" 스트라이크가 소리치자 택시가 돌아서 그에게 다가왔다. 그때 그의 귀에 로빈의 목소리가 들렸다.

"듣고 계세요?"

"이런 세상에! 어떻게 된 거야?"

"소리치지…… 마세요……."

그는 엄청난 힘을 내어 목소리를 줄였다.

"어떻게 된 거야?"

"아무것도 안 보여요." 그녀가 말했다. "아무것도…… 보이지 않아요……."

스트라이크는 택시의 뒷문을 열고 안에 올라탔다.

"캣퍼드 브리지 역이요, 빨리! 무슨 소리야, 아무것도 안 보인다니? 그놈이 무슨 짓을 한 거지? **아니, 그쪽 아니에요!**" 그가 어리둥절해하는 택시 기사에게 소리쳤다.

"아니…… 당신이 준 그 빌어먹을…… 호신 경보기가…… 얼굴에…… 아…… 젠장……."

택시는 속도를 내고 있었지만, 스트라이크는 기사에게 더 밟으라고 소리치지 않기 위해 혼신의 힘을 다해야 했다.

"**무슨 일이야? 다쳤어요?**"

"약간요……. 여기 사람들이 있어요……."

그제야 그의 귀에 사람들 소리가 들렸다. 사람들이 그녀를 둘러싸고서 웅성거리고, 흥분해서 떠들고 있었다.

"……병원에……." 로빈이 전화기 밖에 대고 이야기하는 소리가 들렸다.

"로빈? **로빈?**"

"소리치지 말아요! 구급차를 불렀어요. 이제 금방—" 그녀가 말했다.

"**도대체 어떻게 된 거예요?**"

"팔을…… 베였어요……. 꿰매야 할 것 같아요…… 아, 아파
요……."

"어느 병원? 다른 사람 좀 바꿔봐요! 그리로 갈 테니!"

25분 후 스트라이크는 루이셤 대학 병원 응급실에 들어섰다. 다
리를 심하게 절고, 얼굴이 잔뜩 일그러진 그를 보고서 친절한 간호
사는 의사가 곧 올 테니 걱정 말라고 했다.

"아닙니다." 그는 손을 흔들어 간호사를 물리치고 접수처로 절뚝
절뚝 걸어갔다. "환자를 보러 왔습니다. 로빈 엘라코트, 칼에 베였
어요—"

그는 사람들이 가득한 대기실을 빠르게 훑었다. 어린아이가 엄마
의 무릎에서 칭얼거렸고, 취객이 피 묻은 머리를 두 손으로 붙들고
서 신음하고 있었다. 남자 간호사 한 명이 숨을 헐떡이는 노부인에
게 흡입기 사용법을 일러주고 있었다.

"스트라이크…… 네…… 엘라코트 씨가 당신이 올 거라고 말했어
요." 접수처 직원이 컴퓨터로 조회해보고 말했다. 스트라이크에게
는 그 신중함이 불필요하고 짜증스럽게 여겨졌다. "저쪽 복도로 가
시면 오른쪽…… 첫 번째 침대예요."

그는 서두르다가 윤이 나는 바닥에 약간 미끄러져 욕을 하고 갔
다. 몇몇 사람이 그의 거대하고 볼썽사나운 모습에 고개를 저었다.

"로빈? 이런 염병할!"

그녀의 얼굴이 진홍색으로 뒤덮였고, 두 눈은 퉁퉁 부어 있었다.
젊은 남자 의사가 그녀의 팔뚝에 난 20센티미터 길이의 상처를 살
펴보다가 소리쳤다.

"처치가 끝날 때까지 들어오지 마세요!"

"피 아니에요!" 스트라이크가 커튼을 닫고 물러갈 때 로빈이 소리쳤다. "저한테 사주신 그 호신 경보기의 망할 스프레이예요!"

"가만히 있어요, 제발." 의사의 목소리가 들렸다.

그는 커튼 바깥에서 서성거렸다. 그곳에는 모두 다섯 개의 침대가 각각 커튼으로 가려져 있었다. 간호사들은 고무 밑창을 댄 신발을 신고 있었는데, 반들거리는 바닥에 닿을 때면 찍찍 소리가 났다. 아, 그는 정말로 병원이 싫었다. 그 냄새를 맡고, 질병과 상처를 가리는 인위적 청결함을 보면 그가 다리를 날리고 여러 달을 보낸 셀리오크 병원을 떠올리지 않을 수가 없었다.

내가 무슨 짓을 한 거지? 도대체 무슨 짓을 한 거야? 놈이 로빈을 겨냥하고 있다는 걸 알면서도 그녀에게 일을 시켰다. 로빈은 죽을 수도 있었다. 죽을 뻔했다. 청색 수술복을 갖춰 입은 간호사들이 지나갔다. 커튼 안쪽에서 로빈이 통증 탓에 작게 신음했고, 스트라이크는 이를 갈았다.

"환자분은 정말 운이 좋았어요." 10분 후에 의사가 커튼을 열고 나와 말했다. "위팔동맥이 잘릴 수도 있었습니다. 하지만 힘줄이 손상됐어요. 얼마나 손상됐는지는 수술실에 들어가 봐야 정확히 알 것 같습니다."

그는 두 사람을 커플로 본 것 같았다. 스트라이크는 굳이 정정해주지 않았다.

"수술해야 하나요?"

"힘줄을 봉합해야 하니까요." 다소 이해가 느린 사람에게 설명하는 듯한 말투였다. "게다가 환부를 깨끗이 청소해야 해요. 갈비뼈

엑스레이도 찍어야 하고요."

그는 떠났다. 스트라이크는 마음을 다지고서 커튼 안쪽으로 들어갔다.

"제가 다 망쳤죠." 로빈이 말했다.

"이런 젠장. 나한테 혼날 거라고 생각했어요?"

"어쩌면요." 그녀는 침대 위로 몸을 살짝 들어 올리면서 말했다. 팔에 크레이프 붕대가 감겨 있었다. "해가 진 뒤였고, 또 경계도 하지 않았고."

그는 의사가 앉았던 의자에 털썩 주저앉았는데, 그러다가 실수로 의료용 금속 접시를 바닥에 떨어뜨렸다. 접시가 요란하게 쨍그랑거렸다. 스트라이크는 의족으로 밟아 그 소리를 잠재웠다.

"그런데 도대체 어떻게 벗어난 거죠?"

"호신술요." 그녀가 말하더니 그의 표정을 읽고는 뾰로통해졌다. "안 믿으실 줄 알았어요."

"믿어요. 하지만 도대체 이게 무슨—" 그가 말했다.

"해러게이트에서 여군 출신 선생님한테 호신술을 배웠어요." 로빈이 베개 위에서 몸을 움직이다가 얼굴을 살짝 찌푸리며 말했다. "그러니까— 그 일 이후에요."

"운전면허를 따기 전이었나요? 후였나요?"

"후요." 그녀가 말했다. "왜냐면 제가 한동안 광장 공포증을 겪었으니까요. 운전을 배우면서 방에서 나올 수 있었고, 그런 다음에 호신술을 배웠어요. 맨 처음 선생님은 남자였는데, 그 사람은 별로였어요. 유도 동작만 시켰죠. 전혀 소용없었어요. 하지만 루이즈는 훌륭했어요."

"그래요?" 스트라이크가 말했다.

그는 그녀의 차분함이 당황스러웠다.

"네." 로빈이 말했다. "루이즈는 평범한 여자들에게 필요한 건 멋진 기술이 아니라고 했어요. 영리하고 빠른 역습이 중요하다고 했죠. 다른 곳으로 끌려가지 말아라. 급소를 가격하고 달아나라.

놈은 뒤에서 날 잡았는데, 저는 직전에 발소리를 들었어요. 그런 상황을 루이즈하고 아주 많이 연습했었죠. 괴한이 뒤에서 잡으면 허리를 굽혀라."

"허리를 굽혀라." 스트라이크가 멍하니 따라 말했다.

"손에는 호신 경보기가 있었어요. 저는 허리를 굽히고 경보기로 놈의 고환을 찔렀어요. 트레이닝복 바지를 입고 있더라고요. 놈이 2초 정도 힘을 잃었는데, 제가 그만 원피스에 발이 걸렸어요. 그러자 놈이 칼을 빼들었죠. 어떻게 된 건지 정확히는 모르겠어요. 제가 일어서려고 할 때 놈이 칼로 찔렀어요. 하지만 경보기를 울리자 놈이 겁을 먹었어요. 잉크가 제 얼굴에 확 끼쳤지만, 놈에게도 분명 묻었을 거예요. 바로 옆에 있었거든요. 눈만 나오는 방한 두건을 써서 얼굴은 안 보였어요. 하지만 놈이 저를 덮칠 때 목동맥을 찔렀어요. 그것도 루이즈에게서 배운 거예요. 목 옆에 있는 목동맥을 제대로 치면 사람이 쓰러져요. 그랬더니 놈이 비틀거렸고, 사람들이 몰려오자 달아난 것 같아요."

스트라이크는 말을 잃었다.

"그런데 저 정말 배고파요."

스트라이크는 주머니에서 트윅스 초코 바를 꺼내주었다.

"고마워요."

하지만 그녀가 초코 바를 깨물기도 전에, 노인 한 명을 데리고 침대 앞을 지나가던 간호사가 날카롭게 말했다.

"수술 전 금식이에요!"

로빈은 눈을 뒤룩 굴리고서 트윅스를 스트라이크에게 도로 건넸다. 휴대전화가 울렸다. 스트라이크는 멍한 표정으로 그녀가 전화를 받는 모습을 지켜보았다.

"엄마…… 저예요." 로빈이 말했다.

그들은 서로를 보았다. 로빈은 지금 벌어진 일을 어머니에게—적어도 당장은—알리고 싶지 않은 게 분명했지만, 따로 작전을 세울 필요는 없었다. 린다가 로빈이 말할 기회를 주지 않고 수다를 늘어놓았기 때문이다. 로빈은 휴대전화를 스피커폰으로 바꾸어서 무릎에 내려놓았다. 체념한 얼굴이었다.

"……되도록 빨리 연락해야 돼. 왜냐면 은방울꽃은 이제 철이 지나서 꼭 그걸로 하고 싶으면 특별 주문을 해야 하거든."

"좋아요. 은방울꽃은 뺄게요." 로빈이 말했다.

"네가 직접 전화해서 원하는 걸 말하는 게 좋지 않겠니? 내가 중간에서 말 전하는 것도 힘들어. 플로리스트가 음성 사서함에 메시지를 엄청 남겼다고 하더라."

"죄송해요, 엄마. 제가 전화할게요." 로빈이 말했다.

"여기서는 휴대전화 쓰시면 안 돼요!" 두 번째 간호사가 나무랐다.

"거기 어디니?" 린다가 물었다.

"저기…… 나중에 전화 드릴게요." 로빈이 말하고 전화를 끊었다.

그녀는 스트라이크에게 물었다.

"셋 중 누구인 것 같냐고 왜 안 물어보세요?"

"로빈도 모르지 않을까 하는데." 스트라이크가 말했다. "놈이 방한 두건을 썼고 또 로빈의 눈에 잉크가 들어갔다면."

"한 가지는 확실해요." 로빈이 말했다. "휘태커는 아니에요. 저와 헤어진 뒤로 바지를 갈아입지 않았다면요. 그때 휘태커는 청바지를 입었고, 또 체격도 달랐어요. 이 사람은 강하면서도 부드러웠어요. 물론 체격은 컸어요. 거의 당신만큼이나."

"매튜한테는 연락했어요?"

"지금 오고 있—"

공포에 가깝게 변하는 그녀의 표정을 보고 스트라이크는 등 뒤에 창백한 표정의 매튜가 나타난 줄 알았다. 하지만 로빈의 침대 앞에 나타난 이는 흐트러진 매무새의 로이 카버 경위와 키 크고 우아한 버네사 이퀀시 경사였다.

카버는 셔츠 바람이었다. 겨드랑이에 땀자국이 있었다. 언제나 핏발이 선 그의 파란 눈은 꼭 염소를 과다하게 푼 수영장에서 수영하고 나온 것처럼 보였다. 숱 많은 반백 머리에는 비듬이 가득했다.

"어떻게—?" 이퀀시 경사가 붕대를 감은 로빈의 팔을 바라보며 입을 열었지만, 카버가 나무라듯 그 말을 자르며 끼어들었다.

"거기서 뭘 하고 있던 겁니까?"

스트라이크는 일어섰다. 이 사람은 로빈에게 일어난 일 때문에, 죄책감과 불안감을 돌리기 위해 누구라도 두드려 패고 싶은 그의 열망에 꼭 들어맞는 표적이었다.

"이야기 좀 해야겠군." 카버가 스트라이크에게 말했다. "이퀀시, 여자분의 진술을 받아요."

하지만 그 순간, 다정한 얼굴의 젊은 간호사가 아무것도 모른 채 그 사이에 끼어들어서 로빈에게 미소를 지었다.

"엑스레이 찍으러 가실 겁니다, 엘라코트 씨." 간호사가 말했다.

로빈은 뻣뻣하게 침대에서 내려와서는 고개를 돌려 스트라이크를 바라보며 떠났다. 참으라는 당부가 표정에 담겨 있었다.

"밖으로 나가지." 카버가 스트라이크에게 으르렁거렸다.

스트라이크는 카버를 따라 응급실 밖으로 나갔다. 카버가 그를 작은 휴게실로 데려갔는데, 그 방은 스크라이크가 보기에 금방 죽음이 닥친다거나 실제로 닥쳤다는 사실을 가족에게 알리는 방 같았다. 얇은 쿠션을 댄 의자 서너 개, 작은 테이블과 갑 티슈, 그리고 주황색 추상화가 있었다.

"이 일에서 손 떼라고 하지 않았나?" 카버가 방 가운데 다리를 벌린 채 팔짱을 끼고 서서 말했다.

문을 닫자 카버의 체취가 방을 채웠다. 휘태커의 냄새와는 달랐다. 몸에 찌든 악취와 마약 냄새가 아니라 하루 동안 흘린 땀의 냄새였다. 그의 얼룩덜룩한 안색은 천장의 형광등 조명으로도 나아지지 않았다. 비듬, 젖은 셔츠, 얼룩덜룩한 피부 때문에 그는 조각조각 떨어져 나가는 듯한 느낌이었다. 룰라 랜드리 사건으로 스트라이크에게 굴욕을 당한 일도 그런 상태에 일조했을 것이다.

"휘태커를 감시하려고 그 여자를 보낸 것 아냐?" 카버가 물었다. 그는 뜨거운 물에 삶아지고 있는 것처럼 얼굴이 점점 더 붉어졌다. "자네가 여자를 저렇게 만들었어."

"씨발." 스트라이크가 말했다.

카버의 땀 냄새가 코에 가득 들어찬 뒤에야 그는 비로소 얼마 전부터 그 사실을 알았다는 것을 인정했다. 휘태커는 살인범이 아니었다. 그는 그 일이 가장 안전하다고 생각해서 로빈에게 스테퍼니를 추적시켰지만, 어쨌건 그녀는 계속 길에 있었다. 그리고 범인이 그녀를 추적하고 있다는 것은 벌써 오래전부터 알고 있었다.

카버는 자신이 정곡을 찔렀음을 알아차리고 기분 나쁜 미소를 지었다.

"자네는 살해된 여자들을 이용해서 의붓아버지에게 원한을 갚으려고 했어." 그는 스트라이크가 얼굴을 붉히고 두 손을 불끈 쥐는 모습을 보고 뿌듯해하며 말했다. 이 사건으로 스트라이크를 체포할 수 있다면 카버에게 그보다 더 기쁜 일은 없을 것이다. 둘 다 그 사실을 알았다. "우리는 휘태커를 확인했어. 자네가 말하는 그 염병할 직감을 다 점검했어. 세 사람 다 아무것도 없어. 그러니 이제 내 말 좀 들으시지."

그가 스트라이크에게 한 걸음 더 다가왔다. 스트라이크보다 머리 하나가 작았지만 분노한 강자의 힘을, 보여줄 게 많고, 자기 뒤에 더 큰 힘이 있는 남자의 힘을 들이댔다. 그는 스트라이크의 가슴팍을 가리키면서 말했다.

"이 일에서 손 떼. 자네 동료가 자네 때문에 죽지 않은 건 더럽게 운이 좋았기 때문이야. 자네가 다시 한 번 우리 수사 주변에 얼씬거리면 바로 체포하겠어. 알아들어?"

그는 두꺼운 손가락으로 스트라이크의 가슴팍을 쿡 찔렀다. 스트라이크는 그 손을 쳐내고 싶은 충동은 참았지만 턱이 씰룩거렸다. 그들은 잠시 서로를 노려보았다. 카버는 기분 나쁜 미소를 더 크게 지으며 레슬링 경기의 승자처럼 숨을 헐떡이다가 우쭐거리면서 방을 나갔다. 스트라이크는 혼자 남아 분노와 자기혐오를 삭였다.

그가 응급실로 돌아오는데, 양복을 입은 잘생긴 매튜가 눈을 휘둥그렇게 뜨고 응급실 안으로 뛰어들어 왔다. 머리카락이 헝클어져 있었다. 스트라이크는 그를 알게 된 후 처음으로 그에게 비호감 이외의 감정을 느꼈다.

"매튜." 그가 말했다.

매튜는 스트라이크를 처음 보는 것 같은 표정으로 그를 보았다.

"로빈은 엑스레이를 찍으러 갔어요." 스트라이크가 말했다. "곧 돌아올지도 몰라요. 저쪽이에요." 그가 가리켰다.

"왜 엑스레이를—?"

"갈비뼈를 봐야 한답니다." 스트라이크가 말했다.

매튜가 팔꿈치로 그를 밀치고 지나갔다. 스트라이크는 저항하지 않았다. 자기는 그런 대접을 받아 마땅한 것 같았다. 그는 로빈의 약혼자가 그녀가 간 방향으로 황급히 사라지는 모습을 바라보다가 잠시 망설였지만 곧 돌아서서 응급실 밖으로 나갔다.

맑은 밤하늘에는 이제 별이 가득했다. 그는 도로에 이르러서 담배를 피워 물고, 워들처럼, 그러니까 생명의 양식을 받아먹듯 담배를 빨았다. 이제 무릎의 통증이 느껴졌다. 한 걸음 한 걸음 디딜 때마다 자신이 더 싫어졌다.

"리키!" 길 저편에서 한 여자가 무거운 가방을 들고 씨름하면서, 달아나는 어린아이에게 소리쳤다. "리키, 돌아와!"

꼬마는 정신없이 키득거렸다. 스트라이크는 자기도 모르게 도로에 뛰어드는 아이를 잡았다.

"고맙습니다!" 아이 엄마가 안도감에 거의 울먹이며 스트라이크에게 뛰어왔다. 품에 안은 가방에서 꽃이 쏟아져 나왔다. "아이 아빠한테 가는 길인데— 맙소사—"

아이는 스트라이크의 품 안에서 사납게 버둥거렸다. 스트라이크
는 아이를 엄마 옆에 내려놓았다. 엄마는 길에 떨어진 수선화 다발
을 주웠다.

"이걸 들고 있어." 엄마가 아이에게 엄격하게 말했고, 아이는 그
말을 따랐다. "아빠한테 갖다 드릴 거야. 떨어뜨리면 안 돼! 고맙습
니다." 그녀는 스트라이크에게 다시 한 번 인사한 뒤 아이의 손을 잡
고 떠났다. 아이는 이제 할 일이 생겨서 기쁜 듯 줄기가 곧게 뻗은
노란색 꽃을 마치 왕의 홀*처럼 꼿꼿하게 세워 들고 엄마 옆에서 얌
전하게 걸었다.

스트라이크는 몇 걸음 걷다가 갑자기 길에 멈춰 서서 눈앞에 어떤
투명한 물체가 떠 있기라도 한 듯 꼼짝하지 않고 허공을 바라봤다.
차가운 바람이 얼굴을 간질였지만, 그는 주변을 전혀 의식하지 못
했다. 그의 초점은 완전히 내면을 향하고 있었다.

수선화…… 은방울꽃…… 철 지난 꽃.

그때 어둠 속에 다시 울린 아이 엄마의 목소리—"리키, 안 돼!"—
가 스트라이크의 머릿속에서 연쇄반응을 일으키면서, 범인이 누구
인지 밝혀줄 게 분명한 가설의 문을 열었다. 화재 속에 건물의 골조
가 드러나듯 스트라이크는 이 영감 속에서 범인이 짠 계획의 얼개
를, 그리고 그가 놓친—그리고 모두가 놓친—결정적 오류를 보았
다. 하지만 결국 그것이 살인마와 그의 잔혹한 계획을 끝장내는 수
단이 될 것 같았다.

---

* 왕이 왕권을 상징하고자 드는 장식용 막대.

53

You see me now a veteran of a thousand psychic wars...
Blue Öyster Cult, 'Veteran of the Psychic Wars'*

조명이 밝은 병원에서 태평을 가장하기는 쉬웠다. 로빈은 그녀의 탈출 무용담에 대한 스트라이크의 경이와 감탄뿐 아니라, 살인범과 싸운 과정을 설명하는 자신의 목소리를 들으며 힘을 얻었다. 습격 사건 이후 가장 차분한 사람은 그녀였다. 매튜가 얼굴의 잉크 자국과 팔에 난 큰 상처를 보고 울음을 터뜨리자, 그녀는 그를 달래고 위로했다. 로빈은 다른 사람들의 약한 모습에서 힘을 얻었다. 흥분 상태에서 발휘한 용기가 자신을 정상 생활로 안전하게 복귀시켜주기를 바랐다. 강간 사건 이후 그렇게 오랜 시간 머물렀던 어두운 진창에 빠지지 않고, 확고하게 앞으로 나아갈 수 있기를……

하지만 그 뒤로 이어진 일주일 동안 그녀는 잠을 잘 수가 없었다. 그것은 팔뚝의 통증—이제는 반깁스를 한—때문만은 아니었다. 밤이나 낮에 간신히 쪽잠이 들면 그녀를 습격했던 사람의 두꺼운 팔이 다시 그녀를 옭아매는 느낌이 들었고, 그가 그녀의 귀에 대고 숨

---

* '나는 천 번이 치러진 심령 전투의 퇴역병이야……', 블루 오이스터 컬트, 〈심령 전투의 퇴역병〉.

쉬는 소리가 들렸다. 그녀가 미처 보지 못한 놈의 눈은 때로 열아홉 살 때의 강간범처럼 연청색에 한쪽 눈이 사시였다. 검은 두건과 고릴라 가면 안쪽에서 악몽의 인물이 합쳐지고 변형되고 자라나서 그녀의 정신을 밤낮없이 점령했다.

최악은 그가 다른 사람에게 그 짓을 하는 것을 보면서 돕지도, 달아나지도 못하고 자신의 차례를 기다리는 꿈이었다. 한번은 망가진 얼굴의 스테퍼니가 그 다른 사람으로 나왔다. 다른 꿈에서는 꼬마 흑인 소녀가 엄마를 외쳐 불렀다. 로빈은 그 꿈을 꾸다가 소리를 지르며 깨어났고, 매튜는 걱정된 나머지 다음 날 회사에 병가를 내고 함께 있어 주었다. 로빈은 그게 고마운지 귀찮은지 알 수 없었다.

당연히 어머니가 왔고, 로빈에게 매섬으로 가자고 성화였다.

"결혼식이 이제 열흘 남았어, 로빈, 그냥 지금 나랑 같이 돌아가서 좀 쉬다가—"

"그냥 여기 있고 싶어요." 로빈이 말했다.

그녀는 이제 10대가 아니라 성인이었다. 자신이 갈 곳, 머물 곳, 할 일은 자신이 정했다. 로빈은 7년 전에 어둠 속 괴한에게 당했을 때처럼 잃어버린 자아를 위해 다시 싸우는 느낌이었다. 괴한은 그녀를 명석한 모범생에서 헬쑥한 광장공포증 환자로 변모시켰고, 범죄 수사는 정신적 문제를 악화시킨다는 가족의 판단에 따라 그녀는 범죄심리학자의 꿈을 포기해야 했다.

그런 일이 또다시 일어나게 할 수는 없었다. 그녀가 허락하지 않을 것이다. 그녀는 잠도 못 자고 식욕도 없었지만, 그런 고충에도 공포에도 굴복하지 않고 버텼다. 매튜는 감히 그녀의 뜻을 거스르지 못했다. 그는 힘없이 그녀가 고향에 돌아가지 않아도 좋다고 했지만, 로빈 몰래 부엌에서 린다와 소곤소곤 대화를 했다.

스트라이크는 아무 도움이 되지 않았다. 그는 병원으로 작별 인사를 하러 오지도 않았고, 차도가 어떤지 보러 오지도 않았다. 그저 전화 통화만 했다. 그도 그녀가 안전한 요크셔로 가기를 바랐다.

"결혼식 때문에 준비할 게 많을 텐데."

"위해주는 척하지 말아요." 로빈이 성을 내며 말했다.

"누가 위해주는 척을 한다고—?"

"죄송해요." 그녀는 소리 없는 눈물을 터뜨리고는, 목소리를 정상으로 유지하려고 안간힘을 쓰면서 말했다. "죄송해요……. 긴장해서 그래요. 다음 주 목요일이면 매섬에 가요. 그 전에 갈 필요는 없어요."

로빈은 더 이상 침대에 멍하니 누워 데스티니스 차일드의 포스터만 바라보는 사람이 아니었다. 그녀는 이제 그런 소녀이기를 거부했다.

그녀가 그렇게 악착같이 런던에 남아 있으려고 하는 이유를 아무도 이해하지 못했고, 그녀도 딱히 설명할 말이 없었다. 그녀는 습격당할 때 입었던 원피스를 버렸다. 린다는 로빈이 그 원피스를 쓰레기통에 버릴 때 부엌으로 들어왔다.

"바보 같은 옷." 로빈이 어머니의 눈길을 끌며 말했다. "한 가지는 배웠어요. 감시 작업을 할 때는 긴 원피스를 입지 말아라."

그 말에는 반항이 담겨 있었다. '나는 다시 일할 거예요. 그냥 잠시 쉬는 것뿐이에요.'

"그쪽 손은 쓰면 안 돼." 어머니가 그 반항을 무시하고 말했다. "의사가 그쪽 팔은 쓰지 말고 높게 올려놓으랬어."

매튜도 어머니도 로빈이 사건 관련 기사를 읽는 것이 마음에 들지 않았지만, 그녀는 집요하게 기사를 찾아 읽었다. 카버는 그녀의 이름을 밝히지 않았다. 그는 언론의 관심이 피해자에게 쏠리는 것을 원하지 않는다고 했지만, 그녀도 알고 스트라이크도 알듯이 카버가 가장 걱정하는 것은 스트라이크가 자꾸 등장하면 언론이 이 사건을 카버와 스트라이크의 대결 2라운드로 확대 재생산할 거라는 사실이었다.

"냉정하게 말해서 그건 아무 소용 없어요." 스트라이크가 전화로 로빈에게 말했다(그녀는 그에게 하루에 한 번만 전화하려고 노력했다). "놈을 잡는 데 아무런 도움도 안 돼요."

로빈은 아무 말도 하지 않았다. 그녀는 린다와 매튜의 뜻을 어기고 사 온 여러 신문을 침대에 가득 펼쳐놓고 앉아 있었다. 그녀의 눈은 《미러》지의 두 쪽짜리 기사에 고정되어 있었다. 거기에는 섀클웰 살인마의 희생자로 추정되는 다섯 명의 사진이 다시 실려 있었다. 여섯 번째 여자의 실루엣은 로빈이었다. 실루엣 아래에는 '26세 사무직, 탈출'이라고 적혀 있었다. 습격당한 26세의 사무직 여성이 살인마에게 붉은 잉크 스프레이를 뿌렸다는 사실을 바탕으로 많은 기사가 작성되었다. 은퇴한 여경이 작은 칼럼에서 호신 경보기를 휴대하고 다닌 선견지명을 칭찬했으며, 호신 경보기에 대한 단독 기사도 실렸다.

"정말로 포기한 거예요?" 그녀가 물었다.

"포기하고 말고가 아니에요." 스트라이크가 말했다. 그가 사무실을 거니는 소리가 들렸고, 그녀는 자신이 할 수 있는 일이 차나 끓이고 이메일에 답하는 것뿐이라고 해도 거기 있고 싶었다. "경찰에 모든 걸 맡겼어요. 연쇄살인범은 탐정의 일이 아니에요, 로빈. 옛날부터 그랬어요."

로빈은 자신과 더불어 살인마에게서 목숨을 부지한 유일한 여자의 얼굴을 내려다보았다. '릴라 몽크턴, 매춘부.' 릴라도 그놈의 돼지 같은 숨소리를 알 것이다. 그자는 릴라의 손가락을 잘랐다. 로빈은 팔에 긴 흉터만 남을 것이다. 두개골 속 대뇌가 분노로 떨렸다. 자신이 그리 가볍게 상황을 모면한 것에 죄책감이 느껴졌다.

"무언가 있다면—"

"그만해요." 스트라이크가 말했다. 목소리가 화나 있었다. 마치 매튜처럼. "우리는 끝났어요, 로빈. 로빈을 스테퍼니에게 보낸 게 잘못이었어요. 다리가 온 뒤로 휘태커에 대한 반감 때문에 내가 판단력이 흐려져서 결국—"

"아, 제발." 로빈이 참지 못하고 말했다. "당신이 나를 죽이려고 한 게 아니잖아요. 잘못한 사람만 미워하자고요. 휘태커를 의심할 이유가 충분했어요. 그 가사 말이에요. 어쨌건 그래도—"

"카버가 랭과 브록뱅크도 들여다봤고, 아무것도 없다고 했어요. 우리는 손을 떼야 해요, 로빈."

그녀에게서 16킬로미터 떨어진 사무실에서, 스트라이크는 그녀가 자신의 말을 믿어주길 바랐다. 그는 병원 앞에서 아이와 마주친 뒤에 떠오른 아이디어를 로빈에게 말하지 않았다. 그 대신 다음 날 아침에 카버와 통화하려고 했지만, 부하 직원이 카버는 바빠서 전화를 받을 수 없고, 다시 전화하지도 말라고 했다. 스트라이크는 카버에게 하고 싶었던 말을 이 성미 급하고 다소 공격적인 부하에게 전했다. 하지만 그 말이 한 마디도 전해지지 않을 거라는 데 남은 다리를 걸 수도 있었다.

스트라이크의 사무실 창문은 열려 있었다. 뜨거운 6월 햇살은 고객도 없고 이제 임대료를 내지 못해 곧 비워주어야 하는 두 개의 방에 열기를 불어 넣었다. 새 랩댄서에 대한 의심남의 관심은 시들었다. 스트라이크는 할 일이 없었다. 로빈처럼 그도 무언가 하고 싶었지만, 그녀에게는 그런 말을 하지 않았다. 그가 원하는 것은 그저 그녀가 안전하게 치유되는 것뿐이었다.

"경찰이 아직도 거기 있나요?"

"네." 그녀가 한숨을 쉬었다.

카버는 헤이스팅스 로드에 사복 경찰을 24시간 배치했고, 매튜와 린다는 그 사실에 크게 안도했다.

"코모란, 우리가—"

"로빈, 지금 로빈과 나는 '우리'가 아니에요. 여기 있는 나는 할 일이 없고, 거기 있는 로빈은 살인자가 잡힐 때까지 집에 박혀 있어야 해요."

"그 사건을 말하는 게 아니에요." 로빈이 말했다. 심장이 다시 갈비뼈에 쿵쿵 부딪혔다. 이 말을 하지 않으면 터져버릴 것 같았다. "우리가— 당신이 할 수 있는 일이 한 가지 있어요. 브록뱅크가 살인자는 아닐지 모르지만 강간범인 건 맞아요. 알리사에게 가서 브록뱅크가 어떤 사람인지—"

"그만둬요." 스트라이크의 목소리가 그녀의 귀에 거칠게 울려 퍼졌다. "마지막으로 말하는데, 로빈이 모든 사람을 구할 수는 없어요! 브록뱅크는 전과가 없어요! 우리가 또 실수를 하면 카버가 이때다 하고 우리 목을 꽉 조를 거예요."

긴 침묵이 흘렀다.

"지금 울어요?" 스트라이크가 불안하게 물었다. 그녀의 숨이 거칠어진 것 같았기 때문이다.

"아뇨, 안 울어요." 로빈이 사실대로 말했다.

스트라이크가 브록뱅크와 함께 사는 어린 소녀들을 돕지 않겠다고 하자 그녀는 섬뜩한 냉기를 느꼈다.

"그만 끊을게요. 점심시간이에요." 아무도 그녀를 부르지 않았지만 로빈은 그렇게 말했다.

"로빈, 나는 로빈이—"

"나중에 통화해요." 그녀는 전화를 끊었다.

'지금 로빈과 나는 "우리"가 아니에요.'

그 일이 또 일어났다. 어둠 속에서 괴한이 튀어나와 자신의 안전과 지위를 박살 내버린 일이. 나는 탐정 사무소에서 파트너로 일했는데…….

그런데 정말 그랬나? 그들은 새로 계약을 하지 않았다. 임금 인상도 없었다. 너무 바쁘고 돈이 없어서 그런 걸 요구할 생각도 하지 못했다. 그녀는 그저 스트라이크가 자신을 그렇게 볼 거라고 생각하며 기뻐했을 뿐이다. 이제 그마저 사라졌다. 어쩌면 일시적으로, 어쩌면 영원히. '이제부터 로빈과 나는 "우리"가 아니에요.'

로빈은 잠시 생각에 잠겨 있다가 신문들을 버스럭거리며 침대에서 일어났다. 그러고는 화장대 앞에 가서 지미추라는 은색 글자가 새겨진 흰 구두 상자의 깨끗한 표면을 손가락으로 문질렀다.

그 생각은 스트라이크가 병원 앞에서 얻은 영감처럼 불꽃을 번쩍 피워 올리지 않았다. 그것은 천천히, 어둡고 위험하게 떠올랐다. 지난 일주일간의 강요된 수동성과 스트라이크의 완강한 거절에 대한 차가운 분노에서 나왔다. 스트라이크는 동지였지만 이제 적에게 넘어갔다. 그는 키가 190센티미터가 넘는 전직 권투 선수였다. 작고 연약하고 무력하게 느껴지는 기분을 알 수가 없다. 강간 피해자가 자기 몸에 어떤 느낌을 갖게 되는지 전혀 모를 것이다. 자기 자신이 물체가 되는 느낌, 그냥 쑤셔 박을 구멍이 되는 느낌을.

전화로 들은 자하라의 목소리는 많아봐야 세 살 정도였다.

로빈은 한동안 조용히 화장대 앞에 앉아 웨딩 슈즈를 바라보면서 생각에 잠겼다. 급류가 흐르는 바위 계곡에서 외줄을 타는 것처럼 발밑에 펼쳐진 위험이 똑똑히 보였다.

물론 그녀가 모든 사람을 구할 수 없는 것은 맞다. 마티나, 세이디, 켈시, 헤더는 구할 수 없었다. 릴라는 불구가 된 손과 로빈이 너무도 잘 아는 마음의 상처를 평생 안고 살아가야 할 것이다. 하지만 아무도 행동하지 않으면 얼마나 더 많은 고통을 겪을지 모를 어린 두 소녀가 있었다.

로빈은 구두에서 시선을 떼고 휴대전화로 손을 뻗어 자발적으로 받은, 하지만 그때는 자신이 사용하게 될 줄 몰랐던 번호를 눌렀다.

54

And if it's true it can't be you,
It might as well be me.
        Blue Öyster Cult, 'Spy in the House of the Night'*

그녀는 사흘 동안 계획했다. 공모자가 차를 준비하고 바쁜 스케줄에 틈을 낼 때까지 기다려야 했기 때문이다. 그러는 사이 그녀는 린다에게 지미추 구두가 발에 너무 꽉 맞고 스타일도 요란해서 싫다고 말하고, 환불을 받으러 갈 때 어머니의 동행을 허락했다. 그런 뒤 자신의 계획을 실행하는 데 필요한 시간을 벌기 위해 린다와 매튜에게 어떤 거짓말을 할지를 생각했다.

그녀는 결국 경찰 면담이 한 차례 더 있다고 말했다. 그 거짓말을 들키지 않기 위해서, 그녀를 태우러 온 생커는 차에서 나오지 말아야 했다. 또 생커는 아직도 그곳을 순찰 중인 사복 경찰 앞에 차를 세우고 로빈이 실밥을 뽑으러 간다고 말했다. 실제로는 이틀 후에 실밥을 뽑으러 가기로 되어 있었다.

때는 저녁 7시, 하늘에는 구름 한 점 없었고, 이스트웨이 비즈니스 센터의 벽돌담에 기대선 로빈을 빼면 현장은 텅 비어 있었다. 태

---

* '그게 사실이라 해도 너일 리 없어,/차라리 나라면 몰라도.', 블루 오이스터 컬트, 〈밤의 집에 스파이〉.

양은 서쪽으로 천천히 기울었고, 블론딘 스트리트 저편 끝의 먼 지평선에서는 대형 탑 오빗이 건설되고 있었다. 로빈은 신문에서 그설계도를 보았다. 완성되면 꼬불꼬불한 전화선에 감긴 거대한 캔들스틱 전화기* 같은 모양이 될 것이다. 그 너머로 한창 건축 중인 올림픽 스타디움의 외곽선이 간신히 보였다. 멀리 보이는 그 거대한 구조물들은 강렬하고 또 무언가 비인간적이기도 했다. 그것은 그녀가 알리사의 집이라고 추정하는, 문에 페인트를 새로 칠한 집 안쪽의 비밀들과는 거리가 멀고도 멀었다.

그녀가 품은 계획 때문인지, 조용한 주택들은 어쩐지 그녀를 불안하게 만들었다. 그것들은 새롭고 현대적이고, 또 어느 면으로는 영혼이 없어 보였다. 멀리 건설되는 웅장한 건축물들 앞을 가로막은 이 장소는 개성도 없고 어떤 공동체 감각도 없었다. 납작한 집들의 네모진 윤곽선을 달래줄 나무도 없었다. 많은 집에 '세입자 구함'이라는 팻말이 걸려 있었다. 모퉁이 가게도 펍도 교회도 없었다. 그녀가 기대선 창고—2층 창문에 음울한 흰 커튼이 걸리고, 금속 문에 그래피티가 빽빽한—는 엄폐물이 되지 못했다. 로빈은 달음박질이라도 하듯 심장이 쿵쿵거렸다. 이제 어떤 것도 그녀를 돌려세우지 못하겠지만, 그녀는 두려웠다.

발소리가 가까이 들려서 로빈이 휙 돌아섰다. 땀 젖은 손으로 호신 경보기를 꽉 잡고 있었다. 키 크고 유연하고 얼굴에 흉터가 있는 섕커가 한 손에는 초코 바를, 다른 손에는 담배를 들고 그녀에게 경중경중 달려왔다.

---

* 1890년대부터 1940년대에 쓰이던 전화기로, 수직으로 뻗은 원통형의 송화기와 별도의 수화기로 구분돼 있다.

"오고 있어." 그가 둔탁한 발음으로 말했다.

"정말요?" 로빈이 말했다. 심장이 어느 때보다도 크게 뛰었다. 현기증까지 일었다.

"흑인 여자와 아이 둘이 와. 이걸 사면서 봤지." 그가 초코 바를 흔들면서 말했다. "좀 줄까?"

"아뇨. 그러면 생커 씨는 비켜주는 게 좋을 것 같아요." 로빈이 말했다.

"정말 내가 안 가봐도 돼?"

"네, 그 사람을 보면 그때 오세요." 로빈이 말했다.

"그 새끼가 집에 없는 거 맞아?"

"전화를 두 번 했어요. 분명히 없을 거예요."

"그러면 모퉁이 너머에 있을게." 생커가 짧게 말하고 담배와 초코 바를 번갈아 입에 대며 알리사의 집이 보이지 않는 곳으로 옮겨 갔다. 그러는 사이 로빈은 알리사가 자기를 지나쳐 집에 들어가지 않도록 블론딘 스트리트를 달려갔다. 건물의 돌출한 발코니 아래로 들어갈 때 키 큰 흑인 여자가 그 길로 돌아드는 모습이 보였다. 여자는 두세 살 된 어린아이의 손을 잡고 걸었고, 여자의 뒤에는 열한 살 정도 된 소녀가 따라오고 있었다. 알리사는 현관을 열고 아이들과 함께 들어갔다.

로빈은 그 집으로 갔다. 오늘은 청바지와 운동화 차림이었다. 넘어지는 일은 금물이었다. 새로 봉합한 힘줄이 깁스 밑에서 불끈거렸다.

알리사의 현관 문을 두드릴 때 심장이 너무 쿵쿵거려서 가슴팍이 아플 지경이었다. 큰아이가 오른쪽 내민창으로 내다보았다. 로빈은 불안하게 미소 지었다. 아이는 사라졌다.

그 뒤로 1분도 지나지 않아 나타난 여자는 어떤 기준으로 보아도 빼어난 미녀였다. 훤칠한 키, 검은 피부, 수영복 모델 같은 몸매, 허리까지 오는 레게 스타일 머리. 로빈은 그녀를 보자마자 스트립 클럽이 알리사를 해고했다면, 여자의 성격이 보통이 아닐 거란 생각이 들었다.

"무슨 일이시죠?" 여자가 얼굴을 찡그리고 물었다.

"안녕하세요." 로빈이 물었다. 입이 말랐다. "알리사 빈센트 씨신가요?"

"맞아요. 누구시죠?"

"저는 로빈 엘라코트라고 하고요." 로빈이 말했다. 입이 말랐다. "저기, 노엘 씨와 관련해서 잠깐 이야기 좀 할 수 있을까요?"

"노엘이 왜요?" 알리사가 물었다.

"안에 들어가서 말씀드리고 싶어요." 로빈이 말했다.

알리사의 표정에는 인생에 무수한 불운을 겪으며 살아온 사람 특유의 경계심과 반항심이 어려 있었다.

"제발요, 중요한 일이에요." 로빈이 말했다. 입이 너무 말라서 혀가 입천장에 달라붙었다. "그것만 부탁드릴게요."

그들의 눈이, 알리사의 따뜻한 진갈색 눈동자와 로빈의 깨끗한 청회색 눈동자가 마주쳤다. 로빈은 알리사가 거절할 거라고 생각했다. 그때 알리사의 속눈썹 짙은 눈이 커지더니, 얼굴에 이상한 빛이 지나갔다. 어떤 우호적인 계시를 본 것 같았다. 알리사는 아무 말도 하지 않고 어둑어둑한 현관 안쪽으로 물러서더니 특이하고 거창한 동작으로 로빈에게 안쪽을 가리켰다.

로빈은 자신이 왜 불안한 건지 알 수 없었다. 그녀는 오직 그 집에 사는 두 어린 소녀들을 생각하며 집 안으로 들어갔다.

현관 안쪽으로 들어가니 거실이 있었다. 가구라고는 TV와 1인용 소파 하나가 전부였다. 바닥에 테이블 램프가 있었다. 벽에는 싸구려 금테 액자가 두 개 걸려 있었다. 하나는 청록색 원피스를 입은 통통한 자하라가 머리에도 같은 색깔의 나비 핀을 꽂은 사진이었고, 다른 하나는 큰아이가 밤색 교복을 입은 사진이었다. 큰딸은 아름다운 어머니를 빼닮았다. 하지만 그 사진은 미소를 담지 못했다.

로빈은 현관문이 잠기는 소리를 들었다. 그녀는 돌아보았고, 그녀의 운동화 바닥이 매끄러운 나무 바닥에서 끼익 소리를 냈다. 가까운 곳에서 전자레인지가 팅 울려 가열이 완료되었음을 알렸다.

"엄마!" 날카로운 목소리가 울렸다.

"에인절!" 알리사가 방으로 들어가면서 소리쳤다. "자하라한테 우유 꺼내줘!" 그러더니 팔짱을 끼고 말했다. "노엘에 대해 무슨 이야기를 하려는 거죠?"

로빈은 알리사가 무언가 흐뭇해한다는 인상을 받았는데, 그녀가 아름다운 얼굴을 일그러뜨리며 쓴웃음을 짓자 그 느낌이 더 강해졌다. 전직 스트립 댄서 알리사는 팔짱을 낀 채 가슴을 쭉 내밀고 밧줄 같은 긴 머리를 허리까지 늘어뜨리며 서 있었다. 그녀는 키가 로빈보다도 5센티미터가량 더 컸다.

"알리사, 저는 코모란 스트라이크랑 같이 일해요. 그 사람이 누구냐면—"

"그놈이 누군지 잘 알아." 알리사가 천천히 말했다. 그녀가 로빈의 겉모습을 보고 느낀 듯하던 은근한 만족감이 갑자기 사라졌다.

"노엘한테 뇌전증을 안겨준 개자식이지! 그놈한테 갔구나? 한패인 거지? 왜 짭새한테 안 가고—"

알리사는 로빈의 어깨를 세게 쳤고, 로빈이 무슨 말을 할 겨를도 없이 말 한 마디 한 마디에 맞추어 주먹을 날렸다.

"네가, 정말로, 무슨 짓을, 당했다면!"

알리사가 갑자기 주먹을 마구 휘둘렀고, 로빈은 오른팔을 보호하려 왼팔을 들고 알리사의 무릎을 찼다. 알리사는 비명을 지르며 뒤로 펄쩍 물러섰다. 로빈의 뒤쪽에서 작은딸이 비명을 질렀고, 큰딸이 거실에 들어왔다.

"더러운 년!" 알리사가 비명을 질렀다. "애들 앞에서 **나를 때리다니—**"

그러더니 로빈의 머리카락을 잡고 커튼 없는 창문에 로빈의 머리를 쾅쾅 찧었다. 깡마른 에인절이 두 여자를 갈라놓으려고 하는 게 느껴졌다. 로빈도 참지 않고 알리사의 귀를 때리자 알리사는 헉하며 물러섰다. 로빈은 에인절을 팔 밑에 끼고 옆으로 물러서게 한 뒤, 고개를 숙이고 알리사에게 달려들어 그녀를 소파에 쓰러뜨렸다.

"때리지 말아요! 우리 엄마 때리지 말아요!" 에인절이 소리치며 로빈의 다친 팔을 확 당겨서 로빈도 고통의 비명을 질렀다. 자하라가 문 앞에서 비명을 질렀다. 따뜻한 우유를 담은 빨대 컵을 거꾸로 잡고 있었다.

"노엘은 소아 성애자예요!" 알리사가 다시 공격하려고 소파에서 몸을 일으킬 때 로빈이 그 모든 소음을 뚫고 소리쳤다.

로빈은 자신이 그 엄청난 소식을 전해주면 알리사가 충격에 무너질 줄 알았다. 알리사가 자신을 올려다보며 으르렁거릴 줄은 전혀 몰랐다.

"그래서 뭐? 네가 누군지 내가 모를 줄 알아, 이 개 같은 년아? 남의 인생을 그렇게 조져놓고도—"

그녀는 다시 로빈에게 달려들었다. 공간이 너무 좁아서 로빈은 또다시 벽에 부딪혔다. 그들은 서로 뒤엉킨 채 TV에 부딪혔고, TV가 스탠드에서 쿵 하고 떨어졌다. 팔뚝의 상처가 뒤틀려서 로빈은 또 한 번 고통에 찬 비명을 질렀다.

"엄마! 엄마!" 자하라가 울부짖었고, 에인절은 로빈의 바지 뒤쪽을 잡아당겨서 로빈이 방어하지 못하도록 했다.

"딸들에게 물어봐요!" 로빈이 주먹과 팔꿈치 공격이 쏟아지는 가운데 소리치며 에인절의 손을 뿌리치려고 했다. "딸들에게 물어봐요. 그 남자—"

"더러운 주둥이로— 내 아이들을—"

"물어보라니까요!"

"모녀가 쌍으로 거짓말을 해대면서—"

"우리 엄마요?" 로빈이 말한 뒤 엄청난 노력을 들여 팔꿈치로 알리사의 몸통을 가격했고, 알리사는 다시 한 번 허리를 접으며 소파에 쓰러졌다. "에인절, 비켜!" 로빈이 소리치며 바지를 잡은 아이의 손을 떼어내려고 했다. 알리사가 다시 공격할 게 분명했다. 자하라는 문 앞에서 계속 울었다. "누구." 로빈이 숨을 헐떡이며 알리사를 내려다보았다. "내가 누구라고 생각하는 거죠?"

"웃기는 년!" 알리사도 숨을 헐떡이며 말했다. "브리트니 년이잖아! 노엘한테 전화해서 욕하는 년—"

"브리트니요? 난 브리트니가 아니에요!" 로빈이 놀라서 말했다.

그녀는 재킷 주머니에서 지갑을 꺼냈다. "내 신용카드를 봐요―이걸! 나는 로빈 엘라코트고 코모란 스트라이크랑 같이 일해요―"

"노엘의 뇌를 다치게 한 새끼―"

"코모란이 그때 왜 노엘을 체포하러 간 건지 알아요?"

"그 마누라가 모함을 해서―"

"아무도 모함하지 않았어요! 노엘이 브리트니를 강간했고, 노엘은 들어가는 직장마다 어린 소녀들에게 손을 대서 잘렸어요! 자기 친누이에게도 그런 짓을 했어요. 내가 그 누이를 만났어요!"

"거짓말하지 마!" 알리사가 소리치며 다시 소파에서 일어서려고 했다.

"거짓말 아니에요!" 로빈이 고함치며 알리사를 다시 소파에 주저앉혔다.

"이 미친년아, 여기서 나가!" 알리사가 소리쳤다.

"딸에게 물어봐요. 노엘이 이상한 짓을 한 적이 있는지! 에인절에게 물어봐요!"

"우리 애들한테 말 걸지 마, 더러운 년아!"

"에인절, 엄마한테 말해봐, 혹시 노엘이―"

"이게 무슨 난리야?"

자하라가 너무 시끄럽게 울어서 그들은 문이 열리는지도 몰랐다.

그는 거구였고, 검은 머리에 턱수염을 길렀으며, 검은 트레이닝복을 입었다. 한쪽 눈이 얼굴 중앙을 향해 꺼져서 눈빛이 강렬하고 섬뜩했다. 그는 그늘진 검은 눈동자로 로빈을 바라보면서 천천히 자하라를 들어 올렸고, 자하라는 환하게 웃으며 그의 품으로 파고들었다. 하지만 에인절은 벽 쪽으로 물러났다. 브록뱅크는 로빈에게 시선을 고정한 채 자하라를 알리사의 무릎에 앉혔다.

"만나서 반갑군." 그는 미소를 지었지만, 그 미소는 호의가 아니라 고통을 예고하고 있었다.

로빈은 몸에 한기를 느끼며 호신 경보기를 찾아 손을 주머니에 넣었지만, 브록뱅크가 금세 그녀에게 다가와서 손목을 잡고 꿰맨 상처를 눌렀다.

"아무한테도 전화 못 해, 더러운 년. 그게 너라는 걸 내가 모를 줄 알았지―"

그녀는 그에게서 벗어나려고 했다. 꿰맨 자국이 그의 손아귀에서 뒤틀렸고, 그녀는 비명을 질렀다.

"생커!"

"기회가 있었을 때 네년을 확 죽였어야 돼, 더러운 년!"

그때 와지끈 소리가 나면서 나무로 된 현관문이 부서졌다. 브록뱅크가 로빈을 놓고 돌아섰고, 생커가 칼을 들고 들어왔다.

"칼 쓰지 말아요!" 로빈이 자신의 팔을 부여잡고서 소리쳤다.

그 좁은 공간을 채운 여섯 사람이 일순 얼어붙었다. 자하라조차 어머니에게 매달렸다. 그때 가늘고 절박하고 떨리는 목소리가 끼어들었다. 흉터와 금니가 있고 문신투성이 손에 칼을 든 남자의 등장으로 풀려난 목소리였다.

"맞아요! 나한테 했어요, 엄마! 아저씨가 나한테 나쁜 짓 했어요!"

"뭐라고?" 알리사가 에인절을 보며 말했다. 갑작스러운 충격에 얼이 빠진 표정이었다.

"저 아줌마 말이 맞아요! 아저씨가 나한테 나쁜 짓 했어요!"

브록뱅크는 경련하듯 몸을 움직였지만, 생커가 칼로 가슴을 겨누자 바로 진정했다.

"괜찮아, 아가야." 생커가 에인절에게 말하며 칼을 들지 않은 손으로 아이를 감쌌다. 맞은편 집들 뒤로 천천히 떨어지는 햇빛에 생커의 금니가 번득였다. "다시는 그런 짓 못 할 거야, 천하의 개새끼 같으니라고." 그는 브록뱅크의 얼굴에 입김을 뿜었다. "껍질을 벗겨 버릴 놈."

"대체 무슨 말이니, 에인절?" 알리사가 자하라를 계속 붙든 채 말했다. 그녀의 표정은 이제 두려움에 굳어 있었다. "아저씨가―?"

브록뱅크는 돌연 고개를 숙이고 럭비 선수 시절처럼 생커를 향해 돌진했다. 덩치가 그의 반도 안 되는 생커는 마네킹처럼 옆으로 쓰러졌다. 브록뱅크는 생커가 부수고 들어온 문으로 달아났고, 생커는 욕을 하면서 그를 따라 달려 나갔다.

"그냥 둬요! 따라가지 마요!" 로빈이 창밖을 보면서 소리쳤다. "제발, **생커**, 경찰이 잡을 거예요. 그런데 에인절은 어디에―?"

알리사는 이미 딸을 찾아 거실을 나갔고, 뒤에 남은 자하라는 소파에 앉아 악을 쓰며 울었다. 로빈은 두 남자를 잡을 수 없었기에 온몸을 떨면서 주저앉아 머리를 감싸 쥐었다. 어지럼증이 물결처럼 밀려왔다.

그녀는 하려던 일을 했고, 부수적 피해가 있을 것은 이미 예견했다. 브록뱅크가 달아나거나 생커의 칼을 맞는 일은 그녀가 예상한 범주에 있었다. 지금 로빈이 확신할 수 있는 것은 자신이 어느 쪽도 막을 수 없다는 것뿐이었다. 그녀는 몇 차례 심호흡을 하고 일어서서 겁먹은 아이를 달래려고 소파로 갔지만, 자하라는 당연하게도 로빈이 이 모든 난동을 일으켰다고 생각하고서 더 크게 울며 발길질을 했다.

"엄마는 몰랐어." 알리사가 말했다. "세상에. 왜 나한테 말하지 않은 거니, 에인절? 왜 말하지 않았어?"

어둠이 내려왔다. 로빈이 스탠드를 켜자, 미색 벽에 연회색 그림 자들이 떠올랐다. 곱사등이 유령 셋이서 소파 등받이에 웅크리고 앉아 알리사의 동작을 흉내 내는 것 같았다. 에인절은 엄마의 무릎 에서 울었고, 두 사람은 함께 흔들렸다.

로빈은 이미 차를 두 번 끓였고 자하라가 먹을 스파게티도 만들어 줬다. 그리고 지금은 창 아래 딱딱한 바닥에 앉아 있었다. 섕커가 부 수고 들어온 문을 고쳐줄 수리공이 올 때까지는 거기 있어야 한다고 느꼈다. 아직 경찰에는 연락하지 않았다. 모녀가 이야기하는 중이 었고, 로빈은 방해자가 된 것 같았지만, 안전한 문과 새 자물쇠가 생 기기 전에는 떠날 수 없었다. 자하라는 소파 위 엄마와 언니 옆에서 엄지손가락을 물고 잠이 들었다. 다른 손은 아직도 빨대 컵을 잡고 있었다.

"말하면 자하라를 죽일 거라고 했어요." 에인절이 엄마의 목에 대 고 말했다.

"이럴 수가." 알리사가 신음했고, 눈물이 딸의 등에 떨어졌다. "세상에 이럴 수가."

로빈은 배 속에 게 수백 마리가 기어 다니는 것 같은 느낌이 들었 다. 어머니와 매튜에게 문자를 보내서 경찰이 그녀에게 보여줄 몽 타주가 남아 있다고 말했지만, 두 사람 다 그녀의 외출이 길어지자 걱정하기 시작했고, 그녀는 그들이 자신을 데리러 오는 것을 막을 핑계가 궁해져갔다. 그녀는 혹시 전화기가 무음으로 설정돼 있나 싶어 계속 무음 버튼을 살폈다. 생커는 어디 있을까?

마침내 수리공이 왔다. 로빈은 수리비를 청구할 신용카드 번호를 알려주고 알리사에게 자신은 가야겠다고 말했다.

알리사는 에인절과 자하라를 소파에 두고 로빈을 따라 어두운 길로 나왔다.

"저기." 알리사가 말했다.

그녀의 얼굴에는 아직도 눈물 자국이 남아 있었다. 알리사는 고맙다는 말을 하는 데 익숙하지 않은 것 같았다.

"고마워요." 마침내 그녀가 거의 공격적으로 말했다.

"별말씀을요." 로빈이 말했다.

"정말이지, 나는, 그 사람을 교회에서 만났어요. 이제 드디어 좋은 남자를 만났다고 생각했죠……. 노엘은 아이들한테 정말 잘했거든요—"

그녀는 흐느꼈다. 로빈은 그녀를 토닥여줄까 하다가 그러지 않기로 했다. 알리사에게 맞아서 어깨가 멍으로 뒤덮였고, 칼에 찔린 상처가 어느 때보다 욱신거렸다.

"브리트니가 정말 그 사람에게 전화했나요?" 로빈이 물었다.

"노엘이 그렇게 말했어요." 알리사가 손등으로 눈을 닦으며 말했다. "전처가 모함한다고, 브리트니에게 거짓말을 시키고 있다고, 젊은 금발 여자가 와서 헛소리를 하면 그 말을 믿지 말라고 했어요."

로빈은 자신이 들은 나직한 목소리를 기억했다.

'너 내가 아는 애냐, 가시내야?'

그는 그녀를 브리트니로 알았다. 그래서 다시 전화를 하지 않은 것이다.

"저는 이만 갈게요." 로빈이 웨스트 일링으로 돌아가는 먼 길을 걱정하며 말했다. 온몸이 아팠다. 알리사의 주먹은 정말 강했다. "경찰에 전화하실 거죠?"

"아마 그럴 것 같아요." 알리사가 말했다. 그런 생각 자체가 알리사에게는 낯선 것 같았다.

로빈은 호신 경보기를 꽉 잡고 어둠 속을 걸으며, 브리트니 브록뱅크가 새아버지에게 어떤 말을 하려고 한 걸까 생각해보았다. 어쩐지 알 것 같았다. "나는 안 잊었어요. 또다시 그런 짓을 하면 신고할 거예요." 어쩌면 그 생각이 그녀의 양심을 달래주었을 것이다. 그가 자신에게 한 짓을 다른 사람들에게도 계속 저지르는 것이 두려웠지만, 이제 와서 그 일을 고소하기에는 후폭풍을 감당할 수 없었을 것이다.

'브리트니 브록뱅크 양, 원고의 새아버지는 원고를 건드린 적이 없고, 이 이야기는 원고 모녀가 지어낸 것이라 말씀드립니다……'

로빈은 그 절차를 잘 알았다. 그녀가 마주한 피고 측 변호사는 얼음 같은 인간이었다. 그 표정은 여우 같았다.

'엘라코트 양은 술집에서 술을 마신 뒤 귀가하던 중이었죠?'

'남자 친구의, 관심을 잃는 일을 두고 농담을 했죠?'

'그리고 트러윈 씨를 만났을 때—'

'만나지 않았습—'

'엘라코트 양이 기숙사 밖에서 트러윈 씨를 만났을 때—'

'만나지 않았습니다—'

'엘라코트 양이 트러윈 씨에게 말을 걸었을 때—'

'저는 아무 말도 하지 않았습니다.'

'엘라코트 양은 트러윈 씨에게 요청한 것에 부끄러움을 느꼈다고 생각합니다―'

'저는 아무것도 요청하지 않았습니다―'

'엘라코트 양, 술집에서 남자 친구의 성적 관심을 잃는 일에 대해 농담하지 않았습니까―'

'저는―'

'술을 몇 잔이나 마셨습니까, 엘라코트 양?'

로빈은 사람들이 왜 말하기를 두려워하는지 너무도 잘 알았다. 자신이 당한 일을 털어놓아봤자, 그런 더럽고 부끄럽고 고통스러운 사실이 병적인 상상력으로 꾸며낸 일이라는 말이나 듣는 게 다반사였다. 할리도 브리트니도 공개 법정에 나가지 못했고, 알리사와 에인절도 겁먹고 있을 것이다. 하지만 노엘 브록뱅크는 죽거나 투옥당하지 않는 이상 아동 강간을 멈출 수 없을 게 분명했다. 하지만 그렇다 해도 제발 생커가 그를 죽이는 일은 없기를 바랐다. 혹시라도 죽였다면…….

"생커!" 그녀는 형광색 트레이닝복을 입고 문신을 한 키 큰 남자가 가로등 아래로 지나가는 모습을 보았다.

"그 새끼를 놓쳤어!" 생커의 목소리가 울렸다. 그는 로빈이 딱딱한 바닥에 앉아서 두 시간 동안 덜덜 떨며 그가 돌아오기를 기도했다는 걸 전혀 모르는 것 같았다. "그 덩치로 잘도 달리더군."

"경찰이 찾을 거예요." 로빈이 말했다. 갑자기 무릎이 후들거렸다. "알리사가 경찰에 신고할 거예요. 생커, 나를…… 집까지 좀 태워줄 수 있나요?"

55

Came the last night of sadness
And it was clear she couldn't go on.
Blue Öyster Cult, '(Don't Fear) The Reaper'*

스트라이크는 24시간 동안 로빈이 한 일을 전혀 몰랐다. 다음 날 점심시간에 그가 전화했을 때 로빈은 전화를 받지 않았지만, 그는 자신의 문제와 씨름 중이었고 또 그녀가 어머니와 함께 집에 안전하게 있을 거라고 믿었기 때문에 별로 이상하게 여기지 않았으며 다시 전화를 하지도 않았다. 로빈의 문제는 어쨌건 일시적으로 해결됐다고 여겼기에, 그는 병원 앞에서 깨달은 것을 털어놓아 업무에 복귀하고 싶어 하는 그녀의 열망을 부추길 생각이 없었다.

하지만 그 깨달음이 지금 그의 온 정신을 장악하고 있었다. 어쨌건, 고객의 전화도 방문도 없는 조용한 사무실에서는 달리 신경 쓸 일도 없었다. 스트라이크가 줄담배를 피우는 사무실에서 들리는 소리라고는 뿌연 햇빛 속에 열린 창문을 붕붕거리며 드나드는 파리 소리뿐이었다.

잘린 다리를 받은 뒤로 지나간 석 달 가까운 시간을 돌이켜보니,

---

* '슬픔의 마지막 밤이 왔고,/그녀는 영원할 수 없었네.', 블루 오이스터 컬트, 〈죽음(을 두려워하지 마)〉.

자신의 실수가 너무도 확연했다. 그는 켈시 플랫의 집에 다녀온 뒤에 바로 범인을 알아차렸어야 했다. 그때 깨달았다면ㅡ그가 범인의 속임수에 넘어가지 않았다면, 수상쩍은 다른 남자들의 냄새에 홀리지 않았다면ㅡ릴라 몽크턴은 아직도 손가락이 열 개일 테고, 헤더 스마트는 노팅엄 주택금융 조합에서 일하며 다시는 런던에서처럼 술을 많이 마시지 않겠다고 다짐하고 있을지도 몰랐다.

스트라이크는 영국 헌병 특수수사대에서 일할 때 수사에서 오는 정신적 충격을 어떻게 관리해야 하는지 배웠다. 어제저녁 그는 자신을 향한 분노가 가득했지만, 눈앞에서 진실을 보지 못한 자신을 욕하면서도 범인의 뻔뻔한 영리함을 인정했다. 범인이 스트라이크의 경력을 역이용해서 그가 애초의 판단을 의심하고 재고에 빠지게 만든 솜씨는 거의 예술적으로 보일 정도였다.

범인이 그가 처음부터 의심한 자들 중 한 명이라는 사실은 별로 위안이 되지 않았다. 수사 경력에서 지금 같은 정신적 고통을 겪기는 처음인 것 같았다. 사람 없는 사무실에 혼자 앉아서, 자신이 도달한 결론이 자신의 생각을 전한 경찰관의 신뢰를 얻지 못했고 또 카버에게 전달되지도 않았을 거라고 생각하니, 말도 안 되는 논리지만 앞으로 살인이 또 한 차례 일어난다면 그것은 자신의 잘못일 것 같다는 생각마저 들었다.

하지만 스트라이크가 다시 수사 주변에 얼쩡거리면ㅡ그러니까 그자를 감시하거나 미행하면ㅡ카버는 분명 경찰 수사 방해로 고소할 것이다. 자신이 카버의 입장이라도 똑같은 기분을 느꼈겠지만, 자신은 아무리 미워도 다른 사람의 이야기를 들어주었을 거라고, 그는 기분 좋은 분노가 치미는 가운데 생각했다. 한때 자신을 이겼다는 이유로 목격자를 차별하면 이렇게 복잡한 사건을 풀 수가 없다.

스트라이크는 배에서 꼬르륵 소리가 났을 때에야 그날 저녁 엘린과 약속이 있다는 사실이 떠올랐다. 이혼 합의와 양육권 조정이 드디어 끝난 데다, 엘린이 이제 그들도 한번쯤 르 가브로슈에서 근사한 저녁을 즐길 때가 되었다고 전화로 말했다. "내가 살게."

사무실에서 혼자 담배를 피우며, 스트라이크는 섀클웰 살인마와 관련해서는 더 이상 발휘할 수 없는 냉정한 태도로, 예정된 저녁 약속에 대해 생각해봤다. 긍정적인 면을 보면, 식사가 훌륭할 것이다. 돈 한 푼 없고 어제저녁도 토스트로 때운 그에게는 매력적인 것이었다. 이혼이 마무리되면 떠날 그 티끌 하나 없이 깨끗한 엘린의 아파트에서 섹스도 하게 될 것 같았다. 하지만 부정적인 면을 보면—그는 전에 없이 솔직하게 현실을 직시했다—그녀와 대화를 해야 했는데, 엘린과의 대화는 그리 즐거운 일이 아니라는 것을 마침내 그는 인정해야 했다. 특히 일과 관련된 대화가 힘들었다. 엘린은 흥미를 보였지만, 이상할 만큼 상상력이 없었다. 그녀는 로빈이 가진 타인에 대한 생래적인 관심과 공감 능력이 전혀 없었다. 그가 의심남 같은 사람에 대해서 유머를 섞어 이야기하면 그녀는 재미있어하기보다 어리둥절해했다.

그리고 "내가 살게"라는 불길한 제안이 있었다. 두 사람의 수입 차이가 고통스러울 만큼 선명해지고 있었다. 엘린을 처음 만났을 때는 적어도 스트라이크의 잔고가 마이너스는 아니었다. 만약 그녀가 다음번에는 그가 르 가브로슈에서 저녁을 사길 기대한다면 깊은 실망감을 맛볼 것이다.

스트라이크는 16년 동안 자신보다 훨씬 돈 많은 여자와 사귀었다. 샬럿은 돈을 무기로 휘두르거나 아니면 버는 한도 내에서 살려는 스트라이크를 비난하거나 둘 중 하나였다. 샬럿은 이따금 그녀가 변덕스러운 욕심을 품은 어떤 것에 그가 돈을 쓸 능력도 의사도 없다는 것을 비난했고, 그런 기억들 때문에 '한번쯤' 근사한 저녁 식사를 하자는 엘린의 말은 부아를 일으켰다. 그녀 전남편의 눈을 피해 다닌 외진 곳의 프랑스 식당이나 인도 식당에서 계산한 사람은 대개 그였다. 그는 자신이 힘들게 번 돈이 폄하당하는 게 별로 유쾌하지 않았다.

그래서 그는 그날 저녁 8시에 썩 좋지 않은 심기로 가장 좋은 이탈리아 양복을 입고 메이페어로 출발했다. 피곤한 머릿속에는 여전히 연쇄살인범에 대한 생각이 꼬리에 꼬리를 물고 맴돌았다.

어퍼 브룩 스트리트에는 18세기의 대저택들과 르 가브로슈의 정면이 면해 있었다. 르 가브로슈 현관의 공들인 금속 캐노피와 담쟁이덩굴로 뒤덮인 난간, 거울 달린 무거운 문이 암시하는 돈을 많이 들인 견고함과 안전성은 스트라이크의 불안한 심리 상태와 별로 조화를 이루지 않았다. 그가 녹색과 붉은색으로 꾸민 실내에 앉은 지 얼마 지나지 않아 엘린이 왔다. 그곳은 조명이 예술적으로 설치되어서 눈처럼 하얀 테이블보, 금테 두른 유화처럼 꼭 필요한 곳에만 빛이 닿았다. 몸에 꼭 맞는 하늘색 드레스를 입은 엘린은 아름다웠다. 그녀에게 키스하려고 일어설 때 스트라이크는 잠시 마음속 불안과 불만을 잊었다.

"가끔은 이런 곳도 좋아." 그녀가 둥근 테이블 앞에 놓인, 천을 두른 곡선형 의자에 앉으면서 미소를 지으며 말했다.

그들은 주문했다. 스트라이크는 둠바 맥주를 마시고 싶었지만 엘린이 고른 버건디 와인을 마셨다. 그날 이미 한 갑 이상의 담배를 피웠는데도 담배 생각이 났다. 그러는 동안 엘린은 부동산 이야기를 시작했다. 그녀는 스트라타 펜트하우스를 사지 않기로 했고, 캠버웰의 집을 하나 보았는데 괜찮아 보인다고 했다. 그러면서 휴대전화로 찍은 사진을 보여주었다. 기둥이 여럿 늘어선 웅장한 현관과 조지 왕조풍의 새하얀 저택이 그의 피로한 눈에 들어왔다.

엘린이 캠버웰로 이사하는 것의 장점과 단점에 대해 이야기하는 동안, 스트라이크는 조용히 술을 마셨다. 와인의 달콤함마저 마음에 들지 않았다. 그는 싸구려 술처럼 와인을 들이켜며 알코올로 불만을 둔화시키려고 했다. 하지만 그렇게 되지 않았다. 그의 소외감은 해소되기는커녕 오히려 더 깊어졌다. 조명이 낮고 카펫이 푹신한 이 안락한 레스토랑은 환상에 불과한 일시적인 무대장치 같았다. 여기서 내가 뭘 하고 있는 거지? 이 아름답지만 둔감한 여자하고? 사무실이 존폐의 기로에 놓이고, 런던에서 오직 자신만이 섀클웰 살인마의 정체를 알고 있는 지금, 내가 왜 이 여자의 호사스러운 인생에 관심이 있는 척하는 거지?

음식이 나오고 맛 좋은 안심 스테이크가 그의 분노를 약간 달래주었다.

"그래, 자기는 그동안 뭐 했어?" 엘린이 언제나처럼 예의 바르게 물었다.

스트라이크는 선택에 직면했다. 그동안 뭘 했는지 사실대로 말한다면 그것은 대부분의 사람에게 10년 치 소식이 될 만한 사건을 그녀에게 전혀 말하지 않았다는 뜻이 되었다. 우선 살인마의 손아귀에서 탈출했다고 보도된 여자가 사무실 동료라는 걸 밝혀야 했다.

그리고 다른 유명 사건과 관련해서 자신에게 망신당한 사람이 수사에 개입하지 말라는 경고를 했다고 말해야 했다. 그가 뭘 했는지 솔직히 털어놓는다면 지금 살인자가 누구인지 알고 있다고 덧붙여야 했다. 그 모든 이야기를 해야 한다고 생각하니 기운이 빠지고 답답했다. 그는 이 모든 일이 벌어지는 동안 그녀에게 단 한 번도 전화할 생각을 하지 않았고, 그것 자체가 의미하는 바가 있었다.

시간을 벌기 위해 와인을 한 모금 마시며 스트라이크는 엘린과의 관계를 끝내야 한다는 결론을 내렸다. 오늘 밤은 핑계를 만들어서 그녀의 집에 가지 않을 것이고, 그것은 그녀에게 일종의 경보가 될 것이다. 처음부터 둘의 관계에서 가장 좋은 부분이 섹스였기 때문이다. 그리고 다음에 만나서 결별을 통보할 것이다. 그녀가 대접하는 식사 자리에서 결별을 통보하는 것은 예의가 아니며, 어쩌면 계산서를 그냥 두고 나갈지도 모른다. 그의 신용카드는 그 액수를 절대 처리해주지 않을 것이다.

"뭐 별일 없었어." 그는 거짓말로 대답했다.

"그 새클웰—"

그때 스트라이크의 휴대전화가 울렸다. 주머니에서 휴대전화를 꺼내보니 발신자 번호가 없었다. 어떤 육감이 그에게 전화를 받으라고 명령했다.

"미안, 이건 중요한 전화 같아—" 그가 엘린에게 말했다.

"스트라이크, 자네가 그 여자를 보낸 거야?" 카버가 런던 남부 억양으로 말했다.

"무슨 소리죠?" 스트라이크가 말했다.

"자네 동료라는 여자 말이야. 그 여자를 브록뱅크한테 보낸 거야?"

스트라이크가 자리에서 벌떡 일어났고, 그 바람에 테이블 가장자리를 쳤다. 하얀 테이블보에 적갈색 액체가 튀었고, 안심 스테이크가 접시에서 튕겨 나갔으며, 그의 와인 잔이 넘어져서 엘린의 하늘색 드레스에 튀었다. 웨이터가 깜짝 놀랐고, 그건 옆자리의 고상한 커플도 마찬가지였다.

"로빈이 어디 있는데요? 무슨 일이죠?" 스트라이크가 큰 소리로 물었다. 그는 전화기 저편의 목소리 말고는 아무것도 신경 쓰이지 않았다.

"내가 경고했지, 스트라이크." 카버의 목소리에 분노가 끓어올랐다. "손 떼라고 몇 번이나 말했어. 자네가 일을 완전히 망쳤어."

스트라이크는 전화기를 내렸다. 카버의 목소리가 레스토랑에 울렸다. "씨발"이니 "개 같은"이란 말이 근처에 앉은 모든 사람에게 똑똑히 들렸다. 그는 드레스에 붉은 물이 든 엘린을 돌아보았다. 아름다운 얼굴이 당혹감과 분노로 일그러져 있었다.

"가봐야겠어. 미안해. 나중에 전화할게."

그는 그녀의 반응을 살펴보지도 않았다. 거기 신경 쓸 겨를이 없었다.

서둘러 일어나느라 무릎이 뒤틀렸다. 스트라이크는 다리를 절며 급하게 레스토랑에서 나와, 다시 전화기를 귀에 갖다 댔다. 카버는 완전히 이성을 잃은 듯 스트라이크가 말하려고 할 때마다 고함만 질러댔다.

"카버, 잠깐만요." 어퍼 브룩 스트리트에 이르자 스트라이크가 소리쳤다. "꼭 할 말이— 아, 제발 좀 들어봐요!"

하지만 카버는 들은 척도 하지 않고 일방적으로 욕설을 퍼부었다.

"이 개새끼야, 놈은 도망쳤어, 네놈의 속셈 다 알아, 씨발 놈아, 우리는 교회의 연결 관계를 알아냈어! 입 다물어, 새끼야, 내가 말하잖아. 다시 한 번 수사에 끼어들면……."

스트라이크는 따뜻한 밤공기를 헤치며 터벅터벅 걸었다. 무릎은 쑤셨고, 걸음걸음마다 절망과 분노가 커졌다.

그는 한 시간 가까이 걸어서 헤이스팅스 로드에 있는 로빈의 집에 도착했고, 그사이 사건의 전모를 파악했다. 카버 덕분에 그는 경찰이 오늘 저녁 로빈에게 갔고, 어쩌면 아직도 그녀를 조사하고 있을지 모른다는 걸—그녀가 브록뱅크의 집에 갔고 그로 인해 아동 강간 신고와 용의자 도주 신고가 이어졌으니—알게 되었다. 브록뱅크의 사진이 전 경찰에 배포되었지만, 그는 아직 잡히지 않았다.

스트라이크는 로빈에게 자신이 간다는 것을 알리지 않았다. 절뚝거리며 헤이스팅스 로드로 돌아드니 창문마다 불이 켜진 그녀의 집이 보였다. 그가 그리로 다가가는데 사복 경찰임이 분명한 두 남자가 건물 현관을 나왔다. 문 닫히는 소리가 조용한 거리에 울렸다. 경찰들이 두런두런 이야기하며 길 건너편의 자동차로 다가가는 동안 스트라이크는 어둠 속에 숨어 있었다. 그리고 그들이 물러가자 흰색 현관 앞에 다가가서 벨을 울렸다.

"……다 끝난 거 아니었어?" 문 안쪽에서 매튜의 지친 목소리가 들렸다. 자기 목소리가 밖에 들리는 줄 모르는 것 같았다. 문을 연 매튜의 얼굴이 다정한 미소를 띠고 있었기 때문이다. 하지만 그 미소는 스트라이크를 보는 순간 사라졌다.

"무슨 일이죠?"

"로빈과 할 말이 있습니다." 스트라이크가 말했다.

매튜가 스트라이크를 집 안에 들이기 싫다는 기색을 역력히 보이며 망설이는 사이 린다가 뒤쪽에 나타났다.

"아." 그녀가 스트라이크를 보고 말했다.

린다는 전에 보았을 때보다 더 마르고 늙은 것 같았다. 딸이 죽을 뻔한 위기를 간신히 넘기더니 이번에는 성폭행범의 집에 자기 발로 찾아가서 두드려 맞고 왔기 때문일 것이다. 스트라이크는 몸속에 치솟는 분노가 느껴졌다. 필요하다면 로빈에게 문 앞으로 나와서 이야기하자고 소리칠 생각이었다. 하지만 그 순간, 로빈이 매튜의 뒤에 나타났다. 그녀도 평소보다 더 창백하고 말라 보였다. 언제나처럼 그녀는 머릿속으로 떠올리는 모습보다 실제로 보는 편이 더 예뻤다. 하지만 그렇다고 해서 그녀를 향한 마음이 더 따뜻해지지는 않았다.

"아." 로빈은 어머니와 똑같은 무미한 어조로 말했다.

"이야기 좀 하죠." 스트라이크가 말했다.

"좋아요." 로빈이 자못 반항적으로 고개를 쳐들자 붉은 금발이 어깨 위에서 춤을 추었다. 그녀는 어머니와 매튜를 돌아보고 이어 스트라이크를 보았다. "그러면 부엌으로 들어오시겠어요?"

그는 그녀를 따라 구석에 2인용 식탁이 있는 작은 부엌으로 들어갔다. 로빈은 조용히 부엌문을 닫았다. 아무도 앉지 않았다. 싱크대에는 더러운 그릇이 쌓여 있었다. 경찰이 조사하러 오기 전에 파스타를 먹은 모양이었다. 어쩐 일인지 그녀가 이런 소동을 일으키고도 이토록 별일 없는 듯 행동했다는 사실이 자제력을 잃지 말아야 한다는 스트라이크의 결심을 더 크게 흔들었다.

"브록뱅크 근처에 가지 말라고 했죠." 그가 말했다.

"네, 알아요." 로빈이 차분한 말투로 말했고, 그것이 그의 화를 더 돋웠다.

스트라이크는 린다와 매튜가 문밖에서 대화를 엿들을지 궁금했다. 작은 부엌에는 마늘 냄새와 토마토 냄새가 가득했다. 로빈 등 뒤의 벽에는 잉글랜드 럭비 달력이 걸려 있었다. 6월 13일에 굵은 펜으로 동그라미를 치고 그 밑에 '결혼식 하러 집에'라고 적어놓았다.

"그런데도 로빈은 가기로 결심했어요." 스트라이크가 말했다.

격렬한 분풀이—쓰레기통을 들어서 수증기 낀 유리창을 향해 던지는 것—의 환상이 그의 머릿속에 혼란스럽게 떠올랐다. 그는 낡은 리놀륨 바닥을 굳게 딛고 서서 로빈의 고집 센 얼굴을 노려봤다.

"저는 후회하지 않아요. 그자는 아이들—" 그녀가 말했다.

"카버는 내가 보냈다고 믿고 있어요. 브록뱅크는 도망쳤어요. 로빈이 달아나게 했어요. 그놈이 다음번 피해자는 무조건 토막 내야겠다고 결심하면 어떤 느낌이 들 것 같아요?"

"그런 말 하지 말아요!" 로빈의 목소리가 높아졌다. "그렇게 말하지 마요! 그자를 체포하러 가서 주먹을 날린 건 당신이에요! 당신이 때리지 않았다면 그자는 브리트니를 찾아갔을지도 몰라요!"

스트라이크가 소리를 지르지 않은 이유는 오직 바깥에 있는 매튜가—자신은 소리를 안 낸다고 생각할지 몰라도 다 티가 났다—들을 수 있었기 때문이었다.

"저는 에인절의 학대를 막았고, 그게 나쁜 일이라면—"

"로빈은 우리 사무실을 절벽에서 밀어버렸어요." 스트라이크가 조용히 말하자 로빈은 말을 멈추었다. "우리는 그 세 사람과 수사 전체에 끼어들지 말라고 경고를 받았는데 로빈이 다짜고짜 쳐들어가서 브록뱅크를 도주시켰어요. 언론이 가만히 있겠어요? 카버는 내가 수사를 망쳤다고 떠들면서 나를 매장할 거예요. 그리고 로빈에게는 눈곱만큼도 중요하지 않을지 몰라도." 스트라이크의 얼굴이 분노로 굳었다. "경찰이 켈시의 교회와 브록뱅크가 다니던 브릭스턴의 교회가 연관되어 있다는 점을 밝혀냈어요. 이제 어떻게 할까요?"

로빈의 얼굴에 충격이 떠올랐다.

"저는, 그건, 몰랐―"

"뭐하러 사실이 밝혀질 때까지 기다려요?" 스트라이크가 말했다. 그의 두 눈은 밝은 형광등 불빛 속에 어둡게 그늘졌다. "경찰보다 한 발 먼저 쳐들어가서 도주시키는 게 최선 아닌가요?"

로빈은 충격 속에 아무 말도 하지 못했다. 스트라이크는 그녀에게 한 번도 애정을 느낀 적이 없는 듯한 눈빛으로 그녀를 보았다. 로빈이 그 깊은 유대감을 느꼈던 경험을 함께한 적이 없다는 듯한 눈빛이었다. 그녀는 그가 분노에 차서 벽이나 찬장을 칠 것 같다고 생각했다.

"우리는 끝났어요." 스트라이크가 말했다.

그는 로빈의 움츠러든 모습, 창백해진 얼굴을 보자 약간 만족스러워졌다.

"설마―"

"설마 진심이냐고요? 지시를 듣지 않는 동료가 필요할 것 같아요? 내가 하지 말라고 분명히 지시한 바로 그 일을 하는 사람이? 경찰 앞에서 나를 안하무인의 말썽쟁이로 만드는 사람이? 경찰 코앞에서 용의자를 달아나게 만드는 사람이?"

그는 그 말을 단숨에 내뱉었고, 로빈은 뒤로 물러서다가 럭비 달력을 쳐서 떨어뜨렸지만, 귓속에 맥박 소리가 너무 크게 울리는 바람에 그 소리도 듣지 못했다. 기절할 것 같았다. "당신 해고야!" 하는 말을 상상한 적은 있지만, 정말로 그런 말을 들을 거라고는 한 번도 생각해본 적이 없었다. 그동안 그녀가 한 무수한 일─위험과 부상을 감수하고, 통찰과 영감을 보이고, 기나긴 불편의 시간을 견딘 일들─이 단 한 차례 저지른 선의의 고집에 무너질 줄은 몰랐다. 그녀는 숨도 쉴 수 없었다. 그의 표정을 보건대 더 들어봤자 그녀의 행동에 대한 비난과 그녀가 상황을 어떻게 망가뜨렸는지에 대한 설명밖에 듣지 못할 것 같았다. 에인절과 알리사가 소파에서 서로 부둥키고 있던 모습, 이제 에인절의 고통이 끝났다는 사실, 알리사가 아이 말을 믿고 지지해주던 모습이 지금 이 순간을 기다리던 긴장된 24시간 동안 로빈을 달래줬다. 그녀는 자신이 한 일을 스트라이크에게 말하지 않았다. 지금 생각하니 말하는 편이 좋았을 것 같았다.

"뭐라고요?" 그녀가 멍한 목소리로 물었다. 스트라이크가 뭐라고 질문했기 때문이다. 그 소리는 아무 의미 없는 소음처럼 들렸다.

"같이 간 남자가 누구였어요?"

"상관하실 거 없어요." 그녀가 잠깐 망설인 뒤 나직이 말했다.

"그 남자가 칼로 브록뱅크를 위협했다던데 ─ 아, 섕커!" 스트라이크가 그제야 깨달으며 소리쳤고, 그 순간 그녀는 그 성난 얼굴에서 자신이 알던 스트라이크의 흔적을 보았다. "도대체 어떻게 섕커의 번호를 손에 넣은 거지?"

하지만 그녀는 말할 수 없었다. 자신이 해고되었다는 사실 앞에서는 아무것도 중요하지 않았다. 그녀는 스트라이크가 관계를 끝낼 때 얼마나 가차 없는지 알았다. 스트라이크와 16년 동안 사귄 여자 친구 샬럿은 그와 헤어진 뒤 몇 차례나 연락을 해왔지만 그에게서 한 번도 소식을 듣지 못했다.

그는 부엌을 나갔다. 그녀는 마비된 다리로 그를 따라갔다. 주인 에게 흠씬 두드려 맞고서도 용서를 바라며 그 뒤를 따라가는 개 같 았다.

"안녕히 계세요." 스트라이크가 거실로 물러나 있던 린다와 매튜 에게 말했다.

"코모란." 로빈이 속삭였다.

"마지막 월급을 보내주겠어요. 이걸로 끝이에요. 용납 불가능한 과실이에요." 그가 돌아보지도 않고 말했다.

그가 나가고 문이 닫혔다. 그의 큰 몸이 길을 걸어가는 소리가 들 렸다. 로빈은 숨을 크게 들이쉬며 울음을 터뜨렸다. 린다와 매튜가 달려왔지만 로빈은 그들을 피해 침실로 달아났다. 그녀가 마침내 탐정의 꿈을 포기하게 되어 기뻐할 두 사람을 마주할 수가 없었다.

56

When life's scorned and damage done
To avenge, this is the pact.
　　　　　　Blue Öyster Cult, 'Vengeance (The Pact)'*

다음 날 새벽 4시 반, 스트라이크는 거의 한숨도 못 자고 깨어 있었다. 부엌의 포마이카 식탁에 앉아 실패한 사업과 개인의 전망을 생각하며 쉬지 않고 피워댄 담배 때문에 혀가 깔깔했다. 로빈을 생각하는 일 자체가 힘들었다. 해빙기의 두꺼운 얼음장에 실금이 가듯 달랠 수 없어 보이던 분노에 약간 파열이 생겨났지만, 얼음장 아래 있는 것도 그 못지않게 차가웠다. 아이를 구하고 싶은 열망은 이해할 수 있었다. 누군들 그렇지 않겠는가? 타이밍은 맞지 않았지만 그녀가 지적했듯이 자신도 브리트니의 비디오를 보고 분노해서 브록뱅크를 때려눕히지 않았던가? 하지만 그녀가 섕커를 데리고 거기 간 것, 그리고 자신에게 아무 말도 하지 않은 것, 또 카버가 세 용의자 근처에 얼쩡거리지 말라고 경고했다는 것을 잘 알면서도 그랬다는 사실이 담뱃갑을 다시 집어 드는 그의 맥박을 불끈거리게 했다. 담배는 없었다.

---

* '인생이 조롱당하고 피해가 닥쳤을 때/복수하는 것이 계약이다.', 블루 오이스터 컬트, 〈복수(계약)〉.

그는 일어서서 열쇠를 들고 집을 나섰다. 아직 이탈리아 양복 차림이었다. 채링크로스 로드를 걷는데 차츰 해가 떠올라 모든 사물이 창백한 그림자처럼 부옇고 연약해 보였다. 그는 코번트 가든의 구멍가게에서 담배를 사 불을 붙여 물고, 생각에 잠겨 길을 걸었다.

스트라이크는 두 시간 동안 길을 걷고 나자 앞으로의 행동에 대한 결단이 섰다. 사무실로 돌아가는데 검은 원피스를 입은 웨이트리스가 채링크로스 로드에 있는 카페 베르냐노 1882의 문을 여는 모습이 보였다. 문득 얼마나 배가 고픈지 깨달은 그는 안으로 들어갔다.
작은 커피숍에서는 따뜻한 나무 냄새와 에스프레소 냄새가 났다. 그가 감사해하며 딱딱한 오크 의자에 주저앉는 순간, 스트라이크는 자신이 지난 13시간 동안 줄담배를 피웠고, 옷을 입고 잤으며, 저녁으로 스테이크와 레드 와인을 먹었고, 이를 닦지 않았다는 사실이 불편해졌다. 젊은 웨이트리스에게 햄 치즈 파니니와 물 한 병, 더블 에스프레소를 주문하면서 그는 입 냄새가 나지 않도록 조심했다.
카운터의 구리로 된 돔 모양 커피메이커가 쉭 소리를 내며 살아났다. 스트라이크는 몽상에 빠져들어서 불편한 질문에 대한 진실한 대답을 찾았다.
내가 카버보다 나은 점이 있는가? 내가 큰 위험부담을 감수하려는 이유는 그것이 정말로 범인을 막을 수 있는 유일한 방법이라고 보기 때문인가? 아니면 그 일을 해냈을 때―내가 범인을 잡고 증거를 밝혔을 때― 그것이 그동안 입은 모든 피해를 뒤집고 내가 런던 경찰청보다 유능하다는 평판을 되찾아주기 때문인가? 요컨대, 무모하고 어리석은 방법으로 마음이 기우는 것이 당위 때문인가? 아니면 자존심 때문인가?

웨이트리스가 샌드위치와 커피를 가져왔고, 스트라이크는 생각에 빠져 아무 맛도 느끼지 못하면서 음식을 씹었다.

이 사건은 지금껏 스트라이크가 관계한 어떤 사건 못지않게 언론의 주목을 받았다. 지금 수많은 제보와 단서가 경찰로 밀려들 테고 경찰은 모든 걸 조사할 테지만, 그 어떤 것도 (스트라이크는 장담할 수 있었다) 현란한 속임수를 구사하는 범인과 연결되지는 않을 것이다.

스트라이크가 카버의 상관과 접촉을 시도해볼 여지는 아직 남아 있었다. 하지만 지금 그는 경찰 내에서 이미지가 너무 나빠 그의 상관과 대화할 수 있을 것 같지 않았다. 경찰은 어쨌건 내부인을 좀 더 믿게 마련이다. 카버의 윗선으로 치고 들어가려는 시도는 담당 수사관을 방해하려 한다는 인상을 조금도 누그러뜨려 주지 않을 것이다.

무엇보다 스트라이크에게는 증거가 없었다. 증거가 어디 있을 거라는 추리뿐이었다. 런던 경찰청의 누군가가 스트라이크의 말을 진지하게 듣고 그곳을 찾아볼 가능성은 희박했고, 더 망설이는 사이 또 한 생명이 희생될 수도 있었다.

그러는 사이 그는 자신도 모르게 파니니를 다 먹었다. 그러고는 여전히 배가 고파서 파니니를 하나 더 주문했다.

'아니, 이렇게 해야 돼.' 그는 문득 결심했다.

이 짐승을 계속 날뛰게 둘 수는 없었다. 이제 처음으로 그보다 먼저 움직여야 했다. 하지만 양심을 달래기 위해, 그리고 이 행동은 영광을 바라서가 아니라 살인자를 잡기 위해서라는 것을 스스로에게 증명하기 위해 스트라이크는 다시 휴대전화를 꺼내서 리처드 앤스티스 경위에게 전화를 걸었다. 앤스티스는 스트라이크가 가장 오래

전부터 알고 지낸 경찰이었다. 요즘은 그렇게 사이가 좋지 않았지만, 스트라이크는 자신이 그 일을 런던 경찰에 맡기려고 최선을 다했다는 것을 스스로에게 납득시키고 싶었다.

한참 후 외국임을 알리는 발신음이 들렸고, 아무도 전화를 받지 않았다. 앤스티스는 휴가 중이었다. 스트라이크는 음성 메시지를 남길까 하다가 그만두었다. 그가 할 수 있는 일이 아무것도 없을 때 그런 메시지를 남기면 휴가만 망치게 될 테고, 앤스티스의 아내와 세 아이를 생각하면 그에게는 휴가가 필요했다.

그는 전화를 끊고, 멍하니 최근 통화 목록을 훑어보았다. 카버는 발신 번호를 남기지 않았다. 로빈의 이름이 몇 줄 아래에 있었다. 그녀의 이름은 피곤하고 절박한 스트라이크의 심장을 찔렀다. 그녀에게 화가 났지만, 그러면서도 그녀와 이야기하고 싶었다. 그는 휴대 전화를 테이블 위에 결연히 내려놓고, 안주머니에서 펜과 수첩을 꺼냈다.

두 번째 샌드위치 역시 첫 번째 샌드위치만큼이나 빨리 먹어치우면서 스트라이크는 해야 할 일의 목록을 작성하기 시작했다.

1) 카버에게 편지 쓰기

이것은 자신의 양심을 달랠 추가 장치이자 '비난 방지' 장치이기도 했다. 그는 카버의 개인 이메일 주소가 없었기에, 공공 계정으로 이메일을 보낸다 해도 그것이 지금 스코틀랜드 야드로 밀려들 정보의 해일을 뚫고 카버에게 도달할 가능성은 별로 없을 것 같았다. 사람들은 문화적으로 손 편지를 더 진지하게 여기는데, 특히 등기우편인 경우는 더욱 그렇다. 등기로 보낸 구식 편지는 카버의 책상에 확실히 도착할 것이다. 스트라이크는 그 편지에 범인처럼 흔적을 남겨서 자신이 카버에게 범인을 잡을 방법을 알려주려고 최선을 다했음을 보여줄 것이다. 이것은 그들이 법정에 갔을 때 유용하게 작용할 것이다. 그리고 잠든 코번트 가든의 새벽길에서 구상한 계획이 성공하든 실패하든, 스트라이크는 자신이 법정에 가게 될 것을 의심하지 않았다.

2) 가스통(트로판?)

3) 형광색 재킷

4) 여자 — 누구?

그는 펜을 멈추고 인상을 쓴 채 종이를 내려다보았다. 그러고는 한참 동안 생각한 뒤에 마지못해 적었다.

5) 생귀

그에 따라 다음번 항목이 정해졌다.

6) 500파운드(어디서?)

그러고는 마침내 조금 더 생각한 뒤에 적었다.

7) 로빈의 후임을 찾는 광고

57

Sole survivor, cursed with second sight,
Haunted savior, cried into the night.
Blue Öyster Cult, 'Sole Survivor'*

　나흘이 지났다. 로빈은 충격과 고통 속에서도 처음에는 스트라이크가 자신에게 전화할 거라고, 그렇게 말한 것을 후회할 거라고, 자신의 실수를 깨달을 거라고 희망했으며 심지어 믿기조차 했다. 린다는 떠났다. 어머니는 마지막까지 로빈을 위로했지만, 아마도 그 탐정과 관계가 끊어진 것을 은근히 기뻐할 것 같았다.

　매튜는 로빈의 고통에 깊이 공감해주었다. 그는 스트라이크가 그동안 자신이 얼마나 운이 좋았는지 모른다고 말했다. 그러면서 그녀가 스트라이크를 위해 해준 모든 일을 나열했는데, 그중에서도 가장 힘주어 말한 것은 쥐꼬리만 한 봉급을 받고도 엄청난 노동시간을 바쳐주었다는 것이었다. 로빈이 스트라이크의 파트너였다는 것은 전적으로 그녀의 환상일 뿐이고, 스트라이크는 그녀를 전혀 존중해주지 않았다는 증거를 들이댔다. 파트너십 계약도 없었고, 추가 근무 수당도 없었으며, 차를 준비하거나 샌드위치를 사 오는 건

---

* '유일한 생존자, 통찰력은 저주가 되고,/고통받는 구원자, 어둠 속에서 울었네.', 블루 오이스터 컬트, 〈유일한 생존자〉.

항상 그녀인 듯했다는 것 등등.

일주일 전이었다면 로빈은 그런 비난에 맞서 스트라이크를 옹호했을 것이다. 일의 성격상 노동시간이 길 수밖에 없고, 사무실의 생존 자체가 위태로운데 봉급을 올려달라고 할 수는 없으며, 스트라이크도 자기 못지않게 자주 차를 끊는다고. 거기에다 다소 무리해서 비용을 들여 자신에게 감시와 대감시 훈련을 받게 해주었다고, 그녀가 사무실의 선임이자 유일한 투자자 겸 창립자인 그와 법적으로 완전히 동등한 지위를 기대할 수는 없다고.

하지만 그녀는 그런 말을 하지 않았다. 스트라이크가 마지막으로 한 말이 심장박동처럼 매 순간 함께했기 때문이다. '용납 불가능한 과실이에요.' 그 마지막 순간에 스트라이크가 지었던 표정을 떠올리면 매튜의 말에 공감하는 척하는 데 도움이 되었다. 너무 화가 난다고, 그 일은 한때 자신의 전부인 줄 알았지만 이제 보니 아무것도 아니라고, 그 어떤 사정보다 에인절의 안전이 더 중요했다는 걸 인정하지 않는다면 스트라이크는 도덕성이 없는 거라고. 로빈은 매튜가 마지막 주장에 대해서는 180도 태도 전환을 했단 사실을 지적하고 싶지도 않았고 그럴 힘도 없었다. 그녀가 브록뱅크의 집에 갔다는 사실을 처음 알았을 때 그가 노발대발했기 때문이다.

스트라이크에게서 아무런 연락 없이 시간이 흐르는 동안, 매튜는 로빈에게 토요일의 결혼식이 해고 사실에 대한 위로가 되는 것처럼, 더 나아가 모든 생각이 거기 가 있는 것처럼 행동하도록 은근히 압박했다. 그가 옆에 있으면 결혼 생각에 들떠 있는 척해야 하다 보니 로빈은 매튜가 출근하고 나서 혼자 있는 시간이 좋았다. 저녁에 그가 퇴근할 때가 되면 자신이 섀클웰 살인마에 대한 뉴스를 계속 찾아보며, 또 스트라이크의 이름 또한 그에 뒤지지 않게 자주 검색한다는 것을 감추려고 컴퓨터의 검색 기록을 삭제했다.

그들이 매섬으로 떠나기 전날, 매튜는 퇴근길에 평소에는 잘 사지 않는《선》지 일요판을 사 왔다.

"왜 그걸 사 왔어?"

매튜는 대답을 망설였고, 로빈의 가슴은 철렁했다.

"혹시 또—?"

하지만 그녀는 살인 사건이 일어나지는 않았다는 걸 알았다. 하루 종일 뉴스를 추적했기 때문이다.

매튜는 신문을 펼치더니 10면쯤이 보이도록 접어서 건넸다. 그의 표정으로는 아무것도 짐작할 수 없었다. 신문에는 로빈의 사진이 있었다. 트렌치코트를 입고, 작가 오언 퀸 살인 사건의 재판 때 법원에서 나오는 모습이었다. 그 사진 속에 작은 사진 두 개가 박혀 있었다. 하나는 숙취에 시달리는 듯한 스트라이크의 사진이고, 또 하나는 그들이 함께 해결한 살인 사건의 피해자인 아름다운 모델이었다. 사진 밑에는 다음과 같은 기사가 있었다.

랜드리 사건의 탐정, 새 여비서를 찾다

슈퍼 모델 룰라 랜드리와 작가 오언 퀸 살인 사건을 해결한 탐정 코모란 스트라이크가 매력적인 조수 로빈 엘라코트(26세)와 결별했다.

스트라이크는 인터넷에 새 조수를 뽑는 광고를 올렸다. '경찰 근무 경력 또는 군 수사 경력이 있는 사람이라면—'

몇 문단이 더 있었지만 그녀는 읽을 수 없었다. 그 대신 기자 이름을 보았다. 도미닉 컬페퍼, 스트라이크와 아는 사이로, 기삿거리가 없냐고 자주 조르는 기자였다. 아마 새 조수를 구한다는 사실을 되도록 널리 알리려고 스트라이크가 먼저 그에게 전화한 것 같았다.

그때까지 로빈은 이미 자기 기분이 바닥을 쳤기 때문에 더 나빠질 수 없다고 생각했지만, 그것은 착각이었다. 그녀는 정말로 해고되었다. 그렇게 고생을 했는데 자신은 일회용 '여비서' '조수'였다. 파트너였던 적도, 동등했던 적도 없었다. 그리고 그는 이제 경찰이나 군 경력이 있는 사람을 찾았다. 훈련받은 사람, 명령을 들을 사람을.

그녀는 분노에 사로잡혔다. 현관이, 신문이, 거기 서서 안타깝다며 공감하는 표정을 지으려 하는 매튜를 포함한 모든 것이 눈앞에서 흐려졌으며, 거실로 뛰어가서 충전 중인 휴대전화를 집어 들고 스트라이크에게 전화하고 싶은 충동을 물리적으로 제지해야 했다. 그녀는 지난 나흘 동안 그 생각을 수도 없이 했지만, 그때는 다시 한번 생각해달라고 부탁을—사정을—하기 위해서였다.

이제는 그렇지 않았다. 이제는 그에게 소리치고 싶고 욕하고 싶었다. 고마움을 모른다고, 위선적이라고, 염치가 없다고—

로빈의 타오르는 눈동자가 매튜와 마주쳤고, 그녀는 매튜가 표정을 다스리기 전에 스트라이크의 잘못된 선택에 그가 얼마나 기뻐하는지를 보았다. 매튜는 이 신문을 얼른 보여주고 싶었을 것이다. 그녀가 스트라이크와 결별한 데 대한 그의 기쁨에 비하면 그녀의 슬픔은 아무것도 아니었다.

로빈은 매튜에게 소리 지르지 않기로 하고 돌아서서 부엌으로 갔다. 둘이 싸우면 그것은 스트라이크의 승리일 것 같았다. 스트라이크 때문에 사흘 뒤에 결혼할, 결혼하고 싶은 남자와의 관계를 망칠 수는 없었다. 그녀는 냄비에 든 스파게티를 체에 부었고, 뜨거운 물이 튀자 욕을 했다.

"또 파스타야?" 매튜가 물었다.

"응." 로빈이 차갑게 물었다. "싫어?"

"아니." 매튜가 뒤로 다가와서 로빈을 안고 그녀의 머리에 대고 말했다. "사랑해."

"나도 사랑해." 로빈은 기계적으로 말했다.

랜드로버에는 매섬에서 며칠을 지내고, 결혼식 당일에 스윈턴 파크 호텔에서 묵은 뒤 '최고의 장소'로 신혼여행을 갈 때—로빈은 구체적인 장소를 몰랐다—필요한 모든 것으로 꽉꽉 채워져 있었다. 그들은 다음 날 아침 10시에 출발했다. 둘 다 밝은 햇살 아래 티셔츠를 입었고, 차에 오를 때 로빈은 자신이 이 차를 타고서 달아나고 매튜는 쫓아오던 4월의 그 안개 낀 날, 달아나고 싶어서, 스트라이크에게 가고 싶어서 안달하던 그날이 떠올랐다.

그녀는 매튜보다 운전을 훨씬 잘했지만, 두 사람이 함께 타면 운전은 언제나 매튜의 몫이었다. M1 도로에 들어서자 매튜는 대니얼 베딩필드의 〈네버 고나 리브 유어 사이드(Never Gonna Leave Your Side)〉를 불렀다. 그들이 대학에 입학한 해에 유행한 노래였다.

"그 노래 좀 안 부르면 안 돼?" 로빈이 참지 못하고 불쑥 말했다.

"미안. 분위기가 맞아 보여서." 그가 깜짝 놀라서 말했다.

"너한테는 행복한 기억일지 몰라도 나한테는 아냐." 로빈이 창밖으로 고개를 돌리며 말했다.

매튜는 그녀를 쳐다보다가 도로로 시선을 돌렸다. 그렇게 1~2킬로미터를 갔을 때 그녀는 방금 한 말을 후회했다.

"다른 노래는 불러도 돼."

"괜찮아." 그가 말했다.

그들이 커피를 사려고 도닝턴 파크 휴게소에 차를 세웠을 때는 기온이 약간 떨어져 있었다. 로빈은 재킷을 의자 등받이에 걸어놓고 화장실에 갔다. 매튜는 혼자 앉아서 기지개를 켰다. 티셔츠가 위로 올라가면서 탄탄한 배가 몇 센티미터 드러나자 코스타 커피 바에서 일하는 여자의 눈길이 거기 꽂혔다. 매튜는 싱긋 웃으며 그녀에게 윙크했다. 여자는 빨개진 얼굴로 키득거리더니 옆에서 웃고 있는 동료를 돌아보았다.

로빈의 재킷에서 전화기가 울렸다. 어디까지 왔는지를 묻는 린다의 전화라고 생각한 매튜가 나른하게 손을 뻗어—여자들의 시선을 의식하면서—로빈의 주머니에서 전화기를 꺼냈다.

스트라이크였다.

매튜는 타란툴라라도 집어 들듯이 그 진동하는 기계를 바라보았다. 전화기는 그의 손에서 계속 울리며 진동했다. 그는 주변을 둘러보았다. 로빈은 보이지 않았다. 그는 전화를 받았다가 얼른 끊었다. 스크린에 '스트라이크 착신 실패'라는 메시지가 떴다.

그 더러운 새끼가 로빈을 다시 부르는 거라고 매튜는 확신했다. 스트라이크는 닷새 동안 자신이 더 좋은 사람을 구할 수 없다는 걸 깨달았을 것이다. 아마 면접을 좀 보았지만 쓸 만한 사람이 전혀 없었거나, 지원자들이 한심한 급여에 웃었을 것이다.

전화가 다시 울렸다. 또 스트라이크였다. 전화가 끊긴 것이 우연이 아니라 고의라는 걸 확인하려는 것이었다. 매튜는 어떻게 할지 결정을 내리지 못하고서 전화기만 바라보았다. 로빈 대신 전화를 받을 수도 없었고 스트라이크에게 꺼지라고 말할 수도 없었다. 그는 스트라이크를 알았다. 그는 로빈과 통화될 때까지 계속 전화할 것이다.

전화가 음성 사서함으로 넘어갔다. 생각해보니 녹음된 사과 메시지야말로 최악일 것 같았다. 그것을 반복해서 듣다 보면 결국 마음이 약해질 것이다…….

그는 고개를 들었다. 로빈이 오고 있었다. 그는 그녀의 전화기를 들고 통화하는 척했다.

"아버지야." 그가 송화구 부분을 손으로 덮으며 로빈에게 거짓말했다. 그리고 자신이 옆에 있는 동안 스트라이크가 다시 전화하지 않기를 바랐다. "내 휴대전화 배터리가 나가서…… 네 비밀번호가 어떻게 되지? 신혼여행 비행 편 때문에 좀 찾아봐야 될 게 있는데, 아버지한테 이야기하려고—"

그녀는 비밀번호를 말해주었다.

"잠깐, 신혼여행지에 대해서는 네가 듣지 않으면 좋겠어." 그가 말을 마치고서 그녀에게서 멀어졌다. 자신의 빠른 두뇌 회전에 죄책감과 감탄이 동시에 느껴졌다.

그는 남자 화장실에 들어가서 그녀의 휴대전화를 열었다. 스트라이크의 전화 기록을 지우려면 통화 목록 전체를 지워야 했고, 그는 그렇게 했다. 그런 뒤 스트라이크가 녹음한 메시지를 듣고서 그것도 지웠다. 마지막으로 로빈의 휴대전화 설정에 들어가서 스트라이크를 차단했다.

그는 거울에 비친 자신의 말끔한 얼굴을 바라보며 숨을 깊이 들이쉬었다. 스트라이크가 남긴 메시지는 그녀가 메시지에 응답하지 않으면 다시는 전화하지 않겠다는 내용이었다. 결혼식은 이제 48시간 남았고, 불안감과 반항심에 사로잡힌 매튜는 스트라이크가 그 말을 지키길 바랐다.

58

Deadline[*]

그는 열뜨고 불안했다. 바보짓을 한 게 분명했다. 지하철을 타고 남쪽으로 가면서 그는 손가락 마디가 하얘지도록 손잡이를 꽉 잡았다. 그리고 선글라스 안쪽의 붓고 충혈된 눈을 찌푸리고서 역 표지판을 바라보았다.

'그것'의 날카로운 목소리가 아직도 고막을 울렸다.

"당신 말 못 믿어. 밤에 일을 한다면서 돈은 어디 있는 거야? 아니, 이야기 좀 해야겠어. 아니, 또 나가려고? 못 나가."

그는 '그것'을 때렸다. 그러지 말았어야 했다. 그도 알았다. 겁에 질린 얼굴이 지금도 그를 괴롭혔다. 그녀의 눈이 충격으로 동그래지고, 손은 그의 손자국이 빨갛게 찍힌 뺨에 갖다 댔다.

씨발, 이건 다 그녀의 잘못이었다. 어쩔 수 없었다. 지난 2주일 동안 '그것'이 점점 시끄러워졌기 때문이다. 붉은 잉크 범벅인 눈으로 돌아온 날에 그는 알레르기가 생긴 척했지만, 그년은 매몰차게도

* 〈데드라인〉. 블루 오이스터 컬트, 〈컬토사우루스 에렉투스(Cultosaurus Erectus)〉 앨범의 수록곡.

아무런 동정을 보이지 않았다. '그것'이 한 일이라고는 그저 그동안 어디 있었느냐고 쪼아댄 것, 그리고 — 처음으로 — 그가 번다는 돈은 어디 있느냐고 물은 것뿐이었다. 최근에는 친구들하고 도둑질할 시간이 별로 없었다. 모든 시간을 사냥에 바쳤기 때문이다.

그녀가 집에 가져온 신문에 섀클웰 살인마는 눈에 붉은 잉크 얼룩이 묻었을 거라는 기사가 실려 있었다. 그는 마당에서 신문을 태웠지만, 그녀가 다른 데서 그 기사를 읽는 것까지 막을 수는 없었다. 그저께는 '그것'이 이상한 표정으로 자신을 보는 모습에 놀랐다. '그것'은 그렇게 멍청한 년이 아니었다. '그것'이 의심을 품기 시작한 것인가? 비서를 죽이려 했던 시도가 굴욕적으로 좌절된 지금, 그는 이런 불안이 정말로 마음에 들지 않았다.

이제는 비서를 추적해봐야 소용없었다. 그녀가 스트라이크를 떠났기 때문이다. 그는 인터넷 카페에서 그 기사를 읽었다. '그것'을 피하고 싶을 때면 그는 때로 그곳에 갔다. 그나마 마체테로 그녀를 놀라게 하고 그녀에게 평생 남을 흉터를 만들어주었다는 점에서 약간의 위안을 얻었지만 그걸로는 충분하지 않았다.

그가 몇 달 동안 주의 깊게 세운 계획은 스트라이크를 살인에 엮는 것, 그에게 의심의 덫을 씌우는 것이었다. 우선 자기 다리를 잘라내고 싶어 하는 멍청한 계집애의 죽음에 그를 끌어들인다. 그러면 경찰이 몰려들고, 멍청한 대중은 스트라이크가 연관되었을 거라고 생각할 것이다. 그런 뒤 비서를 죽인다. 놈이 오명 없이 빠져나갈 수 있을까? 놈이 그 뒤로도 명탐정 행세를 할 수 있을까?

하지만 놈은 계속 빠져나갔다. 아주 공을 들여서 켈시의 손으로 편지를 쓰게 했지만 언론에는 편지 이야기가 나오지 않았다. 그 편지를 이용해 스트라이크를 1번 용의자로 만들어놓았어야 했다. 그리고 언론도 그놈과 결탁해서 비서의 이름을 알리지도, 그녀와 스트라이크를 엮지도 않았다.

아마 지금 멈추는 게 현명할지도 몰랐다……. 하지만 문제는, 멈출 수가 없다는 것이었다. 이미 너무 멀리 왔다. 그는 일평생 어떤 일에도 스트라이크를 파멸시킬 이 계획만큼 치밀한 계획을 세워본 적이 없었다. 그 외다리 돼지 새끼는 이미 새 비서를 뽑는 광고를 냈으며, 일을 그만둘 것처럼 보이지 않았다.

하지만 한 가지 좋은 점이 있었다. 이제는 덴마크 스트리트에서 경찰이 사라졌다는 것이었다. 그들은 철수했다. 비서가 떠났으니 이제 거기 있을 필요가 없는 모양이었다.

어쩌면 스트라이크의 사무실에 다시 간 게 잘못이었는지도 모른다. 하지만 그는 겁먹은 비서가 짐을 싸고 떠나는 모습 또는 스트라이크가 낙심하고 지친 모습을 꼭 보고 싶었다. 그러나 덴마크 스트리트가 잘 보이는 후미진 장소에서 그가 본 것은 그놈이 깜짝 놀랄 만큼 아름다운 미녀와 함께 채링크로스 로드를 걷는 모습이었다. 놈은 전혀 동요하지 않은 기색이었다.

여자는 아마 임시직일 것이다. 면접을 보고 정직원을 뽑을 시간이 없었다. 대단하신 나리께는 분명 메일을 읽어줄 사람이 필요할 것이다. 여자는 그 어린 창녀에게도 어울렸을 높은 구두를 신고 예쁜 엉덩이를 흔들며 넘어질 듯이 불안정하게 걸었다. 그는 검은 여자를 좋아했다. 옛날부터 그랬다. 자신에게 선택하라고 한다면 언제라도 비서보다는 저 여자 같은 사람을 택할 것이다.

여자는 감시 훈련을 받지 않았다. 그건 확실했다. 그녀를 처음 본 뒤로 그는 매일 아침 스트라이크의 사무실을 관찰했는데, 그녀는 우편물을 가지러 나왔다가 돌아갈 때 주변에 전혀 신경을 쓰지 않았으며 거의 늘 전화 통화를 했다. 긴 머리를 어깨 너머로 넘기느라 너무 바빠서 누구하고도 오래 눈을 마주칠 수가 없었다. 또 열쇠도 떨어뜨리고, 전화를 할 때나 사람들을 만날 때나 시끄러운 목소리로 떠들어댔다. 그러던 중 그는 1시에 여자를 따라 샌드위치 가게에 들어갔다가 그녀가 다음 날 코시카 스튜디오에 갈 거라고 떠드는 소리를 들었다.

그는 코시카 스튜디오가 무엇인지 알았다. 어디 있는지도 알았다. 흥분이 그를 감쌌다. 그는 그녀에게서 등을 돌리고 창밖을 보는 척해야 했다. 표정이 모든 걸 드러낼 것만 같았다……. 스트라이크 밑에서 일하는 동안 여자를 해치우면, 계획을 완성할 수 있었다. 스트라이크와 관계된 두 여자가 공격을 당하면 누구도—경찰도 대중도—다시는 그를 믿지 않을 것이다.

그리고 그 일은 훨씬 쉬울 것이다. 비서는 기회를 노리기가 정말로 힘들었다. 항상 주의 깊고 영리해서, 매일 밤 사람이 많고 조명이 밝은 길을 골라 꽃미남에게 돌아갔다. 하지만 이 임시녀는 자신을 접시에 담아 제공하는 수준이었다. 그녀는 샌드위치 가게에 있는 모두에게 자신의 약속 장소를 광고하고는 투명 아크릴 구두를 똑딱거리며 일터로 돌아가다가 중간에 스트라이크가 먹을 샌드위치를 한 번 떨어뜨렸다. 그녀가 샌드위치를 집어 들 때 보니 손가락에 결혼반지도 약혼반지도 없었다. 머릿속에 계획을 세우며 그곳을 벗어날 때 그는 승리감을 억누르기가 힘들었다.

'그것'을 때리지만 않았더라면 그는 지금 기분이 아주 좋았을 것이다. 들뜨고 우쭐했을 것이다. 따귀는 그날 저녁을 시작하는 유쾌한 방법은 아니었다. 그가 자꾸 놀라는 것도 당연했다. 그녀를 달래고 누그러뜨릴 시간이 없었다. 그는 임시녀에게 가려고 무작정 집에서 나왔지만 마음은 계속 불안했다……. '그것'이 경찰에 전화를 하면 어쩌지?

하지만 그러지 않을 것이다. 그저 따귀 한 대였을 뿐이다. 그녀는 자신을 사랑했다. 늘 그렇게 말했다. 누군가를 사랑하면 그 사람이 살인을 저질렀다고 해서 잡혀가게 하지는 않는다…….

그는 목덜미가 따가워서 혹시 스트라이크가 지하철 구석에서 자신을 노려보나 하는 말도 안 되는 생각으로 주변을 둘러보았지만 그 돼지 같은 놈과 닮은 사람은 아무도 없었다. 지저분한 남자 몇 명이 모여 있을 뿐이었다. 그 가운데 한 명, 얼굴에 흉터가 있고 금니가 있는 자는 실제로 그를 빤히 바라보았지만, 그가 선글라스 낀 눈을 찌푸리니 탐색을 멈추고 휴대전화로 시선을 돌렸다…….

아무래도 지하철에서 내리면 코시카 스튜디오로 가기 전에 먼저 '그것'에게 전화해서 사랑한다고 말해야 할 것 같았다.

59

With threats of gas and rose motif.
Blue Öyster Cult, 'Before the Kiss"

스트라이크는 휴대전화를 든 채 그림자 속에 몸을 숨기고서 기다렸다. 이렇게 따뜻한 6월의 저녁과 어울리지 않게 무거운 중고 재킷의 깊은 주머니는 그 안에 든 물건 때문에 불룩했고 또 아래로 처졌다. 그가 계획한 일은 어둠 속에서 하는 게 가장 좋았지만, 태양은 그가 숨어서 바라보고 있는 저 어울리지 않는 지붕들 너머로 얼른 떨어지지 않았다.

그는 그날 밤의 위험한 계획에만 집중해야 한다는 것을 알았지만, 생각이 자꾸 로빈에게 흘러갔다. 그녀는 전화하지 않았다. 그는 마음속에 데드라인을 정해놓았다. 그녀가 그날 저녁까지 전화하지 않으면 자신도 영원히 연락하지 않을 거라고. 내일 12시에 그녀는 요크셔에서 매튜와 결혼할 테고, 그것이 확실한 차단 시점이 될 것이다. 그녀가 결혼반지를 끼기 전에 통화하지 않으면 그들은 다신 대화하지 않을 것 같았다. 그는 지난 며칠 동안 눈부시게 아름다우

* '가스의 협박과 장미 문양으로.', 블루 오이스터 컬트, 〈키스하기 전에〉.

나 거칠고 소란스러운 존재와 사무실을 함께 쓰면서 그가 잃은 것이 무엇인지 절감했다.

지붕들 위로 펼쳐진 서쪽 하늘이 앵무새 날개 같은 색깔들로 타올랐다. 진홍색, 주황색에 흐린 녹색까지 있었다. 그 화려한 색채 뒤로는 희미한 별들을 거느린 흐린 보라색이 보였다. 이제 움직여야 할 때였다.

섕커가 그의 생각을 듣기라도 한 듯 휴대전화가 진동했고, 그는 메시지를 보았다.

내일 맥주 한 잔?

그것은 암호였다. 나중에 이 일이 재판에 가게 될 경우—스트라이크는 그럴 가능성이 높다고 보았다—섕커가 증인석에 서는 일을 막아주고 싶었다. 오늘 밤 두 사람 사이에 이 일과 관련 있는 메시지가 오가면 안 되었다. '내일 맥주 한 잔?'은 '놈이 클럽에 있다'는 뜻이었다.

스트라이크는 휴대전화를 주머니에 미끄러뜨리고 은신처에서 나와 인적 없는 도널드 랭의 아파트 앞 주차장을 지나갔다. 거대한 스트라타 빌딩이 그를 내려다보았다. 빌딩의 들쭉날쭉한 창문에 마지막 핏빛 햇살이 반사되었다.

울러스턴 클로스의 발코니 전면에는 새들이 내려앉거나 실내로 들어오는 것을 막는 그물이 쳐져 있었다. 스트라이크는 옆쪽 출입문으로 갔다. 10대 소녀 몇 명이 나간 뒤로 그가 그 문에 닫힘 방지 쐐기를 박아놓았다. 아무도 거기에 손을 대지 않았다. 사람들은 누가 문을 열어둘 일이 있나 보다 생각하고서 괜히 말썽을 일으킬 일은 피했다. 성난 이웃은 침입자만큼이나 위험할 수 있고, 또 이후로도 계속 같이 살아야 했기 때문이다.

계단 중간에서 스트라이크가 재킷을 벗자 그 안에 입은 형광색 재킷이 드러났다. 그는 벗은 재킷을 앞으로 들어 안쪽에 프로판가스통을 감추고 랭의 집이 있는 건물 발코니에 들어섰다.

발코니를 함께 쓰는 옆집들에서 불빛이 비쳤다. 따뜻한 여름 저녁이다 보니 랭의 이웃들이 창문을 열어놓아 말소리와 TV 소리가 밖으로 흘러나왔다. 스트라이크는 맨 끝에 있는 어둡고 빈 집으로 걸어갔다. 그리고 주차장에서 그렇게 많이 봐왔던 그 문밖에서 재킷으로 감싼 가스통을 왼팔로 옮기고 주머니에서 고무장갑을 꺼내 긴 뒤 연장 모둠을 꺼냈다. 일부는 스트라이크의 것이었지만, 대부분은 생커에게서 빌린 것이었다. 그중에는 자물쇠를 따는 연장도 있었다.

스트라이크가 랭의 현관문에 달린 두 개의 자물쇠에 작업을 할 때 이웃집 창문에서 미국 억양의 여자 목소리가 들렸다.

"세상에는 법이 있고, 또 옳은 일이 있어. 난 옳은 일을 하겠어."

"제시카 알바랑 떡을 칠 수 있다면 뭔들 아깝겠어?" 술에 취한 듯한 남자 목소리에 다른 두 남자가 웃으며 동의하는 것 같았다.

"말 좀 들어, 이놈아." 스트라이크가 속삭이며 아래쪽 자물쇠와 씨름했다. 프로판가스통도 여전히 꼭 잡고 있었다. "제발 좀…… 움직여봐……."

자물쇠가 철커덩하고 돌아갔다. 그는 문을 밀어 열었다.

예상했던 대로 그곳은 악취가 진동했다. 황폐하고 썰렁한 방처럼 보였지만 내부를 알아보기가 힘들었다. 불을 켜려면 먼저 커튼을 쳐야 했다. 그는 왼쪽으로 돌다가 상자 같은 것에 부딪혔다. 상자 위에서 묵직한 것이 바닥에 탕 떨어졌다.

'젠장.'

"오잉?" 얇은 벽 너머에서 누군가 말했다. "도니, 너 왔어?"

스트라이크는 문으로 달려가서 문설주 옆의 벽을 바쁘게 더듬어 전등 스위치를 찾았다. 빛 속에서 보니 그 방에는 낡고 더러운 더블 매트리스와 아이팟 도크가 놓였던 주황색 상자밖에 없었다. 아이팟 도크는 이제 바닥에 떨어져 있었다.

"도니?" 이제 목소리는 바깥의 발코니에서 들려왔다.

스트라이크는 프로판가스통을 꺼내 열어서는 주황색 상자 밑에 밀어 넣었다. 발코니에서 발소리가 들리더니 누군가 문을 두드렸다. 스트라이크가 문을 열었다.

얼굴에 발진이 가득하고 머리가 기름에 전 남자가 멍한 얼굴로 그를 바라보았다. 그는 만취한 것 같았고, 손에 존 스미스 캔 맥주를 들고 있었다.

"이런." 그가 코를 킁킁거리면서 몽롱하게 말했다. "이 망할 냄새는 뭐지?"

"가스예요." 형광색 재킷 차림의 스트라이크가 말했다. 그 재킷은 내셔널 그리드* 기사의 옷이었다. "위층에서 신고가 들어왔어요. 이 집에서 가스가 새는 것 같다고요."

"이런 젠장." 이웃이 얼굴을 찌푸렸다. "우리 집이 날아가는 건 아

* 영국의 전기 및 가스 공급 기업.

니겠지?"

"그런 일을 막으려고 온 겁니다." 스트라이크가 점잔을 빼며 말했다. "옆집에 혹시 가스 불 같은 걸 켜놓으셨거나 담배를 피우고 계신가요?"

"가서 확인할게요." 이웃은 갑자기 공포에 사로잡혀서 말했다.

"좋습니다. 이 집이 끝나면 거기도 가볼 수 있을지 모르겠네요." 스트라이크가 말했다. "지원 인력이 올 거거든요."

그는 그 말을 하자마자 후회했지만, 이웃은 가스 기사의 말을 별로 이상하게 여기지 않는 것 같았다. 그가 돌아설 때 스트라이크가 물었다.

"여기 주인 이름이 도니 맞나요?"

"도니 랭이죠." 이웃이 불안해하며 말했다. 얼른 마약을 감추고, 불을 전부 끄고 싶은 기색이었다. "나한테 40파운드 빌려 갔어요."

"그건 못 도와드리겠네요." 스트라이크가 말했다.

남자는 서둘러 나갔고, 스트라이크는 그런 핑곗거리를 미리 준비해두어 다행이라고 생각하며 문을 닫았다. 그가 증거를 찾기 전에 경찰이 오면 곤란했다…….

그는 주황색 상자를 들고 프로판가스를 잠근 뒤 아이팟을 상자 위의 도크에 돌려놓았다. 그리고 집 안쪽으로 들어가려다 문득 멈추고 아이팟 쪽으로 다가갔다. 고무장갑을 낀 손으로 가볍게 건드리자 작은 화면이 켜졌다. 〈핫 레일스 투 헬(Hot Rails to Hell)〉. 스트라이크에게 너무도 익숙한 블루 오이스터 컬트의 노래였다.

60

Vengeance (The Pact)*

    클럽은 사람들로 북적였다. 그곳은 그의 집 맞은편에 있는 것 같은 철도 굴다리 안에 지어졌고, 주름진 곡선형 철 지붕이 있어 지하실 같은 분위기를 더해주었다. 프로젝터가 금속 골들 위로 사이키델릭한 조명을 흩뿌렸다. 음악 때문에 귀가 먹먹했다.

    클럽 측에서는 그를 입장시키고 싶어 하지 않았다. 그는 클럽 문지기들과 분위기가 비슷했다. 그는 그들이 자기 몸을 수색할까 봐 순간적으로 공포를 느꼈다. 재킷 안에 칼이 있었기 때문이다.

    그는 손님들 중에 가장 나이 들어 보였고, 그는 그 사실이 분했다. 건선성 관절염 때문이었다. 스테로이드 때문에 얼굴이 얽고 부었다. 권투 선수 시절의 근육은 지방으로 변했다. 키프로스 시절에는 여자를 쉽게 끌어들였지만 이제는 힘들었다. 저 번쩍이는 조명 아래 복작이는 수백 명의 들뜬 계집 중 어느 누구도 자신을 거들떠보지 않을 것이다. 하지만 그가 볼 때 그들은 클럽에 어울리는 복장도

---

* 〈복수(계약)〉. 블루 오이스터 컬트, 〈원인을 알 수 없는 불(Fire Of Unknown Origin)〉 앨범의 수록곡.

아니었다. 레즈비언처럼 청바지와 티셔츠 차림이 많았다.

그런데 스트라이크의 임시 비서는 어디 있지? 엉덩이가 멋지고 귀엽게 정신 사나운? 키 큰 흑인 여자가 그렇게 많지는 않아서 그녀가 바로 눈에 띄어야 했지만, 바와 댄스 플로어를 아무리 훑어도 그녀의 흔적은 보이지 않았다. 여자는 무슨 우주의 섭리처럼 그의 집에서 아주 가까운 이 클럽의 이름을 말했다. 그는 자신이 신과 같은 지위로 돌아갈 수 있는 기회가 왔다고 생각했다. 우주가 다시 한 번 그를 위해 기운을 모아주었지만, '그것'과 말다툼하다가 그 기회를 잃어버릴 뻔했다.

음악이 머릿속에 쿵쿵 울렸다. 그는 집에 돌아가서 블루 오이스터 컬트의 노래를 들으며 자위를 하고 싶었지만, 그녀가 여기 온다고 직접 말하지 않았나……. 사람이 우라지게 많아서 그가 그녀에게 몸을 밀착하고 칼로 찔러도 아무도 알아차리지 못할 것 같았다……. 그런데 그 망할 년은 어디 있는 거지?

와일드 플래그* 티셔츠를 입은 잡놈 하나가 그를 자꾸 밀쳐대서 확 걷어차버리고 싶었다. 하지만 그러는 대신 다시 한 번 댄스 플로어를 훑어보려고 팔꿈치로 사람들을 밀고 바에서 빠져나갔다.

자꾸만 움직이는 조명이 흔들리는 팔들과 땀에 젖은 얼굴들을 휩쓸었다. 번쩍이는 금니 — 조롱을 담은 입의 흉터—

그는 구경꾼들을 헤치며 나아갔다. 여자들이 쓰러지건 말건 상관하지 않았다.

입에 흉터가 있는 그 남자는 아까 지하철에서 보았다. 그는 돌아

---

* 미국의 여성 4인조 록밴드.

보았다. 그 남자는 일행을 잃은 듯 까치발로 서서 주변을 둘러보고 있었다.

무언가 수상했다. 느낌이 왔다. 이상한 냄새가 났다. 그는 사람들 속에 섞이려고 무릎을 살짝 굽힌 채 비상구로 갔다.

"미안합니다, 화장실 좀—"

"꺼져."

그는 누가 막아서기 전에 사람들 틈을 빠져나와서 비상구를 열고 어둠 속으로 뛰어 나갔다. 그는 바깥벽을 따라 달렸고, 모퉁이를 돌아서 자기 혼자뿐인 것을 확인하자 숨을 깊이 들이쉬며 선택지들을 생각해보았다.

'걱정하지 마. 놈들에겐 증거가 전혀 없어.' 그가 생각했다.

하지만 정말로 그런가?

여자는 하고많은 클럽 중 그의 집에서 2분 거리에 있는 그 클럽을 말했다. 그녀가 하늘이 보낸 선물이 아니라 전혀 다른 것이라면? 누군가 자신에게 놓은 덫이라면?

아니, 그럴 리 없었다. 스트라이크가 자신에게 짭새들을 보냈지만, 그들은 관심이 없었다. 그는 안전했다. 그를 경찰과 연결시킬 것은 아무것도 없었…….

하지만 그 흉터가 있는 남자는 핀칠리에서 오는 지하철에도 있었다. 그것이 뭘 의미하는지, 그는 일시적으로 사고 회로가 뒤엉켰다. 누군가 도널드 랭이 아닌 다른 사람을 미행하던 거라면, 그는 끝장이었다…….

그는 다시 걸었고 이따금 달리기도 했다. 유용했던 목발은 이제 필요 없었다. 그것은 순진한 여자들의 동정을 사거나, 장애 복지 담당자를 속이거나, 그런 몸으로 켈시 플랫을 죽일 수 없을 거라고 사람들의 눈을 가려주는 용도였을 뿐이었다. 관절염은 이미 여러 해 전에 나았지만 그동안 쏠쏠한 수입을 안겨주었고, 울러스틴 클로스의 집을 유지하게 해주었다…….

그는 서둘러 주차장을 지나가며 집을 올려다보았다. 커튼이 쳐져 있었다. 그는 분명히 커튼을 걷어두고 나갔다.

61

And now the time has come at last
To crush the motif of the rose.
　　　　　Blue Öyster Cult, 'Before the Kiss'*

　하나뿐인 침실의 전구는 나가 있었다. 스트라이크는 가지고 온 소형 플래시를 켜서 유일한 가구인 싸구려 소나무 옷장으로 천천히 다가갔다. 문은 끼익 소리를 내며 열렸다.

　옷장 안은 섀클웰 살인마에 대한 신문 기사로 도배되어 있었다. 그리고 그 모든 것 위에 인터넷에서 다운받아 출력한 듯한 A4 용지를 테이프로 붙여놓았다. 스트라이크 어머니의 젊었을 적 누드 사진이었다. 두 팔을 머리 위로 들어 자랑스럽게 드러낸 젖가슴 위로 길고 검은 머리가 흩어져 있었으며, 검은 삼각형 음모 위에는 아치 꼴로 새긴 장식적인 글씨 '미스트리스 오브 더 새먼 솔트(Mistress of the Salmon Salt)'가 뚜렷이 보였다.

　옷장 바닥을 보니 하드코어 포르노 더미 옆에 검은 쓰레기봉투가 있었다. 플래시를 겨드랑이에 끼고 고무장갑 낀 손으로 쓰레기봉투를 열어 보았다. 여자 속옷 몇 개가 있었다. 일부는 피가 **뻣뻣**하게

* '마침내 때가 왔다/장미 문양을 짓뭉갤 때가.', 블루 오이스터 컬트, 〈키스하기 전에〉.

굳어 있었다. 봉투 바닥에서 사슬 목걸이와 링 귀고리 한 짝이 손에 닿았다. 하트 모양의 하프 목걸이 장식이 플래시 불빛에 반짝거렸다. 귀고리에는 핏자국이 말라붙어 있었다.

스트라이크는 그것들을 쓰레기봉투에 다시 집어넣고 옷장 문을 닫은 뒤 부엌으로 갔다. 그곳이 이 집 구석구석에 스며든 썩은 냄새의 근원지가 분명했다.

옆집에서 누가 TV 소리를 올렸다. 얇은 벽을 타고서 총소리가 울렸고, 술에 취한 웃음소리도 희미하게 들렸다.

주전자 옆에 인스턴트커피병, 벨스 위스키병, 확대경과 면도기가 있었다. 오븐은 기름과 먼지가 가득해서 오랫동안 사용하지 않은 것 같았다. 냉장고 문에는 더러운 천으로 닦은 흔적이 불그스름하게 남아 있었다. 스트라이크가 냉장고 문을 열려고 하는 순간, 주머니에서 휴대전화가 진동했다.

섕커였다. 그들은 서로에게 전화는 하지 않고 문자만 하기로 약속한 상태였다.

"왜 그래, 섕커." 스트라이크가 휴대전화를 귀에 대며 말했다. "전화 안 하기로—"

그는 마체테가 목으로 날아들기 1초쯤 전에 등 뒤에서 숨소리를 들었다. 스트라이크가 몸을 피할 때 휴대전화가 손에서 떨어져 나가 더러운 바닥 위에 미끄러졌다. 그가 쓰러질 때 칼날이 그의 귀를 베었다. 거대한 덩치가 바닥에 쓰러진 스트라이크를 향해 다시 마체테를 들어 올렸다. 스트라이크는 그의 급소를 후려쳤고, 살인마는 고통에 신음하면서 몇 걸음 물러섰다가 다시금 마체테를 들어 올렸다.

스트라이크는 무릎으로 쓰러지면서 놈의 고환에 강펀치를 날렸다. 랭의 손에서 마체테가 미끄러지면서 스트라이크의 등에 떨어졌고, 그는 고통에 겨워 비명을 지르면서도 두 팔로 랭의 무릎을 끌어안고 쓰러뜨렸다. 랭은 머리가 오븐에 부딪혔지만, 두꺼운 손가락으로 스트라이크의 목을 더듬어 찾았다. 스트라이크는 랭에게 주먹을 날리려 했지만, 랭의 덩치에 깔리고 말았다. 랭의 크고 강력한 손이 그의 기도를 꽉 졸랐다. 스트라이크는 온몸의 힘을 쥐어짜서 랭에게 박치기를 했고, 랭은 다시 한 번 오븐에 머리를 부딪혔다―

그들은 데구루루 굴렀고, 이제 스트라이크가 랭의 위에 있었다. 그는 랭의 얼굴을 가격하려 했지만, 랭은 지난날 권투 경기를 할 때만큼 빠르게 반응했다. 한 손으로 그의 공격을 막으면서 다른 손으로 스트라이크의 턱 밑을 쳐서 고개를 뒤로 확 젖혔다. 스트라이크는 어디를 겨냥하는지도 모르는 상태로 다시 주먹을 휘둘렀는데, 뼈가 부딪혀서 깨지는 소리가 들렸다.

그런 뒤 랭의 손이 확 튀어나와서 스트라이크의 얼굴 정중앙을 가격했고, 그는 코뼈가 부러지는 것을 느꼈다. 펀치의 힘 때문에 스트라이크가 뒤쪽으로 밀리는 동안 피가 사방으로 튀었고, 눈물이 솟아서 앞이 부예졌다. 랭은 신음하고 숨을 헐떡이면서 그를 밀쳤다. 그러더니 마술사처럼 홀연히 카빙 나이프를 꺼내 들었다.

앞도 잘 보이지 않고 입안에 피가 고이는 가운데 스트라이크는 달빛에 빛나는 칼을 보고 의족으로 발길질을 했다. 칼이 의족을 때리면서 금속과 금속이 부딪히는 소리가 났고, 이어 다시 칼이 올라갔는데―

"그만둬, 새끼야!"

샘커가 뒤에서 랭의 머리를 감싸 안았다. 스트라이크는 멍청하게 카빙 나이프를 잡았다가 손바닥을 베였다. 샘커와 랭은 씨름했고, 덩치가 훨씬 큰 랭이 금세 우위를 점했다. 스트라이크는 의족으로 다시 카빙 나이프를 걷어찼고, 이번에는 제대로 차서 나이프가 랭의 손에서 날아갔다. 그런 뒤 샘커와 함께 놈을 바닥에 찍어 눌렀다.

"순순히 포기하지 않으면 네놈을 그어버릴 거야!" 샘커가 여전히 랭의 목을 두 팔로 감고서 소리쳤고, 랭은 몸부림치며 욕을 했다. 그의 큰 손은 아직도 주먹을 쥐고 있었지만, 부러진 턱뼈는 아래로 처져 있었다. "너만 칼 쓰는 줄 알아, 새끼야?"

스트라이크는 그가 특수수사대에서 가지고 나온 가장 값비싼 장치인 수갑을 꺼냈다. 스트라이크와 샘커가 힘을 합하고 나서야 랭의 굵은 손목을 등 뒤로 돌려 수갑을 채울 수 있었다. 랭은 쉴 새 없이 몸부림치며 욕을 했다.

랭을 잡고 있을 필요가 없어지자, 샘커는 그의 횡격막 부위를 세게 걷어찼고, 랭은 길고 희미한 한숨을 토하더니 잠시 말을 잃었다.

"괜찮아, 번슨? 다쳤어?"

스트라이크는 오븐에 기대앉았다. 귀의 상처와 오른쪽 손바닥에서 피가 흘렀지만, 가장 괴로운 데는 빠르게 부어오르는 코였다. 피가 입으로 쏟아져 숨쉬기가 힘들었다.

"여기 있어, 번슨." 샘커가 집을 뒤져서 두루마리 휴지를 가져다주었다.

"고마워." 스트라이크가 잠긴 목소리로 말했다. 그러고는 콧구멍에 최대한 많은 휴지를 쑤셔 박은 뒤 랭을 내려다보며 말했다. "다시 만나서 반갑군, 레이."

랭은 아직도 숨만 헐떡일 뿐 말이 없었다. 벗겨진 그의 머리가, 조금 전에 그의 칼을 비추었던 달빛에 희미하게 반짝였다.

"이 새끼 이름이 도널드라고 하지 않았어?" 랭이 바닥에서 몸을 움직일 때 생커가 물었다. 생커는 또 한 번 그의 배를 찼다.

"도널드 맞아." 스트라이크가 말했다. "그리고 그만 차. 놈이 다치면 법정에서 설명해야 하니까."

"그런데 왜 이 자식을—"

"왜냐면." 스트라이크가 말했다. "—그리고 물건에도 손대지 마, 생커. 여기 네 지문이 남으면 안 돼. 도니는 가짜 신원으로 살았으니까. 그리고 여기 없을 때에는." 스트라이크는 냉장고 앞으로 가서 고무장갑을 낀, 아직 깨끗한 왼손을 손잡이에 갖다 댔다. "은퇴한 소방 영웅 레이 윌리엄스가 되어서 헤이즐 펄리하고 핀칠리에 살았으니까."

스트라이크가 냉장고를 열고, 왼손으로 냉동 칸을 열었다.

무화과처럼 말라비틀어지고 노랗게 변색된 켈시의 양쪽 젖가슴이 그 안에 있었다. 그 옆에는 릴라 몽크턴의 손가락 두 개가 있었다. 보라색으로 칠한 손톱에는 랭의 잇자국이 선명했다. 뒤쪽에는 아직도 아이스크림콘 모양의 귀고리가 달린 잘린 귀 두 개가 있었고, 콧구멍 자리가 선명한 망가진 살점도 있었다.

"이런 씨발." 생커가 스트라이크의 뒤에서 고개를 숙여 안을 들여다보고 말했다. "씨발, 번슨. 이건—"

스트라이크는 냉동 칸과 냉장고 문을 닫고 랭을 돌아보았다.

랭은 이제 조용했다. 스트라이크는 그가 이 상황을 자신에게 유리하게 바꾸려고, 모든 것이 스트라이크의 모함이고, 그가 증거를 조작했다고 주장하기 위해 여우 같은 두뇌를 굴리고 있을 게 분명하다고 확신했다.

"그때 알아봤어야 했는데 말이야, 도니." 스트라이크가 피를 멈추게 하려고 오른손에 휴지를 감싸며 말했다. 더러운 창문으로 비쳐 드는 흐릿한 달빛 속에서 스트라이크는, 한때 근육질이었지만 이제는 스테로이드와 운동 부족으로 몸에 붙은 살을 뚫고서 랭의 이목구비를 알아볼 수 있었다. 뚱뚱한 몸, 건조하고 주름진 피부, 얽은 자국을 감추려고 기른 턱수염, 깔끔하게 민 머리, 그리고 비틀거리는 시늉 때문에 그는 실제보다 열 살 이상 더 나이 들어 보였다. "네가 헤이즐의 집에서 문을 열어줬을 때 알아봤어야 했어." 스트라이크가 말했다. "하지만 넌 얼굴을 계속 가렸어. 눈물을 훔치면서, 그렇지? 그때 눈에 뭘 넣었길래 그렇게 눈이 부었던 거지?"

스트라이크는 섕커에게 담뱃갑을 건네고 자신도 담배를 피워 물었다.

"이제 생각해보니 조디 지방 사투리가 약간 과했어. 그건 게이츠헤드에서 지낼 때 배운 거겠지. 우리 도니는 원래 남의 흉내를 잘 냈으니까." 그가 섕커에게 말했다. "오클리 상병 흉내를 얼마나 잘 내는지 몰라! 아주 똑같다니까."

섕커는 놀란 얼굴로 스트라이크와 랭을 번갈아 보았다. 스트라이크는 랭을 내려다보며 계속 담배를 피웠다. 코가 너무 아파서 눈물이 흘렀다. 그는 경찰에 전화하기 전에 랭의 말을 듣고 싶었다.

"코비에서 치매 걸린 노파를 때리고 돈을 훔쳤지, 도니? 불쌍한 윌리엄스 부인. 너는 그 아들의 용감한 시민 훈장을 훔치고 그 사람과 관련된 서류들도 좀 훔쳤을 거야. 그 사람이 외국에 사는 것도 알

앉아. 얼마간의 정보만 있으면 그 사람인 척 속이는 건 그렇게 어려운 일이 아니지. 게다가 약간만 장난을 치면 외로운 여자와 부주의한 경찰 몇 명을 속이는 건 일도 아냐."

랭은 더러운 바닥에 말없이 앉아 있었지만, 스트라이크는 그가 사악한 두뇌를 절박하게 굴리는 게 피부로 느껴질 지경이었다.

"그 집에서 아큐탄 약을 봤어." 스트라이크가 생커에게 말했다. "그건 여드름 약이지만, 건선성 관절염에도 쓰지. 그때 알았어야 했는데. 이놈은 그걸 켈시의 방에 숨겨두었어. 레이 윌리엄스는 관절염이 없었거든.

아마 둘 사이에는 작은 비밀이 많았을 거야. 그렇지, 도니? 너하고 켈시 말이야. 켈시를 이용해서 나를 엮고, 또 켈시에게 네가 원하는 일을 시켰잖아? 켈시를 오토바이에 태우고 다니며 우리 사무실 앞에 잠복하고…… 켈시의 편지를 부쳐주는 척하고…… 내 가짜 편지를 가져다주고……."

"더러운 자식." 생커가 혐오스러워하며 말했다. 그는 허리를 굽혀 담뱃불을 랭의 얼굴 앞에 들이댔다. 그를 다치게 하고 싶은 듯했다.

"불로 지져도 안 돼, 생커." 스트라이크가 휴대전화를 꺼내며 말했다. "너는 이제 나가. 경찰에 전화할 테니까."

그는 999*에 전화해서 주소를 알려주었다. 그는 혼자서 랭을 따라 클럽에 갔다가 집까지 왔고, 말다툼을 하다가 랭에게 공격을 받았다고 이야기할 예정이었다. 생커 이야기는 꺼낼 필요가 없었고, 스트라이크가 그 집의 자물쇠를 따고 들어왔다는 말도 할 필요가 없

---

* 영국의 범죄 신고 및 응급 구조 서비스 전화번호.

었다. 물론 약에 취한 옆집 사람이 말할 수도 있지만, 아마 그 젊은 이는 법원에 마약 기록을 올리는 것보다 비켜 서 있는 쪽을 선호할 것이다.

"전부 가지고 가." 스트라이크가 형광색 재킷을 벗어서 섕커에게 주며 말했다. "그리고 저 밑에 가스통도 있어."

"알았어, 번슨. 정말 혼자 있어도 괜찮겠어?" 섕커가 스트라이크의 깨진 코와 피가 흐르는 귀와 손을 보며 말했다.

"당연하지." 스트라이크가 살짝 감동해서 말했다.

섕커가 옆방에서 금속 통을 집어 드는 소리가 들리더니, 잠시 후 바깥 발코니를 지나가는 모습이 부엌 창문으로 보였다.

"섕커!"

그의 오랜 친구가 부엌으로 어찌나 빨리 돌아왔는지, 급히 달려온 것이 분명했다. 섕커가 무거운 가스통을 번쩍 들어 올렸지만, 랭은 여전히 수갑을 찬 채 바닥에 뻗어 있었고, 스트라이크는 오븐 앞에 서서 담배를 피우고 있었다.

"왜 그래, 번슨, 놈이 너한테 뛰어든 줄 알았잖아!"

"섕커, 차를 한 대 구해서 내일 아침에 나를 어디로 좀 태워다 줄 수 없을까? 돈은—"

스트라이크는 맨손목을 내려다보았다. 오늘 밤에 섕커에게 도움을 받으려고 어제 시계를 팔았다. 이제 또 무엇을 팔 수 있을까?

"섕커, 이 일이 끝나면 돈을 벌게 될 거야. 몇 달만 기다리면 고객이 줄을 설 테니까."

"좋아, 번슨." 섕커가 잠시 생각해보고 말했다. "해줄게."

"정말이지?"

"그래. 준비되면 전화해. 차 가지고 갈 테니까." 생커가 돌아서면서 말했다.

"훔치면 안 돼!" 스트라이크가 그의 등 뒤에 대고 소리쳤다.

생커가 두 번째로 창문 앞을 지나가고 겨우 몇 초가 지났을 때, 멀리서 경찰 사이렌 소리가 들렸다.

"저기 오는군, 도니." 그가 말했다.

그러자 도널드 랭이 처음이자 마지막으로 스트라이크에게 자기 목소리로 말했다.

"네 어미는 더러운 창녀였어." 그가 보더스 지방 말씨로 말했다.

스트라이크가 웃었다.

"그럴지도 모르지." 사이렌 소리가 점점 커지는 어둠 속에서 그가 피를 흘리고, 담배를 피우며 말했다. "하지만 우리 어머니는 나를 사랑했어, 도니. 듣기로 네 어머니는 너를 버린 자식 취급했다더군. 네가 경찰의 사생아라서."

랭은 수갑을 풀고 싶은 듯 헛되이 몸을 비틀었지만, 팔이 등 뒤에 고정되어 있어서 옆으로 구를 뿐이었다.

62

A redcap, a redcap, before the kiss...
Blue Öyster Cult, 'Before the Kiss'*

스트라이크는 그날 밤 카버를 만나지 않았다. 카버는 지금 스트라이크를 만나느니 자기 무릎을 총으로 쏘고 싶은 심정일 것이다. 그가 여러 응급치료를 받는 중간중간 범죄 수사대 소속 경찰관 두 명이 응급실 옆방에서 그를 조사했다. 그는 귀를 꿰매어 붙였다. 벤 손바닥에는 붕대를 댔고, 마체테에 찍힌 등에는 드레싱을 했으며, 그의 인생에서 세 번째로 코의 모양이 적절히 대칭되도록 고통스럽게 조정했다. 그리고 시간이 될 때마다 스트라이크는 경찰에게 랭을 추적하게 된 추리 과정을 설명했다. 2주일 전에 카버의 부하에게 전화해서 그 사실을 알려주었고, 카버와 마지막으로 통화할 때 그 사실을 직접 말해주려 했다는 사실도 빼놓지 않고 알려주었다.

"왜 안 적나요?" 그가 가만히 앉아서 그를 바라보는 경찰들에게 물었다. 젊은 경찰이 대충대충 메모를 했다.

"그리고 카버 경위에게 편지도 보냈습니다. 등기로요. 어제 받았

* '붉은 모자, 붉은 모자, 키스하기 전에……', 블루 오이스터 컬트, 〈키스하기 전에〉.

을 겁니다." 스트라이크가 말했다.

"등기우편으로 보냈다고요?" 두 경찰 중에 좀 더 나이 든 경찰이 물었다. 콧수염을 기른 슬픈 눈의 남자였다.

"네. 그렇게 하면 확실히 전달될 수 있을 거라 생각했습니다." 스트라이크가 말했다.

스트라이크는 경찰이 랭에 대한 자신의 혐의를 별로 믿지 않는다고 생각했고, 그래서 혼자 그를 계속 감시했다고 말했다. 랭을 따라 나이트클럽에 갔고, 그가 여자를 따라갈까 봐 걱정되어 그의 집까지 따라갔으며, 거기서 그와 대결하기로 결심했다고 말했다. 태연하게 임시 비서 역할을 해준 알리사와, 열성적으로 도와준 덕분에 스트라이크가 그 정도밖에 다치지 않게 해준 생커에 대해서는 아무 말도 하지 않았다.

"결정적인 단서는 리치, 때로 디키라고도 불리는 사람을 찾으면 나올 겁니다."* 스트라이크가 경찰관들에게 말했다. "랭이 빌려 쓴 오토바이가 그 사람 거예요. 헤이즐이 그 사람에 대해 알려줄 겁니다. 그 사람은 랭의 모든 알리바이를 제공했어요. 그 사람도 사소한 범죄를 저지른 범죄자인 것 같고, 아마 자신은 랭이 바람을 피우거나 부당하게 장애 수당을 타는 걸 돕는다고만 생각했을 겁니다. 그렇게 영리한 사람 같지는 않아요. 살인 사건을 도왔다는 걸 알면 쉽게 입을 열 겁니다."

새벽 5시가 되자 의사들도 경찰도 더 이상 스트라이크와는 볼일이 없다고 결론을 내렸다. 그는 집까지 태워주겠다는 경찰의 제안을

* 리치와 디키는 모두 리처드라는 이름의 애칭이다.

거절했다. 자신을 최대한 오래 감시하려는 의도 같았기 때문이다.

"우리가 가족들에게 알리기 전에 이 일이 공개되지 않았으면 합니다." 젊은 경찰이 말했다. 그의 밝은 금발이 세 사람이 선 병원 앞의 칙칙한 새벽어둠 속에 두드러졌다.

"언론에 알리지 않겠습니다." 스트라이크가 남은 담배를 찾아 주머니를 뒤지며 크게 하품했다. "오늘은 다른 할 일이 있거든요."

그가 걸어가는데 문득 어떤 생각이 떠올랐다.

"그 두 교회는 무슨 관계가 있었나요? 카버는 왜 브록뱅크가 범인이라고 생각한 거죠?"

"아." 콧수염 난 경찰이 말했다. 별로 알려주고 싶지 않은 기색이었다. "핀칠리에서 브릭스턴으로 옮긴 청소년 지도사가 있었습니다……. 그 단서는 결국 성과가 없었지만." 그러더니 희미한 반항기를 띠고 덧붙였다. "어쨌건 브록뱅크는 잡았습니다. 어제 노숙자 쉼터에서 제보를 받았어요."

"잘됐네요." 스트라이크가 말했다. "언론은 아동 강간범을 좋아하죠. 기사에는 제 이름이 먼저 나오겠군요."

경찰관들은 웃지 않았다. 스트라이크는 그들과 헤어졌다. 주머니에 택시비가 있을지는 알 수 없었다. 그는 왼손으로 담배를 피웠다. 오른손의 국소마취가 차츰 풀렸고, 깨진 코가 차가운 새벽 공기 속에 따가웠다.

"뭐, 요크셔?" 섕커가 스트라이크에게 차를 구했다고 전화했다가 행선지를 듣고 놀라서 말했다. "요크셔?"

"매섬." 스트라이크가 말했다. "어제 말했지. 내가 돈이 생기면 얼마든지 주겠다고. 꼭 가야 하는 결혼식이 있어. 그런데 시간이 촉박해. 돈은 얼마든지 줄게, 장담해. 물론 돈이 생기면."

"누가 결혼하는데?"

"로빈." 스트라이크가 말했다.

"아." 생커가 말했다. 이해한다는 목소리였다. "그래, 그렇다면 태워다 줄게, 번슨. 하지만 넌—"

"—그래—"

"—알리사가 말했잖아—"

"그래, 그것도 아주 큰 소리로 말했지."

스트라이크는 생커가 이제 알리사와 잠자리를 하는 게 아닐까 하는 강력한 의심이 들었다. 스트라이크가 도널드 랭을 꾀는 데 중요한 역할을 할 여자가 필요하다고 했을 때, 생커가 그렇게 빨리 알리사를 추천한 일은 다른 이유로는 설명이 안 될 것 같았다. 그녀는 그 일에 100파운드를 부르면서, 자신이 로빈에게 큰 빚을 졌다고 생각하지 않는다면 훨씬 더 큰 액수를 불렀을 거라고 스트라이크를 위로해주었다.

"생커, 그건 가면서 얘기하지. 나는 밥도 먹고 샤워도 해야 돼. 시간에 맞춰 가기만 해도 끝내주게 운이 좋은 거야."

그래서 그들은 생커가 빌린 벤츠를 타고 북쪽으로 출발했다. 어디서 빌렸는지 스트라이크는 묻지 않았다. 그리고 지난 이틀 동안 거의 잠을 자지 못한 탓에 100킬로미터쯤을 지날 때까지 내내 잠을 자다가 양복 주머니에서 휴대전화가 울리자 쿵 소리를 내며 깨어났다.

"스트라이크입니다." 그가 졸린 목소리로 말했다.

"아주 멋지게 해냈더군, 친구." 워들이 말했다.

목소리와 어울리지 않는 말이었다. 어쨌건 워들은 레이 윌리엄스가 켈시 사건과 관련해서 혐의를 벗었을 때 수사 담당자였다.

"고마워." 스트라이크가 말했다. "지금 런던에서 나하고 대화를 꺼리지 않는 경찰은 자네뿐이야."

"뭐." 워들이 놀리듯 말했다. "양보다는 질이지. 그리고 한 가지 알려줄 게 있어. 리처드를 벌써 잡았고, 그자가 다 털어놓았어."

"리처드라고……." 스트라이크가 중얼거렸다.

그의 지친 두뇌는 지난 몇 달 동안 그를 사로잡았던 사소한 일들을 다 흘려보낸 듯했다. 나무들이 여름의 푸르름 속에 조수석 창가를 부드럽게 스쳐 지나갔다. 그는 며칠이라도 내리 잘 수 있을 것 같았다.

"리처드…… 리치, 디키, 오토바이." 워들이 말했다.

"아, 그래." 스트라이크가 아무 생각 없이 꿰멘 귀를 긁다가 욕을 했다. "아, 아야— 아냐, 미안— 벌써 다 말했다고?"

"그렇게 똘똘한 사람은 아니야. 그 사람 집에서 훔친 물건도 많이 나왔어." 워들이 말했다.

"아마 도니가 그런 식으로 돈을 마련했을 거야. 예전부터 물건을 훔치는 데 일가견이 있었거든."

"몇 명 무리가 있어. 다들 좀도둑들이긴 해. 리처드는 랭의 이중 생활을 아는 유일한 사람이었어. 그자는 그냥 거짓말로 장애 수당을 받을 수 있게 도와주는 줄 알았대. 랭이 켈시를 죽인 주말에 같이 쇼어햄 바이 시에 놀러 갔다는 알리바이를 그들 셋에게 부탁했어. 아마 다른 데 여자가 있는데 헤이즐에게는 숨기고 싶다고 말한 것 같아."

"랭은 언제나 사람들을 설득하는 재주가 있었지." 스트라이크가 키프로스에서 그의 강간 혐의를 풀어주고 싶어 한 수사관을 떠올리며 말했다.

"그런데 그 주말에 그들이 거기 가지 않았다는 걸 어떻게 알았지?" 워들이 신기해하며 물었다. "사진도 있었는데 말이야……. 그 사람들이 총각 파티를 한 게 아니란 걸 어떻게 알았던 거야?"

"아." 스트라이크가 말했다. "시 홀리 때문이야."

"뭐?"

"시 홀리." 스트라이크가 다시 말했다. "시 홀리는 4월에 피는 꽃이 아니야. 여름하고 가을에 피지. 나는 어린 시절의 절반을 콘월에서 보냈어. 랭과 리치가 해변에서 찍은 사진에…… 시 홀리가 있었어. 그때 보고 알았어야 하는데…… 자꾸 딴 길로 샜지."

워들과 통화한 뒤 스트라이크는 창밖으로 지나가는 들판과 나무들을 바라보며 지난 석 달을 생각했다. 랭이 브리트니 브록뱅크 일은 몰랐겠지만, 그는 휘태커의 재판 이야기를 알고 또 〈미스트리스 오브 더 새먼 솔트(Mistress of the Salmon Salt)〉를 인용할 정도로 여러 가지를 조사했다. 랭은 마치 스트라이크에게 따라오라고 흔적을 남겨놓은 것 같았다. 그것이 얼마나 성공할지 전혀 알지 못한 채.

섕커는 라디오를 틀었다. 스트라이크는 다시 자고 싶었지만 불평하는 대신 창문을 내리고 창밖으로 담배 연기를 뿜었다. 점점 밝아오는 햇빛 속에서 그는 생각 없이 입은 이탈리아 양복에 소스와 레드 와인이 묻어 있다는 걸 깨달았다. 그는 큰 얼룩들을 털어내다가 문득 생각난 듯 말했다.

"아, 젠장."

"왜?"

"이별 통보를 하는 걸 깜박하고 왔네."

샘커가 웃었다. 스트라이크는 서글픈 웃음을 지었고, 그러자 통증이 밀려왔다. 얼굴 전체가 아팠다.

"우리 지금 결혼식을 망치러 가는 거야, 번슨?"

"아니지." 스트라이크가 담배를 또 한 개비 꺼내면서 말했다. "나는 정식으로 초대받은 손님이야. 친구니까."

"네가 그 여자를 잘랐잖아. 우리 동네에서는 그건 친구의 표시가 아닌데." 샘커가 말했다.

스트라이크는 네가 아는 사람 중에 직장이 있는 사람이 몇이나 되느냐고 지적하지 않았다.

"그 여자는 너희 엄마랑 비슷해." 샘커가 오랜 침묵 후에 말했다.

"누구 말이야?"

"로빈. 정이 많아. 아이를 구하고 싶어 했어."

열여섯 살 때 피를 흘리며 배수로에 빠져 있다가 구조받은 경험이 있는 남자에게 아이를 구하러 가자는 제안은 거절하기 힘들었을 것이다.

"나는 어쨌건 로빈에게 돌아오라고 말할 거야. 하지만 로빈이 다시 너한테 전화하면— 만약 그런 일이 또 일어나면—"

"그래그래. 너한테 말할게, 번슨."

사이드미러에 비친 스트라이크는 방금 교통사고를 당한 사람 같았다. 코는 자주색으로 부풀었고, 왼쪽 귀는 검은빛이었다. 햇빛에 보니, 왼손으로 대충 시도한 면도가 별로 성공적이지 못했다. 이런 모습으로 교회에 들어가면 얼마나 사람들 눈에 잘 띌지, 로빈이 그가 오지 않기를 바라고 있다면 얼마나 어색한 장면이 펼쳐질지 눈앞에 휜했다. 그녀가 부탁만 하면 바로 떠나겠다고 그는 속으로 맹세했다.

"번슨!" 생커가 소리쳐서 스트라이크는 깜짝 놀랐다. 생커가 라디오 소리를 올렸다.

"……새클웰 살인 사건의 용의자가 체포되었습니다. 경찰은 런던의 울러스턴 클로스 건물을 수색해 34세의 도널드 랭을 켈시 플랫, 헤더 스마트, 마티나 로시, 세이디 로치 살인과 릴라 몽크턴 살인 미수, 그리고 여섯 번째 피해 여성 A씨에 대한 중상해로 기소했습니다……."

"네 이름은 말하지 않네!" 보도가 끝나자 생커가 말했다. 실망한 목소리였다.

"말하고 싶지 않겠지." 스트라이크가 그답지 않게 불안을 느끼면서 말했다. 그는 막 매셤을 가리키는 첫 표지판을 본 참이었다. "하지만 말할 거야. 그리고 그건 좋은 일이야. 우리 사무실을 다시 궤도에 올리려면 홍보가 필요하니까."

그는 자기도 모르게 손목을 보았다가 시계가 없는 것을 확인하고 계기판의 시계를 보았다.

"더 밟아, 생커. 이러다 시간에 못 맞추겠어."

목적지가 가까워지면서 스트라이크의 불안감이 점점 커졌다. 그들은 결혼식 예정 시각 20분 뒤에야 마침내 매셤의 언덕을 올라갔고, 스트라이크는 휴대전화로 교회의 위치를 검색했다.

"저기로군." 그는 다른 데서는 본 적이 없을 만큼 넓은 시장 광장의 맞은편을 큰 동작으로 가리켰다. 광장의 식품 가판대마다 사람들이 가득했다. 생커가 시장 주변에서도 그다지 속도를 줄이지 않자, 몇몇 행인이 인상을 찌푸렸고 납작 모자를 쓴 남자는 조용한 매섬의 심장부에서 그렇게 위험하게 운전하는 남자를 향해 주먹을 휘둘렀다.

"여기 세워, 여기 아무 데나!" 스트라이크가 광장 안쪽 구석에 흰색 리본을 휘감고 서 있는 암청색 벤틀리 두 대를 보고 말했다. 운전사들은 햇빛 아래서 모자를 벗은 채 잡담을 나누고 있었다. 섕커가 브레이크를 밟았다. 스트라이크는 안전띠를 풀었다. 나무들 너머로 교회가 보였다. 지난밤에 족히 40개비는 피웠을 담배와 수면 부족과 섕커의 운전 때문에 속이 울렁거렸다.

스트라이크는 몇 걸음 걷다가 서둘러 친구에게 돌아갔다.

"기다려. 금방 떠나야 할지도 몰라."

그는 자신을 바라보는 운전사들을 바삐 지나쳤고 불안하게 넥타이를 바로잡다가 자기 양복 상태를 떠올리고서 포기했다.

스트라이크는 정문을 지나서 조용한 교회 묘지로 절뚝거리며 들어갔다. 웅장한 교회를 보니 로빈과 함께 마켓 하버러에 갔을 때 본 세인트 디오니시우스 교회가 떠올랐다. 햇빛에 감싸인 나른한 교회 묘지의 정적은 왠지 불길했다. 그는 오른쪽에 서 있는 이교도적 느낌의 부조가 가득한 기둥을 지나서 무거운 참나무 문으로 다가갔다.

그러고는 왼손으로 손잡이를 잡고 잠시 멈추었다.

"아, 젠장." 그는 나직이 말하고 최대한 조용히 문을 열었다.

장미 향기가 그를 맞았다. 요크셔를 상징하는 흰 장미가 스탠드마다 가득했고 하객석 끝에도 다복다복 늘어져 있었다. 화려한 모자의 숲이 제단을 향해 뻗어 있었다. 스트라이크가 들어갈 때 돌아보는 사람은 거의 없었지만 본 사람들은 눈이 휘둥그레졌다. 그는 뒷

벽을 따라 조심조심 움직이며 제단 쪽을 바라보았다.

로빈은 길게 늘어뜨린 머리에 흰 장미 화관을 썼다. 얼굴은 보이지 않았다. 깁스는 하지 않았다. 멀리서도 위팔 뒤쪽에 길쭉하게 난 자주색 상처가 보였다.

"로빈 베니샤 엘라코트는." 보이지 않는 목사의 목소리가 낭랑하게 울렸다. "이 사람 매튜 존 컨리프를 남편으로 맞아 오늘부터—"

지치고 긴장한 데다 로빈에게 시선을 고정하고 있느라, 스트라이크는 꽃꽂이 장식을 얹은 튤립 모양의 놋쇠 스탠드가 얼마나 가까이 있는지 미처 몰랐다.

"—좋을 때나 나쁠 때나 부유할 때나 빈곤할 때나 건강할 때나 병들었을 때나, 죽음이 갈라놓을 때까지 함께할 것을—"

"아, 이런." 스트라이크가 말했다.

그가 스탠드를 툭 치자 꽃꽂이가 슬로모션처럼 떨어지면서 바닥에 부딪혀 요란한 소리를 냈다. 하객들과 결혼하는 남녀가 뒤를 돌아보았다.

"이런— 젠장, 죄송합니다." 스트라이크가 눈앞이 캄캄해져서 말했다.

하객 중에 어떤 남자가 웃었다. 대부분은 곧 제단으로 시선을 돌렸지만, 몇몇은 스트라이크를 한참 동안 빤히 바라보았다.

"함께할 것을 맹세합니까?" 목사가 경건한 아량을 베풀며 말했다.

예식 내내 한 번도 웃지 않던 아름다운 신부가 환하게 웃었다.

"맹세합니다." 로빈이 낭랑한 목소리로 말했다. 그녀의 눈은 굳은 얼굴의 새신랑이 아니라 방금 꽃을 떨어뜨린 초췌한 남자를 똑바로 바라보고 있었다.

감사의 말

내가 《커리어 오브 이블》보다 더 즐겁게 쓴 소설이 있는지 기억나지 않는다. 이 일은 좀 특이한데, 작품의 소재 자체가 몹시 섬뜩할 뿐만 아니라, 지난 12개월간은 유례를 찾기 힘들 정도로 바빠서 계속 이 일 저 일을 넘나들며 살아야 했기 때문이다. 나는 그런 작업 방식은 별로 좋아하지 않는다. 하지만 로버트 갤브레이스는 언제나 나만의 작은 놀이터로 느껴졌고, 그는 이번에도 나를 실망시키지 않았다.

한때 비밀로 구상했던 신분이 계속 즐거움의 영역으로 남을 수 있도록 도와준 나의 오랜 팀에게 감사드린다. 탁월한 편집자 데이비드 셸리는 이제 내 소설 네 편의 대부가 되어서 편집 과정에 정말로 큰 보람을 안겨주었다. 내 멋진 출판 대리인이자 친구인 닐 블레어는 처음부터 로버트 갤브레이스를 든든하게 지원해주었다. 디비와 SOBE는 군사 관련 지식을 아낌없이 전해주었다. 백도어맨에게도 감사하지만, 그 이유는 밝히지 않는 편이 좋을 것 같다. 어맨다 도널드슨, 피어나 섀프콧, 앤절라 밀른, 크리스틴 콜링우드, 사이먼 브라운, 케이사 티엔수, 대니 캐머런에게도 감사를 드린다. 이분들의 노력이 없었더라면 내 일을 할 시간을 전혀 내지 못했을 것이다. 마크 허친슨, 니키 스톤힐, 리베카 솔트로 이루어진 드림팀에게도 감사드린다. 이분들이 없었다면 나는 정말이지 아무것도 할 수 없었을 것이다.

에든버러 성에 있는 영국 헌병 특수수사대 35부 방문을 허락해준 헌병대에 특별히 감사드린다. 배로인퍼니스의 핵 시설 주변을 사진으로 찍을 때 나를 체포하지 않은 두 여경에게도 감사드린다.

블루 오이스터 컬트의 노래 가사를 쓴 모든 작사가들에게는 그토록 멋진 노래를 만들고, 또 그 일부를 내가 이 소설에 쓸 수 있게 허락해준 것에 감사드린다.

내 아이들 데카, 데이비, 켄즈에게 말로는 다 할 수 없을 만큼 사랑하고, 내가 글이 유난히 잘 풀리지 않아 괴로워할 때 큰 이해심을 베풀어줘 고맙다고 전하고 싶다.

마지막으로 가장 큰 감사는 닐에게 바친다. 이 책과 관련해서 닐보다 날 더 많이 도와준 사람은 아무도 없기 때문이다.

크레디트 리스트

Reproduced by permission of Triceratops Music 'Out of the Darkness' (p104, p125) (Eric Bloom, Danny Miranda, Donald Roeser, John D. Shirley). Reproduced by permission of Six Pound Dog Music and Triceratops Music 'Searchin' for Celine' (p120) Words and Music by Allen Lainer © 1977, Reproduced by permission of Sony/ATV Music Publishing (UK) Ltd, Sony/ATV Tunes LLC, London W1F 9LD 'Burnin' For You' (p139) Words and Music by Donald Roeser and Richard Meltzer © 1981, Reproduced by permission of Sony/ATV Music Publishing (UK) Ltd, Sony/ ATV Tunes LLC, London W1F 9LD 'Still Burnin'' (p147) (Donald B. Roeser, John S. Rogers). Reproduced by permission of Triceratops Music 'Then Came the Last Days of May' (p165) Words and Music by Donald Roeser © 1972, Reproduced by permission of Sony/ ATV Music Publishing (UK) Ltd, Sony/ATV Tunes LLC, London W1F 9LD 'Harvester of Eyes' (p168) Words and Music by Eric Bloom, Donald Roeser and Richard Meltzer © 1974, Reproduced by permission of Sony/ ATV Music Publishing (UK) Ltd, Sony/ATV Tunes LLC, London W1F 9LD 'Subhuman' (p185) (Eric Bloom, Sandy Pearlman) 'Dr. Music' (p187) Words and Music by Joseph Bouchard, R Meltzer, Donald Roeser © 1979, Reproduced by permission of Sony/ ATV Music Publishing (UK) Ltd, Sony/ ATV Tunes LLC, London W1F 9LD 'Harvest Moon' (p188) (Donald Roeser). Reproduced by permission of Triceratops Music 'Here Comes That Feeling' (p199) (Donald B. Roeser, Dick Trismen). Reproduced by permission of Triceratops Music 'Madness to the Method' (p205) Words and Music by D Trismen and Donald Roeser © 1985, Reproduced by permission of Sony/ ATV Music Publishing (UK) Ltd, Sony/ATV Tunes LLC, London W1F 9LD 'Celestial the Queen' (p221) Words and Music by Joseph Bouchard and H Robbins © 1977, Reproduced by permission of Sony/ATV Music Publishing (UK) Ltd, Sony/ATV Tunes LLC, London W1F 9LD 'Don't Turn Your Back' (p228) Words and Music by Allen Lainer and Donald Roeser © 1981, Reproduced by permission of Sony/ATV Music Publishing (UK) Ltd, Sony/ATV Tunes LLC, London W1F 9LD 'X-Ray Eyes' (p243) (Donald B. Roeser, John P. Shirley). Reproduced by permission of Triceratops Music 'Veteran of the Psychic Wars' (p256) Words and Music by Eric Bloom and Michael Moorcock © 1981, Reproduced by permission of Sony/ATV Music Publishing (UK) Ltd, Sony/ATV Tunes LLC and Action Green Music Ltd/ EMI Music Publishing Ltd, London W1F 9LD 'Spy in the House of the Night' (p264) Words and Music by Richard Meltzer and Donald Roeser © 1985, Reproduced by permission of Sony/ATV Music Publishing (UK) Ltd, Sony/ATV Tunes LLC, London W1F 9LD 'Vengeance (The Pact)' (p291, p314) Words and

옮긴이_ **고정아**

서울에서 태어나 연세대학교 영문학과를 졸업하고 지금은 번역가로 활동하고 있다. 2012년 제6회 〈유영번역상〉을 수상했다. 옮긴 책으로는 《엘 데포》 《전망 좋은 방》 《내 책 상 위의 천사》 《천국의 작은 새》 등이 있다.

커리어 오브 이블²

초판 1쇄 인쇄 2017년 6월 19일
초판 1쇄 발행 2017년 6월 30일

지은이 | 로버트 갤브레이스
옮긴이 | 고정아
발행인 | 강봉자·김은경

펴낸곳 | (주)문학수첩
주소 | 경기도 파주시 회동길 192(문발동 513-10) 출판문화단지
전화 | 031-955-4445(대표번호), 4500(편집부)
팩스 | 031-955-4455
등록 | 1991년 11월 27일 제16-482호

홈페이지 | www.moonhak.co.kr
블로그 | blog.naver.com/moonhak91
이메일 | moonhak@moonhak.co.kr

ISBN 978-89-8392-659-3 04840
ISBN 978-89-8392-657-9 (세트)

「이 도서의 국립중앙도서관 출판예정도서목록(CIP)은 서지정보유통지원시스템
홈페이지(http://seoji.nl.go.kr)와 국가자료공동목록시스템(http://www.nl.go.kr/
kolisnet)에서 이용하실 수 있습니다.(CIP제어번호: CIP2017013587)」

* 파본은 구매처에서 바꾸어 드립니다.